古典文獻研究輯刊

四 編

潘美月・杜潔祥 主編

第22冊

宋代傳奇小說研究

游秀雲 著

《檮杌閒評》研究

陳大道 著

國家圖書館出版品預行編目資料

宋代傳奇小說研究 游秀雲著／《檮杌閒評》研究——魏忠賢時事小說 陳大道著 -- 初版 -- 台北縣永和市：花木蘭文化出版社，2007〔民96〕
序2+目2+116面+目2+138面；19×26公分
（古典文獻研究輯刊 四編；第22冊）
ISBN：978-986-6831-23-2（全套精裝）
ISBN：978-986-6831-15-7（精裝）
1. 中國小說－歷史－宋（960-1279） 2. 中國小說－歷史－明（1668-1644） 3. 中國小說－評論
820.9705 96004473

ISBN - 9866831157

古典文獻研究輯刊
四 編 第二二冊 ISBN：978-986-6831-15-7

宋代傳奇小說研究
《檮杌閒評》研究——魏忠賢時事小說

作　　者 游秀雲 陳大道
主　　編 潘美月 杜潔祥
企劃出版 北京大學文化資源研究中心
出　　版 花木蘭文化出版社
發 行 所 花木蘭文化出版社
發 行 人 高小娟
聯絡地址 台北縣永和市中正路五九五號七樓之三
電話：02-2923-1455／傳眞：02-2923-1452
電子信箱 sut81518@ms59.hinet.net
初　　版 2007年3月
定　　價 四編30冊（精裝）新台幣46,500元

宋代傳奇小說研究

游秀雲　著

作者簡介

游秀雲，1967 年生，台灣花蓮人。東海大學中國文學系學士、東海大學中國文學研究所碩士、中國文化大學中國文學研究所博士。現任銘傳大學應用中文系專任副教授，中國文化大學兼任副教授。另著有：《王韜小說三書研究》、《宋代傳奇小說研究》、〈青瑣高議對剪燈新話的影響〉、〈論傳奇小說與筆記小說的區分〉、〈中文系網站之現況與未來〉、〈從管子牧民論古典文學之應用教學〉，等等。

提　　要

全書按宋代歷史、愛情、志怪、俠義、宗教、公案、社會寫實等傳奇小說類型，綜論宋傳奇在中國文言小說史上之發展、特色與價值。第一章緒論，探討宋傳奇之研究概況，與本文之研究方法。第二章至第八章，專論各類之作家與作品；包括作者與篇章提要，各類特色與寫作技巧之析論。第二章論樂史等人，十二篇歷史傳奇小說。第三章論王煥等人，十二篇愛情傳奇小說。第四章論錢易等人，十篇志怪傳奇小說。第五章論吳淑等人，七篇俠義傳奇小說。第六章論劉斧等人，八篇宗教傳奇小說。第七章論司馬光等人，九篇公案傳奇小說。第八章論張齊賢等人，七篇社會寫實傳奇小說。第九章結論，透過體察宋代二十一位作家，六十五篇作品，呈現宋傳奇在中國文言小說上，不僅有其時代特色，亦是不可或缺的一環。文末並附〈宋傳奇歷史分期及作者一覽表〉、〈宋傳奇分類篇目表〉，以供參考。

目錄

自　序

1990 年 9 月至 1992 年 6 月，在東海中研所修習李師田意的課，每次下課後總是意猶未盡；從西南聯大聊到耶魯，從唐傳奇走入現代小說。就在老師的引領下，使我對中國小說產生了興趣，選定宋人傳奇小說，做爲學術研究的敲門磚。拙文在 1993 年 6 月完成，並順利取得碩士學位；首先要感謝李田意老師的指導，口試委員胡萬川老師、許建崑老師的指正。時光荏苒，《宋代傳奇小說研究》已在書架上擺了十四年，此次收入《古典文獻研究輯刊》四編，感謝潘美月老師、杜潔祥老師的厚愛，讓我重溫往日的種種，修訂書中某些錯誤。最後，謝謝二十年來一路相隨的培臣，與活潑可愛的二歲子游，體貼的家人是我精進的動力。

游秀雲識於松山醋齋
2007 年 1 月

第一章　緒　論

第一節　宋代傳奇小說的研究概況

自從魯迅的《唐宋傳奇集》刊行以後〔註 1〕，唐宋傳奇之名便在學術界，成爲耳熟能詳之語。而在劉開榮的《唐代小說研究》問世後〔註 2〕，研究傳奇小說的風氣漸開。特別是唐人小說的論著，成績斐然。自 1950 年迄 1989 年，臺灣地區即有二篇博士論文、二十六篇碩士論文；學報和一般雜誌刊物所發表的單篇論文，約有一百多篇〔註 3〕。但相對於宋傳奇的研究，在臺灣卻是乏人問津。即使是在中國大陸，對宋人傳奇的研究狀況，也僅停留在選集名篇，加以校注的階段，沒有專門的論述出現。

學術界對宋傳奇不感興趣的原因，不外乎二點：其一是學者們所據篇章，不出魯迅所選〔註4〕。其二，視魯迅的評價爲準繩，奉爲圭臬：

〔註 1〕魯迅，《唐宋傳奇集》，共收唐宋傳奇四十五篇，其中唐傳三十二篇，宋傳奇十三篇。1927 年 12 月、1928 年 2 月，由北新書局分上下二冊出版；1934 年 5 月，合爲一冊，由上海聯華書局再版。

〔註 2〕劉開榮，《唐代小說研究》，（上海：商務印書館，1947 年 11 月初版）。

〔註 3〕參考王國良，〈近四十年來臺灣地區唐人小說研究論著選介〉（《漢學研究通訊》，1990 年 9 卷 4 期），頁 250～254。

〔註 4〕魯迅《唐宋傳奇集》、《中國小說史略》二書，選介宋傳奇篇章，及後來學者相關著作所提篇目對照表：

篇　　名	李輝英	孟　瑤	張友鶴	郭箴一	葉慶炳	齊裕焜
隋遺錄	★			★		★
煬帝海山記		★		★		★
煬帝迷樓記		★		★		★

唐人大抵描寫時事，宋人極多講古事；唐人小說少教訓，宋人小說多教訓。〔註5〕

宋一代文人之爲志怪，既平實而乏文彩，其傳奇又多託往事而避近聞，擬古且不遠，更無獨創可言矣。〔註6〕

雖然某些宋傳奇亦如魯迅所言，多講古事和多教訓。但在故事中寓含教誨，包裹道德的外衣創作小說，是中國古典小說的常態，不單是宋傳奇而已。況且，宋傳奇並非只有魯迅所選的十餘篇，尚有其他佳作。再者，做爲中國古典小說史上演進的一環，宋傳奇確實有其歷史地位，不容我們漠視它的存在。因此，擺脫那些承自魯迅的定論，才能使我們在宋傳奇中搜剔推敲，察其精髓。

即使研究宋傳奇的論著尚未產生，但中國大陸在整理宋傳奇的篇目及校注上，卻是不遺餘力。直至目前所見，最早的一本選集是1983年王洪延、周濟人的《五代宋小說選》〔註7〕，一共選了三十四篇宋人小說，分爲傳奇及筆記小說二部分。第二本是1985年薛洪、李實、牟青、馬蘭選注的《宋人傳奇選》〔註8〕，全

煬帝開河記		★		★		★
綠珠傳	★	★		★	★	
楊太眞外傳	★	★		★	★	★
流紅記	★		★			★
趙飛燕別傳	★	★		★	★	
譚意歌傳	★	★	★	★	★	★
王幼玉記	★			★		★
王榭						
梅妃傳			★	★		★
李師師外傳	★	★	★	★	★	★
溫泉記	★					★
驪山記	★					★

有"★"記號者，爲學者在書中所提篇章。又，所據之書如下：李輝英《中國小說史》，孟瑤《中國小說史》，張友鶴《唐宋傳奇選》，郭箴一《中國小說史》，葉慶炳《唐宋傳奇選》，齊裕焜《中國古代小說演變史》。（出版處及出版年月，見【參考書目】。）

〔註 5〕見於魯迅，〈中國小說的歷史的變遷〉，收在《魯迅全集》第九冊（臺灣：谷風出版社，1989年12月，台一版），頁323。

〔註 6〕見於魯迅，《中國小說史略》，第十二篇宋之話本（臺灣：谷風出版社，翻印本），頁113。

〔註 7〕王洪延、周濟人，《五代宋小說選》（中州書畫社，1983年6月一版一印）。

〔註 8〕薛洪、李實、牟青、馬蘭，《宋人傳奇選》（湖南：人民出版社，1985年10月一版一印）。

書共收有傳奇五十七篇；其前言對宋傳奇的論述極有見地，評議頗爲中肯。之後，是 1990 年李華年的《宋代小說選譯》〔註 9〕，分爲傳奇十二篇和筆記四十篇。最後是 1990 年姚松的《宋代傳奇選譯》〔註 10〕，譯注了十六篇。以上所列四種選本，有助於本人對宋傳奇的抉選及閱讀；特別是某些精闢的見解，更是獲益匪淺。

除此之外。尚有一些單篇發表的論文，散見在雜誌學報刊物上。有引論式地介紹宋傳奇的成就者，例如：澎湃的〈兩宋時代的傳奇小說〉〔註 11〕、程毅中的〈宋代的傳奇小說〉〔註 12〕、周維培〈李師師外傳與宋代文言小說〉〔註 13〕、李劍國〈宋人小說：巔峰下的徘徊〉〔註 14〕等。或者是考證名篇、小說集，例如：謝桃坊〈李師師外傳考辨〉〔註 15〕、李劍國〈青瑣高議考疑〉〔註 16〕。諸如此類，亦有其參考價值。

第二節　研究動機

雖然宋傳奇不如唐傳奇那樣璀燦，那麼地在中國小說史上大放異彩。但是，反觀在文言小說的演進歷程中，宋人傳奇卻是承繼唐人傳奇，下開明清文言小說，居於不可或缺的歷史地位。即如《宋人傳奇選》前言中所說：

> 宋人傳奇是唐人傳奇和清代文言小說之間一個不可或缺的發展環節，并具有自己的獨特風貌。因此，在中國小說史的研究上也是不容忽視的。〔註 17〕

因此，程毅中在〈宋代傳奇小說〉云：「沒有宋代傳奇，就不會有元明的傳奇小說，也就不能解釋清代《聊齋誌異》的出現。」〔註 18〕

除了宋傳奇居於歷史脈絡中的重要性之外，不能否認的，並且也是無庸置疑的，宋傳奇也有異於唐人傳奇小說的優點。例如：在語言的通俗性上、在題材的取向上、

〔註 9〕李華年，《宋代小說選譯》（上海：古籍出版社，1990 年 7 月二版一印）。

〔註 10〕姚松，《宋代傳奇選譯》（四川：巴蜀書社，1990 年一版一印）。又，此本在臺灣已翻印（繁體字），書名改爲《宋代傳奇》，由台北錦繡出版社，1993 年 2 月出版。

〔註 11〕收在《中華文藝》，1979 年 10 月，10 卷 2 期，頁 53～61。

〔註 12〕收在《文史知識》，1990 年 2 期，頁 10～16。

〔註 13〕收在《文史知識》，1990 年 2 期，頁 22～24。

〔註 14〕收在《南開學報》，1992 年第 5 期，頁 41～48。

〔註 15〕見於《文獻》，20 輯，頁 23～35。

〔註 16〕收在《南開學報》，1989 年第 6 期，頁 1～10、15。

〔註 17〕同見於註 8，薛洪《宋人傳奇選》頁 1。

〔註 18〕同見於註 12，頁 10。

和寫作技巧方面，都有超越唐傳奇的成就〔註 19〕。因此，在給唐傳奇滿堂的喝采及掌聲之餘，我們也應該投視宋傳奇一個關注的眼神。即使它的成就不如唐傳奇；在小說史上的地位，沒有唐傳奇崇高。但是，我們可以從小說史上的進化觀點出發〔註 20〕，拋棄崇古的價值取向，重新評價它，並予以它在中國小說史上重新定位。猶如明代馮夢龍所說的：

> 以唐說律宋，將有以漢說律唐；以春秋戰國說律漢，不至於盡掃義聖之一畫不止，可若何？大抵唐人選言，入於文心；宋人通俗，諧於里耳。〔註 21〕

雖然，他是針對唐傳奇和宋話本抒論，卻道出小說的進化觀。唐傳奇是寫給當時讀書人看的，而宋話本的對象則是民間市井百姓。各自合乎不同層次的讀者，所表現的藝術手法亦大不相同，不能「以唐說律宋」。此心同此理同，唐宋傳奇有各自的文學基調，和不同的時代背景；故雖同爲文言小說，其呈現的風格亦異，不能以唐傳奇做批判宋傳奇的唯一標的。換句話說，用進化的觀點來解釋小說發展的脈絡，才不會落入貴古賤今的窠臼之中；也較能以持平的心態，評價宋人小說的成就。

吉川幸次郎在《宋詩概說》中說道：「唐詩是酒，是很容易令人興奮的東西。不能晝夜不停地喝。宋詩是茶，茶雖然不能像酒那樣令人興奮，卻能給人以寧靜的喜悅」〔註 22〕，以酒茶比喻唐宋詩風格之異，同樣揭示文學的時代性。一代有一代不同的文學基調，不能以某時代做爲評論另一時代的標準。宋詩有宋詩的特色，唐詩有唐詩的風格；同樣地，宋傳奇亦有異於唐傳奇之處。宋詩、宋傳奇中好議論說理；唐詩、唐傳奇中少議論說理，這就是二個時代不同的文學基調。而且，文學家們會根據當代的審美特點、情趣，創作出合乎時尚的藝術。在詩中、小說中夾說理，正說明了，這是宋人所愛好的藝術手法。我們斷不能以唐傳奇律宋傳奇；或用現代小說的尺度，衡量宋人傳奇小說。

基於以上對文學進化史觀的體認，和宋傳奇的歷史意義，以及宋朝文學基調的思考之下，使我對宋傳奇產生了研究的興趣及動機。因此本人希望從宋傳奇的優秀

〔註 19〕這些宋傳奇的優點論述，見於同註 12，《宋人傳奇選》，前言部分。

〔註 20〕此所謂「進化的觀點」，除沿用李師田意，在課堂上所強調的，進化文學史觀之外，尚參酌陳平原，〈進化的觀念與小說史研究〉(《文藝研究》，1989 年 5 期)，頁 111～114，的說法。

〔註 21〕見於馮夢龍，《喻世明言．序》(臺北：桂冠圖書公司，1989 年 3 月初版)，頁 1。

〔註 22〕見於吉川幸次郎著、鄭清茂譯，《宋詩概說》(臺北：聯經出版社，1977 年 4 月初版)，頁 48。

篇章中，歸納整理出宋傳奇的特色，呈現宋朝文風趨勢下的文言小說概況。並重新評估它的文學價值，體現它在小說史上的重要性。更進一步，希望將它從文化沈澱的底層激揚起來，抬舉而置尊俎之前，爲批評學者所顧念，獲得青睞，而不是僻處自說，吹縐一池春水。

第三節　研究方法

一、「傳奇」一詞的流變

對於「傳奇」一詞，王國維在《宋元戲曲考》中說：

> 傳奇之名，實始於唐，……至宋則以諸宮調爲傳奇，元人則以元雜劇爲傳奇，至明則戲曲長者爲傳奇，以與北雜劇相別，……傳奇之名，至明凡四變矣。〔註 23〕

傳奇在文學藝術上的流變過程，王國維的歸納基本上是正確的。「傳奇」一詞，最早是篇名；中唐時元稹的〈鶯鶯傳〉原名〈傳奇〉。晚唐裴鉶的小說集名《傳奇》，故亦爲書名。

就唐人對「傳奇」指稱來看，推本溯源，傳奇最初是指愛情題材的作品；宋人對「傳奇」一詞的運用，亦有沿襲此種概念者。例如，在羅燁的《醉翁談錄》中，提及的宋人說話名目中有：「論鶯鶯傳、愛愛詞、……崔護覓水、唐輔採蓮，此乃爲之傳奇。」〔註 24〕據胡士瑩《話本小說概論》的推論，此所謂傳奇指「人世間悲歡離合的奇聞軼事」〔註 25〕。除了在說話名目中，提及傳奇之外；宋人說唱諸宮調中，亦用傳奇一詞，如耐得翁《都城紀勝．瓦舍眾伎》：「諸宮調，本京師孔三傳編撰傳奇、靈怪，入曲說唱。」；又周密《武林舊事．諸色伎藝人》，載有「諸宮調傳奇」；故王國維說：「至宋則以諸宮調爲傳奇」。若更進一步釐清，則傳奇之名，在這二門宋代通俗藝術中，概指人世間的愛情題材。

另一方面，宋人對傳奇的理解，亦由裴鉶《傳奇》一書，轉而指稱爲唐代某種文體：

> 范文正公爲岳陽樓記，用對話語說時景，世以爲奇，尹師魯讀之曰：

〔註 23〕王國維，《宋元戲曲考》，收在《王國維全集》，續編（四）（臺灣：大通書局出版），頁 1630。

〔註 24〕見於羅燁，《醉翁談錄》，甲集卷一，〈小說開闢〉（臺北：世界書局，1965 年 3 月再版），頁 4。

〔註 25〕胡士瑩，《話本小說概論》（北京：中華書局，1980 年 5 月一版），頁 111。

傳奇體耳。傳奇，唐裴鉶所著小說也。〔註26〕

但尹洙（師魯）並無進一步說明，所謂「傳奇體」的特徵是什麼。王夢鷗據〈岳陽樓記〉之結構特色，認爲：「其爲文體，蓋駢散互用，……代表有唐一代所特有之駢散混合文體也」。〔註27〕

又，宋趙彥衛《雲麓漫鈔》：「唐之舉人，先藉當世顯人，以姓名達之主司，然後以所業投獻，踰數日又投，謂之溫卷。如《幽怪錄》、《傳奇》等皆是。蓋此等文備眾體，可以見史才、詩筆、議論。」〔註28〕以史才（指敘事散文）、詩筆（詩的筆法，指韻文）、議論（諷諭意味）〔註29〕，做爲唐牛僧孺《幽怪錄》、裴鉶《傳奇》的文體特點。

傳奇一詞，除了在唐宋二代各有其指稱外，元代鍾嗣成《錄鬼薄》中說：「名公才人有所編傳奇行於世」〔註30〕，此「傳奇」乃指元雜劇劇本。又明代則指南戲，如高明〈琵琶記〉中，開場〔水調歌頭〕：「論傳奇，樂人易，動人難」，其中「傳奇」即是指南曲戲文。由此可知，「傳奇」一詞，在文學藝術中（如小說、說話、諸宮調、戲曲等等），所指稱的不同屬性。

二、何謂「宋代傳奇」小說

本論文所謂「傳奇」，就小說（fiction）而言，爲一概念化的語詞；承自魯迅《唐宋傳奇集》的概念而來，泛指小說的一種，特別是唐宋某類文言小說。此種概念性的泛稱，今已成爲學術界慣用語詞。但學者們對「傳奇」小說的界定，多所不同；尤其大多針對六朝志怪與唐傳奇的差異性〔註31〕；或以唐人小說爲基準，對宋人以

〔註26〕見於宋陳後山，《後山詩話》。收在《詩話叢刊》上冊（臺北：弘道出版社，1971年3月初版），頁93。

〔註27〕王夢鷗，《唐人小說研究》——〈傳奇校補考釋〉，四、宋本傳奇與傳奇體考（臺北：藝文出版社，1971年12月初版），頁95。

〔註28〕見於南宋趙彥衛，《雲麓漫鈔》，卷八（臺北：世界書局，1959年9月初版），頁1110。

〔註29〕對於「史才、詩筆、議論」的解釋，此處參用羅聯添，〈唐代文學史兩個問題的探討〉一文中的看法，收在羅聯添，《中國文學史論文選集》（三）(台北：學生書局，1979年3月初版），頁1166。

〔註30〕見於鍾嗣成、賈仲明撰，馬廉校注，《錄鬼簿新校》（北京：文學出版社，1957年6月一版），頁9。

〔註31〕例如，程毅中，〈宋代的傳奇小說〉，同註12，，即是從傳奇和志怪的差別上，來分析傳奇的特點：「第一、傳奇的篇幅較長。……傳奇體小說則大大加強了細節的描寫和人物對話，記事則曲盡顛末，記言則摹擬聲情，篇幅自然就擴展了。第二、傳奇注重文采。北宋古文家尹洙指出，"用對話語說時景"是傳奇體的一大特色。……第三、傳奇注重意想。作者比較自覺地加強藝術的虛構，發揮豐富的想像。」

後的小說，甚少顧及〔註32〕。唯以下學者，對「傳奇」小說的界定，較能兼及唐宋，甚至是宋人以後的傳奇。

胡懷琛——

少則幾百字，多則一二千字，尤以一二千字獨立成篇爲佳。……每件包含一個故事，故事人物不外：神仙、妖怪、才子、佳人、武士、俠客。……每篇自首至尾，組織精密。……詞藻華麗優美。〔註33〕

馬幼垣、劉紹銘、胡萬川——

自宋以後任何以文言寫成兩三千言以上的小說，均可視爲傳奇傳統的延續。〔註34〕

胡懷琛的界定，涵蓋了篇幅的長短、故事的人物特徵、組織結構、和寫作特點等等；而馬幼垣等人的看法，則顧及宋以後的文言小說，各有所長。故本論文依以上學者的看法；及宋人所認識的「駢散互用」、「史才、詩筆、議論」等特性，進一步界定本文所指「宋代傳奇」是：首先作者是宋朝人（960～1279）；文體必需是文言小說；每個故事需首尾完整；字數要在五百字以上，甚或可達兩三千言；至少包括一個情節以上；在寫作上，以散文爲主，夾雜駢儷句法，或具諷諭。此外，宋代筆記繁興，又「在筆記體與傳奇體之間，沒有斷然可分的鴻溝」〔註35〕，所以，本論文將故事較完整、篇幅較長、情節動人、結構曲折的的筆記亦歸傳奇。

三、研究方法

訂下本人抉選宋傳奇的條件之後，接著是揭示本論文的研究方式。在思考論文進行的方向上，研究唐傳奇的前輩們所奠定之成果，給予了我許多啓示，例如：劉開榮的《唐代小說研究》〔註36〕，以同樣是在一片處女地中開墾，他的研究方式是足以做爲參考的；王夢鷗對唐傳奇所做的研究、校釋方法〔註37〕，亦爲尋找、鑑別、

〔註32〕此與唐傳奇之研究興盛，息息相關。

〔註33〕見於胡懷琛，《中國小說論》（台北：清源出版社，1971年11月初版），頁54。

〔註34〕見於馬幼垣、劉紹銘、胡萬川，《中國傳統短篇小說選集》導論——〈筆記、傳奇、變文、話本、公案——綜論中國傳統短篇小說的形式〉（台北：聯經出版社，1979年初版），頁9。

〔註35〕引自俞汝捷，《幻想和寄託的國度——志怪傳奇新論》（台北：淑馨出版社，1991年4月一版），頁183。

〔註36〕同註2，劉開榮，《唐代小說研究》，對唐傳奇所顯現的士族門第婚姻、士子追求功名的思想、士人與娼妓交往、以及藩鎮專擅等社會現象，做一剖析。

〔註37〕王夢鷗先生研究唐人小說的成績斐然，在1971年至1978年間，出版了《唐代小說研究》、～二集、～三集、～四集等四書，由台北藝文印書館出版。於1983年到1985年間，著有《唐人小說校釋》上、下二冊，由正中書局出版。

研讀宋傳奇篇章的指導。

在宋傳奇篇章的搜尋上，由以下四個方向尋找：一、《叢書子目類編》子部小說類、傳奇之屬中，所舉宋傳奇篇章。二、爲叢書中所輯錄的宋人傳奇。例如：明陶宗儀《說郛》、明陸楫《古今說海》，等等。三、宋傳奇小說集，如北宋劉斧《青瑣高議》中，所存宋人傳奇作品。四、宋人筆記小說集，如宋初張齊賢的《洛陽縉紳舊聞記》、宋初吳淑的《江淮異人錄》、南宋洪邁《夷堅志》、周密《齊東野語》，等等。

將所集宋傳奇、選擇優秀且有代表性的作品六十五篇〔註38〕，按題材予以分類〔註39〕。每類按作者大略的時代先後，予以介紹其篇章，並歸納每類所呈現的特色〔註40〕，進而分析此類傳奇小說的藝術技巧〔註41〕，以期呈現宋傳奇不同題材下的作品風貌，突顯出宋人傳奇的成就。

對於宋傳奇的分類，有幾點必須說明。首先，因爲「小說的歸類方法，從來就沒有什麼明確的標準。」〔註42〕所以，本文只能依每篇小說的主要題材傾向，做爲劃分的依據。例如：敘述人狐戀愛的李獻民〈西蜀異遇〉〔註43〕，按題材上來說，既可歸入愛情類，又可歸入志怪類。在不得已的情況下，只好將它列入志怪傳奇的領域之中，並不考慮有所謂愛情兼志怪類的情形，如此一來，才不會使小說重複出現在不同的類別中。

其次，除依唐傳奇一般所劃分的五類——歷史故事、愛情故事、志怪故事、俠義故事、宗教故事之外〔註44〕，本文又增加了公案故事和社會故事。所謂公案，即

〔註38〕所謂具代表性的優秀篇章，包括：合乎「宋傳奇」定義者；學者們所提及的篇章；宋人傳奇校注本中，所提及的；影響後代戲曲、小說創作的篇目；或在寫作上具有特色者。

〔註39〕「題材」：是小說家在作品中，所反映的生活領域、或取材範圍，是表現主題的主要材料。

〔註40〕「特色」：是指一類作品中共有的特點；或與唐傳奇同類題材比較下，所呈現出來的不同風貌。因宋傳奇承唐傳奇的發展而來，故在每類特色的歸納上，以每類中所呈現的特點爲主；且不刻意避開與唐傳奇共有之特點。

〔註41〕所謂小說的「藝術技巧」：小說家創作故事的戲法。如何揭露眞相、設置暗樁，如何描述故事，如何刻劃人物、布置結構、製造迭宕，如何展開情節，等等。因爲每類傳奇中的作者、作品各有其分疏性；又篇目多達六十五篇，故不能一一分析每篇之藝術風格，只能就每類總括分析。

〔註42〕同註34，頁2。

〔註43〕見於李獻民，《雲齋廣錄》卷五（金刊本，國家圖書館善本書室）。

〔註44〕關於唐傳奇的分類，歷來學者們的看法分歧，茲舉例如下：
劉大杰——愛情、豪俠、諷刺、歷史。（《中國文學發展史》，第十二章。台北：華正書局，1987年8月版。）尉天驄——豔情、諷刺、靈怪、豪俠。（〈唐代小說題材之

故事內容牽涉犯罪行爲，及如何循法律途徑去處理此案件者〔註45〕。因爲公案小說的發展至宋朝已成一大類，故再增列之。而社會寫實小說，乃因宋傳奇中有許多描寫市井百姓生活周遭的故事；包括反面詐騙故事、正面頌讚小人物，等等；在唐人傳奇中是不多見的。既爲宋傳奇中的普遍題材，所以亦自成一儔。

演變與作家之派別〉，《中華文化復興月刊》，1971年4卷5期，頁17～23。）劉漫輕——志怪、言情、豪俠、出世、諷刺。（〈唐代之傳奇小説〉，《中華文化復興月刊》，1974年7卷6期，頁32～34。）葉慶炳——佛道、戀愛、豪俠。（《中國文學史》，第二十講。台北：學生書局，1987年版。）孟瑤——愛情、俠義、志怪。（《中國小説史》，隋唐五代，同註4。）楊子堅——婚姻戀愛、仕途官場、豪俠、斬妖除怪。（《新編中國古代小説史》，第三章第二節。南京：南京大學出版社，1990年6月一版。）周啓志、羊列容、謝昕——神怪、傳奇類、傳記、俠義、神怪兼愛情。（《中國通俗小説理論綱要》，第七章題材論。台北：文津出版社，1992年3月初版，頁259。）

〔註45〕「公案小説」的定義，此處參酌同註34，頁14。

第二章　宋代歷史傳奇小說

所謂「歷史小說」，凡擷取歷史人物或歷史事件，加以概括、想像、虛構、舖陳爲故事者，皆是歷史小說〔註1〕。例如：樂史取晉朝石崇與綠珠事，作〈綠珠傳〉。此外，凡是涉及歷史帝王、后妃的軼聞，亦屬歷史傳奇。不論是前朝史事，如無名氏〈開河記〉，寫隋煬帝開河史事；或者是當代皇帝故事，如〈李師師外傳〉即是。

作者據歷史、野史及民間傳聞爲基礎，又添加想像、虛構等藝術特徵，寫作歷史小說。因此，當中偶亦夾雜超自然成分。例如，無名氏〈開河記〉，即有靈氛、妖妄之描寫。雖含志怪，但據歷史以虛構，故不入於志怪類中。又，某些歷史傳奇，以述帝王、后妃之間的愛情故事爲主；如樂史〈楊太眞外傳〉，述玄宗與貴妃事；無名氏〈梅妃傳〉，道梅妃和明皇的愛情。以歷史人物的愛情故事爲題材，雖可入於愛情類中，但由於據歷史帝王、后妃的軼事，加以創作，故仍歸於歷史小說之列。

第一節　宋代歷史傳奇的作品及作者

宋歷史傳奇盛行於北宋初期及中晚期，盛行的原因有三：首先，借古事以諷今事。從政治因素上來說，「宋時諱忌漸多，所以文人便設法迴避，去講古事」〔註2〕託古喻今，藉史外逸聞批判帝王的驕奢荒淫，爲當代提供借鏡。

其次，受宋朝史學發達的影響。「宋代史書數量空前增多，史書體例空前發展，史學範圍空前擴大。……當代史的撰寫和當代文獻的匯集整理，蔚爲風尙。」〔註3〕

〔註1〕對於歷史小說的定義，參酌羅樹華、陶繼新、李振村，《小說辭典》（中國礦業大學出版社，1989年12月一版），頁7。

〔註2〕見於魯迅，〈中國小說的歷史的變遷〉，第四講宋人之說話及其影響。收在《魯迅全集》，第九冊（臺北：谷風出版社，1989年12月，台一版），頁323。

〔註3〕見於蔡崇榜，《宋代修史制度研究》（臺北：文津出版社，1991年6月初版），頁3。

因此，風尚所及，宋小說家也以對歷史的癖好，從而寫作歷史傳奇故事。

其三，民間說話，刺激歷史傳奇的創作。宋代"說話"科目中，講史是其中一類；尤其北宋時，即已成爲最盛行的一科〔註 4〕。說書人除了據正史講述之外，更會援歷史故事以道。例如，北宋時即有講述《漢書》、《五代史》、《說三分》、《列國志》《七國春秋》者〔註 5〕，故間接對歷史傳奇的創作，有所影響。

以下將介紹十二篇著名的歷史傳奇小說。

一、〈綠珠傳〉

見於《說郛》、《琳琅秘室叢書》中〔註 6〕。作者樂史（930～1007），字子正，撫州宜黃（今江西省宜黃縣）人，從南唐入宋之後，太平興國五年（980）進士，後因上書言事，擢爲著作郎、知陵州。雍熙三年（986），獻所著《貢舉事》二十卷等，太宗嘉其勤，於是遷著作郎、直史館。淳化四年（993），及咸平初（998），復獻書數百卷。並撰有《太平寰宇記》二百卷、《廣卓異記》二十卷、《諸仙傳》二十五卷、《宋齊丘文傳》十三卷，又編己所著《洞仙集》百卷，可知其著作浩繁。因獻書得以入史館任著作郎。但所著博而寡要，以三帝、三王皆云仙去，故史書上說「論者嗤其詭誕」〔註 7〕。

其中，筆記小說《洞仙集》、《廣卓異記》，和傳奇小說〈綠珠傳〉、〈楊太眞外傳〉，是比較有名的作品。故樂史因此成爲，北宋前期重要的文言小說作家。

〈綠珠傳〉寫晉朝石崇和趙王司馬倫的手下孫秀，爭奪舞妓綠珠的故事。小說從綠珠的出生、家鄉寫起。石崇購得綠珠之後，因其善歌舞吹笛，色藝雙絕，寵愛有加；卻遭孫秀的側目，一心奪之。孫秀仗著司馬倫的權勢，不擇手段，使石崇人亡族滅、綠珠墜樓效死。小說末以綠珠傳聞，和孫秀被剖心之事，做爲結束。樂史通過綠珠的故事，意在表彰「侍兒之有貞節者」，借以「懲戒辜恩背義之類也」。

這篇紀傳體小說，夾敘夾議，對於石崇之亡與報應之不爽，抒己之見。羅列了

〔註 4〕據胡士瑩，《宋代話本概論》（北京：中華書局，1980 年 5 月一版），頁 100。引孟元老，《東京夢華錄》，載北宋汴京瓦肆中的說話科目裏，有"講史"一科。並說「北宋 "講史"，發達」。

〔註 5〕見同註 4，胡士瑩，《宋代話本概論》，第十七章，〈關於講史〉，頁 703。

〔註 6〕〈綠珠傳〉收在下列叢書中：《說郛》，卷三十八（商務印書館本）。《說郛》，卷一百十二（宛委山堂本）。《琳琅秘室叢書》，第四集。《綠窗女史》，妾婢部逸格。《叢書集成初編》，總類，續談助。《舊小說》，丁集。

〔註 7〕樂史生平參考：宋王偁，《東都事略》，卷一百十五。宋曾鞏，《隆平集》，卷十四。宋黃震，《古今紀要》，卷十七。元脱脱，《宋史》，卷三百六。明柯維騏，《宋史新編》，卷八十四。清厲鶚，《宋詩紀事》，卷三。

許多前代的小說、詩文、地理考證等，在搜集材料上，確實不遺餘力。但穿插太多的瑣碎傳聞，反而使綠珠的形象不夠鮮明、生動。較具個性化的語言只有「願效死于君前」一句；對表彰貞節的主題無法發揮多大效用。可是，這篇小說保留了綠珠的傳說，提供後代雜劇、話本的創作素材。如：元代關漢卿的雜劇《綠珠墜樓》、和明人的話本小說《綠珠墜樓記》〔註 8〕，皆本於此篇。

二、〈楊太真外傳〉

這是樂史另一篇有名的傳奇小說。共分爲上、下二卷，收在《說郛》、《顧氏文房小說》等書中〔註 9〕。汪辟疆贊此文：「首尾備具，斐然可觀。……今以外傳雖出於宋人，而文特淒豔；且讀此文，其他唐末五季之侈談太眞逸事者，皆可廢也。」〔註 10〕可謂推崇備至，無以復加。

小說以楊貴妃的身世做爲開場。其後敘貴妃入宮之後，一人得寵，雞犬升天，父母兄姊位列公卿。作者特地穿插了吉溫使計的情節，披露出玄宗對楊玉環的深情。及至安祿山造反，楊家失去一切的權勢富貴榮華，貴妃自縊於馬嵬坡前。貴妃死後，明皇思之甚篤，派蜀道士至仙界打聽貴妃音訊。雖屬超自然的想像、虛構成份，但刻劃出玄宗的深情。樂史以〈長恨歌傳〉爲架構，把唐以來的楊妃傳聞，和歷史事實結合起來；大量增添了細節描寫、對話，塑造了血肉豐滿的藝術形象。但文中有不少句子，實際上是注解，夾在故事當中，讀起來不免有支離割裂之感。

大抵而言，樂史的歷史傳奇故事，「在材料的組織上下了很大的功夫，有匠心獨運之處，但經常忽略了對主要人物的刻劃。」〔註 11〕，往往過分拘泥於史實，無法自據主題，對史料加以鎔鑄，改造爲藝術典型。魯迅曾評論：「蓋史既博覽，復長地理，故其輯述地志，既濫於採錄，轉成繁蕪。」〔註 12〕資料搜集豐富，成爲後人寫作綠珠、楊妃故事的腳本，故其傳奇，可謂毀譽參半。

〔註 8〕關漢卿《綠珠墜樓》已佚。見於鐘嗣成、賈仲明撰，馬廉校注，《錄鬼簿新注》，卷上（北京：文學古籍刊行社出版，1957 年 6 月一版），頁 18。明話本小說《綠珠墜樓記》，載於明何大倫，《燕居筆記》卷十，此見於孫楷第，《中國通俗小說書目》，卷三（北京：作家出版社，1957 年 1 月一版），頁 83。

〔註 9〕〈楊太眞外傳〉見於：《說郛》（宛委山堂本），卷一百十一。《顧氏文房小說》（嘉靖本）。《五朝小說大觀》，唐人百家小說紀載家。《龍威秘書》，四集。《綠窗女史》，宮闈部蠱惑。又，此傳的時代問題，見於魯迅，《唐宋傳奇集》稗邊小綴，收在《魯迅全集》第十卷（臺北：谷風出版社，1989 年 12 月，台一版），頁 134。

〔註 10〕參閱汪辟疆，《唐人小說》（臺北：文史哲出版社，1988 年四月再版），頁 124。

〔註 11〕見於姚松，《宋代傳奇選譯》（四川：巴蜀書社，1990 年一版），頁 2。

〔註 12〕魯迅，《唐宋傳奇集．稗邊小綴》，同註 9，頁 135。

三、〈梁太祖優待文士〉

見於《洛陽縉紳舊聞記》卷一〔註13〕。作者張齊賢（943～1004），曹州冤句（今山東省曹縣西北）人，年少時慕唐李大亮爲人，故字師亮。太平興國二年（977）進士。淳化二年（991）官吏部侍郎同平章事，登宰相之位。在宦海中幾度浮沈，大中祥符五年（1012）以司空致仕；七年無疾而終，年七十二歲〔註14〕。他的著作，據《名臣碑傳琬琰集》載，有集五十卷、奏議二十卷、太平雅編二卷、同歸小說十卷；今祇存小說集《洛陽縉紳舊聞記》五卷。由序文知，作於景德二年（1005）。全書五卷二十一篇，多記殘唐五代間歷史故事，是一部介乎史傳與小說之間的作品。文字簡明，描寫傳神，「在宋人小說中是水準較高的一種」〔註15〕。

篇名雖題〈梁太祖優待文士〉，乃藉文士杜荀鶴求見梁太祖朱溫，以其慘悴戰慄、魂不附體；回去之後，驚懼成疾、氣貌羸絕。側面描寫了朱溫的殘暴及喜怒無常的個性。並以器重徐夤、和恭翔直言事，點出朱溫可成興王之業，是以剛猛果斷、權術御人所致。全篇以史傳筆法，寫出朱溫安忍雄猜的形象。文字簡約，以傳神的筆法刻劃人物，批露出杜荀鶴等人的聲情神態，是一篇相當好的歷史小說。

四、〈隋遺錄〉

分爲上下二卷。原名〈南部煙花錄〉，後人重編之後，稱爲〈大業拾遺記〉。據《百川學海》本所載跋語，可知其書名本末。又《百川學海》本，題作者爲唐顏師古。據魯迅考證〔註16〕，實爲宋人託名師古之僞作。眞實姓名不可考，故今暫以無名氏稱之。

小說敘煬帝將幸江都，命麻謀叔開運河。遊幸途中縱恣，妃侍兒爭寵等事。末以宇文化及焚草之變，匆匆作結。故事主題在於煬帝的驕奢淫佚，窮極侈靡。但敘述頗爲凌亂，穿插太多不必要的描寫，致使故事主線不明，算不上是好的歷史傳奇小說。唯魯迅稱：「文筆明麗，情致亦時有綽約可觀覽者」〔註17〕，故採入《唐宋

〔註13〕篇目標題，據《知不足齋叢書》本所題。

〔註14〕有關張齊賢的生平資料，參考如下：宋杜大桂，《名臣碑傳琬琰集》，卷二。宋王偁，《東都事略》。宋朱熹，《五朝名臣言行錄》，卷一之七宋曾鞏，《隆平集》，卷四。宋黃震，《古今紀要》，卷十七。元脫脫，《宋史》，卷二百六十五。明柯維琪，《宋史新編》，卷七十三。清陳焯，《宋元詩會》，卷一。清王梓材，《宋元學案補遺》，卷十九。清厲鶚，《宋詩紀事》卷三。

〔註15〕見於薛洪等選注，《宋人傳奇選·前言》（湖南：人民出版社，1985年10月一版），頁28。

〔註16〕魯迅，《唐宋傳奇集》稗邊小綴，同註9，頁129。

〔註17〕魯迅，《中國小說史略》，第十一篇，宋之志怪及傳奇文(台北：谷風出版社翻印本)，頁108。

傳奇集》，並在《中國小說史略》中，加以介紹。

五、〈煬帝迷樓記〉

見於《說郛》卷三十二。作者爲宋人，不可考〔註18〕。敘述煬帝驕奢淫逸，深迷女色，命項昇建樓，坐擁美人。其樓因浩大幽邃，一入其中即自迷，故稱迷樓。煬帝沈浸其中，即使有倭民王義上書進諫，煬帝清醒了二日之後，又忿然入於迷樓之中，享其春夢。以同情筆觸寫候夫人，長瑣深宮的淒涼；藉以諷諭帝王的荒淫，使無數女子成爲受害者。主題圍繞著煬帝的好色，描述的事件也以迷樓貫串。平心而論，可稱得上是宋人傳奇中的佳作。特別是語言流暢，描寫細膩，結構佈置承接合理。

此傳文末有：「唐帝提兵入京，見迷樓」數句，《四庫全書總目》據以評論：「竟以迷樓爲在長安，乖謬殊甚」〔註19〕。更有人以此，譏宋人歷史知識淺薄，進而否定所有宋傳奇的成就。事實上，不能完全以合乎歷史事實與否，做爲評斷歷史小說的標準。

六、〈煬帝開河記〉

見於《說郛》卷四十四。作者爲宋人，亦不可考。故事以隋煬帝開鑿運河爲主幹，思遊廣陵，路途遙遠，又益以睢陽王氣之說。聽從近臣蕭懷靜的建議，徵調民兵，開鑿卞河，命麻叔謀爲鑿河總管。開河期間，歷經鬼怪、妖妄、靈忿之事。爾後徵民女織船索，要民間獻柳樹栽種河岸，勞民傷財，只爲煬帝的遊興。最後，爲了討好煬帝，草菅人命的麻謀叔，被腰斬而死；隋朝也一步步走向滅亡。

故事主線清晰，結構完整，描寫也較爲細膩。雖穿插鬼神迷信的成分，卻對欺上瞞下者，提出了批判。天象示警、鬼神顯現的描寫，以超自然的幻想成分，表達天怒人怨之意。

七、〈隋煬帝海山記〉

作者不可考，見於劉斧《青瑣高議》後集卷五。分爲上、下二卷，上卷標目題「記宮中花木」；下卷題「記登極後事蹟」。標題概爲編者劉斧所書〔註20〕。上卷述

〔註18〕〈迷樓記〉、〈開河記〉、〈海山記〉的作者問題，首先《唐人說薈》，題唐韓偓撰。紀昀等撰，《四庫全書總目》，卷一四三，子部小說類存目一，以其文詞鄙俗，斷定爲宋人的依託。魯迅認爲是北宋無名氏作。李劍國〈青瑣高議考疑〉，則稱隋煬三記都是唐末人之作，不出北宋（《南開學報》，1989年第六期，頁10。）

〔註19〕同見於註18，《四庫全書總目》。

〔註20〕北宋劉斧撰輯，《青瑣高議》一書，包含有雜事、志怪和傳奇的筆記小說集。上海古籍出版社，1983年據董氏誦芬室的刻本；再加上程毅中所輯《青瑣高議》，佚文三十六條，重新刊刻出版。全書共分爲前集、後集、別集、補遺等四部份。

煬帝得到楊素幫助，登上皇位；楊素負文帝死前之託，而得報應。煬帝竊位後，徵調役民鑿五湖四海、詔集珍奇草木、鳥獸，供他賞玩。下卷透過見陳後主、鯉生角、李木茂盛楊木衰、王義上書等事；烘托出隋朝滅亡，實乃天命，早現端倪。字裏行間充滿感應、命定思想。文中夾雜草木名物、羅列詩歌。但敘述頗具條理，殆經由劉斧整理所致。明馮夢龍《醒世恒言》卷二十四，〈隋煬帝逸遊召譴〉，即由宋隋煬諸作舖演而成；其中引用《海山記》的部分最多。

八、〈趙飛燕別傳〉

見於《青瑣高議》前集卷七，子題爲「別傳敘飛燕本末」。作者秦醇，字子復（又作子履），約爲北宋中期亳州譙川（今安徽省亳縣一帶）人〔註 21〕。生平事蹟無可考，是宋代重要的文言小說家。在《青瑣高議》中另收有秦醇的〈驪山記〉、〈溫泉記〉、〈譚意歌傳〉等傳奇小說。

宋以前就有描寫漢成帝宮廷秘史的小說，以托名漢人伶玄所寫的〈趙飛燕外傳〉最有名。明胡應麟曾指出〈趙飛燕別傳〉:「蓋爲六朝人作，而秦醇子復補綴以傳者也。第端臨《通考》、漁仲《通志》並無此目，而文非宋所能。其間敘才數事，多俊語，出伶玄右，而淳質古健弗如，惜全帙不可見也。」並贊其:「蘭湯灩灩三語，百世下讀之，猶勃然興矧親炙耶。」〔註 22〕關於他推論秦醇只是補綴者非作者，魯迅已指出其謬〔註 23〕，自不待言。而稱讚其多俊語，實爲中肯之論，故「在宋人傳奇中堪稱上乘之作」〔註 24〕。

小說以趙飛燕姊妹在宮廷中的爭寵爲架構。趙后淫亂陰柔，爲鞏固后座，與人私通，以求生子；其妹昭儀狡黠兇殘，屠殺嬪妃所生之子。荒淫昏庸的成帝，死於昭儀之手。昭儀自殺，趙后只有獨守後宮，度其殘年。敘述明快暢達，條理分明，無語意澀晦曖昧之處，也沒有太多的主觀評論，其立意已溢於言表。

九、〈驪山記〉

見於《青瑣高議》前集卷六，標題下稱「張俞遊驪山作記」，作者亦秦醇〔註 25〕。

〔註 21〕《青瑣高議》前集卷六，〈溫泉記〉，下題「亳州秦醇子履撰」；前集卷七，〈趙飛燕別傳〉，下題「譙川秦醇子撰」；別集卷二，〈譚意歌傳〉，下題「譙郡秦醇子復」。

〔註 22〕胡應麟贊〈趙飛燕別傳〉之語，見於《少室山房筆叢》，卷十三。

〔註 23〕見同註 9，《唐宋傳奇集》稗邊小綴，頁 137：「然今本所見皆作別傳，不作集；《說郛》本亦無刪節，但較《高議》少五十餘字，則或寫生所遺耳。……元瑞（胡應麟）雖精鑑，能作《四部正訛》，而時傷嗜奇，愛其動魄，使勃然興，則輒冀其爲古書以增聲價。」

〔註 24〕見於李華年，《宋代小說選譯》(上海：古籍出版社，1990 年 7 月二版），頁 69。

〔註 25〕同註 18，李劍國，〈青瑣高議考疑〉，據標題「張俞遊驪山作記」，判斷〈驪山記〉是張俞與友人遊玩，至驪山下，訪一老翁。翁述明皇、貴妃、祿山傳說，並抒發對彼事之看法。故事的主線不甚明確，只轉述老翁所言軼事，可視爲明皇、貴妃故事的後續之作。且描寫細膩，特別是摹繪人物、景色，文筆可觀。

十、〈溫泉記〉

作者秦醇，見於《青瑣高議》前集卷六，標題下有「西蜀張俞遇太眞」諸字。

敘張俞二經驪山，因題詩二首，被楊太眞召魂而去，與之共洗溫泉浴、遊仙境。徹夜暢談，張俞並對貴妃產生感情，一夜歡愉。正當晨雞司鳴，張俞魂返人間，驚起後，臂香猶存。託言與太眞相遇，雖予人造作之感，但以小說家喜言楊妃明皇的脾好來看，在一系列玄宗天寶韻事當中，此篇小說以優美的文字、豐富的想像力，編織成異於批判視角的歷史小說。所以，這篇小說可看成是貴妃死後，成仙之說的後續創作。明皇命道士入仙境找太眞(〈楊太眞外傳〉)，而張俞卻是離魂入蓬萊幽會，可以看出宋人對楊妃存有既同情又豔羡的心理。在下一篇傳奇〈梅妃傳〉中，我們卻又見到宋人將楊妃塑造成悍婦的形象。

十一、〈梅妃傳〉

收在《說郛》卷三十八、《顧氏文房小說》等書中〔註 26〕，不題撰人。《唐人說薈》始題唐曹鄴撰，據魯迅考證乃是妄題，作者當爲北宋、南宋間人〔註 27〕。明皇嬪妃中無梅妃，作者概因白居易〈上陽白髮人〉詩：「臉似芙蓉胸似玉，未容君王得見面，已被楊妃遙側目，妒令潛配上陽宮，一生遂向空房宿。」而塑造出來的苦命佳人〔註 28〕。

小說述梅妃江采蘋隨高力士入宮，受到明皇寵幸。及至楊貴妃入侍，因太眞忌而智，梅妃性柔緩，明皇雖仍喜梅妃亦不能近。作者將貴妃塑造成悍妒的惡婆娘；梅妃則是楚楚可憐、惹人疼愛的女子；玄宗成爲不敢違抗楊玉環的軟弱皇帝，並著意渲染明皇對梅妃的深情。安史亂後，明皇爲她作悼詞以奠，用皇妃禮重葬。

張俞所作（頁 10），但無進一步論證。又按小說的行文語氣來看，應非張俞所作。故今從魯迅的看法，作者爲秦醇。

〔註 26〕〈梅妃傳〉見於以下叢書之中：《說郛》（宛委山堂本），卷一百一十。《說郛》（商務印書館本），卷三十八。《綠窗女史》，宮闈部怨恨。《唐人說薈》（宣統石印本），四集。《藝苑捃華》。《龍威秘書》，四集。

〔註 27〕見於同註 9，《唐宋傳奇集・稗邊小綴》頁 138。

〔註 28〕此沿用曾永義老師的說法。見於〈楊妃故事的發展及與之有關之文學〉，收在陳鵬翔主編，《主題學研究論文集》（臺北：東大圖書公司，1983 年 11 月出版），頁 119～138。又魯迅，《中國小說史略》：「蓋見當時圖畫有把美人號梅妃者，泛言唐明皇時人，因造此傳」（同註 17，頁 109）。

即使是刻意杜撰的明皇逸史，但因梅妃形象的塑造成功，與〈楊太眞外傳〉渲染李楊愛情的雋永成對比。故事完整，細節生動，文筆優美。後世小說、戲劇均喜引此爲題材，如明吳世美的雜劇〈驚鴻記〉，就是據本篇寫成。時至今日電視劇中搬演楊妃故事，也以梅妃做爲陪襯，刻劃楊玉環個性陰狠的另一面，足見此篇小說影響之深遠。

十二、〈李師師外傳〉

見於《琳琅秘室叢書》，第四集，不著撰人。南宋張端義《貴耳集》卷下載：「有〈李師師小傳〉同行於時」。故據謝桃坊的推論，〈外傳〉約爲宋寧宗嘉定元年（1208），至理宗淳祐八年間（1248）的作品〔註29〕。

小說著重寫李師師的骨氣和見識，將她塑造成一個臨危不懼、堅貞不屈的愛國歌妓；與在《大宋宣和遺事》、《水滸傳》、《水滸後傳》中的描述，差別極大。師師本姓王，其父因奉佛之俗，使她成爲女弟子，故名師。四歲爲老娼李氏收養。及長，色藝雙全，名動諸坊；即連宋徽宗亦欲一親芳澤，微服私訪，一見傾心。礙於輿論，只好建秘道幽會，寵愛無與倫比，賞賜動輒數萬。金人入侵，師師將所賜捐予官府，爲保志節，自刺身亡。小說文筆雅潔，尤其在摹繪人物上，極爲傳神。並藉著李師師的氣節，映襯出對北宋亡國君臣的批評。

宋歷史傳奇是所有宋傳奇中，最受魯迅眷顧，最早爲學術界所知；卻也令宋人其他傳奇小說的光芒，無法散發。事實上，歷史傳奇只爲眾多宋人作品中的一類，不足以代表宋傳奇的全部作品。在其他類中，會陸續介紹許多取材新穎、描述當代時事的小說。

第二節　宋代歷史傳奇的特色

從上節介紹的篇章中，可歸納出宋歷史傳奇的三個特點：

一、多述前代帝王、后妃軼事

依歷史事實加以渲染；或憑空附會加以創作。厲德善導，以往鑒今；宋代傳奇作家的觸角伸向帝王，充分說明宋人對國家休戚與共的使命感；更體認到君主之良否，乃國家危亡之所繫。但因「忌諱多」，故極少如唐傳奇中之述當代史事（如陳鴻〈東城老父傳〉）；即使如〈李師師外傳〉，述徽宗之韻事，亦未將矛頭指向徽宗。而

〔註29〕參見謝桃坊，〈李師師外傳考辨〉，文中關於此篇的時代及版本問題，有極細密的考證。（《文獻》，20輯，頁23～35。）

對前代之帝王，如梁太祖、唐玄宗、隋煬帝則加多批判。

魯迅曾指出：唐人喜言明皇，宋則益以隋煬〔註30〕。但從宋人小說的實際情況考察，雖然，宋人比之唐人，對隋煬軼事更津津樂道；但在宋傳奇中，有關明皇貴妃的小說，亦復不少。就上節所列，樂史的〈楊太眞外傳〉、秦醇的〈驪山記〉、〈溫泉記〉，甚而有虛構性極強，憑空加以杜撰的〈梅妃傳〉。

二、強烈的批判性、議論性

小說家藉寫作歷史故事，披露史識史見；或對歷史事件，作翻案文章，提出主觀批判，一直是中國歷史小說的基調。但宋人的歷史傳奇，則更加發揮了這個特色。此種愛發意見的創作癖好，除了歸因於宋人的史學發達外，亦與宋代理學的興盛，息息相關。因爲「從北宋初期開始，理學作爲社會哲學思想，對人們的各種社會文化活動，產生約束和影響」〔註31〕。所以，不論是宋詩、宋小說，都或多或少，沾染了一些道學氣，尤以歷史傳奇爲甚。故薛洪認爲，宋歷史傳奇鮮明的批判性和暴露性，超越了以往同類的作品〔註32〕。

例如，樂史〈綠珠傳〉，以綠珠之感恩，批判那些惟利是視、辜恩背義之徒。又〈楊太眞外傳〉則以異於前代的觀點，看待明皇與貴妃的愛情，及其安史之亂的禍源：「唐明皇之一誤，貽天下人之羞。所以祿山叛亂，指罪三人。」與唐陳鴻〈長恨歌傳〉之：「欲懲尤物，窒亂階」的態度，有所不同。對貴妃的同情略多，不再把她當做作是安史之亂的唯一禍首。而無名氏的〈梅妃傳〉，則把責任歸於玄宗：

> 議者謂或覆宗，或非命，均其娟忌自取。殊不知明皇耄而忮忍，至一日殺三子，如輕斷螻蟻之命。……蓋天所以酬之也。報復之理，毫髮不差，是豈特兩女子之罪哉？

國家戰亂是玄宗咎由自取，那裏是貴妃、梅妃的過失呢？又如張齊賢〈梁太祖優待文士〉，對朱溫能成爲亂世之雄，抒己之論：「梁祖雖起於群盜，安忍雄猜甚於古昔，至於剛猛英斷，以權數御物，遂成興亡之業，豈偶然哉！」

三、史料、歷史傳聞的搜羅豐富

對歷史人物、事件的相關資料，包括詩文、地理考證等。收集完備，甚至無出其右者。例如：樂史〈楊太眞外傳〉，採集唐末記載天寶遺事的筆記小說叢談，如馮贄《雲仙雜記》中的〈記事珠〉、李隱《瀟湘錄》、李德裕〈次柳氏舊聞〉、李肇《國

〔註30〕見同註17，魯迅《中國小說史略》，頁109。
〔註31〕見於寧稼雨，《中國志人小說史》（遼寧：人民出版社，1991年10月一版），頁184。
〔註32〕同註15，薛洪選注，《宋人傳奇選》，頁8。

史補》、高彥《休闕史》、段安節《樂府雜錄》、段成式《酉陽雜俎》、蘇鶚《杜陽雜編》、鄭棨《開天傳信記》等零星記載，和白居易的〈長恨歌傳〉，加以潤色，爲太眞遺事之集大成者。

史料軼聞收集完備，固然可以使故事更加曲折，人物描寫愈益詳盡。但是，從小說的藝術成就來說，反而會受到眾多素材的牽制，成爲寫作小說的絆腳石。若無極強的組織力，與割捨不必要材料的魄力，易予人情節割裂之感。例如，〈隋煬帝海山記〉中，羅列進貢的水果、林木之名稱，和長書、詩詞等。雖使小說內容豐厚，增加可信度，卻使小說情節的進展受到影響，稍顯拖沓。

總括而言，宋代歷史傳奇的特色，彰顯出歷史文言小說的發展，邁入另一個階段。對歷史帝王與后妃軼事；津津樂道，迂迴地託古諭今。尖銳而深刻的批判，抒發史見；或藉傳奇創作，爲歷史作翻案；材料搜集，不遺餘力等等，都是宋歷史傳奇的特色。

第三節　宋代歷史傳奇的藝術技巧

小說的藝術技巧，包括了：構結（plot）、角色刻劃（characterization）、背景（setting）、語言、對話、氣氛烘托，等等。雖然不能完全以現代的小說要素衡量古代傳奇，也不可用西方的學術術語套評中國文言短篇小說。但是爲了分析上的方便，和學術術語的統一性、一致性。權宜之計，仍以西方的小說分折、批評術語，做爲分析之依據，以顯現宋歷史傳奇的藝術特徵。

一、結構：情節與非情節

結構是指對作品的總體組織和安排。情節是小說中，按時間順序排列的事件的敘述，且其敘述中，隱含著必然的因果關係（causality），是結構的基礎。首先從情節上來說，往往採用第三人稱全知觀點的正敘法。但不以明確時間，貫串事件。唐傳奇以某年某月發生何事，又某年某月故事如何進展，做爲情節的推展方式；宋歷史傳奇已漸跳脫這種貫串法。如〈趙飛燕別傳〉、〈隋煬帝海山記〉、〈梁太祖優待文士〉、〈煬帝迷樓記〉、〈溫泉記〉、〈驪山記〉、〈梅妃傳〉等等，它們不以明顯的年月日做爲場景的交待，或以精確的日期做爲眞有其事之表徵，來取信讀者。它們已劃破時序對歷史傳奇的必然性，取一段人盡皆知的史事，依材料舖陳故事、塑造人物。

即使在〈李師師外傳〉中，以詳細的時序舖展情節，也只是部分的技巧運用。如述徽宗十年之中，如何寵幸師師的敘述。因此，我們可以明顯地看出，宋歷史傳奇中，異於唐傳奇的時間記載，已是一大改變。

此外，情節的推展，又可分爲二種方式。其一、一人數事者。情節由許多事件構成，但事件之間無必然關聯，卻都是用以烘托主題〔註33〕。如有關隋煬帝的諸作，不論是以建迷樓、開運河、塑假山、鑿海囿爲故事中心。小說中各個事件，皆爲諷論煬帝好大喜功、驕奢淫逸的主旨服務。但在情節開展上，則無波瀾起伏、層層遞進的表現。大抵宋歷史傳奇囿於歷史材料，和歷史故事的敘述模式，皆以此種情節結構出之。

其二、一人一事者。敘一個主要事件，從開端、發展、推向高潮而結束。例如，〈李師師外傳〉中，小說以她淪落娼籍、名冠諸坊寫起。徽宗如何得知師師？玩膩奇石山水之後，易服夜訪。如何使徽宗神魂顚倒，情有獨鍾。金人入侵，呑簪自盡，才替故事劃下壯美的句點。

對於非情節部分，宋歷史傳奇除夾雜詩歌、議論、之外，亦有名物的羅列、地理考證。例如，〈煬帝海山記〉上卷，多記煬帝宮中花木之名；〈綠珠傳〉考述綠珠的籍貫白州。此外，亦加入詞這個文體。例如，〈煬帝海山記〉，敘煬帝泛東湖，塡湖上曲〈望江南〉八闋，如數全列。塡詞至宋已蔚爲風尙，故以詞入傳奇小說。

二、角色人物刻劃：因襲與創發

刻劃歷史人物的方式，按歷史或史外軼聞中的形象，加以突顯、強調；或按作者賦予主角的性格加以描繪。故有因襲前人加以藝術化之處，也有對歷史人物形象的再創發。雖然在〈隋遺錄〉、〈海山記〉等小說中，我們看不到故事主角的具體化形象。可是在〈梁太祖優待文士〉這則小說中，張齊賢以極簡省的筆墨，將杜荀鶴面對喜怒無常的梁太祖時，那種戰戰兢兢之狀，透過靜態描繪、動態刻劃的方式，表露無遺：

> 杜困頓無力，憂而趨進遲緩。梁祖自起大聲曰：「杜秀才！爭表梁王造化功。」杜頓忘其病，趨步如飛，連拜敘謝數四。

又如〈梅妃傳〉中，刻劃楊貴妃的悍妒、恃寵而驕。透過玄宗與梅妃歡聚一夜，卻遲起忘記早朝，太眞前來興師問罪的那一幕，使妒婦的形象躍然紙上：

> 太眞既至，問梅精安在？上曰：「在東宮。」太眞曰：「乞宣至，今日同浴溫泉。」上曰：「此女已放屏，無並往也。」太眞語亦堅，上顧左右不答。太眞大怒曰：「肴核狼藉，御踏下有婦人遺舄，夜來何人侍陛下寢，歡醉至于日出不視朝？陛下可出見群臣，妾止此閣俟駕回。」上愧甚，拽衾向屏假寐曰：「今日有疾，不可臨朝。」太眞怒甚，徑歸私第。

〔註33〕「主題」是小說作者透過文字，以情節構思、人物刻劃、背景敘述等技巧創作，其所呈現出來貫串作品的中心思想。

三、背景：時空、氣氛烘托

背景是促使人物行動的環境，包括了歷史條件的交待、自然風景的渲染、氣氛的烘托等等。中國古典短篇小說對於故事的時代、社會、政治、甚至經濟環境等因素，很少訴諸筆墨，即連唐傳奇亦是。在宋歷史傳奇中，無名氏的〈李師師外傳〉，卻交待長安的政經時代背景，以說明徽宗出入煙花柳巷之因：

> 徽宗皇帝即位，好事奢華；而蔡京、章惇、王黼之徒，遂假紹述爲名，勸帝復行青苗諸法。長安中粉飾爲饒樂氣象，市肆酒稅，日計萬緡，金玉繒帛充溢府庫。于是童貫、朱勔輩，復導以聲色狗馬宮室苑囿之樂。凡海內奇花異石，搜采殆遍。築離宮于汴城之北，名曰艮嶽。帝般樂其中，久而厭之，更思微行爲狎邪游。

唐傳奇最爲人稱道的是，善於營造穠麗的氣氛。一般說來，宋人傳奇的語言比較平實無華，在小說氣氛的營造與烘托上，不如唐傳奇那樣來的濃郁。但亦有如秦醇的〈趙飛燕別傳〉、〈溫泉記〉中，刻意經營的郁麗氣氛：

> 迤邐見絳旌見驅，翠幢雙引，赭傘玲瓏，仙車咿軋，綵仗鱗鱗，紋竿裊裊，霞光明滅五色雲中。……俞偷視仙，高髻堆雲，鳳釵橫玉，豔服霞衣，瓊環瑤珮，鸞姿鳳骨，仙格清瑩。俞精神眩惑，情意恐懼，虛己危坐，莫敢出言。……仙乃入御浴，湯影沉沉，甃搖龍鳳。仙去衣入浴，俞視若蓮浮碧沼，玉泛甘泉，俞思意蕩。(〈溫泉記〉)

將張俞那種神魂顛倒、情意飛蕩之狀，透過氣氛的營造與烘托，勾勒出來。

四、語言：由典雅漸趨通俗

宋初樂史、張齊賢等碩儒的傳奇小說，在語言上仍承晚唐風格，較爲典雅。但至北宋中期以後，受到瓦肆中說話通俗藝術的影響，文人創作傳奇，語言漸趨通俗化。即使取自帝王歷史軼聞的題材亦然。例如，〈李師師外傳〉中，師師對姥姥說禍已將至：

> 師師語姥曰：「吾母子嘻嘻，不知禍之將及。」姥曰：「然則奈何？」師師曰：「汝第勿與知，唯我所欲。」

以口語之“嘻嘻”形容歡笑的樣子，是極爲淺白之語。又如〈隋煬帝海山記〉其語言亦通俗淺顯。

宋歷史傳奇的藝術表現，展現由承唐傳奇的發展，漸朝著宋人本身的寫作風格邁進。跳脫條列式的時間敘述、以詞入傳奇、議論說理性強、語言漸趨平實通俗化等等，都是宋人迥異於唐人的創作風格。

第三章　宋代愛情傳奇小說

所謂愛情小說，即描寫男女之間的愛情生活，由互相傾慕到結成伉儷；或有情人不能終成眷屬的結局。〔註 1〕在故事中含有愛情成分的小說相當多，即使在歷史小說也有述歷史帝王后妃的愛情；如前章所述的〈楊太眞外傳〉、〈溫泉記〉等等。又，志怪小說中，亦有述人神、人鬼、人狐戀愛的小說，如劉斧〈西池春遊〉、錢易〈越娘記〉（見下章）等等。基本上，它們是愛情小說，但又各自屬於歷史人物，和鬼怪非人的範疇，故不列於愛情類。

此外，在宋人愛情傳奇小說中，也含有其他類別的成分。例如，劉斧〈張浩〉以知府的判定，得以結成良緣，含有公案成分。無名氏〈王魁傳〉中，桂英死後化爲厲鬼，亦爲志怪。〈蘇小卿〉中，雙漸救小卿脫離妓院，爲俠義表現。王明清〈全州佳偶〉，述妓女在現實社會中，如何受到官府刁難，兼具寫實性。但是，這些成分都只爲情節的推展需要，或做爲結局的佈置。如〈王魁傳〉中的桂英是爲報負心漢而爲鬼，並非開始即以鬼（非人）的身分與王魁產生感情。所以，故事主要題材仍是人與人之間的愛情。

第一節　宋代愛情傳奇的作品及作者

以下將按作者時代，依序介紹較重要，且足以代表宋代愛情傳奇的十二篇作品。

一、〈蘇小娟傳〉

〔註 1〕此處對於愛情小說的定義，參酌羅樹華、陶繼新、李振村，《小說辭典》（中國礦業大學出版社，1989 年 12 月一版），頁 8。

收在《綠窗女史》之中〔註 2〕。作者王煥，生平僅見於宋庠《元憲集》卷二十一「汝州長史王煥移虢州長史制條」，文中說王煥因在汝州長史任內，「輒稽便道之行，陰挾干私之醜」，於是被貶至虢州當長史〔註 3〕。由此我們可以推知，王煥的時代應與宋庠（996～1066）同時或較爲晚些，故爲北宋中葉以後的人。

〈蘇小娟傳〉敘述一對男女因兄姊的情緣，而譜出戀曲；有情人突破困境，終成眷屬的故事。小娟之姊盼奴與趙院判之兄趙不敏，二人因相思而死。兄臨終前要弟託人送錢給盼奴，並言盼奴有妹小娟，乃錢塘名妓，可致之佳偶。趙院判託於錢塘任倅官之宗人，代爲尋找。倅官在獄中見到小娟，獲知盼奴已死。小娟代姊入獄，倅將所託之書交付，並爲她脫罪，又助以除去妓籍。小娟並與趙院判偕老。明凌濛初《初刻拍案驚奇》卷二十五，〈趙司戶千里遺音，蘇小娟一詩正果〉，即由此篇小說衍化而來。

作者在小說中從趙不敏、盼奴的愛情悲劇中，延伸出趙院判、蘇小娟的愛情喜劇。益以錢塘倅官的穿針引線，使有情人突破現實的藩籬。從互相傾慕到結成連理；第一對男女主角匆匆下場，引出第二對主要角色搬演故事，增加故事的曲折性。此種「接力式」的敘述結構〔註 4〕，與唐傳奇中單一主線的小說相較，無疑是一種轉變和躍進。

二、〈張浩〉

見於《青瑣高議》別集卷四，標題下有「花下與李氏結婚」諸字。作者劉斧，北宋人，生平不詳，但根據《青瑣高議》中的資料推知，北宋仁宗年間爲其早年（1022？），後期至少在哲宗趙煦時代（1093？）；足跡曾遍及太原、汴京、沆州各地。今存本中有資政殿大學士孫副樞的序〔註 5〕，稱他爲秀才。劉斧並著有《翰府名談》、《摭遺》等書，皆已失傳〔註 6〕；又《全宋詞》中收有其〈謫仙怨詞〉一闋〔註 7〕。

〔註 2〕見於《綠窗女史》（六），卷十二，青樓部上志節。收在《明清善本小說叢刊》（臺北：天一出版社，1985 年 5 月）。

〔註 3〕「敕具官王煥，早以貶官，甫從善貸，列於州佐，近在寰畿。輒稽便道之行，陰挾干私之醜。黃綠女謁，繕作奏函，訊逮甚明。憲章罔赦，屬經洪霈，聊徙外藩，無貳前非，終取祇悔可。」（收在台北：臺灣商務印書館，1971 年，《四庫全書》珍本別輯，頁 7）。

〔註 4〕所謂「接力式」的結構即是，以一個或二個非主要角色引出主要角色。例如，盼奴引出女主角蘇小娟，趙不敏引出男主角趙院判。

〔註 5〕據李國劍，〈青瑣高議考疑〉的考證，孫副樞即孫沔（996～1066）。（《南開學報》，1989 年第 6 期，頁 1～10。）

〔註 6〕《宋史藝文志》，小說類：「劉斧《翰府名談》二十五卷，又《摭遺》二十卷，《青瑣高議》十八卷」。但是魯迅在《唐宋傳奇集．稗邊小綴》中說：「然宋人即有引《青

《青瑣高議》是相當重要的一本書，保留了許多宋代的傳奇小說，包括他自己和當時人的作品，約有五十篇左右。本論文中許多宋代傳奇作品，即從此書中選錄出來的。而且如「說話」之標題方式，即正題之下用七字回目，趙景深以為上題是傳奇體，下題是章回體；大約此書是從傳奇體到章回小說的橋樑〔註 8〕，反映了傳奇小說在宋朝發展的新階段。亦為《綠窗新話》七字回目和兩回成一對偶的先鋒，在小說史上頗受學者的重視。

〈張浩〉敘張浩與李氏有情人終成眷屬的故事。張浩在花下遊宴時，與李氏邂逅，兩人一見鍾情，浩以一首詩贈李氏為信物。次年初夏，再相會於牡丹花下，成一夜夫妻。後來李氏隨父任官，二年杳無訊息。叔父強令浩與孫氏訂親。待李氏回鄉，李以死迫父同意婚事，並且告於官府。有詩為信物，府尹判張浩復取李氏，歸而成親。李氏積極爭取幸福的表現，令人激賞。在宋以前的愛情傳奇中，有如此大膽奔放者，並不多見。

這篇小說不僅獲得後代小說、戲曲作家的青睞，加以改寫；即連宋代的小說家，也多所採用。例如：羅燁《醉翁談錄》著錄的〈牡丹記〉、《綠窗新話》的〈張浩私通李鶯鶯〉皆是〔註 9〕；後代據此改編之作有，元雎舜臣《牡丹記》雜劇〔註 10〕，與明馮夢龍《警世通言》卷二十九〈宿香亭張浩遇鶯鶯〉。

三、〈陳叔文〉

「叔文推蘭英墮水」，見於《青瑣高議》後集卷四，作者亦劉斧。這是一篇負心漢受到報應的愛情傳奇。陳叔文是個潦倒新官，因無盤纏可赴任官之所，向妓女蘭英談起。蘭英一心想要脫離妓女生活，再加上叔文騙她尚未娶親，於是拿錢幫助他到任。叔文巧言矇騙妻子後，高高興興和蘭英偕往任所。三年之後任滿回鄉，途中叔文灌醉蘭英，將她和女奴一起推到河中，稱心如意的回到家中和妻子團聚。一年之後，在相國寺遇到蘭英，蘭英約他會面。叔文不敢不赴約，且要村中私塾僕人同往。叔文與蘭英會面後，毫無動靜，直到天黑，僕人才發現叔文早已死了。

瑣摭遺》者，疑即今所謂別集。《宋志》以為《翰府名談》之《摭遺》，蓋亦誤爾。」故《宋志》所著錄的《摭遺》，究竟是否為《青瑣高議》中之別集，尚難斷定。

〔註 7〕劉斧的生平事蹟參考：《青瑣高議》出版說明（上海：古籍出版社，1983 年 5 月，第一版），唐圭璋編《全宋詞》（臺北：明倫出版社，1970 年，初版，卷五），頁 3875。

〔註 8〕見於趙景深，〈青瑣高議的重要〉一文，收在《中國小說論集》。轉引自胡士瑩《話本小說概論》（北京：中華書局，1980 年 5 月一版），頁 149。

〔註 9〕見於《綠窗新話》上卷，此篇將〈張浩〉刪節甚多，但著錄女李鶯鶯及尼惠寂之名。（上海：古籍出版社，1990 年 2 月一版，頁 60）

〔註 10〕見於錢南揚，《宋元戲文輯佚》（上海：古典文學出版社，1956 年 12 月一版），頁 17。

作者抱著天理昭彰、報應不爽的觀點，寫這篇小說。害人者必遭天譴的信念，在宋人傳奇中是個相當普遍的主題思想。特別是在妓女與負心漢的故事中，遭受果報是愛情騙子的下場，如後面要介紹的〈王魁傳〉亦是如此。據本篇所創作的戲曲，有戲文《陳叔萬三負心》、元關漢卿的《三負心雜劇》〔註 11〕。

四、〈孫氏記〉

「周生切脈娶孫氏」，收在《青瑣高議》前集卷七。作者丘濬，字道源，黟縣（今安徽省漢縣）人，幼時聰穎，十歲時謁太守，能即刻對句。天聖五年（1027）中進士，歷官至殿中丞。因讀《易》悟損益二卦，能通數，知未來興廢，嘗告訴家人曰：「吾壽終九九。」後來在池州（今安徽貴池縣），某日晨起後，盥沐索筆作〈春草詩〉，詩畢，端坐而逝，年八十一。但生卒年月不詳〔註 12〕，著有《洛陽貴尚錄》，流傳下來的傳奇唯存此篇。

故事大要：周默是個剛喪偶的年輕大夫，鄰居張復秀才妻孫氏生病，請他去診療。周生對孫氏一見鍾情，每日探望。直到病好，還三番二次勾引她，孫氏卻不為所動。雖然張復已年邁力衰，但孫氏一心只想做個好妻子。後來周默到別處當官，三年之後，回到故居，才知道張復已死，便娶了孫氏。周生為官只知圖利，以民脂民膏中飽私囊，孫氏知道後，曉以大義。周生將財歸於民，成為清廉的好官。作者塑造了孫氏恪守婦道，有節有義的堅貞形象，是小說最成功之處。文字流暢，結構佈置合宜，人物關係有條不紊，是一篇足以反映宋代婦德形象的小說。

五、〈王幼玉記〉

「幼玉思柳富而死」，收在《青瑣高議》前集卷十。作者柳師尹，約為北宋中期淇上（河南洪縣一帶）人，生平事蹟不詳〔註 13〕。今所見傳奇唯存此篇，但在宋代傳奇中卻屬名作。

敘述妓女王幼玉和士子柳富相戀，兩人分別時約期以見。因路遙阻絕，再加上柳富以親老多故，不能如約會面。幼玉思念甚篤，最後抑鬱而終。作者對兩人的情感之深，著墨最多，不僅以詩詞展現內心情意，更兼之以長信述離別相思之苦。文末，幼玉死後現身見柳富，交待遺言及來生。雖屬超自然的情節安排，卻足以烘托幼玉對柳富的一片深情。小說最令人稱道之處，是對幼玉多愁善感、極具痴心的刻

〔註 11〕見於同註 10，錢南揚《宋元戲文輯佚》，頁 1～3。

〔註 12〕丘濬生平事蹟不載於正史，僅見於下：宋羅願，《新安志》，卷十。元張鉉，《至大金陵新志》，卷十三。清厲鶚，《宋詩紀事》，卷三十三。

〔註 13〕據《青瑣高議》題，「淇上柳師尹撰」。

劃；最爲人不喜的，是在文中運用太多的長詩、長信，破壞故事的連貫性〔註 14〕。對於夾雜非情節文字的缺點，其實是中國古典小說的通病。作家總會在小說中馳騁文才；用自己貫用、或時下流行的文學體裁表現。宋詞最爲風行，又適宜抒發情感，宋傳奇作家用之以入小說，誠屬難免。

六、〈譚意歌傳〉

「記英奴才華秀色」，見於《青瑣高議》別集卷二，作者秦醇（生平見二章一節）。這也是一篇士子與妓女戀愛的傳奇故事。譚意歌因孤苦無依，被小工匠張文賣予官妓丁婉卿。在娼戶中因善屬文賦詩，甚得官員們歡心，故得以脫離娼籍從良。爾後看上茶官張正字，張對意歌亦有情。二年之後，就在意歌懷有身孕時，張調官。其親爲張主婚，娶孫氏。意歌獨力撫養其子，無怨無悔，直到孫氏謝世，張才明媒正娶意歌，以大團圓收場。

魯迅：「秦醇此傳，亦不似別有所本，殆竊取〈鶯鶯傳〉、〈霍小玉傳〉等爲前半，而以團圓結之爾。」〔註 15〕，事實上，譚意歌的形象與霍小玉、崔鶯鶯絕不相同。在秦醇筆下的她，是屬於宋人禮教規範下的婦女形象。苦心積慮擺脫妓籍，要求一個明媒正娶的婚姻。秉持著節操，閉門持家教子，堅苦卓絕，任勞任怨，與唐傳奇中的妓女形象自是有異。此外，在結構上（如以詞入小說等非情節刻劃）、和故事描述的典型環境上（官吏們與妓女公開酬唱往來），與唐傳奇迥然有別。

七、〈流紅記〉

「紅葉題詩娶韓氏」，見於《青瑣高議》前集卷五。作者張實，字子京，約爲北宋中期魏陵（今河北大名縣）人，生平事蹟無可考。他的作品今存〈流紅記〉一篇。紅葉題詩的故事，最早見於唐代孟棨的《本事詩》和范攄的《雲溪友議》，宋孫光憲《北夢瑣言》中也有〔註 16〕。此篇小說即由前代故事發展而來的，但是情節更加曲折生動，描寫愈益細密。

小說敘述唐僖宗時，于祐漫步御溝，拾到宮中美人題詩葉片。喜其句意新美，日日遐思，遂投詩葉於河上游。于祐寄於韓泳門下，韓泳爲他娶韓氏，韓氏乃被逐

〔註 14〕例如，李華年，《宋代小說選譯》中，在〈王幼玉記〉的篇目說明上，對文中雜入太多詩文，加以批評。

〔註 15〕見於魯迅，《唐宋傳奇集．稗邊小綴》。

〔註 16〕唐孟棨，《本事詩》，情感第一，寫顧況得題詩大梧葉事，僅百餘字（據藝苑捃華本）；唐范攄《雲溪友議》，記載中書舍人盧渥於御溝拾紅葉事；二篇皆未提及宮中美人，和拾葉之後的發展。宋孫光憲《北夢瑣言》卷九，則載唐僖宗時進士李茵與宮中侍書家雲芳子，二人受阻於田大夫，故不得終成眷屬。其故事架構和結局亦與〈流紅記〉，大相逕庭。

之宮女。其後，韓氏於書笥中驚見紅葉，于祐方知妻爲題詩人。事有湊巧，昔日祐所投葉片，亦爲韓氏所拾，一時傳爲佳話。作者在結構上運用了巧合的手法，于祐在惆悵時拾得題詩紅葉；于祐與韓氏皆投靠韓泳，也是巧合；韓氏恰好爲紅葉題詩人，于祐的詩葉，更巧合地爲韓氏所拾。一連串的巧合，使故事充滿戲劇性，引人入勝。

八、〈王魁傳〉

見於南宋羅燁編《醉翁談錄》辛集卷二。作者方面爭議頗多，宋李獻民《雲齋廣錄》卷六〈王魁歌引〉:「賢良夏噩嘗傳其事」。但是，在宋周密《齊東野語》王魁傳條:「有妄人托夏噩姓名，作王魁傳」〔註 17〕。〈王魁傳〉可能是北宋文人夏噩的作品，但因周密托名之說，故暫以無名氏爲替。

小說據北宋嘉祐六年（1061），狀元王俊民的事跡發展出來。王魁落第時遇見桂英，桂英供他唸書、赴京趕考。兩人曾在望海神廟立下盟誓，各表至誠。但一登金榜的王魁，隨即一腳把桂英踢開。桂英一知王魁心已變，立即自刺身亡。以祝神兵奪魁之命，爾後王魁果然自剪而死。作者對桂英那種愛憎分明的個性，刻劃得十分入微。當她知道王魁高中時欣喜若狂，幻想著「夫貴婦榮千古事，與君才貌各相宜」；王魁變心後，要當狀元夫人的美夢破碎時，卻是仆地大哭和以死報之。此外，小說中運用了許多對比手法，特別是桂英在家得知高中的喜；與王魁取得家書時，那種因變心而涕下交頤的景況。一喜一懼，一笑一涕，讓人不勝噓唏。

負心漢的故事雖然頗多，但是本篇作者對人物個性刻劃入微，結構緊嚴，絲絲入扣。將負心漢如何忘恩，如何翻臉變心，以至於如何受到報應，表露無遺。所以王魁成爲後世負心漢的典型。不僅在話本小說中有〈王魁〉一種；在古典戲曲中亦相當盛行，如宋元雜劇有〈王魁負桂英〉等數種〔註 18〕，明南戲則以王玉峰的《焚香記》最有名。

九、〈蘇小卿〉

本是南宋羅燁《醉翁談錄》中的佚文，今存於《永樂大典》二四零五卷之中。從文中所寫的雙漸是慶曆二年（1042）進士，可知作者大約是北宋中葉以後的人，姓名不可考。在宋傳奇中負心漢的故事固然不少，但像〈蘇小卿〉中的男主角雙

〔註 17〕周密《齊東野語》:「世俗所謂王魁之事，殊不經且不見於傳記雜說，疑無此事。《異聞集》雖有之，然集乃唐末陳翰所編，魁乃宋朝人，是必後人勦入耳。……後又見初虞世所集，……乃詳載其說云:狀元王俊民，字康侯，爲應天府發解官，得狂疾。……康侯既死，有妄人託夏噩姓名作王魁傳，實欲市利於少年狎邪輩。」

〔註 18〕見於同註 10，錢南揚，《宋元戲文輯佚》，頁 36～40。

漸，有情有義者；與王魁、陳叔文的忘恩背義，成明顯對比，亦爲宋愛情傳奇的另一類型。

小說敘述蘇小卿本爲知縣之女，與雙漸在閭江花園相遇，一見鍾情，小卿鼓勵他向學，待折高枝，再來提親。二年之後，當雙漸回到閭江，小卿父母俱亡，淪爲娼妓。在妓街中找到她，歡聚二載。雙漸因官期已屆而將別，在江中親睹小卿談琴賣笑，心生不忍；偷偷帶著她，易衣馳騎，脫離風塵。往赴京師，與之白首偕老。雖以大團圓做爲結局，但故事曲折，敘述不蔓不枝。借詩傳情，辭藻濃豔，與唐傳奇中之戀愛故事相較，毫不遜色。此外，受了當時流行民間說唱文藝的影響，在故事中插入兩段長歌，復述往事，所以被認爲「是一篇較爲典型的通俗傳奇文」〔註19〕。

這篇小說產生以後，「散曲、說唱、戲曲、小說等各種文藝形式，紛紛加以傳播，幾乎是家喻戶曉的」〔註20〕。如南宋有張五牛、商政叔編〈雙漸蘇卿諸宮調〉〔註21〕、元王實甫的《蘇小卿月夜販茶船》、明李玉《千里舟》等等〔註22〕。此外，也有許多小說的結構脫胎於它；例如：明天然痴叟《石頭點》中的〈盧夢仙江上尋妻〉即是。足見〈蘇小卿〉對後代文學作品影響之深。

十、〈滿少卿〉

見於《夷堅志》補卷十一。作者洪邁，字景盧，號容齋，又號野處，鄱陽（今江西省江西縣）人。生於宋徽宗宣和五年（1123），卒於宋寧宗嘉泰二年（1202），年八十歲。自幼讀書數千言，一過目輒不忘，博覽載籍，雖稗官虞初，釋老傍行，靡不涉獵。紹興十五年（1145），中博學宏詞科第三，賜同進士出身。乾道二年（1166），以起居舍人兼國史院同修國史再兼實錄同修撰，後以端明殿學士致仕。邁以文章取盛名，躋貴顯，更以博洽受知孝宗，謂其文備眾體。考閱典故，涉獵經史，極鬼神事之變。著有《容齋五筆》、《夷堅志》、《萬首唐人絕句》、《野處猥稿》、《欽宗實錄》等書〔註23〕。

其中《夷堅志》一書，卷帙浩繁，是中國小說史上最大的一部文言小說集。歷

〔註19〕此評價見於薛洪等選注，《宋人傳奇選》，〈蘇小卿〉中的「說明」（湖南：人民出版社，1985年10月一版），頁159。

〔註20〕同見於註19。

〔註21〕參見葉德均，《小說戲曲叢考》，卷下〈雙漸蘇卿諸宮調的作者〉（北京：中華書局，1979年5月一版），頁693～695。

〔註22〕參考同註10，錢南揚《宋元戲文輯佚》，頁270～272。

〔註23〕洪邁生平資料參考如下：元脫脫，《宋史》，卷三百七十三。明柯維棋，《宋史新編》卷一百三十五。王德毅，〈洪容齋先生年譜〉，收入《宋史研究集》第二集（臺北：中華叢書編審委員會，1983年9月再版），頁405～473。

時約五十餘年完成，今存二百多卷，大多數篇章據民間故事、傳聞軼事寫成，包括筆記及傳奇小說。本文介紹的傳奇小說中，由此書選錄者最多。

〈滿少卿〉是描述負心漢的傳奇小說，但與同類型作品不同之處，在於男主角歷二十年後，方遭受果報。滿少卿雖出於望族，卻因浪游四方，流落陝西。幸遇焦大郎，得以溫飽，且與焦女產生感情。二年寄居，使少卿進士及第。上任之後，遇到族人，回到族中，叔父逼他娶名門之女朱氏。從此鐵了心腸，對焦女不聞不問。事隔二十年，上任齊州，遇焦女，焦女虛與蛇委，求能侍奉少卿。二個月後，少卿死於焦氏屋內。朱氏夢焦氏，言其夫因負心，押往陰司正法。

作者的創作動機，除了宣揚果報思想，鞭撻忘恩負義的薄幸郎之外；還爲了讓人知道與王魁事類者，尙有滿少卿。故於文末寫道：「此事略類王魁，至今百餘年，人罕有知者。」亦可輔〈王魁傳〉乃宋傳奇之證。本篇小說的衍生之作有，明凌濛初《二刻拍案驚奇》卷十一，〈滿少卿饑附飽颺、焦文姬生讎死報〉。

十一、〈全州佳偶〉

見於《摭青雜說》，收在《說郛》卷三十七。作者王明清，字仲言，穎州汝陰（今安徽阜陽）人。生於南宋前期（1127～1202 以後），享年約八十歲左右。事蹟不載於正史，但據零星資料可知〔註 24〕，王明清極爲博學洽聞，有史才。其父王銍著述宏富，曾任樞密院編修官；且受知於尤袤、朱敦儒等詩人。家學與師承淵源，造就其學養。著有《摭青雜說》一卷、《揮麈三錄》三卷、《揮麈前錄》四卷、《揮麈後錄》十一卷、《揮麈餘話》二卷、《玉照新志》、《投轄錄》、和已佚的《清林詩話》等。曾任泰州通判、浙西參議官等職，亦爲宋代重要的傳奇筆記作家之一。

〈全州佳偶〉敘述一對患難夫妻悲歡離合的愛情故事。單符郎與邢春娘自幼訂親，靖康之難時，春娘爲賊人賣至全州倡家，更名楊玉。十餘年後，符郎襲父蔭爲全州司戶，在司理撮合下，二人重續前緣，春娘脫去倡籍，又助娼家姊妹李英，落藉同嫁符郎。雖是描寫文士與妓女，能突破現實身份的差距，再度結成佳偶的故事，但與同類型的宋傳奇相較，則俱有人物眾多的特點。不僅刻劃男女主角的性格，對於次要人物，也側面烘托出他們的性格。如司理的玉成朋友，李英的積極擺脫娼籍等等。又如，春娘如何在司理和通判的促成，與太守的刁難下，脫去娼籍；單之雙

〔註 24〕王明清生平事蹟，見於下列記載中：南宋陸游，《渭南文集》，卷二十七，〈跋王仲言乞米詩〉。宋何異，《宋中興行在雜務賣場提轄官題名》，卷三。元徐碩，《至元嘉禾志》，卷十三。清厲鶚輯，《宋詩紀事》，卷五十二，〈送王仲言倅海陵註詩跋〉。清陸心源，《宋史翼》，卷二十七、卷二十九。清王梓材、馮雲濠輯，《宋元學案補遺》，卷四。

親對於春娘和李英，不同的接受態度，都有極委曲詳盡的刻劃。據此篇衍生的小說有，明馮夢龍《喻世明言》卷十七〈單符郎全州佳偶〉。

十二、〈呂氏〉

作者亦爲王明清，見於《摭青雜說》，收在《筆記小說大觀》第三十八編中。

故事發生的背景在宋高宗建炎年間，建州民范汝爲作亂〔註 25〕。呂忠翊之女，隨父親上任福州監稅官，經過建州，爲當時做亂的賊人所掠。范汝爲之姪范希周看上呂女，與之成親。雖爲賊人之姪，卻是個讀書人，二個亂世兒女發生感情，誓言不貳心。後來賊被滅了，希周不知去向，呂女適爲其父所救。父後逼呂女改嫁，但呂女卻一心只想著希周。希周於賊滅後，改名賀承信，做廣州使臣，前來封州見呂監，呂氏望之似希周，卻爲父親所阻。半年之後，又以職事到封州，方在酒食之間透露了身世，呂監感其恩義，使夫婦二人團聚。

小說在取材上別具特色，一個是賊人之姪，一個是被賊人所掠的官家女子。作者將呂氏塑造成明是非、知書達禮的形象，不因范希周爲賊人之姪而看不起他，反爲他忤逆父親，信守誓言。本篇的文字比較精簡，作者著重在情節發展上；所以沒有詩詞的氣氛烘托，也沒有濃麗的相思之情，和長篇的議論。但是，敘述宛轉詳盡，將故事發生的背景、人物的來龍去脈，交待得十分清楚。對話也淺顯通俗而自然，例如呂氏向父親拒婚時說：「他在賊中，嘗與人作方便，若有天理，其人必不死，兒今且奉道在家，作老女奉事二親，亦多快活，何必嫁也。」明馮夢龍《警世通言》卷十二，〈范鰍兒破鏡重圓〉，即據此篇改編。

以上所舉十二篇宋代愛情傳奇小說，其中男主角的身份多是士人；女主角的涵蓋面則較爲廣些，有歌妓、民女、宮中美人、官家之女，又以士人與妓女的愛情故事爲最多。其所突顯的社會意義，我們將在下節中揭示。

第二節　宋代愛情傳奇的特色

盛行於北宋中葉以後至南宋前期的愛情傳奇，多以當時流傳的愛情故事爲題材。即使如張實〈流紅記〉以前代事改編，也有作者主觀的創作意圖，與異於前人的藝術風格。在不同時代、文風下，同爲傳奇中愛情類小說，宋傳奇呈現的特點，可從以下五方面來看。

〔註 25〕明陳邦瞻，《宋史紀事本末》，卷六十六：「建炎四年（1130），……秋七月，建州民范汝爲作亂，時方艱食，民從者甚眾。」（臺北：三民書局，1963 年再版，頁 36）記載頗詳，是宋代有名的民亂。

一、多述文士與歌妓的愛情故事

趙宋一代，因鑑於唐末五代軍人之專橫，採重文輕武政策。開放科舉，使身家清白的讀書人，得以從政。故宋朝乃一眞正的「科舉社會」，與唐朝雖行科舉，實爲「門第社會」，大不相同〔註 26〕。一般知識分子以參加科考，做爲自己進身之階。再加上宋朝城市商業經濟的繁榮，與市民階層的擴大，青樓妓館應運而生。而且種類繁多，從官妓、營妓、軍妓、到家妓，數量之多，超越唐朝〔註 27〕。又益以士人們對狎妓之事，視爲平常；地方官府每有賓客或達官過境，都開宴合樂，命官妓歌詞侑觴，或與之遊山玩水。如〈譚意歌傳〉、〈王幼玉記〉中所述：

> 時運使周公權府會客，意先至府，醫博士及有故至府，升廳、拜公……魏諫議之鎮長沙，游岳麓時，意隨軒。公知意能詩，呼意曰……公喜，因爲之立名文婉，字才姬。(〈譚意歌傳〉)
>
> 夏公酉游衡陽，郡候開宴召之，公酉曰：「聞衡陽有歌妓名王幼玉，妙歌舞，美顏色，孰是也？」郡候張郎中公起，乃命幼玉出拜。(〈王幼玉記〉)

因此，士人們與歌妓的愛戀關係，在宋代社會中是默許的，且引以爲風雅〔註 28〕。所以，宋傳奇中多以士人與歌妓的愛情故事爲題材。

二、作者對主角身分的亮化

宋傳奇的作者對筆下的人物，尤其是出身低賤的歌妓們，不再如唐傳奇中那樣遮掩身分（如元稹〈鶯鶯傳〉）；也無託言某女爲大家閨秀、或系出名門的矯揉造作（如蔣防〈霍小玉傳〉）。毫不諱言指其出身，據主角的眞實身分進行藝術構思與刻劃，描述出符合人物身分的社會生活面。

例如，〈王幼玉記〉、〈譚意歌傳〉、〈王魁傳〉、〈陳叔文〉、〈蘇小娟傳〉等故事中，都將女主角的妓女身分全盤托出，甚至有很深刻的生活描寫。例如，她們如何在風塵中賣笑，如何處心積慮的想要除去妓籍，等等。而作者對待這些下層的婦女，也往往以同情的筆觸出之。讚美她們在生活中奮鬥的精神，和歌頌對愛情的堅貞；或對負心漢予以譴責。絕無唐人那種視她們如「尤物」，負心後還以「忍情」爲強辭的現象。

三、社會價值與家庭倫理的加入

〔註 26〕「科舉社會」與「門第社會」之說，見於錢穆，〈唐宋時代文化〉，收在《宋史研究集》第三輯（臺北：國立編譯館，1984 年 1 月再版），頁 1～6。

〔註 27〕參考吳旭霞，〈試論宋代的貞淫觀〉(《江漢論壇》，1989 年第五期），頁 75～78。

〔註 28〕參考謝桃坊，〈宋代歌妓考略〉(《中華文史論叢》，第四輯），頁 181～195。

宋傳奇描寫男女情感時，加入了社會觀念，這些社會價值和家庭觀念，對愛情的衝擊和試煉，使小說的結構複雜，人物眾多。例如，王明清的〈全州佳偶〉中，楊玉說出了歌妓們的心聲：

> 妾聞女子生而願爲之有家，若即嫁一小民，布裙短衾，啜菽飲水，亦是人家媳婦，今在此迎新送故，是何情緒？（〈全州佳偶〉）

這一普遍的共同願望，使她們一旦遇到中意之人，或者一有良機，即便要脫去妓籍，死心塌地堅守愛情，或嫁人從良。於是在故事中便出現了，妓女們爲脫去娼籍受到太守刁難的場面、老嫗因失了搖錢樹而傷感的嘴臉：

> 太守曰：「此美事也，敢不如命。」既而至日中，文引不下。……太守謂玉曰：「汝今爲縣君矣，何以報我？」玉答曰：「妾一身皆明府之賜，所謂生死而骨肉也，何以報德？」太守乃抱持之，謂曰：「雖然，必有以報我。」……下文引告翁嫗。翁嫗出其不意，號哭而來，曰：「養女十餘年，用盡心力，今更不得別見。」……嫗猶號哭不已，太守叱之使出。（〈全州佳偶〉）

四、果報、恩義、誨人以德的思想

宋愛情傳奇普遍有果報、恩義、誨人以德的思想；以描述負心漢的三篇傳奇來說，劉斧〈陳叔文〉、無名氏〈王魁傳〉、洪邁〈滿少卿〉，對故事中男主角的薄情寡意，均予以口誅筆伐：

> 議曰：茲事都人共聞，冤施於人，不爲法誅，則爲鬼誅，其理彰彰然異也。（〈陳叔文〉）

因此，爲了表現天理昭彰、報應不爽，和對負心漢的懲罰，以超自然的手法來達到目的。如女主角化爲厲鬼，報復至死，以洩憤恨。反之，視其在情海中有恩義、節操者，則予以褒揚一番。如無名氏〈蘇小卿〉，讚雙漸之義；王明清〈全州佳偶〉，勉單符郎之德。丘濬〈孫氏記〉中，記孫氏之節義：

> 議曰：「婦人女子有節義，皆可記也，如孫氏，近世亦稀有也。爲婦則壁立不可亂，俾夫能改過立世，終爲命婦也，宜矣。」（〈孫氏記〉）

五、以詞傳情

除以詩、書信傳達情意之外，宋傳奇又加入善繪細膩情思的詞。宋朝是一個詞風鼎盛的時代，不僅一般讀書人會塡詞，即使是歡場中的青樓女子，也有作詞的箇中好手。特別在宴會合樂之際，更以塡詞助興。因此，作者在描寫士人與歌妓的故事中，自然而然以詞傳達情感：

富作詞別幼玉，名《醉高樓》。詞曰：「人間最苦，最苦是分離，伊愛我，我憐伊。青草岸頭人獨立，畫船東去櫓聲遲。楚天低，回望處，兩依依。後會也知俱有願，未知何日是佳期？心下事，亂如絲。好天良夜還虛過，辜負我，兩心知。願伊家，衷腸在，一雙飛。」（〈王幼玉記〉）

以上是宋愛情傳奇的一般特色。從當時士人與歌妓戀愛故事中，我們可以很輕易地反駁，「多託往事而避近聞」之說。傳奇作家以詞鋪敘情感，以及側面寫出環繞歌妓們的社會生活、家庭倫理、人事關係；都足以見出，異於唐傳奇中只著重戀愛氣氛描述的表現。故對於宋愛情傳奇來說，是有「其獨創可言」的。

第三節　宋代愛情傳奇的藝術技巧

以下按結構、人物刻劃、背景、語言特色等，逐一分析。首先從結構上來說，宋愛情傳奇據主題進行藝術的剪裁和布局方式，可劃分爲以下三種：

第一、著重情節的鋪敘者——例如：王煥〈蘇小娟傳〉、劉斧〈張浩〉和〈陳叔文〉、洪邁〈滿少卿〉、王明清〈全州佳偶〉、〈呂氏〉等等。作者將筆墨訴諸於情節上的進展，以〈蘇小娟傳〉爲例，整個小說的敘述焦點投注於：趙院判如何知道小娟？託誰找到小娟？小娟遇到何種困境？危機如何突破，故事的結局怎樣？全然沒有對二人的感情予以刻劃。強調故事情節的曲折性，即愛情的開端、產生、進展、衝突、和結局。

第二、恣意於刻劃情感者——例如：柳師尹〈王幼玉記〉、秦醇〈譚意歌傳〉等，在這些小說中，我們可以體會到作者竭其所能的烘托情感。如〈王幼玉記〉中，用了一首長詩訴情意、一封長信道相思、一闕《醉高樓》做別詞，使人深切感受到柳富與幼玉愛情之篤厚。

第三、推展情節與渲染情感並重者——例如：無名氏〈王魁傳〉、張實〈流紅記〉、丘濬〈孫氏記〉等諸篇。在情節推展中加入情感的烘托，不僅僅只是一味地鋪陳故事、或渲染濃情。例如，在〈王魁傳〉裏，王魁高中後，作者一面刻劃王魁的心理變化，以暗示情節的進展；一面又將桂英的欣喜之情，以詩四句，「上都梳洗逐時宜，料得良人見即思，早晚歸來幽閣內，須教張敞畫新眉」，表露無遺。

此外，在結構表現技巧上，爲使情節的發展波瀾起伏，引人入勝，運用角色的身份變換技巧。例如〈譚意歌傳〉中，意歌本爲歌妓，從良後不再是賤民，使張正宇在正室死後，得以對她明媒正娶。〈蘇小卿〉中的小卿，出身官宦之家，因雙親皆歿，淪爲歌妓，才與雙漸在歡場中再度相遇，引出一段救風塵的動人故事。〈全州佳偶〉的邢春娘，若非被賣入娼戶，何以單符郎能曲折地救她脫籍，又何以再娶一名歌妓李英。〈呂氏〉中的范希周本爲賊人之姪，若非隱姓埋名，轉身爲廣州使臣，如何可與呂氏再締良緣。

在人物刻劃上，愛情傳奇的成就是最值得肯定：首先，注意人物性格的發展變化；其次是善於描述人物心理。宋傳奇作家立於唐愛情傳奇的成就上，在他們筆下的人物，不論是負心如王魁、滿少卿、陳叔文，亦或勇於追求幸福的痴情女子桂英、蘭英、李氏，皆栩栩如生，富有個性。

從揭示人物性格變化上來說，以〈譚意歌傳〉爲例，當意歌得知張文欲將她賣給娼家時，怒聲道：「我非君之子，安忍棄於娼家？子能嫁我，雖貧窮家所願也」。到了官妓丁婉卿家，受不了美食甘旨的誘惑，忘其初志，與達官貴人送往迎來。繼之，待受官人寵愛，時機成熟，毅然脫籍。至此，我們可以看到她既深沈又豪放的個性，愛上張正字之後，甘於平淡，守著幾畝田和孩子。知道張正字另有所娶，也不哭鬧。直到張主動尋來時，才提出明媒正娶的要求。從童年時的正直，到現實環境磨練下的沉穩、豪放，以及少婦時的剛毅，呈現了環境對意歌性格發展的複雜變化。

宋傳奇作家善於揭示人物心理活動的成就，從〈王魁傳〉中，可一探究竟。當王魁宸廷唱第，爲天下第一時，私念曰：「吾科名若此，即登顯要，今被一娼玷辱，況家有嚴君，必不能容。」赤裸裸地揭示，負心漢爲功名利祿，拋棄舊愛的心理。又如〈滿少卿〉中，敘少卿的幡然改圖：「彼焦氏非以禮合，況門戶寒微，豈眞吾偶哉！異時來通消息，以理遣之足矣。」情由利遷，不只嫌其出身，否定昔時婚姻，更打著遺棄舊妻的如意算盤。在唐代〈霍小玉傳〉中的李益身上，是看不到這樣誠實的心理剖白。

從背景上來說，宋朝愛情傳奇中，大都注重情節構思，或情感的渲染，較少刻意交待小說的時代背景，僅止於略爲提及而已，甚或不予以敘述。像王明清寫出愛情產生的時代背景，是很少有的：

> 宣和丙午夏，邢挈家赴鄧州順陽縣官。單亦舉家往州，待推官缺，約官滿日成婚。是冬戎寇（靖康之難）中擾，邢夫妻皆遇害，春娘爲賊所擄，轉賣在全州倡家。（〈全州佳偶〉）
>
> 建炎庚戌歲，建州兇賊范汝爲，飢荒嘯聚，至十餘萬。……汝爲聽命，遂領其徒出屯州城。名曰招安，但不殺人而已。其劫人財物，掠人妻女，常自若也，州縣不能制。次年春，呂忠翊本關西人，得受福州監稅官，方之任，道過建州，爲賊徒所劫。（〈呂氏〉）

一個是靖康之難，金人南侵的動盪不安時代裏，單符兒女因亂世而分離，因治世而重逢；另一對范呂之愛，則是產生於盜賊四起的南宋高宗年間。作者明白地寫出故事發生的背景，使人讀之，更能領受其間深刻的社會意義，和情節發展的合理化、與曲折性。

最後，特別要指出的是，在語言上運用長歌複誦故事的技巧。由於北宋中葉以後，傳奇的寫作，受到瓦肆中說話通俗藝術的影響。不僅語言趨於通俗化，在敘述上也採用長歌複誦的方式——即在小說中複誦前面的情節。例如，〈蘇小卿〉中，雙漸在江中遇小卿，以長歌訴說兩人的的過去：「蘇小從來字小卿，桃葉桃根皆姐妹，……亂花深處偶相逢，一托深心許爲婿。……昔日風光曾作主，今日風光如陌路。腸斷江頭夜不眠，風帆明日東西去。」

雖然在人物刻劃的歷史進程中，有人認爲，唐傳奇是文言小說人物刻劃的成熟時期，而宋傳奇則是萎縮疲期〔註29〕。但我們在宋愛情傳奇裏，可見到作者們對人物心理描繪、和人物性格變化刻劃的成就，是無庸置疑的。

〔註29〕見於唐富齡，〈文言小說人物性格刻劃的歷史進程〉（《武漢大學學報》，1990年第四期，頁95～102）。

第四章　宋代志怪傳奇小說

「志怪」，是「自先秦到如今歷久彌新的小說題材之一」〔註1〕。雖然，有人將「志怪」定義成一種：以簡樸語言描寫神鬼怪異的文體〔註2〕。事實上這樣的界定，應該指的是「志怪筆記」，而非單指「志怪」一詞。因爲所謂表現手法的簡樸、粗陳梗概，是筆記小說文體的範疇。志怪只是意味著一種特定的題材表現，其內容爲狐、鬼、怪、妖、精魅等。唐傳奇中其實亦有志怪傳奇——兼具六朝盛行的題材，唐代盛行的文學形式〔註3〕。只不過一般學者都以「神怪」一詞統稱〔註4〕，而不用「志

〔註 1〕見於鄭惠璟，《唐代志怪小說研究》（臺灣：大學中文研究所，1989年碩士論文，頁1）又，宋話本小說中有「靈怪」一詞，專指神仙妖術的故事，不包括人鬼故事（屬於「煙粉」一類），故此類故事，不用靈怪」一詞。

〔註 2〕例如，俞汝捷，《志怪傳奇新論》引論中說道：「從內容上來說，志怪偏向怪異，傳奇偏向現實，……在文體形式上，志怪崇尚簡樸，傳奇則較重藻飾，寫來宛曲有致。」（臺北：淑馨出版社，1991年4月初版，頁16）

〔註 3〕參見於同註1，頁221。

〔註 4〕《中國小說史》十五講，白汝湩〈唐代傳奇〉一講，即用「神怪」一詞。（臺北：木鐸出版社，1987年8月初版，頁51）又，金寅初，《魏晉南北朝志怪小說研究》，師範大學國文研究所，1978年9月，博士論文，頁256，更認爲宋傳奇不包括志怪：

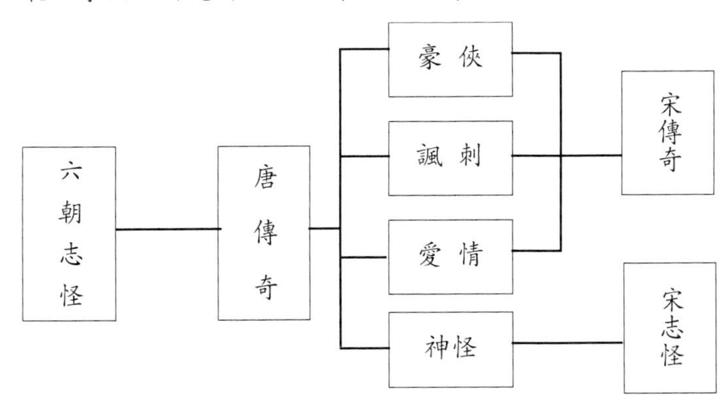

怪」一詞罷了。

一般說來，志怪小說有廣義與狹義之分。廣義志怪小說，凡小說內容涉及談狐、志鬼怪、神仙，離奇之事者，皆屬之。例如：宋歷史傳奇無名氏的〈開河記〉〔註 5〕，故事中包括靈忿、妖妄、超自然的描述成分，也可稱它為志怪故事。又如愛情類中無名氏的〈王魁傳〉〔註 6〕，桂英死後化為厲鬼，助海神殺王魁，亦屬鬼怪之事，故〈王魁傳〉亦屬廣義志怪小說，諸如此類。但廣義志怪非本章所概括，本章所界定者以狹義志怪為準繩。

狹義志怪小說，即故事須以述鬼怪之事為主。小說中的主角，必有一人是「非人」，此「非人」以人的型態出現，與人發生曲折離奇的故事者。如唐志怪傳奇中，沈既濟〈任氏傳〉，任氏為狐女，與仕子鄭六發生一段動人的愛情故事。除主角中有一「非人」的特性之外，狹義的志怪小說，尚有「兼類傾向」。故事主題可能傾向于敘愛情、述思想、贊豪俠、涉公案等等。例如：宋錢易〈越娘記〉，志人鬼相遇之怪；又兼道人鬼相戀之愛恨情仇。宋洪邁〈蔣教授〉，敘大白化投胎為狐女，化身為人，報殺身之仇，亦可屬豪俠之儔。

第一節　宋代志怪傳奇作品及作者

唐傳奇承六朝志怪小說的發展，談狐道鬼的志怪傳奇亦復不少。而宋文言小說中，志怪筆記小說比比皆皆，故志怪傳奇之作，興熾未艾。志怪小說在宋代興盛之因，有三：

首先是文學內在的因素使然。從六朝志怪風靡以後，志怪小說的寫作一直沒有間斷。唐人小說雖以志人、述現實的傳奇為其主流，但實際上如《杜陽雜編》、《桂苑叢談》、《三水小牘》諸類〔註 7〕，仍為志怪之屬。因此，宋人小說的創作一承前朝，對於說狐談鬼，津津樂道；並且一承晚唐傳奇好述神怪之風，變本加厲。如徐鉉《稽神錄》、黃休復《茅亭客話》、乃至洪邁四百二十卷的《夷堅志》，皆為志怪之屬。故宋人承六朝志怪、唐志怪傳奇之遺風，繼續寫作志怪傳奇小說。

其次，兩宋時代雖說尊崇儒家，又兼容佛、道二教，可是朝野上下的根本信仰，還是在於神鬼。對於未可知的鬼神世界，抱著既好奇又害怕的心理。於是許多民間

〔註 5〕〈開河記〉的內容概要及其他，見二章一節。

〔註 6〕〈王魁傳〉的介紹，見第三章第一節。

〔註 7〕《杜陽雜編》，唐蘇鶚撰，分為上下二卷，多記奇技寶物的奇聞異事。《桂苑叢談》，唐馮翊子撰，多記鬼神怪異之事。《三水小牘》，唐皇甫枚撰，亦載神仙怪異之事。

的鬼怪傳說，狐魅精怪，皆以各種面貌、姿態馳騁於作家筆下，造成志怪小說興熾。

其三，因宋朝皇帝不僅迷信鬼神，且喜好神仙怪誕之書。在上者好焉，在下者遂趨附之，上行下效，蔚爲風尚。如徽宗篤信神仙，迷信鬼神，自號爲道君皇帝〔註8〕；高宗愛好神仙誕幻之書。故志怪小說得此之便，因勢利導，風行不綴。

以下，我們將介紹具有代表性的十篇志怪傳奇作品。

一、〈越娘記〉

見於《青瑣高議》別集卷三，子題爲「夢託楊舜俞改葬」。作者錢易，字希白，生卒不詳〔註9〕，祇知卒年五十九。北宋前中期人，籍錢塘（今浙江錢塘），乃五代吳國錢鏐的後裔。易才學瞻敏過人，數千百言，援筆就立。年十七舉進士，試三題，日未中而就，言者指其輕俊而黜之。咸平二年（997），易登進士第甲科。又善尋尺大書行草，及喜觀佛書。嘗校《道藏經》，著有《殺生戒》、《金閨》、《瀛州》、《西垣佛制集》、《青雲總錄》、《青雲新錄》、《南部新書》、《洞微志》等書。傳奇小說除了《越娘記》，還有《桑維翰》一篇，也收在《青瑣高議》一書中。

〈越娘記〉述楊舜俞於探親途中，貪杯嗜酒，夜宿郊道荒屋。遇女鬼越娘訴身世，及五代後唐時兵荒馬亂之況。舜俞以其敏慧，稍示愛意，越娘以能爲之安葬相請。天曉，越娘與屋俱失。楊劃記而去，擇日尋記葬之。葬後三日，越娘來。數月之後，以陰陽殊途、舜俞臥病，乃去。楊思之甚切，轉愛爲恨，與道士伐其墓。越娘現身詬之，方不存戀。

這篇小說敘述委宛詳盡。對於舜俞和越娘如何相遇、暢談、產生情感、離別、思念、由愛生恨，一一鋪展。不僅敘舜俞之多情，越娘之理智，亦暢言陰陽家之論。所以，故事主題雖言及愛情，也包括人鬼殊途、幽冥異道的思想。更藉著越娘之見證，道出「寧作治世犬，莫作離亂人」，將五代之離亂與北宋百餘年治世作一對比。根據這篇故事引伸出來的小說、戲曲不少，如宋人話本〈楊舜俞〉〔註10〕，與宋元雜劇、南戲〈越娘背燈〉〔註11〕等。可見這個故事流傳之盛，影響之大。

〔註8〕明陳邦瞻，《宋史紀事本末》，卷五十一，〈道教之崇〉，述徽宗崇信道教本末：「（政和七年）（1117），夏四月庚申，道籙院上章，冊帝爲教主道君皇帝。初，帝諷道籙院曰：朕乃上帝元子，爲神霄帝君，憫中華被金狄之教，……卿等可上表章，冊朕爲教主道君皇帝。」（臺北：三民書局，1963年，頁407）

〔註9〕錢易生平事蹟參考如下：宋曾鞏，《隆平集》，卷十四。宋王偁，《東都事略》，卷四十八。元脫脫，《宋史》，卷三百十七。明柯維琪，《宋史新編》，卷一百一。清王毓賢，《繪事備考》，卷五。清王梓材、馮雲濠，《宋元學案補遺》，卷九。

〔註10〕見於譚正璧，《話本與古劇》，上卷〈宋人小說話本名目內容考〉(上海：古籍出版社，1985年4月一版），頁20。

〔註11〕元尚仲賢有〈鳳凰坡越娘背燈〉。宋元間尚有同名的戲文，同見於註10之考證。

二、〈西池春遊〉

見於《青瑣高議》別集卷一，子題爲「侯生春遊遇狐怪」。作者劉斧，生平見二章一節。

故事簡述：侯誠叔與友人遊西池，遇到居於獨孤墓中的美麗狐女。在經歷數次狐女刻意的安排之後，侯生終至其宅與之歡聚一夜。爾後思女甚篤，往尋狐女，尋之不著。遇一老叟，叟言其女爲狐女。他卻毫不忘情，復與她相聚。爾後，狐女帶著財貨隨侯生居住，以助他求取功名，相愛甚篤，即使有孫道士阻撓，侯生仍無所變心。直到侯生拜訪舅父，鑑於他娶狐女，舅父爲他另娶郝氏，侯生亦欣然接受。對於他的忘情，狐女略施小計以報，使侯郝二人流離失所。當郝死、侯衣冠襤褸時，狐女亦已委身他人，並以錢五緡遺生，道聲珍重而去。

這篇愛情志怪與唐傳奇中的同類小說相比較，毫不遜色。有曲折的故事情節、美麗的情詩、離奇的狐怪鬼魅，是一篇相當好的志怪傳奇。尤其在中國狐妻文言小說的演變史上，立於唐傳奇〈任氏傳〉的基礎，進一步塑造狐妻的婦德形象〔註12〕，下開清蒲松齡《聊齋誌異》中的狐妻典型。而狐女的善妒，亦爲婦女追求自身幸福的表徵。此「非人」已具有較多人的特徵，亦是狐妻故事由唐傳奇演變至清《聊齋》的過程。

〈西池春遊〉另一值得稱道的是，作者極具巧思的結構布局安排。如穿插王夫人訴朱全忠受果報之事，和老叟暗示不可輕負狐女之言，都與侯生因負心而顛沛的結局，息息相襯。而安排獨孤狐女的下場，非讓她頓然消失，或跳梁而去；以再委身他人的方式，結束與候生的露水姻緣。予讀者一個冥想的空間，多情的狐女是否會再重演愛情悲劇？抑或找到歸宿？可見劉斧在寫這篇長達三千餘小說時的用心之處。

三、〈王榭〉

見於《青瑣高議》別集卷四，子題「風濤飄入烏衣國」，作者亦劉斧〔註13〕。

〔註12〕唐沈既濟〈任氏傳〉，亦爲人狐戀愛的故事。但任氏的形象塑造，只觸及她的才華、美貌，尚未言及婦德層面。

〔註13〕魯迅《唐宋傳奇集》，題作者失載。而薛洪等選注《宋人傳奇選》，則推測「從文字風格上看，應是劉斧的作品」（湖南：人民出版社，1985年10月一版，頁131）。又李劍國，〈青瑣高議考疑〉，據胡仔《苕溪漁隱》後集卷十二，劉夢得引《藝苑雌黃》：「此觀劉斧《摭遺》載〈烏衣傳〉，乃以王榭爲一人姓名，其言既怪誕，遂托名錢希白，終篇又取夢得詩實其事。希白不應如此謬，是直劉斧之妄言耳。」認爲此篇當名〈烏衣傳〉，作者是錢易（《南開學報》，1989年第6期，頁10）。今從薛洪等《宋人傳奇選》之說。

這篇小說是以劉禹錫《金陵五詠》烏衣巷詩：「朱雀橋邊野草花，烏衣巷口夕陽斜，舊時王謝堂前燕，飛入尋常百姓家」爲根據。將王謝改爲王榭，再加上作者的想像與虛構。假唐宋以來與波斯諸國頻繁的交往爲背景，編造海外奇遇，人燕相戀的故事。魯迅《唐宋傳奇集》，曾收入此文〔註 14〕。

王榭以航海爲業，遇巨風，飄入烏衣國，爲老翁救起。受到烏衣國王的禮遇，娶老翁之女。因甚懷家，攜女予之靈丹，乘氈兜子，國王爲他作法，瞬息之間，已居家中堂上。見梁上雙燕，才知所止爲燕子國，並以靈丹救獨子。梁燕秋去春來之後，不復再見，榭唯獨自憾恨。

宋吳曾《能改齋漫錄》卷四王謝燕：「近世小說，尤可笑者，莫如劉斧《摭遺集》所載烏衣巷傳……，摭遺之小說，亦何謬邪！」〔註 15〕可見宋時王榭入燕子國的故事，已爲人熟知。故吳曾特以考察史實之角度，加以評論，認爲劉斧之創作謬誤又可笑。

若不以合乎史實與否做爲評論標的，則此篇小說不僅取材新穎，又寓創發性。作者又以高超的筆法，故佈懸疑，引人入勝，吸引讀者一口氣讀完。例如，翁嫗一見王榭即道：「此吾主人郎也，何由至此」，稱王榭爲主人。介紹其女又說是「此家主人家所生也」。而當榭向妻質疑時，妻只說「君久即自知」。在國王宴會上賦詩，末句「引領鄉原涕淚零，恨不此身生羽翼」，妻卻說「末句何相譏」。直見梁上雙燕呢喃，謎底才揭開，翁嫗與其妻是家中梁上的燕子，故稱榭爲主人。讀者屆此，亦才知其所以，撥開疑雲，恍然大悟。故「這種純技巧性的輕鬆活潑的作品，在宋人傳奇中是不多見的」〔註 16〕。

四、〈小蓮記〉

見於《青瑣高議》後集卷三，子題「小蓮狐精迷郎中」，亦爲劉斧之作。

故事發生的背景在宋仁宗嘉祐年間。小蓮本來是城上狐精，李郎中買了化爲人形的小蓮爲奴。因小蓮顏色漸美，李公遂納爲妾。但小蓮月晦外出，引起李公懷疑，逼問之下，小蓮只說有其苦衷。公於月晦時，以醇酒醉之，小蓮失期，致青痕滿背，公才不再阻撓其晦出。當公欲到他州任官，小蓮無法同往，但預料他此去遭遇不佳。

〔註 14〕魯迅認爲〈王榭傳〉：「謝改爲榭，指爲人名，且以烏衣爲燕子國號，殊乏意趣，……錄之，以資談助。」（《唐宋傳奇集》稗邊小綴）

〔註 15〕見於吳曾，《能改齋漫錄》收在《筆記小說大觀》續編，第三冊（臺北：新興書局，1973 年出版），頁 1477。（臺北：臺灣商務印書館，叢書集成簡編本，第 122 冊），頁 71。

〔註 16〕見於姚松，《宋代傳奇選譯》（四川：巴蜀書社 1990 年一版），頁 204。

一如所言，一年之後，李公仕途乖謇又喪妻。小蓮復來，告以身世，並要公爲她從獵狐者手中，買回屍體，以得投生。最後，公如其言而葬之。

小說中狐女小蓮的身份地位，顯然比其他故事中的狐女來的低。她只是個婢妾，一個前世曾是讒婦，罰爲狐形的女人。她所要求的，不過是死後有個葬身之所，得以投胎爲人。不求以「非人」的形態，找到自己的幸福與愛情。因爲在人的世界中、在中國儒家的世界裏，是不容許異類與人結合的。所以，在她身上，我們大抵可以透視出狐女故事的悲劇啓示性。

在這則小說我們仍可見到劉斧善於賣關子的手法：當李公第一次逼問小蓮的行徑時，她只說自己是非人非鬼，並沒有說出自己是狐女。直到最後，才向李郎中道出自己的前世今生。一如〈王榭傳〉，劉斧在小說的最後，才揭開謎底。

五、〈范敏〉

見於《青瑣高議》後集卷六，子題「夜行遇鬼李將軍」〔註 17〕。這是劉斧的另一篇志怪佳作。

故事簡介：范敏夜行迷路，卻闖入了鬼下的圈套中。李氏以飛禽誘范敏，使之來。並訴前世爲後唐莊宗之樂笛部首，在鬼界爲田權所挈至此。敏與之共宿於帳帷之間。次日，敏本告行，李氏又言其苦，敏又與之住十日。忽然青衣走報，田將軍至。田欲刺敏，爲巨翁所救。巨翁化解敏難，田、敏壯夫相惜，環坐飲酒，令李氏侑坐。正當李、田起爭執之際，有人自空中叫：「如今殺他馬，又把他衣服貰酒，似如此怎得穩便。」棒擊酒甕，人屋俱不見，敏視其馬與衣服皆不存。

這篇故事的情節構思別出新裁。作者安排李氏和田權把范敏耍的團團轉。在他面前演了一齣戲，大費周張的安排文武場。李氏以身相許；田、李大打出手，只是爲了殺范敏的馬，和當了他的衣服買酒。結局出人意表，讀來令人拍案叫絕。小說中的鬼，十足俱有人性，和人世間那些騙吃騙喝的無恥之徒同樣嘴臉。而被鬼設計的范敏，因貪圖美色，中了鬼計，誤入鬼網，最後只有大歎倒楣的份了。

六、〈西蜀異遇〉

見於《雲齋廣錄》卷五。作者李獻民，字彥文，生卒不詳，開封府酸棗縣（今河南延津）人。因所著《雲齋廣錄》，有寫於宋徽宗政和元年（1111）的序，故其時代約爲北宋後期〔註 18〕。《雲齋廣錄》是一部文言小說專集，前三卷爲筆記文，

〔註 17〕根據文意，子題應爲「夜行遇鬼李氏女、田將軍」。

〔註 18〕有關李獻民的生平與《雲齋廣錄》卷本考，參見皮述民《宋代小說考證》第二編（收在《師大國文研究所集刊》第五號），頁 41～42。

後六卷有傳奇小說十三篇，多記當時豔異奇麗雜事。語言淺顯，亦受通俗文學的影響。

故事概述：李達道同其父往西蜀，與狐女宋媛邂逅，媛暮隱而來，晨隱而去。達道因夢李二郎神，告知宋媛爲狐女。以符佩身，媛不能近，遂賦詩以訴其情，達道深受感動，又與之往來。但容色愈形枯悴，李父召師巫禁治，引來群猴紛擾。有孔宗昌者投書李父，獻制猴之策，直至夢宗昌死，群猴又亂李宅。李父無可奈何，放任達道與宋媛相見，歡愛更甚。媛醫癒李母之病，得到李家信任；以其詩才，受到道友歡迎。待媛生一子屆周歲時，告知達道冥數已定。次日，媛與子俱不見，達道思念而亡。

小說在情節構思上煞費苦心，特別是穿插了阻隔達道與宋媛相愛的曲折性。安排李二郎神、孔昌宗的出現；尤其是爲狐女所惑卻成獸形的孔昌宗，抓住狐女的弱點，幾乎使二人不能再見面。小說中的宋媛比唐傳奇中的狐女，更表現出人的特點。容貌超群，才氣不凡，對愛情忠貞不二，勇於追求自己的幸福。已較接近清蒲松齡《聊齋誌異》中的狐妻形象。故「這是唐人傳奇與《聊齋誌異》之間，寫狐女寫得較好的一篇作品」〔註19〕。宋人話本〈李達道〉就是根據這篇小說改編的〔註20〕。

七、〈吳小員外〉

見於《夷堅志》甲志卷四。作者洪邁，生平見三章一節。

故事概述：吳小員外與趙茂之、應之兄弟，至金明池遊春。遇一賣酒女，方邀之暢飲，女之父母回，女亟起，吳生思慕不已。次年，三人重遊金明池。至女宅，其父言去歲責備女與三少年飲，女已悒怏而卒，三人不敢復問急返。返途中卻遇酒女，女稱父欲絕君望而詐言死。三人至女居所共飲。吳且與女往來三月，顏色益憔悴。吳父詰問趙氏兄弟，並請皇甫法師結壇行法。授劍刺女，吳與趙氏兄弟、皇甫皆下獄。至其父母言女已死，四人方脫罪。

這篇志怪傳奇小說令人讀來惝恍迷離，對於再度與吳小員外來住的酒女，究竟是人還是鬼，使人莫測其中。作者一直都沒有解開謎底，讓讀者自己去想像，迴盪於故事的懸疑情節之中。根據這篇傳奇所衍化出來的戲曲、小說，亦復不少。例如：明范文若〈金明池〉傳奇〔註21〕，明馮夢龍《驚世通言》卷三十〈金明池吳清逢愛愛〉。

〔註19〕此評見於同註13，薛洪等選《宋人傳奇選》，〈西蜀異遇〉篇目說明，頁142。
〔註20〕同參見註10，譚正壁《話本與古劇》，頁15。
〔註21〕參見，傅惜華，《明代傳奇全目》，北京：人民出版社，1959年12月一版，頁347。

八、〈蔣教授〉

見於洪邁《夷堅志》乙志卷二。這是一篇大白蚓化身為狐女，再化為人形，報殺身之仇的故事。蔣教授本為縉州主簿，回鄉任信州教授。經山嶺遇一賣女老人，心生惻隱，將其女帶回，以十萬錢助老人。言明代為照顧，未敢以為姬妾。但女顏色益美，遂與之有夫妻之實，並攜往信州上任。數月之後，女令蔣寫遺書，並言當日必暴斃。因為她是蔣在縉州所殺之大白蚓。言畢，女拍掌化狐而失，蔣隨即倒地而亡。

文筆簡潔，語言通俗，小說進展的節奏極為快速，令人目不暇給。尤其是小說中的主角狐女，從孤苦無依，待價而沽的女子，躍升為官家夫人，與蔣共同生活數月。既悲蔣年壽已盡，又非得報刺椎之仇；既是大白蚓，又可化身為人，為狐女。其中的怪異詭變，非常理所能透析，但這也就是小說吸引人之處。

九、〈太原意娘〉

見於洪邁《夷堅志》丁志卷九。故事背景在北宋已亡，宋金對峙的時代。楊從善因公到燕山，見酒樓壁上題詩，知題者乃表兄韓師厚妻王氏，尋跡得見王氏，並言為金酉妻所憐，相伴於此。從善往告師厚，偕往燕山尋之。前日所見韓宅，已成荒塚。宅外遇老嫗，知王氏葬於此。王氏魂言願隨師厚南往，但師厚不可另娶。數年之後，師厚另娶，稍疏故妻墓。夢王氏怨恚甚切，愧怖而亡。

小說藉太原意娘的節烈，表現北方人民的故國之思。即使魂陷虜營，也不願回到南方為良人見棄。而當師厚娶新忘故時，即要他同下黃泉，體此孤寂之境。正面描寫意娘念舊情懷；亦側面表現出，對南渡者得安忘危、見異思遷，忘卻故國親人的不滿。

太原意娘的故事又見於《鬼董》卷一，但內容相差甚多：敘張師厚與其妻崔懿娘、劉氏，因再娶及悍妒，引出的異怪之事。與此篇的故事背景和情節發展，大相逕庭。主題思想，也不如此篇深刻。因此，根據這篇小說衍生出來的作品，亦復不少。例如：元沈和〈鄭玉娥燕山逢故人〉雜劇〔註22〕，明馮夢龍《喻世明言》卷二十四〈楊思溫燕山逢故人〉。

十、〈樊生〉

見於《鬼董》卷四〔註23〕，作者不可考。《鬼董》一書，據元錢孚書中的跋語，可知作者姓沈；又從書中零星資料看來，他是南宋中後期人。曾為太學生，又曾任

〔註22〕見於曹楝亭刊本，鍾嗣成《錄鬼簿》，卷下。
〔註23〕所據《鬼董》五卷，收在鮑廷博《知不足齋叢書》，第十一集。

鹽官。此書今存五卷，多記鬼神變異之事，文字極簡。

故事敘述樊生與李生遊湖時，拾得陶小娘招親紙片，按所指示，訪王老娘，當下婚事即成，約期迎娶。因樊父甚嚴，租一屋與之聚。某日與陶小娘子登樓時，門傭見小娘子衣紙衣，走報樊父。父訪善法事者張生治之，小娘子化為旋風而滅。月餘，樊復與李游玩，遇暴雨，至顧六家避雨。聞顧六叮囑妻莫使二人去，知此亦鬼宅。二人落荒而逃，至鬻糕者雍三宅第，往告其所遇之怪。驚魂未甫，四夫、陶小娘子、王老娘、顧六、等皆來此。千鈞一髮之際，陰間鬼卒來抓諸鬼。樊李嚇昏，殿前統制送之歸家。

以情節敘述為主，人物刻劃較少，語言極為簡省。與話本小說〈西山一窟鬼〉相似，女鬼皆以色迷惑男主角，使之落入早已佈下的陷阱中。但是〈樊生〉以述鬼怪為主旨；〈西山一窟鬼〉則是以備嘗鬼趣，教之看破紅塵〔註 24〕，旨意則異。卻反映出，這類小說在宋代風行的程度。

除以上較俱有代表性的十篇志怪傳奇小說之外，在宋傳奇中尚有如李獻民〈錢塘異夢〉（《雲齋廣錄》卷七）、洪邁〈解七五姐〉（《夷堅三志卷第十》）、〈張三店女子〉（《夷堅三志》壬卷三），等佳作。

第二節　宋代志怪傳奇的特色

宋代志怪傳奇的特色，可從幾方面來說。

一、主題與表現手法契合

在表現手法上，極其明顯地，有二種不同的趨勢：一是側重於抒情，二是偏向於敘述。側重於抒情、烘托氣氛者，則如前述之錢易〈越娘記〉、劉斧〈西池春遊〉、〈王榭傳〉、李獻民〈西蜀異遇〉等。大抵作者以傳奇之詩情、詞意藻飾氣氛，烘托情感。於是在小說情節架構的開展上，則顯得較為鬆散。以〈西池春遊〉為例，小說的前半段敘候誠叔如何與狐女驚鴻一瞥，從不致念到默念，進而將往從焉。天雷如何勾動地火，一夜歡愉之後，如何思念到飢渴之狀。作者皆不厭其煩、如數家珍的細膩刻劃。以傳奇作家貫用的伎倆，運用情詩儷句寫出奇幻似眞，令人遐思的景況。而此類以抒情方式出之者，皆為愛情志怪。可見宋人承唐人傳奇之所長，善擇

〔註 24〕〈西山一窟鬼〉見於《宋人話本七種》（北京：中國書店，據東亞圖書館 1951 年版影印，1988 年 9 月一版），頁 82：「道人道：我乃上界甘人，你原是我舊日採藥的弟子：因你凡心不淨，中道有退悔之意，因此墮落，今生罰為貧儒，教你備嘗鬼趣，消遣色情。你既已看破，便可離塵辦道，直待一紀之年，吾當度汝。」

創作技巧，表現不同的主題。

第二類偏於敘事者。以簡練之文筆開展故事，但有別於六朝志怪之粗陳梗概。故事節奏明快，起伏轉折極大。如劉斧〈小蓮記〉、〈范敏〉、洪邁〈吳小員外〉、〈蔣教授〉、〈太原意娘〉、無名氏〈樊生〉等皆是。不重氣氛之烘托，亦不以繁複之修辭取勝；而以轉折之筆法，描述故事情節。用速描的方式，刻劃人物、創造形象。如洪邁的〈蔣教授〉，從蔣教授因惻隱之心，收留狐女，到酒後與之亂，攜她上任，予以她復仇機會，至暴疾而亡。這一連串的故事發展，作者均將其來龍去脈，如數家珍，以最簡省的文字，一一描繪。又將狐女從悲蔣將亡，到記取殺身之仇的大恨；方寸之間，轉悲為怒，幡然改變態度的轉化，予以刻劃。

二、故事結局的悲劇傾向

所謂小說的悲劇性傾向，據吳功正的《小說美學》的界定：「歷史的必然要求，和這種要求的實際上不可能實現的規範意義的悲劇。」〔註25〕簡言之，即故事中人物之身份，及其關係而不得不然者〔註26〕。宋人講求務實，注重理性。因此，對於非人之異類，抱持著不得與人圓滿結局的信念。小說中的狐女、燕女、及鬼魅，來自異於人的世界。即是暫時化作人形，與人發生一段情感，甚至結婚生子，終究不得在人世終其一身。因為他們不屬於「人」團體的一份子。於是從他們到人間，或者是人誤入異界開始，就註定悲劇的結局。這在以新儒家理學興盛的宋代來說，人與非人的悲劇結局，才是合乎人倫定律，契合常規的。

雖然「在宋代，封建社會出現危機，於是便有朱熹的道學理論應運而生，自宋以後，大團圓的作品層出不窮。」〔註27〕但是，宋志怪傳奇絕少有大團圓的作品產生。如唐傳奇中李朝威〈柳毅〉，柳毅能以一普通人身份與洞庭龍女結合，成神仙美眷。在宋志怪傳奇中是極罕見的，至少在本章的十篇作品裏，沒有以完滿團圓為結局。如錢易〈越娘記〉，楊舜俞百般欲與越娘廝守，但終究嚴守人鬼殊途、幽冥異道的分際。〈西蜀異遇〉裏的狐女，經過艱辛的奮鬥與對抗後，得其所愛，但結局仍是帶著孩子離開人的世界，不知所往。誤入燕子國的王榭，終究要回到屬於他的世界，在烏衣國中雖然娶妻、倍受國王禮遇，仍是孑然一身回到家中，而其妻亦不得與之

〔註25〕吳功正《小說美學》，第四章第一節，悲劇美。（江蘇：文藝出版社，1985年6月一版），頁486。

〔註26〕參酌王國維，《紅樓夢評論》中，所謂第三種悲劇：「由於劇中之人物之位置及其關係而不得不然者」的定義。收在《王國維全集》，初編（五）（臺灣：大通書局出版），頁1736。

〔註27〕見於同註25，頁456。

團聚。所以，宋代新儒家興起，理學主導的前提下，人與非人判然分明的倫常，使得這類志怪傳奇故事一開始，就註定了悲劇性。

三、善融史事於志怪

即使志怪之描寫不必考慮符合歷史與否，作者可就其主題任意發揮。但是宋人喜歡歷史、突顯史識的癖好，在志怪小說的情節構思當中，仍表露無遺。舉劉斧〈范敏〉、〈西池春遊〉，錢易〈越娘記〉三篇爲例，即可見出端倪。

在〈西池春遊〉中，作者穿插狐女的鄰居王夫人這個角色，她的出現，雖非必要。但透過朱溫的媳婦，述朱溫之殘暴、淫亂，與當時諸王的宮廷鬥爭。側面表現果報思想，暗示侯誠叔負心的下場，是有其作用的。朱溫在歷史上與其媳婦亂倫之醜事，正史皆載之〔註28〕。作者藉王夫人之口，大加撻斥，又寓含小說的主題思想，可見融合史事於情節之中的功力。〈西池春遊〉只用一個歷史事實突顯主題；而在〈范敏〉中，後唐莊宗之女樂、和秦漢之際的田權，二個不同時代的歷史人物，穿越時空、陰陽的阻隔，設局詐騙貪色的范敏，更能見出劉斧善用歷史構思情節。〈越娘記〉中的越娘，介紹自己的身世時，更以見證者的口吻，暢言五代離亂之象；並對比宋初之窮民，勝五代離亂時之卿相。

總的來說，用不同的敘述手法，表現不同的志怪主題，是上承六朝志怪與唐人傳奇的結果。以抒情之筆談愛情；以環環相扣之結構，推展狐魅豪俠、鬼設騙局。這種新的、粗淺的創作嘗試，對於後來文言小說的文體形式，不無影響。如「簡潔與藻飾、宛曲相結合的《聊齋志異》」〔註29〕即是。其悲劇性傾向，和穿插史事於情節之中，則是宋人理學思想高張，以及史學、史識發達所造成的特點。

第三節　宋代志怪傳奇的藝術技巧

宋志怪傳奇的藝術技巧探討，以下擬從結構、人物形象、背景刻劃、器物描寫等四方面進行。

在結構上，大抵對於情節部份的鋪展，以第三稱的正敘法展開〔註30〕。例如：

〔註28〕司馬光，《資治通鑑》卷二六八，後梁紀三：「初，元貞張皇后嚴整多智，帝（朱溫）敬憚之。后殂，帝縱意聲色，諸子雖在外，常徵其婦入侍，帝往往亂之。友文婦王氏色美，帝尤寵之。」（臺北：西南書局，新校標點本，頁8758）

〔註29〕見於同註2，俞汝捷，《幻想和寄託的國度—志怪傳奇新論》，頁15。

〔註30〕賈文昭、徐召勛，《中國古典小說藝術欣賞》(台北：里仁書局，1984年8月初版)，頁35：「正敘是按照故事情節發生的時間、進程，依序敘述。」

〈王榭〉，因遇巨浪誤入烏衣國，在國中如何娶妻、受到禮遇，如何從烏衣國回家，等等。將奇遇經過，按事件發生的先後次序，徹頭徹尾講述出來。但在某些小說的情節構思上，則運用了插敘法、補敘法〔註31〕。以介紹人物的背景身分、強化故事情節，或補充說明前因。例如：錢易〈越娘記〉，楊舜俞遇見越娘之後，越娘說出坎坷的身世，使舜俞對她倍感同情，爲她安葬。劉斧〈西池春遊〉中，穿插老叟之言，暴露狐女的身份，和狐女重恩義果報的傳說。洪邁〈蔣教授〉，在蔣教授倒地而死之後，才補敘了當年所結下的孽因。這些都是在正敘的技巧之外，爲因應小說情節構思曲折性、一致性，所運用的技巧變化。

除了正敘、插敘、補敘等技巧運用之外，推展情節的另一法寶是：頃刻間變幻時空。對於小說主角出、入神怪幻境，抑或物類的變異、消失。作者以瞬間變幻的方式，推展小說；使不合於自然的情節，成爲小說中合理的情節。例如：〈王榭〉中，王榭遇巨浪飄入燕子國，從人界入燕子國。爾後，又乘著烏氈回到人界，見到燕子國裏的妻子，以非人形態棲止在樑上。這其中的空間跳脫與物類變異，都在轉瞬間變換。〈范敏〉中，范敏在頃刻間入鬼域；又在鏗然之際，回到現實世界。〈蔣教授〉中，其女「拊掌而滅，蔣隨即仆地死」，在拊掌之際，女不知何往，蔣受報應而亡。此頃刻任意變幻時空，處理物類變異，爲宋志怪傳奇中極常見的表現手法。

從人物形象的塑造上來說，宋志怪傳奇多著墨於「非人」角色的刻劃。藉鬼、狐、神、魅的外衣以寫人。其中形象塑造最豐富飽滿的，是人狐故事中的狐女。茲以劉斧〈西池春遊〉的獨孤狐女，李獻民〈西蜀異遇〉的宋媛爲例。

獨孤狐女積極追求愛情，善妒與重視恩義報人等形象。作者不僅通過靜態的文字，還運用動態刻劃，及側面描述的方式進行。她洞悉男人的心理，對意中人欲擒故縱；以美色製造機會，引誘侯誠叔自動上鉤。歷經數次情詩往來，令他神魂顛倒之後，才奉獻自己。在這場愛情當中狐女永遠掌握主動權。美色、冷靜、理性、且富熱情是她遙控男人的本錢。而其善妒，更是保護自我情愛唯一性的表徵。即連因送信予侯生的青衣，在力不能拒的情況下，爲侯生所犯，她也同樣逐之海外。而在對負心者施予懲罰之後，她並沒有趕盡殺絕，非置負心者於死地不可。反而以五緡錢救助衣冠襤褸的侯生。在劉斧筆下成爲有情有義、敢愛敢恨，形象眞實、血肉飽滿的女人。

宋媛與獨孤狐女相較之下，則顯示出婦德形象。同樣是大膽追求愛情，且更艱鉅的歷經李二秀才、師巫、孔宗昌阻撓，與李家父母反對。但其堅苦嚴守立場，不

〔註31〕同註30，頁38：「插敘是情節的前因後果不是一次說完，而有意在另外的地方補足。」頁39：「補敘是一個主要情節的進行過程中，忽然插進另一個情節。」

屈不撓的精神，是作者極力宣揚的高貴情操。踏入李家大門之後，不計前嫌，以德報怨。替婆婆治病，與家人親近，並為丈夫做好人際關係，等等。都是中國家庭倫理規範下的婦德表現。經由多方面的生活細節描寫，在李獻民筆下，宋媛實為宋代德婦形象的化身。

志怪傳奇以述神奇怪異之事為主旨，對於故事背景之交待、氣氛之烘托，亦甚重視。尤其在小說的開端，作者善於製造驚怖的氣氛，以誘讀者進入小說情節之中：

> （范敏），一日，有故入鄆，時大署，敏但見星月而行，未數里，浮雲蔽月，不甚明朗。忽一禽觸馬首，敏急下馬，捕而獲之，其大若鶉雀，且不識其名，乃置於僕懷中。敏跨馬而行，則昏然失道路，乃信馬行。望數里有煙火若居人，鞭馬速行約三十里，望之其火愈遠。敏倦，僕人亦不能行。乃縱馬嚙草，僕亦倚木而休。（劉斧〈范敏〉）
>
> 行未二十里，則日已西沉，四顧昏黑，陰風或作，愈行愈昏暗，不辨道路。舜俞酒初醒，意甚悔恨，亦不知所在焉，但信馬而已。忽遠遠有火光，舜俞與其僕望火而去。又若行行數里，皆荊棘間，狐兔呼鳴，陰風愈惡。（錢易〈越娘記〉）

在某夜的荒野道上，主角騎著馬匹，帶著僕人，或因貪杯、或因捕禽，昏昏然迷了路。這時候，為了找尋出路，主人與僕人分道而行。於是主人在浮雲蔽月、陰風或作、狐免呼鳴的恐怖氣氛中，開始了他的奇遇。雖然，這樣的描寫方式，令人不免感到公式化，但是，對於一向缺乏背景刻劃的文言小說來說，是難能可貴的。繁複而細膩的描繪，情景交融地，道盡主角在進入奇遇之前的驚恐，使得小說一開頭，即充滿可看性。又如王榭在進入烏衣國前，遇巨浪，墮入海底的場面。作者亦極具用心地鋪陳：「大浪既回，舟如墮於海底。舉舟之人，興而復顛，顛而又仆，不久舟破，獨榭一板之附，又為風濤飄蕩。開目則魚怪出其左，海獸浮其右，張目呀口，欲相吞噬，榭閉目待死而已。」

此外，宋志怪傳奇的寫作技巧中，值得一提的是，器物的運用。唐傳奇已用器物突顯主題、襯托人物〔註32〕。宋志怪傳奇更進一步，以器物做為進入異境的見證。例如：〈范敏〉中，范敏所騎的馬。因為飛鳥碰觸牠的頭，主人為著捕鳥才迷路，進而走入鬼設的圈套中。之後，鬼把馬給殺了。從鬼境中驚醒的范敏，只看見馬的皮、骨而已。殘存的馬皮，證明他進入鬼界，和被鬼詐騙的事實。〈王榭〉中，樑上雙燕，以及從烏衣國中攜回的靈丹，亦為親赴燕子國的見證。〈小蓮記〉、〈越娘記〉中，都

〔註32〕見於丁肇琴，《唐傳奇的寫作技巧》（臺灣：大學中文研究所，1987年碩士論文），頁238～239。

南城坊的狐墓、越娘墓，皆爲所言無訛的物證。

宋志怪傳奇在結構上，以事件爲重心，用正敘法舖展情節。又以富有變化的插敘、補敘等技巧，強化人物形象，揭示前因。在人物刻劃的藝術成就上，則有如宋媛那樣形象鮮明的狐女，是唐傳奇與清《聊齋志異》之間，極爲成功的狐女形象。進入異界前的背景描述，則表現了小說中緊張、恐怖的氣氛，推展與暗示情節的發展。器物的技巧運用，則爲凸顯小說的眞實性。

第五章　宋代俠義傳奇小說

所謂俠義小說，即是描寫俠客或義士，濟弱懲惡、見義勇爲的行跡，或肝膽報主、慷慨復仇的故事。這類小說的主人公，往往具有不畏強權伸張正義，路見不平拔刀相助的精神，肯爲朋友兩肋插刀，犧牲生命也在所不惜的特質。

在俠義小說的範疇中，小說本身無可避免的有愛情、公案、宗教等成分。但是，只要故事主題沒有游離「俠義 」的範圍，即是俠義小說。例如：洪邁〈解洵娶婦〉、〈俠婦人〉中，雖涉及夫婦之情，主題卻是表彰婦人之義，描述愛情的成分極少；只能算做俠義中兼有愛情成分，不能說它是愛情小說而非俠義小說。又如劉斧〈王實傳〉，爲突顯王實慷慨赴義的精神，有太守審問王實的描寫；自當不能劃爲公案小說類，仍歸爲俠義小說。劉斧〈王寂傳〉，王寂因殺人而悟道，雖雜有道教謫降思想，但王寂爲地方除去惡吏，正義凜然的表現，是足以稱爲俠士的。〈聶師道〉雖是道士，其勇赴賊營交涉，解救全城性命，乃保國爲民之眞俠士。即使小說沾了些道教氣，亦屬俠義傳奇之作。

第一節　宋代俠義傳奇的作品及作者

宋俠義小說承唐俠義小說的發展而來〔註 1〕。但是，在宋傳奇作品當中，俠義小說與歷史、愛情、志怪小說比較起來，在數量上少得多。究其因，崔奉源《中國古典短篇俠義小說研究》，認爲阻礙它發展的原因是：「宋太祖重文輕武的政策，開放科舉、文人待遇改進。使大多數的文人，不以寫俠義小說作爲批評工具。」

〔註 1〕崔奉源《中國古典短篇俠義小說研究》，對於俠的定義，俠的起源等問題，在第一章緒論中，多所探討，此不贅述。其中關於俠義小說的產生，認爲正式始自唐傳奇。（臺北：聯經出版社，1968 年 3 月初版），頁 63。

〔註 2〕對宋俠義傳奇不甚發達的原因，歸咎於文人待遇優渥，滿於現狀，不以它作爲批評工具。事實上，俠義小說的產生，不是因爲它是批評的利器，而是社會混亂動盪不安時，人民無法得到來自官府的正義，渴望俠士能夠爲他們伸張不平的反映〔註 3〕。

宋俠義傳奇在數量未能與前三類相抗衡的原因，不是因爲宋代沒有俠客、義士的故事；而是宋代的俠，大都出現在簡短的筆記小說中，與話本小說裏。例如：在崔書中列舉了十八篇宋俠義小說〔註 4〕。其中大多爲描寫極少，人物刻劃不夠完整，粗陳梗概的筆記之作。如孫光憲《北夢瑣言》中的〈京十三娘〉、〈許寂〉、〈丁秀才〉，吳淑《江淮異人錄》〈洪州書生〉等。

即使在數量上，宋俠義傳奇的作品不多；但是，不乏佳作。以下將介紹七篇描寫較爲突出的小說，做爲宋代俠義傳奇的代表。

一、〈聶師道〉

見於《江淮異人錄》〔註 5〕。作者吳淑（947～1002），字正儀，北宋前期潤州丹陽（今江蘇丹陽）人。曾經預修《太平御覽》、《太平廣記》、《文苑英華》等書。嘗獻《九絃琴五絃阮頌》，太宗嘉其學問優博，對他賞譽有加。至道二年（ 996），兼掌起居舍人，預修太宗實錄，再遷職方員外郎。其性純靜好古，富民胞之懷。曾收養鄰家女，及長，嫁之，時人多論其義。著述宏富，有集十卷、《說文五義》三卷、《江淮異人錄》三卷、《秘閣閒談》五卷〔註 6〕。其中《江淮異人錄》，今剩二卷二十五篇故事，主要記載唐代和南唐道流、俠客、術士的故事。此書被認爲是爲異人

〔註 2〕見於同註 1，崔奉源《中國古典短篇俠義小說研究》，頁 80～81。

〔註 3〕事實上，這種看法，在崔書中探討唐俠義小說的產生背景時，自己也提到：「照歷史的記載而看，動蕩不安的混亂社會常常是俠士出現的溫床。」見同註 1，頁 68。

〔註 4〕見於同註 1，頁 81～82。列舉十八篇俠義小說如下：吳淑《江淮異人錄》〈聶師道〉、〈李勝〉、〈張訓妻〉、〈洪州書生〉。孫光憲《北夢瑣言》〈京十三娘〉、〈許寂〉、〈丁秀才〉。劉斧《青瑣高議》〈任愿〉。王銍《補侍兒小錄》〈崔素娥〉。何薳《春渚紀聞》〈乖涯劍術〉。不題撰人《燈下閑談》〈虯髯叟〉。羅大經《鶴林玉露》〈秀州刺客〉。洪邁《夷堅志》〈俠婦人〉、〈花月新聞〉。《劍俠傳》〈解洵娶婦〉、〈郭倫觀燈〉。陸遊《南唐書》〈潘扆〉。張齊賢《洛陽縉紳舊聞記》〈白萬州遇劍客〉。

〔註 5〕所據吳淑《江淮異人錄》，爲知不足齋叢書本。又，關於此書版本及篇卷考述，可參閱，皮述民《宋代小說考證》，第三編神怪之屬，有關此書部分。收在《師大國文集刊》，1961 年 6 月，第五號，頁 339。

〔註 6〕吳淑生平事蹟參考如下：宋王偁《東都事略》，卷一一五。宋曾鞏《隆平集》，卷十四。宋盧憲《嘉定鎮江志》，卷十八。元脫脫《宋史》，卷四四一。元俞希魯《至順鎮江志》，卷十八。明柯維琪《宋史新編》，卷一六九。明王洙《史質》，卷四十。清王梓材、馮雲濠《宋元學案補遺》，卷二。清厲鶚《宋詩紀事》，卷三。

著專書之始，甚而推崇爲我國「武俠小說」始祖〔註 7〕；直接導致明代《劍俠傳》的產生〔註 8〕。事實上，此書並非武俠小說的始祖。所載俠義小說有〈聶師道〉、〈李勝〉、〈張訓妻〉、〈洪州書生〉等諸篇。其中唯〈聶師道〉稱得上是傳奇之作。

這是講述一篇道俠的故事。唐末歙州人聶師道，目睹宣州田頵、池州陶雅舉兵反叛，圍攻歙州。刺史裴樞束手無策，城中之人，坐以待斃。師道向刺史自薦，獨入軍營見二將，救了全城的人。又曾受南吳太祖召見，居於紫極宮中。某夜有群盜入宮劫財貨，爲師道發現。以盜取財多救飢寒，故送之金帛，並幫助他們逃走。爾後，師道欲到龍虎山設醮，途中遇盜。當中有一人爲當年劫宮之賊，感於師道仁心，免其死，並護送抵龍虎山。

此篇小說，文字較爲簡潔古雅，是宋俠義傳奇最早的作品。以晚唐、南吳做爲小說的時代背景，在那個動盪不安、盜賊蜂起，人人自顧不暇的時代，聶師道以一個沒有法術、神力的道士，解救一城百姓；以義爲前提，放走劫富濟貧的強盜。作者以二個小事件，烘托出聶師道的俠士形象。像這樣寫一個俠士，兩個小事件的結構，在往後的俠義傳奇中是極少的。如以下介紹的六篇小說，皆爲一人一事。

〈聶師道〉的故事，宋元時殆已流行。在羅燁《醉翁談錄》的宋人說話名目中，有講述〈嚴師道〉的故事；譚正璧認爲即是講述此篇〔註 9〕。又元白樸〈閻師道趕江〉雜劇，亦據此篇衍化而來〔註 10〕，足證此小說流傳之廣。

二、〈王寂傳〉

見於《青瑣高議》前集卷四，標題下有「王寂因殺人悟道」諸字，作者爲劉斧。

〈王寂傳〉敘述王寂爲地方鏟除貪官，淪爲盜匪，又輾轉悟道的故事。王寂本爲落魄書生，終日毀筆裂服，踞坐酒醉長歌。某日，縣尉因訴訟視察田界，王寂閃避不及，吏員盛氣凌人，多所指責。王寂趁酒意正濃，將吏員打的滿地找牙，殺了平日作威作福的縣尉，和胥保十數人。又與平日飲博儕類數百人，呼引爲盜，官吏避之唯恐不及，任其爲所欲爲。直到皇帝招安，王寂力排他議，率眾而出。待官之際，忽遇黃冠道士，告之前生往事。王寂因之悟道，隔年暴卒。

雖然，王寂最後經道人指點，含笑入土的結局，寓含道教謫降的思想。但從他

〔註 7〕見於孟瑤，《中國小說史》（臺北：傳記文學出版社，1991 年 4 月再版），頁 131。

〔註 8〕見於羅立群，《中國武俠小說史》（遼寧：人民出版社，1990 年 10 月一版），頁 81。

〔註 9〕見於譚正璧《話本與古劇》，卷上〈宋人小說話本名目內容考〉（上海：古籍出版社，1985 年 4 月一版，重訂本），頁 40。

〔註 10〕此爲葉德均在《讀稗雜錄》中的推論。轉見於胡士瑩《話本小說概論》，第八章第一節（北京：中華書局，1980 年 5 月一版），頁 258。

信守諾言，爲鄉民除去貪官污吏的表現而言，實足以稱爲俠。即使，殺人之後，爲逃避官府的追捕，聚眾燒殺虜掠，也是官逼民反的結果。等到時機成熟，天子招安時，立刻棄甲卸兵，率其徒報效國家。描寫官逼俠士落草爲寇，繼而霸據一方，等待招安而出的英雄形象。〈王寂傳〉是傳奇小說中「逼上梁山」模式的先鋒。可是這類型的英雄形象，被白話小說以更富鮮活的姿態所取代；相形之下，顯得黯然失色、光彩不足。

三、〈王實傳〉

見於《青瑣高議》前集卷四，標題下有「孫立爲王氏報冤」諸字，作者劉斧。雖名之爲〈王實傳〉，但按內容上來說，應稱作「孫立傳」，因意在表彰孫立爲友報殺父之仇，慷慨犧牲的精神。

故事概要：王實年少時素行不儉，見輕於鄉黨。爲求自新，到京城力爭上游，終舉進士第。父忽告疾，得其遺書，知悉母親與匪人張本勾結，害死父親。想要替父親報仇，卻又怕母親的醜聞曝光。二孝難兩全，遂故意與狗屠孫立結交，日日縱酒。某日，向孫立表白胸中抑鬱之苦。孫感其知遇之恩，慨然允諾。他日，孫立登張本之門，口言其欺壓鄉民的罪狀，與張本比角力。孫勝，手刃張本，破腦取心，祭拜王實父墓。爾後，接受官府制裁，行刑之前，始終沒有說出受託於王實事。

這是一篇相當成功的俠義傳奇小說。市俗狗屠，成爲可歌可泣的勇士。孫立爲了報答王實肯與他結交，待之甚厚的恩情，不惜拋妻棄兒，回拒張本千金之誘，堅決報仇。自始至終，不吐露實情，替王實報父之仇，又保全王母的名節。俠義風範，讀之不禁令人肅然起敬。小說寫來，一氣呵成，絕無瑣言。不僅以正面描寫其義行，又以太守的稱讚、泣下，側面刻劃出「眞義士也」。從所見宋俠義傳奇的故事中，孫立是形象最完整而鮮活的一位。

四、〈任愿〉

見於《青瑣高議》前集卷四，標題下有「青衣救任愿被毆」諸字，作者劉斧。

故事情節大要：任愿於上元遊街，因酒醉，誤觸良人家婦，被良人毆擊交至。忽有青巾者，深感不平，伸出援手，引愿而去。不待愿道謝，即走。異日愿偶遇青巾，以數言表其謝意，青巾並約愿見面。至期，青巾表白刺客的身分，出示死人首，且願授點鐵成金之術，任愿婉拒。爾後，青巾不知所往。

在〈任愿〉中，青巾路遇不平，即刻援引以救；疾惡如仇，生食死人首。其形象囊括了，刺客來無影去無蹤、用藥化金的神秘性，以及不吝於授人法術的表現。

與吳淑《江淮異人錄》中〈洪州書生〉一篇，俠士書生的形象相同〔註 11〕，結合了義氣、神秘法術的俠士，承襲了唐傳奇聶隱娘的俠客特徵〔註 12〕。

五、〈俠婦人〉

見於洪邁《夷堅志》乙志卷一，是一篇發生在宋金對峙時的俠義故事。

故事概要：董國慶在北宋末年，任官於山東。金人南侵，中原淪陷。董棄官而逃，且不得回江西老家，旅店老板爲他買妾。妾善於營生，三年之後，積有田宅。董一心思鄉，向妾表明意念及身分；妾請來虯髯兄，欲助他返鄉。不料，董疑兩人欲圖己，又抵稱己非宋官，虯髯怒，以欲告金人相逼，董方隨他而回。其妾臨行前交付一袍，囑不可受虯髯之金，明年方與之相尋。董被虯髯護送，安然抵家。果如妾言，示袍拒金。復於袍中獲箔金，得以安家。次年，虯髯果攜妾至。

這篇小說中的俠婦人以及虯髯兄，似乎有唐杜光庭〈虯髯客傳〉中，紅拂女與虯髯客的影子，但形象不同。俠婦人以一小妾，爲董國慶挑起家計，深謀遠慮、料事如神，深明大義，請兄送董回鄉；與董的畏畏縮縮、貪生怕死，形成強烈對比。而俠婦人甘爲董妾，願從而往，充分表現出嫁雞隨雞、嫁狗隨狗的婦德形象。雖是有勇有謀的女俠之輩，在宋代追求實際的人生觀中，俠婦人是難以塑造成如紅拂女一般，那樣如其所願，追隨英豪；而俠婦人的可貴處，也就在於她安貧、治生〔註 13〕，以其「不奇」傳其奇。而同爲虯髯的二人，髯虯兄則是以一個平凡的俠客姿態呈現；他沒有虯髯客的雄心壯志，和暢言天下大事的豪氣干雲。在作者筆下，他反而不如俠婦人的機智；但他有喜怒驚懼皆形於色的率性，急人之難的義氣，與敢怒敢言的英雄氣概。

此外，〈俠婦人〉亦被後世戲曲引爲創作題材。明代鄭之文《旗亭記》、胡文煥《犀佩記》二篇傳奇，即是據本篇故事改寫而成的〔註 14〕。

六、〈花月新聞〉

見於洪邁《夷堅志》，〈夷堅支庚〉卷四。敘姜生於神祠見捧印女，戲以手帕爲定。爾後，女子尋至姜家，言與姜生訂情事。姜妻亦接納之，視同姐妹。女某日言

〔註 11〕〈洪州書生〉敘洪州錄事參軍成幼文，親睹一書生搭救賣鞋小兒。殺惡少，並將其首化爲水。欲以化屍爲水之術教成，成以非方外之士，不敢奉教，書生長揖而去。

〔註 12〕聶隱娘事，見於唐裴鉶《傳奇》，收在《太平廣記》卷一九四。聶隱娘能疾行、神算、藥化屍爲水。

〔註 13〕此評價見於王洪延、周濟人《五代宋小說選》（中州書畫社，1983 年 6 月一版），頁 191。

〔註 14〕根據薛洪等選注，《宋人傳奇選》，〈俠婦人〉篇目說明。（湖南：人民出版社，1985 年 10 月初版，頁 211）

將有禍至，暫避他處，遂不見。自稱劍仙道士者前來，爲姜生除去情敵，將敵髑髏，以藥化水，並且成全姜生與女二人，自行遠去。道士方走，女即回。

這是一篇具有唐傳奇俠義風格的小說。道士與女子皆爲神出鬼沒的人物，行蹤飄忽不定。劍仙道士與報仇者鬥法，和以藥使人首化水的伎倆，在唐傳奇〈聶隱娘〉中，都有過相同的描寫。而與捧印女有過一段情的道士，以寬大胸襟，不記恨女移情別戀，替姜生除掉情敵；具成人之美，又爲他人挺身而出，解除災厄的精神，實有俠士風範。兼持著宋傳奇的風格，作者對女子在家庭人倫上的表現，如事姑甚謹、撫育姜妻子如己出，亦施之筆墨。這與唐俠義小說輕忽家庭倫理的描述，有所不同。

七、〈解洵娶婦〉

見於洪邁《夷堅志》志補卷十四。故事背景在宋徽宗靖康建炎之際，情節頗似〈俠婦人〉，但立意頗異。

故事概要：解洵在靖康之難時，身陷北方。其妻爲潰兵所掠，別人爲他娶一妾。數年之後，妾以其囊橐奩裝，助他回到南宋，與兄解潛團聚。潛以所立軍功，登記在洵名下，使洵得以爲官。爾後，潛又贈四女予洵，其妾欣然首肯，洵卻漸漸疏遠她。一夕，兩人飲酒之間，妾責洵之忘恩，洵怒毆她，妾毫髮未動。頃刻間，燈滅，洵屍陳地上，婦人并囊橐皆不見。解潛率眾追捕，卻無所獲。

小說中的解洵妾，與俠婦人都是爲丈夫擔負家計，並助以返鄉的不平凡女子。妾剛直豪爽，對於丈夫再納四妾，並不反對，卻無法容忍丈夫的忘恩負義。義正嚴辭責罵之後，手刃忘恩之徒，以消心頭憤恨。其猛烈而剛毅的性格，在俠婦人身上是找不到的。

有人評論〈解洵娶婦〉：「這篇俠義故事，用對比的寫法，既表彰了豪俠的愛國精神，也譴責了解洵兄弟的卑鄙行爲，特別是對他們借著國難之機謀取私利這一點寫得很深刻，給統治階級以有力的批判。……它繼承了唐人傳奇的批判現實傳統，在宋人同類小說中是寫的最好的。」〔註15〕從作品透視出來的批判性上，給予它相當高的評價。事實上，小說中對解潛、解洵軍功頂替之事，並無特別褒貶之處。單從此點，給予它那麼高的評價，是稍嫌言過其實的。

以上例舉七篇宋俠義傳奇小說，雖不足與唐俠義傳奇相抗衡。卻足以反映宋傳奇中，描寫俠士濟弱扶傾的小說，仍未隕落。而且在某個程度上，也表現宋人對俠的觀念。雖缺少唐傳奇中那種浪漫主義氣息，卻可見俠與現實生活結合的平實感。

〔註15〕見同註14，薛洪《宋人傳奇選》，頁271，〈解洵娶婦〉的說明。

第二節　宋俠義傳奇的特色

宋俠義傳奇的特點，以下按小說風格、俠士風貌、寫作方式、宗教色彩、和所突顯的社會現象等方面，逐一探討。

一、小說風格平實

描寫俠客義士的高風亮節，捨己爲人的精神；宋俠義傳奇一如宋人的樸實氣質，風格亦屬平實。這與多取材中下階層的閭巷之俠有關。宋傳奇中，沒有如虯髯客那樣縱談天下大勢、懷抱宏志的大俠；或者如聶隱娘那樣，武藝高超、法術驚湛的女俠。在宋人筆下的俠，都有一份樸實感。生活在里巷之間，是現實生活中可接觸到的人物。非如唐俠之高遙圓滿，不可企及。聶師道乃一不會法術的道士，〈王實傳〉中的孫立爲市井狗屠，王寂爲一落魄書生，俠婦人是個嫁夫從夫的妾。在〈任愿〉篇中，即使會化鐵成金的青巾，也帶有不吝教人的敦厚。

此外，這些布衣之俠，所表露的義行，大抵是爲民間鏟奸除惡，或於陌路乏人之困。如王寂之殺貪官污吏，孫立除去土豪劣紳。青巾搭救素不相識的任愿，聶師道爲劫富濟貧的強盜引路。這些事件都可能在社會的上發生，成爲里巷之談，街頭之論；或受難百姓期盼出現的助力。此外，作者以寫實而不誇誕的筆法描繪故事，從而造就宋俠義傳奇的平實風格。

二、兼具古俠與唐俠風貌

所謂古俠，指《史記》〈刺客列傳〉、〈游俠列傳〉中，豫讓、聶政、專諸等，報知己之恩者；魯朱家、楚田中、軹郭解等，閭巷布衣之俠〔註 16〕。宋俠義傳奇分別受到《史記》與唐傳奇的影響，出現了二種不同型態的俠。在劉斧〈王實傳〉、〈王寂傳〉中，孫立與王寂的形象近於古俠。例如，描述王寂的行徑爲：

> 日就旗亭民舍里兒社父飲醇酒，恣胸臆，陶然得興，累日忘歸。酒酣耳熱，醉歌春風，往往踞坐擊銅壺爲長謠，音調慷慨，流淚交下。（〈王寂傳〉）

與《史記》中描寫荊軻和狗屠、高漸離喝酒，擊筑而歌，已而相泣的場面相類。又如，孫立與聶政皆是狗屠出身。此外，當孫立談到「士爲知己者死」的時候，與豫讓回答襄子的話，如出一轍：

> 遇吾薄者答之尠，待吾厚者報之重。彼酒食相慕，心強語笑，第相取

〔註 16〕〈刺客列傳〉與〈游俠列傳〉，分別見於《史記》卷八六、卷一二四。關於刺客與游俠的異同比較，可參見崔奉源，《中國古典短篇俠義小說研究》，第一章（臺北：聯經出版社， 986 年 3 月初版），頁 18～19。

容，此市里之交也。實之待我，意隆而情至，吾乃一屠者，而實如此，彼以國士遇我，吾當以國士報之，則吾亦不知死所。(〈王實傳〉)

又，孫立替王實報殺父之仇後，那種慷慨赴死，爲朋友保守密秘的義氣，同樣具有古俠風範。

除了具有古俠形象的義士，活躍在宋傳奇之中以外，尚有賦予唐俠特色的人物〔註17〕，也佔據在宋俠義小說之中。例如：〈任愿〉中的青巾、〈俠婦人〉中的董國慶妾、〈解洵娶婦〉的解洵妾，他們都裹著一層如唐俠般的神秘色彩。青巾來無影去無蹤，又擅藥術。又，董妾料事如神，深有遠見；解妾可瞬間置人於死，取人首級，爾後不知所終。但這些神秘氣息、超能力，宋傳奇作家沒有特別眷顧，加以想像、誇大的描述；只是輕描淡寫地一筆帶過，或者視情節需要，方予以突顯。如〈花月新聞〉的劍仙道士，救姜生時，「寒氣逼人，刀劍戛擊之聲不絕，忽若一物墜榻下。」只以數語提及法術殺人的過程。

三、多紀傳筆法

宋俠義傳奇在寫作方式上，以紀傳的筆法出之，純粹敘述、描寫；少穿插詩歌、及作者主觀議論。即使宋俠義傳奇一如他類小說，在文字上較通俗淺顯〔註18〕，卻沒有在小說中展露詩才、馳騁文筆，或以長歌複誦故事情節。多以散文敘述，白描人物情思〔註19〕，這與《史記》爲豪俠立傳的簡潔筆法相似。

此外，不論是作者直接爲俠士立傳，或以他人之傳爲名（如孫立事，名〈王實傳〉），皆採客觀的敘述視角。在故事結束時，少對人物、事件發表正式的議論。即使在作品中表現作者的價值觀，大多也藉人物之口而論。如〈王實傳〉，作者藉王實之口，闡述「士爲知己者死」的偉大情操，並沒有在故事結束後，再來堂而皇之的褒獎。

四、濃厚的道教色彩

唐俠義傳奇大都含有佛、道成份，受到佛家思想及道教的影響〔註20〕。但在宋

〔註17〕王俊年〈俠義公案小說的演化及其在晚清繁盛的原因〉(《文學評論》，1982年4期，頁122)歸納唐傳奇豪俠與史記游俠相異處有三：俠士食客化、俠士之義（濟人之難）已漸與刺客之義（士爲知己者死）相結合、賦予了超凡的本領。此所謂唐俠風貌，指具有超凡的本領。宋傳奇中的俠，並沒有食客化。

〔註18〕指北宋中期以後的宋傳奇，文字較爲通俗淺顯。而北宋前期，吳淑〈聶師道〉，其文字風格則較爲簡古。

〔註19〕所選七篇之中，唯有〈王寂傳〉，王寂因悟道舞劍鋏，作短歌二首。

〔註20〕俠義傳奇小說與佛道的關係，可參閱崔奉源《中國俠義短篇小說研究》，第六章俠義小說所受宗教的影響。(同註1，頁231～256)

傳奇中，摻雜佛教思想的成份減少，受道教的影響加重。而除了劉斧〈王實傳〉，看不出有任何宗教思想以外，所舉諸篇大都含有道教成份。大抵道教中用藥、法術、占卜料事的神秘性，對俠義傳奇作者而言，是很能用以塑造俠士的特異能力。

例如，聶師道是道士出身。〈花月新聞〉中，劍仙道士，能以藥將屍體化爲水。〔註21〕〈任愿〉中的俠士青巾，善點鐵爲金之術、述服藥而百鬼不近之言〔註22〕。〈王寂傳〉的黃冠道士，對王寂說前身塵俗未斷，在人間磨練三十年，即爲其謫降思想。青巾、劍仙道士、解洵妾、虯髯兄等，來無影去無蹤的行徑，亦與修道者同。

五、反應宋代的社會現象

唐俠義傳奇中反映出藩鎮之間，互相表裏、勾心鬥角的現象〔註23〕。宋俠義小說，在故事中也反映了宋朝的現實生活。例如，〈王寂傳〉，王寂對縣尉與吏員的囂張跋扈，指證其罪：

> 子賄賂公行，反覆曲直，民受其弊，其罪一也。冒貨踐穢，殘刑以掩其跡，其罪二也。子數鍾之祿，其職甚卑，妄作威勢，縱小吏欺辱壯士，其罪三也。

官吏們作威成福的樣貌，令百姓無法忍受。王寂痛斥其罪行，實在大快人心。但另一方面，王寂殺了官吏後，淪爲盜賊。燒殺劫掠，百姓受到威迫，「拱手垂頭，莫敢出氣」。作者在這裏深刻寫出，宋人渴望俠士能夠嚴懲貪官污吏，以一舒平日之怨氣。然而，也不願俠士淪爲盜賊，爲害自身。此外，宋帝特赦盜賊，鼓勵賊首率眾以出的現象〔註24〕，也反映在王寂的故事中。

又〈俠婦人〉、〈解洵娶婦〉中，反映淪陷金人占領區的北宋遺民，對於回到南宋懷抱的熱切渴望。及對南宋人偏安苟且，沈醉江南，忘卻北方人民苦難的不滿。期盼回到南宋，於是需要像俠婦人、虯髯兄、解洵妾，這樣的俠士，以錢財、以武力，幫他們達成心願。但像董國慶回到南宋後，甘心追隨秦檜，作者以「才數月卒」，

〔註21〕同註1，頁247。崔書認爲〈花月新聞〉道士化屍爲水的手法，與唐傳奇裴鉶〈聶隱娘〉完全相同，認爲作者必看了唐人作品，故不一定受道教影響。

〔註22〕同註1，頁246。指出「能用點鐵爲金」，是道教方術中物質變化之一。「服藥而百鬼不近」則見於《抱朴子》〈金丹篇〉。

〔註23〕可參見劉開榮《唐代小說研究》，第八章晚唐的農民起義與豪俠小說（紅線傳及虯髯客傳），關於〈紅線傳〉所反映的現實生活部份（上海：商務印書館，1955年3月3版，頁202）

〔註24〕元脫脫《宋史》卷二百一，志一五四，刑法三：「（宋仁宗天聖）七年春，京師雨，彌月不止。仁宗謂輔臣曰：『豈政事未當天心耶？』……：『赦不欲數，然捨是（犯劫盜）無以召和氣』遂命赦天下。」宋自太祖以來，三歲遇郊則赦。劫盜者本不在特赦範圍，宋仁宗時則予以特赦。（臺北：鼎文書局版，頁5027）

作爲溫厚的指責。解洵因忘卻妾在北方時對他的恩德，而身首異處。這些都具有時代意義。

即使在崔奉源的《中國俠義短篇小說研究》中，指出宋俠義傳奇少有創新，多爲模仿前代的作品〔註 25〕。但是，羅立群的《中國武俠小說史》，卻指出了宋俠義小說別於唐俠義小說之處〔註 26〕。且就宋傳奇所突顯的特點來說，有著宋人小說一貫的平實風格、兼容並蓄的宋俠風貌、樸實的寫作方式、和宋朝特有的時代反映。這些即構成了宋俠義傳奇的存在價值。而且，從先秦時自由尋找君主的俠，到唐代依附主人的俠，宋俠是開始具有民間色彩的〔註 27〕。

第三節　宋代俠義傳奇的藝術技巧

宋俠義傳奇所表現的藝術技巧，以下按結構、背景、人物形象、語言特色等四方面，討論之。

首先，宋俠義小說在結構上，除了〈聶師道〉一人二事之外，皆以述一個俠士，一次行俠事件爲主，以單線結構的方式展開；且爲了突顯俠士的行義主題，小說迅速推展情節。在事件的危機解決之後，若明白交待俠士們的蹤影，將減低俠士們的神祕性，因而少了節外生枝的下場議論。小說以斬去非情節因素的結構，飛速登場，快快收場，使得俠士如何拯救困阨、急人之難的情節更集中，小說結構更加緊湊。即使如〈花月新聞〉，在故事開頭說到，如何得知此事，也未以主觀評述做爲故事的完結。單線展開與非情節部份的減少，是宋俠義小說的結構方式。

除單線進行爲結構之外，所有的故事，都採用正敘法描繪情節。不論是從主要人物身上開始，或迂迴從次要人物先進行，再引出主要主角，沒有例外。例如：〈王寂傳〉，從王寂的爲人，到如何爲鄉里除去惡官，如何爲盜，接受招安，黃冠道人如何使他悟道，作者順時序一一寫來。〈王實傳〉先述王實如何有殺父之仇，再說到孫立如何爲王實報仇，及其勇於赴義的結局。

雖以正敘法爲主要進行方式，但對俠士如何出場，和俠士如何展開義行，其

〔註 25〕同註 1，頁 80。

〔註 26〕羅立群，《中國武俠小說史》，曾歸納出四點，宋武俠小說別於唐武俠小說之處：著重寫道教法術、重技擊、思鄉之情及亡國之恨、涉及亂軍強盜等。（遼寧：人民出版社，1990 年 10 月一版，頁 78～80）

〔註 27〕拓跋逢《武俠小說原型流變的倫理基因》（《文史知識》，1990 年 2 期，頁 58～64）文中認爲，眞正使武俠作品具有民間色彩的時代是清代。但筆者認爲，宋俠實已開啓其端。

技法則各異。例如：〈任愿〉和〈花月新聞〉的俠士，作者讓他們在危機困頓已經產生，才及時出現，解決衝突。〈俠婦人〉、〈解洵娶婦〉、〈聶師道〉中的俠，很早就出現在故事的開頭，但作者安排她們在必要時，才顯露出她們的俠士氣概。〈王實傳〉、〈王寂傳〉，俠的性格早已曝光，時機已到，即刻表現。

對於故事的背景交待，宋俠義小說皆以極簡的筆墨描述。即如劉斧〈王實傳〉，對父仇產生的來龍去脈，有較多的交待，但也是粗具梗概，對王實母如何勾結張本？如何害死丈夫？作者沒有詳細敘述。又如，洪邁〈俠婦人〉，董妾究竟是何種出身？爲什麼要一年後再到江南？她和虯髯兄有何恩義？〈花月新聞〉的劍仙道士，如何得知姜與女有難？爲什麼捧印女要在危難時，棄姜生而去？那個仇家究竟姓啥？長得如何？這些都使人摸不著頭緒，彷彿霧裏看花，模模糊糊。略去故事背景的細節描述，雖使小說的情節交待不夠完滿，人物形象不夠清晰，卻不會妨礙俠士完成義行。反而有助於塑造俠客的神祕性氣息，和俠義主題的概括集中表現。

宋俠義傳奇的最大成就是，創造了各種不同的俠士形象。雖然，情節構思的重心擺在行俠主題，但是每個故事主角的生命型態，都各具特色。以簡潔的筆法，藉由幾個小事件的描寫，突顯出不同性格特徵的俠士，和不同環境下的性格變化。

例如劉斧〈王寂傳〉，王寂拊騎仰歎的慷慨激昂，作者一開頭即以整段的篇幅，刻劃的淋漓盡致。指責惡吏的罪證，顯示他意氣風發、疾惡如仇的形象。當群盜中有人不願接受招安，立即拿出魄力，斬之於坐前。經由不同的情境、事件，刻劃出王寂的豪放俠士精神。又如〈俠婦人〉，董妾爲丈夫操持家計，識大體，請兄護送董回江南；並將金箔縫在袍子中，囑咐丈夫莫受兄的援助，一年後，回到丈夫身邊，等等。通過幾個事件的刻劃，俠婦人勇謀兼具、剛柔並濟的形象，即躍然紙上。

又如〈解洵娶婦〉中的妾，在爲洵籌得盤纏之後，說「倘君夫人固存，自當改嫁而分囊橐之半，萬一捐館，當爲偕老。」可見她深明大義。對洵之納四妾，亦表現的極爲大方：「此正所需，得之誠大幸，當撫視如兒女，君何辭？」然而，有俠女氣概的她，在面對丈夫的疏遠和冷落，嘲諷與拳毆之後，終也忍受不了，殺了忘恩負義的丈夫，遠走他鄉。此一轉折，可看出作者塑造人物形象時，注意到環境對人物性格轉變的影響。

宋俠義傳奇的語言技巧，最大特徵是簡潔。以極省之筆描繪事件、刻劃人物；表現俠士見義勇爲、功成不居的氣度。例如〈任愿〉中，寫青巾救任愿的場面，作者僅以三句話：「有青巾傍觀者忽不平，俄毆良人仆地，乃引愿而去。」表現俠客行動之敏捷，手腳之乾淨俐落，倏忽間連在旁觀看的人，都不知發生什麼事了。寫青巾的容貌，只用八個字：「目聳神峻，毅然可畏」，寥寥數語，已散發出俠客的光芒。

任愿拒絕接受點金術，青巾歎服：「如子眞知命者，子當有壽。」不因意見相左而反目，進而贊賞任愿，以此二句，益形彰顯青巾之風度。

又如〈解洵娶婦〉，當解妾大罵洵忘恩負義之後，小說情節急轉直下，從二人翻臉到洵死，妾不見，作者沒有一句贅言：「婦翩然起，燈燭陡暗，冷氣襲人，有聲。四妾怖而仆，少焉，燈復明，洵已橫屍地上，喪其首，婦人并囊橐皆不見。」燈滅燈明之際，洵的人頭落地。其他四妾有何反應？有何動作？婦人的蹤影如何？在簡潔的文字當中，一覽無遺，不以詩歌或多餘的描寫，做爲氣氛的醞釀。簡短有力的語言，已烘托出俠義小說特有的刀光劍影、行事乾脆爽快，義無反顧的俠士精神。

即使宋俠義傳奇的作品不多，但是在所舉的作品中，依然可見其藝術成就。如緊湊的情節敘述、非情節部分減少、安排俠士出場的技法，等等，都是在結構上別具巧思之處。又如簡潔的語言，注意人物性格的發展變化，足以說明宋俠義傳奇的藝術特色。

第六章　宋代宗教傳奇小說

所謂宗教小說，指以宗教活動爲題材，以小說形式闡發教義，宣傳宗教思想，渲染神權威力的故事〔註 1〕。中國小說史在唐傳奇的分類中，沒有宗教小說類。並非唐傳奇中沒有宣揚宗教思想的小說，相反的，如沈既濟〈枕中記〉、李公佐〈南柯太守傳〉、李復言〈杜子春〉等名篇中，皆以佛道思想、或佛道行爲貫串小說。大抵學者將之歸於「諷刺小說」〔註 2〕，不以宗教小說名之。所持的理由是，這些小說是「給當時沉迷於利祿思想的人，一種強烈的諷刺」〔註 3〕。事實上，雖含有諷刺性，但從內容題材上來看，應爲宗教小說，而非諷刺小說。

宋代佛、道二教的思想，已深植於人心。因此在宋傳奇的其他類作品中，程度不一地，亦泛著佛道思想。例如：愛情類的〈王魁傳〉，志怪類的〈蔣教授〉，皆摻有佛家業報的觀念。俠義類〈任愿〉，含有道家謫降思想。但非以述宗教活動爲題旨，故不能算是宗教傳奇小說。

本章將要介紹的九篇宗教傳奇中，某些小說因尚兼述社會現實，或人物也出現在正史中，有劃歸他類的可能。如趙與時〈林靈素傳〉、洪邁〈簑衣先生〉，小說主角正史皆載，或可入爲歷史傳奇。劉斧〈慈雲記〉，又反映世俗宗教的概況，亦可視爲社會傳奇。洪邁〈畢令女〉，含有志怪成分，兼能歸爲志怪傳奇。但大抵上，小說題材仍圍繞在宗教思想、宗教活動、和關乎宗教修行的異人之上。所以，仍屬於宗教傳奇的範圍。

〔註 1〕對宗教小說的界定，參考羅樹華、陶繼新、李振村主編，《小說辭典》（江蘇：中國礦業大學，1989 年 12 月初版），頁 12。

〔註 2〕例如，劉大杰《中國文學發展史》（臺北：華正書局，1987 年 7 月校訂本）第十二章唐代文學的新發展，就將〈枕中記〉、〈南柯太守傳〉，劃歸爲「諷刺小說」的範疇。

〔註 3〕同見於註 2，頁 392。

第一節　宋宗教傳奇的作品及作者

一、〈慈雲記〉

見於《青瑣高議》前集卷二，子題「夢入巨甕因悟道」，作者劉斧（生平見三章一節）。

故事簡述：袁道因病窘乏，與友遊西池時遇一道人，邀他入一小室。袁見屋內覆笠之甕，掀笠觀看，隨聲入其中。在甕中國，娶相國女為妻，應試得天下第一。意氣風發，不可一世。但因正義感使然，屢屢對皇帝上諫，連續貶官；捲入宮廷政爭，斬於東市。刀及頸，醒於甕旁。至此了悟富貴窮寒乃命也，入佛門淳潔修行，全寺推尊，稱為慈雲長老。闡釋佛理極為精闢，學者雲集。尤其是斥寺僧惠明，假借佛意以斂財，及燒指以供佛事。足見對佛理之體悟，已與中國之倫理思想相結合。

這篇小說與唐傳奇〈枕中記〉、〈南柯太守傳〉等的悟道模式相同，藉入夢境了悟現實。唯此篇小說後半段，亦描寫主角修行得道後的表現。雖作為烘托慈雲長老的智慧，卻含有深刻的社會意義。斥責一般修行者為使人自「樂施」，於是「虛高天堂以喜人，妄起地獄以懼人；施其財則獲福，背其義則陷罪。」道破借佛聚財之輩的無恥貌。劉斧記慈雲之高潔，實為對比時下佛僧之市儈：「今之釋子，皆以勢力相尙，奔走富貴之門，歲時伏臘，朔望慶弔，惟恐居後。遇貧賤雖道曾途不回顧。」是宗教傳奇中深具義意的佳作。沒有怪力亂神的描寫，只有佛理眞諦之剖析，與暴露當時僧人之市儈相。

二、〈大眼師〉

見於《青瑣高議》別集卷六，子題「用秘法師悟異類」，作者亦為劉斧。

敘述大眼師渡化石堅的經過。石堅為一候官進士，家貧不能得官。衣冠破弊，多所怨歎。與大眼師為友，偕遊西池，感概孑然一身。師請堅擇日來，施之以九天玄法，又以五目水洗眼，命他遊於市。堅見人首異物足者，遍及全市，問其因。師解答後，入山中，不知所往。

此道家令人見異相以開悟，故事雖簡短，但以一人一事為主軸，仔細描寫宣化過程，在宋宗教傳奇中，是較少見的。對人生現狀不滿、牢騷滿腹的石堅，在大眼師的指點下，由實際的體驗中，進而領受佛家義理。

三、〈畢令女〉

見於《夷堅志》乙志卷七，作者洪邁（生平見三章一節）。

此述道家起死回骸的故事。路時中以符錄治鬼聞名。縣令畢造次女為鬼所禍，久病不起，請時中治之。次女見時中，神色無異。自言她是大女，附身次女。二人乃同父異母之姐妹，大女欲嫁，次女阻撓，憤恨而死。死後遇九天玄女，授回生之法。又為妹所壞，前功盡棄。附身於妹，欲使之亡，並囑時中莫說出。路對縣令說不可治，說完，女即仆地，困憊如初。明日，次女死，路來弔喪。縣令始道出，次女為追查陪葬銅鏡被盜，發棺開驗，見大女腰下皆生肉，因而破回骸之法。

藉由治鬼聞名的路時中，親身經歷畢氏姐妹的恩怨。達到宣傳道教治鬼、九天玄女起死回生的思想。小說以敘述為主，但與第三人稱觀點的一致筆調，略有不同。當大女附身於次女，對路時中訴怨時，開頭就說：「大姐得見眞官，天與之幸。……大姐乃前來媽媽所生，二姐則今媽媽所生也。……大姐不幸，生死為此妹所困。」虛構另一種聲音的技法，雖造成敘述上的頓挫，卻予人迷離恍惚的感受。

四、〈劉樞幹得法〉

見於洪邁《夷堅志》三志，壬卷三。

述劉樞幹得到法術的奮鬥過程。劉本是書生，曾遇異僧與術士，授以特異法術。以進取心盛，習法無成；至窮悴時，乃得法。起初為韓子師治病，病癒，賞賜豐厚，得財得妾，深悔習法之晚。忽然失轡跌倒，臂斷，悟學法勿受財。此後，為人卜卦不收財貨，即使因靈驗無比，門庭若市，亦然。小說後半多敘為人占卜靈驗事。

從少年時無心求法，到得法後所遇的各種挫折。劉樞幹求占卜之術的歷程，別於其他宗教故事中的主角。沒有那些道人的一帆風順，和料事如神的本事；幾番曲折，才聲名卓著。減少神異性，增加求道者的平凡性。即使替張元禮揲筮應驗後，亦全年無一應者。異於標榜全能靈應的宗教故事，這是小說最可貴之處。

五、〈蓑衣先生〉

見於洪邁《夷堅志補》，卷十二。

敘蓑衣道人一生狂蕩的行蹟。何蓑衣出身於官宦世家，忽發狂疾，家人畏生事累，棄而不顧。乞食度日，衣裙不整。放浪行骸，與蚊蚤為伍，口出穢言。但可入他人夢中，為人治病。宋孝宗曾賜名通神先生，造一庵，賜蓑衣十件不受。依然我行我素，蓬頭跣足，謳唱道情，夜誦仙經。

蓑衣先生的事蹟，又見於《宋史》卷四百六十二，列傳二百二十一，方技下〔註4〕；及岳珂（1183～1234）《桯史》卷三，〈姑蘇二異人〉。大抵蓑衣先生是宋孝宗時的名道人。本篇著重刻劃他的眞摯性情，不因名動皇朝，而有所改變。即使孝宗因他改變「崇緇抑黃」的看法，也不願淪為政治道人。這與附和俗世的修道人相較，

〔註4〕《宋史》：「莎衣道人，姓何氏，淮陽軍朐山人。祖執禮，仕至朝議大夫。」（臺北：鼎文書局，新校本，1991年2月七版，頁13532）

雖蓬頭垢面，卻高尚得多了。小說語多通俗，如載〈勸世脫塵詩〉十首，可見受通俗文學之影響。

六、〈梁野人〉

見於洪邁《夷堅志》，〈夷堅志補〉卷十二。

此亦修道人的故事。梁野人喜鉛汞修煉，與父兄皆業儒大不相同。夢金人授法，遂有振手得金之術。平日歌酒自娛，母以家中薪粒告罄，責他不事生產。梁振金爲母償債，使生活無所慮，即雲遊四方。十二年後探視在外做官的哥哥，說了幾句話，倏忽不見蹤影。唯留錢於客棧，要兄助窮人，即不知去向。

小說著重於梁野人以術幫助貧者的精神。得振金之術，只濟貧乏。修道過程中，受到家人的阻力與不諒解。透過母親的責備和兄長的譏諷，更顯出他曠達、慕尚逍遙的氣概。作者選取野人與其母、兄的關係和態度作爲素材，無太多瑣碎的助人事蹟。這是有別於一般宋宗教傳奇的地方。

七、〈林靈素傳〉

見於明陸楫《古今說海》，說淵部，作者題爲趙與時〔註5〕。趙與時（1175～1231）字行之，又字德行，爲宋太祖七世孫。弱冠已薦取應舉，至宋理宗寶慶二年（1226），五十二歲時方中進士。官至麗水縣丞。紹定四年十一月卒，年五十七歲。著有《賓退錄》十卷，考證經史，辨析典故，可與《夢溪筆談》、《容齋隨筆》媲美〔註6〕。

述道士林靈素受徽宗恩寵、及毀佛之事。林善妖術，因徽宗夜夢神霄，敕道籙徐知常訪神霄事蹟。徐爲免於責難，聽信傳言，引林見徽宗。帝對他寵信有加，爲他賜道號、建通眞宮。進言佛教之害，將佛剎改爲宮觀，和尚改德士，京師士民改奉道教。林在宮中的跋扈，使蔡京處心積慮欲除掉他。但因上知天文，下知地理，預料如神，使他的地位屹立不搖。最後受到朝臣的壓力，告老還鄉。

小說以林靈素入宮發跡到離開皇宮爲主線，著力寫林耀武揚威之狀，更蘊含著宮廷中的政治鬥爭。尤其是他和蔡京的鬥法，和蔡京時時想和他爭寵的刻劃，更是引人入勝。顯示宋朝佛道之爭，是如何的激烈，如何因上之喜好而待遇不同。有關林靈素的事蹟，並見於《宋史》卷四百六十二，列傳二百二十一，方技下。

〔註5〕〈林靈素傳〉末段載：「此耿延禧所作〈靈素傳〉也」。李華年《宋代小說選譯》（上海：古籍出版社，1990年7月二版），頁144：「或耿氏有此傳，而趙與時增飾之，其詳待考。」今暫定作者爲趙與時。

〔註6〕關於趙與時生平，參考宋趙孟堅《彝齋文編》卷四，〈從伯故麗水丞趙公墓銘〉。《四庫全書總目》卷118，子部雜家類二，《賓退錄》十卷題要。

八、〈海陵三仙傳〉

見於明陸楫《古今說海》，說淵部，不題撰人。作者姓名不詳〔註7〕，但應當爲南宋人。小說由徐神翁、周處世、唐先生，三位道士的故事組成，講述他們的修行及得道過程。

（一）徐神翁——敘述他一生事跡。從出生到長大、遇得道之人、以及得道後救人。能預測未來、吉凶、禍福，聲名遠播，不僅地方官吏知其事、知其人，連宋帝徽宗也召見多次，在宮中倍受禮遇。故事主線圍繞在料事如神的傳說上，以數十個小故事連接起來，用時間做爲故事的貫串基準，在結構上倒還不致鬆散。

對神仙道教的弘揚上，立意可與《林靈素傳》相比擬。但是徐神翁得道之後，與皇帝的關係大不相同。林靈素參與宮廷權力的爭奪，取得徽宗的信任之後，惹火了權臣蔡京，對他眼紅。徐神翁則只披露出，受到徽宗的重視，和對蔡京前途的預料。

（二）周處士——從周恪的得道緣由說起，死而復生之後，對道境有所體會，能出神爲人治病。徽宗屢次徵召，他都不去。怡然自得的生活，不與世俗道士同，又具有俠士精神。當匪徒燒殺搶劫時，周處士不畏強賊，挺身詬賊，使賊嘔血死。對周處士的描繪，抹去荒誕不經的色彩，較爲平實。語言通俗淺顯，且多運用俗語及隱語、諧音，有濃厚的市井氣息。

（三）唐先生——唐先生的傳奇故事比之徐神翁、周處士，更俱趣味性。成仙得道的過程較爲坎坷。起初，人當他作瘋子一般，甚至還把他關起來。直到他的話應驗了，人們才相信他是個得道者。爾後，即描述他料事如神的傳說；能預知禍福，甚至是自己的生死。

大抵說來，這三則小說足以做爲宣揚道教思想的代表。主人公皆是海陵人（今江蘇省泰州市），均處於宋徽宗時代。但三人的性格、經歷則各異。第一篇主角的神力和聲名最大，甚至進入宮廷之中；周處士則不願流連在官場，即使他有夠大的名氣；相對於徐、周二人，唐先生是活在街談巷語中的神奇人物，不沾染一絲道俗氣。可反映出北宋末年，道教修行者的三種類型。

像上述的宋宗教傳奇，在宋人的作品中還有許多，限於篇幅無法一一介紹。如在洪邁《夷堅志》中的〈邵南神術〉、〈司命眞君〉、〈劉元八郎〉、〈楊抽馬〉〔註8〕

〔註7〕關於〈海陵三仙傳〉的作者問題，李華年《宋代小說選譯》，認爲當是南宋人，姓名不詳。又李劍國〈宋人小說：巔峰下的徘徊〉，題王禹錫作（《南開學報》，1992年第五期，頁46）。因李劍國未稱所據爲何，故今暫從李華年之說。

〔註8〕〈邵南神術〉，見於〈夷堅甲志〉卷三。〈司命眞君〉，見於〈夷堅乙志〉卷五。〈楊

等篇，皆是。

第二節　宋代宗教傳奇的特色

宋宗教傳奇的特色，可由四個方面來說：

一、佛道爭衡與政治的關係

宋宗教小說在描述得道者的事蹟時，最喜益以皇帝的態度。皇帝耳聞此人異行後，如何禮遇？如何下詔求賢？此人有何反映？此人對皇帝的影響多大？因而揭露了宋代宗教與政治的關係，和佛道因皇帝喜好的勢力消長。

例如，在〈蓑衣先生〉中，宋孝宗賜蓑衣先生道號，並且築觀、賜衣。孝宗也藉著他能預知天機的傳奇性，得以遂願立謝妃爲后。又，〈海陵三仙傳〉中的徐神翁，受到哲宗的冊封，父母皆受賜號；進而使哲宗因他寫「今日吉人」四字，立趙佶（宋徽宗）爲太子。

皇帝拉攏得道異人，並利用這些預言家、先知者，爲冊后、立太子的政治陰謀服務，是宋宗教傳奇中普遍描寫的政治神話〔註 9〕。《宋史》載苗訓善天文占候之術，解釋宋太祖陳橋兵變，六師推戴，黃袍加身皆爲應天命，因而擢爲翰林天文〔註 10〕。因此，道士可料事、測知天命的神異性，成爲皇帝所敬畏卻又可資利用的政治手段。所以，在宗教傳奇中，常常以受到皇帝的賜號、禮遇等，突顯得道者的功力和名聞遐邇，有其撰寫的價値。連帶地，也暴露了許多政治神話，和政治使佛道勢力互相消長的訊息。

最明顯的例子是〈林靈素傳〉。宋徽宗受到林靈素影響，崇道抑佛。林煽動皇帝，「將佛刹改爲宮觀，釋伽改爲天尊，菩薩改爲大士，羅漢改尊者，和尚改德士，皆留髮，頂冠執簡。」並與五台僧道堅等人鬥法，使道堅刺面流放。林靈素在歷史上

抽馬〉，見於〈夷堅丙志〉卷三。〈劉元八郎〉，見於〈夷堅支戊〉卷五。

〔註 9〕關於「政治神話」一詞，和與宋朝皇帝的關係，援引自李豐楙，〈仙道的世界——道教與中國文化〉一文：「宋朝太祖受命、太宗應帝命，都爲爲了解釋陳橋兵變與繼兄即位的政治陰謀；至於眞宗爲『天尊轉世』，而宋代徽宗也是東華帝君降世，無一不是政治神話。」（收錄在劉岱主編，《中國文化新論》，〈宗教禮俗篇〉，台北：聯經出版社，1982 年版，頁 277）

〔註 10〕據元脫脫，《宋史》卷四六一，列傳二二十，〈方技上〉：「苗訓，河中人，善天文占候之術。……從太祖北征，訓視日上有復一日，久相摩盪，指謂楚昭輔曰：『此天命也。』夕次陳橋，太祖爲六師推戴，訓皆預白其事。既受禪，擢爲翰林天文。」（鼎文書局版，頁 13499）

是有名的惡道〔註 11〕，除處心積慮抑佛之外，對徽宗的影響，亦使蔡京如芒刺在背，欲除之而後快，可見受皇帝寵信之至。

二、濃厚的現實性、批判性

宋宗教小說迷信怪異的成份較少；即使述異人們的神跡，也多著眼於現實。例如，劉樞幹爲人治病除妖（〈劉樞幹得法〉）；唐先生助賭徒贏錢，使酒店、米店生意好；周處世使賊卒嘔血死（〈海陵三仙傳〉）。梁野人得振金之術後，不忘幫助現實社會的貧者（〈梁野人〉）；何蓑衣入人夢中，爲人治病（〈蓑衣先生〉）。傳奇中的異人們，以放浪形骸的姿態，生活在里巷之間。他們所表現的特異功能，是市井小民所想要達到的願望。因而，解決關乎民生經濟、消災解禍等現世問題的神蹟，成爲人們津津樂道的傳聞。傳奇作家以這種里巷街談，替代荒誕的幻想和神異仙境，成爲宋宗教小說的內容。

宋宗教小說的現實性，還反映在故事中強烈的批判性上。例如：劉斧〈慈雲記〉，慈雲長老在夢中，因其直言升爲中丞，貶爲瓊州司馬。藉夢境表達富貴窮寒，同時也反映了現實政治。那些危言鯁直者，一旦忠言超過皇帝可接受的程度，即會招致被貶、被砍頭的命運。此外，〈慈雲記〉亦以慈雲之言，譏諷那些借佛斂財者：

> 汝以無厭之求，侵漁其民，今子之身庇大夏之居，口食酥油之上味，體被綾穀之鮮麗，而又更求自豐，不知彼乏，豈吾佛之本心哉？汝宜入幽獄，永爲下鬼。

對教徒之墮落，及藉機斂財者，予以口誅筆伐。在〈林靈素傳〉中，作者透過事件，指責靈素之惡形惡狀，及其對政治之危害，都具有批判現實的深刻內涵。

三、三教合一的傾向

所謂三教合一，指的是兼有儒家、道教、佛教思想。在宋宗教傳奇中，儒家倫理道德和淑世的觀念、道教的修行和秘法、佛家的因果輪迴等思想，交錯反映在宗教故事中。例如：佛家大眼師度化石堅，對於石堅「恥衣食之薄」，不解儒家孔子之言，提出了他的看法。又用九天秘法視之、五明水洗目，使之看世間異相。佛教無「九天」之說，道教才講「九天」〔註 12〕。以大眼師的僧者身分，又採儒、道之說，可看出三教合一的傾向。

〔註 11〕林靈素攻訐佛教，欲盡廢釋氏事，並見於明陳邦瞻，《宋史紀事本末》，卷五一，〈道教之崇〉。

〔註 12〕據李叔還，《道教大辭典》（臺北：巨流圖書公司，1989 年 2 月一版），頁 37：「《淮南子天文》中，稱天有九野，中央及四正隅，故曰九天。」又《太玄經》、《太清玉冊》中載不同的九天名稱。

又如〈慈雲記〉，慈雲長老本是儒者，對於寺僧煉指，提出看法：「汝何故自棄傷父母之遺體？……佛之立言割截肢體，人有本根六惡之情，肢體尙可截，而豈不能斷彼哉？……子當煉指之時，子面若死灰，痛苦萬狀，佛見子當憂戚焉，又安得而樂乎？」以儒家的孝道觀念——「身體髮膚受之父母，不敢毀傷，孝之始也。」〔註 13〕以釋佛家「煉指」修煉之苦行。

四、宗教傳奇世俗化

從宗教傳奇帶有政治色彩、現實性、批判性，和三教合一的特性來說，又可透視出宗教世俗化的特色。不論是預知未來、洞察禍福的異人；或是度化啓悟的高僧，宋作家筆下的宗教家，其一行一動、驗言指點，都關乎世俗的一切。不再以描寫佛家地獄，道家的神仙世界爲滿足，而是緊密地將宗教與世俗結合。

〈畢令女〉透過大女與小女——同父異母——互相仇視的家庭悲劇，以證九天玄女、回骸起死、符籙治鬼等道教思想。〈蓑衣先生〉的主角，沒有居於福地洞天，或得道成仙；而是居無定所，「處葑門城隅土窟中」，或「以稻稈藉地，寢處其中」。大眼師沒有教石堅入地獄，看陰間恐怖之狀，卻教他看世俗間人首異物相。很明顯地，宋作家們對宗教題材的興趣，已由單純描寫宗教世界，進而在生活現實中找材料——平民百姓的世俗宗教。

宋宗教傳奇以述佛道異人的故事爲主，雖有宣揚宗教思想的成分，但是，「人氣多而仙氣少」〔註 14〕，沒有一味地誇大神怪。將焦點集中在宗教與當代的關係、影響和社會生活上。顯露出宋代宗教與政治的關係、佛道勢力爭衡、三教合流、宗教小說世俗化等現象。而其強烈的現實性和批判性，更是超越了前代的宗教小說。

第三節　宋宗教傳奇的藝術技巧

一、結構：一人數事與一人一事

宋宗教傳奇的社會特徵，一如前述，作者多採街談巷語中的得道異人、高僧傳聞，做爲寫作的素材。因此，寫作技巧大多以一人爲中心，敘述相關的數種事蹟。即使如〈海陵三仙傳〉，描繪的三人，也各自獨立爲一個小故事，互無情節交錯之處。又因對象本身有奇異的宗教色彩，所以作者用許多試煉指點的事件，塑造小說的眞實性、刻劃主角、傳達宗教思想。例如：〈慈雲記〉、〈劉樞幹得法〉、〈蓑衣先生〉、〈梁

〔註 13〕見於《孝經》，〈開宗明義章〉第一。
〔註 14〕同見於註 7，李劍國〈宋人小說：巔峰下的徘徊〉，頁 46。

野人〉、〈林靈素傳〉、〈海陵三仙傳〉等皆是。茲以〈劉樞幹得法〉爲例：

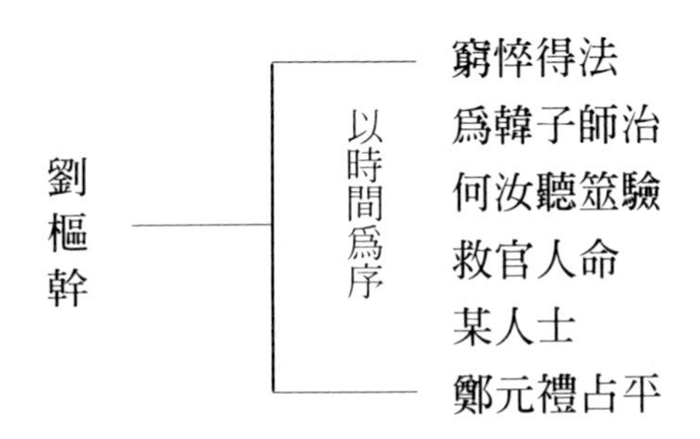

每個事件之間沒有必然的因果關係，亦無絕對的串聯脈絡。例如：何汝聽的應驗，和韓子師的奇祟，或救官人命，都是風馬牛不相及。事件存在的唯一理由是，爲烘托劉樞幹的傳奇性、神異性服務。像這種以數個事件做爲小說的結構方式，是宋宗教傳奇常用的技巧。

此外，亦採用一人一事的結構。例如：劉斧〈大眼師〉、洪邁〈畢令女〉等即是。全力描述一個主要故事，各情節、人物之間都有必然的因果關係。

二、人物刻劃：扁平人物與圓型人物

先從扁平人物說起〔註15〕。由於一人數事結構，以數個事件烘托主角，所以事件中的小人物，都無法具體刻劃。如韓子師、何汝聽、鄭元禮等，都是扁平人物。他們只爲了突顯劉樞幹的神蹟而出現。在作者筆下，他們被劉樞幹擺弄命運。隨著小說的遊戲規則，無所選擇地消逝在另一個神蹟來臨之前。甚至連姓名也無地搬上臺面，倏忽間又匆匆下場。如某官人與某士人一般（〈劉樞幹得法〉）。但小說中宗教異人的神奇性，是缺少不了他們的映襯。

宗教異人泰半屬於圓型人物〔註16〕。在塑造圓型人物的藝術形象時，宋傳奇作家最常用二種方式表現：以情節烘托人物；以靜態敘述描寫人物。

透過小說情節烘托主角，塑造人物形象。沒有這些事件情節，宗教人物的不可能血肉飽滿。只用平面的敘述，會使傳奇人物瘦骨嶙峋。各不相干的情節，成爲塑造主角形象的功臣；它們使主角生氣盎然、充滿活力。〈慈雲記〉中，沒有道士楊緒故意嘲諷慈雲的情節，則無法顯現慈雲的幽默與機智：

> 有負束薪過堂下者，緒曰：「禿棘子將安用也？」（蜀人呼斫爲禿），

〔註15〕此所謂「扁平人物」，據 E.　M. Forster　《Aspect of the Novel　》第四章：「在最純粹形式中，他們依循著一個單純的理念或性質而被創造出來」（李文彬譯，台北：志文出版社，1973 年 9 月初版，頁 59）

〔註16〕同註 15，頁 66：「圓形人物是可以適合情節的要求者。」

師曰：「用以覆君墻，蓋防賊盜事。」

由惠明爲蓋佛殿，請求慈雲賜言，以利化緣；慈雲厲言叱退，則知他不合流俗的個性。若無勸解寺僧燃指事，就不可能得知，他將佛理融合儒家孝道的看法。

作者選取徵驗故實，使異人形象活躍。但若缺少生活描寫，則易使人物形象空疏，沒有眞實感。故兼以人物的食衣住行，做爲落實具體形象的表徵。例如，〈蓑衣先生〉：

> 歷三四十年，一簑一笠，不披寸縷。夏不驅蚊，春不除蚤。冬寒敲冰滌簑，披之以出。歸則解挂于樹，氣出如蒸，露坐之處，雪不凝積。……每日不以炎涼陰晴，必一出市中。或縱步野外，未嘗登家人門。……日啜賜茶兩甌，不飲酒。

三、語言技巧：口語、諧音、隱語

語言通俗淺顯是宋傳奇的共同特性，宗教傳奇自無例外。取材於里巷傳聞的宗教故事，作者往往運用大量的生活口語。例如，「明日我家與親賓聚會，須相周旋，不得到君所，後夜當復來。」(〈畢令女〉)。「吃個泠揚州」(海陵三仙傳)。「此道人必偷兒，何錢聲之多！」。諸如此類，以口語增加小說的生動性，其例頗多。

對於傳奇異人的指點、靈應，多用占詩、諧音、隱語、拆字等，使小說產生緊張、懸疑性。例如，以筮詩替代明示。在〈劉樞幹得法〉中，某官人得劉詩二句「路上逢王大？鞭馬速快走」，不知何意。直到在山巓遇故僕王大，方想起筮詩影像。快馬而走，才沒被落石擊中，逃過一劫。又如諧音的運用：

> 陸師農除海州，告別。公曰：「菜又貴也」。自海移蔡，召入爲右丞。(〈海陵三仙傳〉)

菜、蔡諧音，陸師農由海州入蔡州後，又由蔡州升爲右丞。此外，亦有動作隱語和趣味隱語的運用技巧：

> 建炎二年，(唐先生)忽持甓自擊其頰，俄裴淵潰卒至，摽掠無遺。乃悟打頰者，隱語「打劫 」耳。(同上)
>
> 人問：「寇亂何時已邪？」曰：「直待見閻羅」。聞者憂之，謂不可逃死。無幾何，有裨將李貴過城下，號李閻羅，自是歲小休矣。(同上)

一個由打頰喻打劫，或許是無意義的動作，寫來如神蹟一般。另一個是由見閻羅的憂心忡忡，轉爲遇福將李閻羅的喜。隱語使小說趣味橫生，引發人會心一笑，更增加故事的生動性。

我們以粗略的概要分析，從結構、人物、語言上出發，探析宋宗教傳奇的藝術技巧。作者以傳聞中的異道高僧爲素材，經由藝術加工，使宋宗教傳奇充滿現實主義色彩，和宗教世俗化的趣味。從而構成了迥異於唐宗教傳奇的藝術風格。

第七章　宋代公案傳奇小說

「公案」之名，始於宋朝。在宋人記載當時說話的名目當中，有「說公案」者〔註 1〕。羅燁《醉翁談錄》中的〈小說開闢〉，更進一步提到公案的內容：

……言石頭孫立、姜女尋夫、憂小十、驢垜兒、大燒燈、商氏兒、三現身、……大朝國事、聖手書生，此謂之公案。……〔註 2〕

那麼「公案小說」的定義爲何？黃岩柏《中國公案小說史》，曾就宋人話本公案小說的六十個例證，綜合歸納出：

公案小說是并列描寫，或側重描寫作案、斷案的小說〔註 3〕

以此爲基準，進一步說：凡是傳奇故事中，描寫犯罪作案行爲，且必需有官吏執法人審案、斷案者，就是「公案傳奇小說」。

在宋代以前，唐傳奇中即有涉及作案、判案的小說〔註 4〕；而且據統計，大約有

〔註 1〕例如，耐得翁《都城紀勝》，瓦舍眾伎條：「說話有四家，一者小說，謂之銀子兒，如煙粉、靈怪，傳奇、說公案，皆是摶拳提刀杆棒乃發跡變態之事。」又如羅燁《醉翁談錄》、吳自牧《夢粱錄》，皆載之。可參見胡士瑩，《話本小話概論》，第四章第二節，南宋說話家數（北京：中華書局，1980 年 5 月一版，頁 102～103）

〔註 2〕有關這些公案話本的內容，可參閱同註 1，胡士瑩，《話本小說概論》，第八章第一節，〈醉翁談錄著錄的宋人說話名目〉，249～252。

〔註 3〕見於黃岩柏，《中國公案小說史》，第一章緒論（遼寧：人民出版社，1991 年 5 月一版），頁 5～12。

〔註 4〕對於「公案小說的起源」問題：

一、起源自神話中的皋陶、獬豸傳說。（黃岩柏，《中國公案小說史》，同註 3，頁 16）

二、起自五代，宋的法家案例書。如後晉和凝《疑獄集》、宋鄭克《折獄龜鑑》等。（周啓志、羊列容，謝昕，《中國通俗小說理論綱要》，台北：文津出版社，1992 年 3 月初版，頁 288）

三、上溯至北宋中葉（馬幼垣、劉紹銘、胡萬川《中國傳統短篇小說選集》導論—〈筆記、傳奇、變文、話本、公案—綜論中國傳統短篇小說的形式〉，台北：聯經出版社，1979 年初版，頁 14）

五十多篇公案傳奇小說，分布在二十七本書中〔註5〕。宋傳奇承唐傳奇的發展而來，不僅五代、宋有結集古代刑事案件的專書〔註6〕；再加上宋人說話中，有說公案故事者，進而使公案小說有發展的環境。除了本章要介紹的公案故事以外，在前面所介紹的愛情、志怪、俠義傳奇中，也有兼述公案的故事情節。例如：劉斧〈張浩〉、王煥〈蘇小娟傳〉(見三章一節)，洪邁〈吳小員外〉(見四章一節)，劉斧〈王實傳〉(見五章一節)。因題材傾向於他類，或構成公案的成分不足，故置於其他章節中〔註7〕。

第一節　宋代公案傳奇的作品及作者

公案小說以描述社會生活中，人們作姦犯科和受到審判制裁的故事。除了描述作案經過、破案過程之外，也包括清官斷案、冤獄平反、屈打成招等不同主題。以下按作者年代先後，依序介紹十篇公案小說。

一、〈錢若水斷案〉

見於《折獄龜鑑》卷二〔註8〕，引《涑水紀聞》卷二。作者司馬光（1019～1086），字君實，號迂夫，晚號迂叟，世稱涑水先生。陝州夏縣（今屬山西省）人。仁宗寶元元年（1038）中進士甲科，英宗時爲龍圖閣直學士。神宗初官御史中丞，議新法，與王安石不合，求去。閒居洛陽，專修《資治通鑑》，絕口不論時事。哲宗立，起爲門下侍郎，拜尚書右僕射，悉去新法之爲民害者，在相位八月而卒，年六十八歲〔註9〕。著述浩繁，有文集八十卷、《資治通鑑》二百九十四卷、《涑水紀聞》，等等。其中《涑水紀聞》，爲雜錄宋代舊事，起於太祖，迄於神宗。今本十六卷，總共四百二十七條。每條下皆註所述之人，故曰紀聞〔註10〕。

〔註 5〕見於同註3，黃岩柏，《中國公案小說史》，第四章，頁78～81。

〔註 6〕例如，後晉和凝《疑獄集》、宋鄭克《折獄龜鑑》、桂萬榮《棠陰比事》、宋慈《洗冤錄》等等，皆是記載歷代案例的書。

〔註 7〕〈張浩〉與〈蘇小娟傳〉，有明顯的愛情傾向，官府斷案，只是促成其事的催化劑。〈吳小員外〉中，酒女已死，且沒有作案的事實，與一般的盜墓公案不同。〈王實傳〉中，即連斷案太守因國法，得誅孫立，也感於孫立之義，「爲之泣下」，故置於俠義類中。

〔註 8〕鄭克《折獄龜鑑》，據《四庫全書總目》卷一百一，子部法家類，評此書：「大旨以五代和凝《疑獄》，及其子㠓所續，均未詳盡，因採摭舊文，補苴其闕，分二十卷，……較和氏父子之書，特爲賅備。」

〔註 9〕有關司馬光生平，參見元脫脫，《宋史》(台北：鼎文書局，1978年)，卷三百三十六，列傳第九十五，頁10757～10770。

〔註10〕《涑水紀聞》的卷本考和內容考證，可參閱，皮述民《宋代小說考證》，第二編雜事之屬（收在《師大國文集刊》，第五號，頁288～290）

故事概述：錢若水當同州推官時，同僚錄事參軍和某富家有間隙，適富家女奴不知所往，奴之父母告官。錄事誣指富家殺害女奴，並使富家父子屈打成招。錢若水明察獄詞，暗訪女奴下落，在錄事和知州的嘲諷中，終替富家父子洗刷冤屈。事後將功勞推給知州，也沒對錄事落井下石，表現出君子的風範。

錢若水是宋代有名的官吏〔註 11〕。作者將他塑造成仁慈愛民、體恤同仁的清官。辦案講求證據，對口供反覆審查察。即使在錄事的嘲諷和知州的壓力下，仍能保持客觀辦案的態度。案情大白之後，反而把功勞給知州，爲錄事找台階下。相對於錢若水，知州則是以主觀臆斷，審案判案者。而錄事公報私仇，藉機誣指；又對錢若水譏嘲，試圖使案子速審速結，免生枝節。在他身上，反映了惡官形象。小說以三人，對比出不同的清官、嚴官、惡官形象；故人評此篇小說，「運用對照手法塑造人物形象，于平實中見生動」〔註 12〕。

二、〈大桶張氏〉

見於《說郛》卷十一。作者廉布（1092～1157？），字仲宣，自號射澤老農。生於宋哲宗元祐七年〔註 13〕，楚州山陽（今江蘇省淮安縣）人。正史不載，因他善畫山水及枯木叢竹，幾登蘇軾之堂；事蹟保存在藝術類的史料中〔註 14〕。少年登科，官武學博士，紹興九年（1139）官左從政郎。因爲他是張邦昌（1081～1127）的女婿，受到連累被廢。從此絕仕宦之念，專心作畫。有圖軸傳於世，以及傳奇小說〈狄氏〉、〈大桶張氏〉等。

故事概要：大桶張氏酒後見孫家女，戲以古玉條脫爲媒，酒醒卻忘此事。孫氏痴等，直到張氏另娶，孫氏蒙被而死。孫家父母痛失愛女，匆交與鄭三下葬。鄭見陪葬玉環，心存貪念。半夜掘墓，孫氏蹶然而起。欺騙她爲父母所棄，並帶回家爲妻。數年後，孫仍不減對張之恨意。趁鄭外出，到張家且哭且罵。張見女，視爲鬼，急推之下，女死。案送官府，追鄭到案，鄭以盜墓判刑。張被判刑，雖得以寬免，仍憂死獄中。

〔註 11〕錢若水（960～1003），宋河南新安（今屬河南）人，字澹成，一字長卿。《宋史》卷二百六十六，列傳二十五，有傳：「（宋太宗）雍熙（984～988）中舉進士，釋褐同州（今陝西大荔）觀察推官，聽決明允，郡賴治之。」（同註 9，頁 9166）

〔註 12〕見於李華年，《宋代小說選譯》（上海：古籍出版社，1990 年 7 月一版），頁 234。

〔註 13〕據王明清，《投轄錄》：「廉宣仲布、呂安老祉二人同年生，且極善厚。……呂君亡後二十年，廉布始死」（上海：古籍出版社，1991 年 2 月一版，頁 41）按：呂祉（1092～1137），生於宋哲宗元祐七年，卒於宋高宗紹興七年。

〔註 14〕廉布事蹟見於：南宋陸游，《渭南文集》，卷十四，〈容齋燕集詩序〉。宋鄧椿，《畫繼》，卷三。元夏文彥，《圖繪寶鑑》，卷四。明朱謀垔《書史會要》，卷三。清王毓賢，《繪事備考》，卷六。清厲鶚，《宋詩紀事補遺》，卷三十七。

這個故事亦見於王明清《投轄錄》中的〈玉條脫〉，文字與此篇大略相同，字數略增，蓋據廉布此篇而飾〔註15〕，增加因果報應的評論，不如廉布原作。洪邁《夷堅志》中〈鄂州南市女〉，故事情節亦與此類似，但有不合理之處〔註16〕。

廉布對案情背景的描述入微。大桶張氏如何行錢放高利貸？如何到孫家去？如何以貴重的玉條脫，使孫氏信以為眞？案發之後的關鍵人——孫氏車夫，惟恐被牽連而往報鄭母，作者也交待的極為詳細。小說中每位人物的出現，都關係著案情的發展。故事情節緊湊動人，是小說成功之處。因此，人評論此篇是：「最能代表宋人傳奇風格的佳作」〔註17〕。

三、〈李倫〉

見於《昨夢錄》，收在《說郛》卷二十一。作者康與之，字伯可，號叔聞，一號順菴，生卒不詳，是南宋前期人。原籍滑州（今河南省滑縣），流寓嘉禾（今浙江嘉興縣）。進士出身，曾官台郎，秦檜當國時，為門下十客之一，官軍器監。檜死，編管欽州，紹興二十八年（1158）移雷州。因此，在周南的《康伯可傳》中〔註18〕，對他的評價極為不好。能作詞，有《順菴欒府》五卷，今不傳，但有趙萬里輯本。筆記小說集《昨夢錄》，今殘存一卷，多追述北宋時的奇聞軼事。

故事概述：李倫為開封府尹，鐵面無私；某命官犯法，亦依法究辦。當李判決命官的罪後，御史台派人來拘提他。隨二差同往，李倫入台獄後，一夜無法成眠。親睹陰森恐怖之狀；耳聞捶楚冤痛之聲四起。又遭獄卒一一審問。直至次日，才被放回。數日後，李倫被免官。

描述李倫在御史台裏面，漫長一夜的所見所聞，和折騰的問案過程。側面描寫出最高監察機構的恐佈，和與權貴之間巧結形勢，為所欲為的醜態，更頌讚了李倫的正直。對於監獄內的黑暗面，描寫細膩，刻劃極入微，是其他公案傳奇小說所沒有的。

四、〈袁州獄〉

見於《夷堅志》，〈夷堅乙志〉卷三，作者洪邁（生平見三章一節）。

〔註15〕因王明清《投轄錄》中多處記載，曾耳聞廉布所說軼事，如〈鄭子清〉、〈楚先覺〉篇，皆記「宣仲云」。又對比〈大桶張氏〉、〈玉條脫〉，增飾之跡極為明顯。

〔註16〕例如，最後縣尉判處盜墓樵者論死，使南市女墜樓的彭生卻判處較輕。

〔註17〕見於李劍國，〈宋人小說：巔峰下的徘徊〉（《南開學報》，1992年第五期），頁47。

〔註18〕康與之的事蹟見於：南宋周南，《山房集》，卷四，〈康伯可傳〉。宋董史，《皇宋書錄》，下卷。明錢士升，《南宋書》，卷六十三。清莊仲方，《南宋文範》，作者考上。清丁傳靖，《宋人軼事彙編》，1965年商務本，頁771。清厲鶚，《宋詩紀事》，卷四十四。清陸心源，《宋史翼》，卷二十七。清陸心源，《宋詩紀事小傳補正》，卷三。唐圭璋，《全宋詞》，卷二。

這是一篇包含人間公案與陰間公案的小說。黃縣令和向子長、鄭判官到袁州。黃忽得急病，臨終前向二人說袁州獄事。當他做袁州司理時，縣尉的三個弓手購物無回，太守要縣令自己負責查辦。縣尉爲了脫罪，唆教四個村農冒強盜、殺弓手之名頂罪。黃察覺事情眞相，想替村農雪冤，卻受到縣尉的阻撓，和太守的壓力，被迫處死四人。行刑後，縣尉死、太守中風。黃以有心卻無雪冤，延緩三年赴陰曹。待期滿，黃知死期已至。陰差等候多時，當黃見到趕來探望的母親後，即撒手西歸。

陰間審判人罪的小說，大致屬於志怪公案的範疇，但此篇又包含人間公案，故羅致於公案傳奇之列。人世冤獄到陰間才獲得報償，寓有果報思想；小說更批判官吏推諉責任，利用善良村民頂罪，草菅人命的卑劣狀。此篇在結構上，別於一般公案傳奇的先述案情，再說如何查案、審案，最後判案、執行。而是：

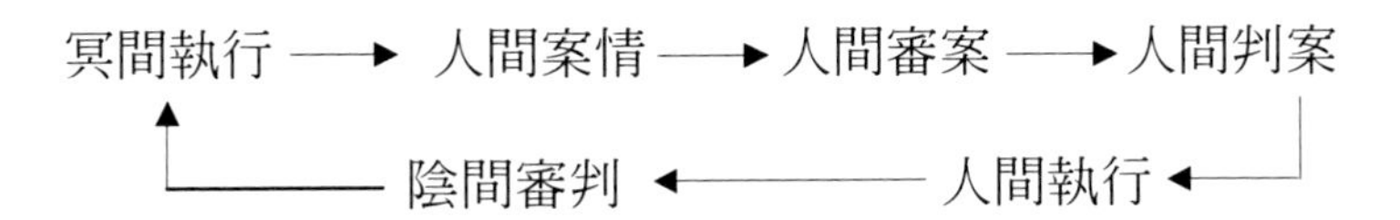

由黃縣令的冥判執行（即痛不可過），做爲開端，再敘述袁州獄和陰獄之事，並以赴冥刑做爲終結，曲折有致。

五、〈嚴蕊〉

見於《齊東野語》卷二十。作者周密（1232～1298），字公謹，號草窗、弁陽老人等。宋濟南（今屬山東）人。宋理宗景定年間，爲臨安府幕，後監和劑局、豐儲倉。宋亡不仕，與王沂孫、張炎等共結詞社，爲宋末雅正派詞代表。著述浩繁，有《草窗詞》、《草窗韻語》，和筆記《武林舊事》、《齊東野語》、《癸辛雜識》等〔註 19〕。

故事概要：天台營妓嚴蕊色藝絕倫，名動一時。唐與正任台州官，結識嚴蕊。某日唐開宴，坐中有謝元卿者。謝爲之心醉，留蕊在家半年。後朱晦庵欲摭與正罪，以與蕊交往爲由，使二人下獄。酷刑逼供，蕊堅決否認。與正受杖移籍後，蕊仍纏訟數月。朱晦庵任命他官，新官岳霖命蕊作詞自陳。蕊以〈卜算子〉爲陳詞，即判令從良，後嫁爲人妾。

作者把朱熹寫成濫用法律，迫害無辜的惡吏；對於嚴蕊不屈於威刑的氣節，多加讚揚。塑造她正義凜然，對抗嚴刑威迫的形象，人物刻劃極爲生動。因此對於朱

〔註 19〕周密的生平事蹟，參考如下：元夏文彥，《圖繪寶鑑》，卷五。清厲鶚，《宋詩紀事》，卷八十。清王毓賢，《繪事備考》，卷七。清陸心源，《宋史翼》，卷三十四。唐圭璋，《全宋詞》，卷五。又，《綠窗女史》卷十二，〈嚴蕊傳〉，文字與此篇全同，但題「宋曹嘉作」，是爲妄題。

熹與唐與正的是非恩怨〔註 20〕，和小說的眞實性，有人提出辨解和質疑〔註 21〕。這一段公案小說的「歷史公案」，非本文討論重點，略而不論。

六、〈我來也〉

見於《諧史》，收在《說郛》卷二十三。作者沈俶，生卒不詳，約爲南宋後期人。《四庫全書總目》，卷一四四：「俶嘉定（1208～1224）以後人矣。」著有《諧史》一書，今殘存一卷，多記兩宋之間事；以多詼諧之語，故名《諧史》。

這是一篇義賊與官府鬥智的故事。南宋臨安某賊做案後，在牆上書「我來也」三字，犯案累累，名動京師。後緝獲一賊，說他是「我來也」，因苦無贓物以證，故監禁獄中，不能定罪。賊在獄中，兩度送獄卒他藏在別處的錢財，得到獄卒的信任。某日要卒暫放他半夜二更出去，卒因拿他錢財，不得不放他走，神不知鬼不覺，幾個時辰之後，賊又回獄中。府尹因昨夜三更「我來也」又做案，認爲抓錯人，把賊以犯夜行禁令，打了幾棍放走。獄卒回家後，其妻告以昨夜有人送金銀來，才知道賊以所得，又賄賂他，託病辭去獄卒職務，在家享樂。

小說對於故事發生的背景，交待詳盡。敘述層次分明，對於「我來也」如何使計？如何得到獄卒的信任？怎樣不會使獄卒反咬一口、通風報信？皆予以描繪。並以詼諧輕鬆的筆調，刻劃「我來也 」的機智、臨安府尹的誤判、和獄卒的任賊擺佈。而且，抓到賊人後，作者也未點破他就是「我來也」；直到二更走，三更犯案，才令讀者恍然大悟。以公案傳奇小說而言，此篇的藝術技巧，獨樹一格〔註 22〕。

七、〈金燭〉

見於《鬼董》卷二。作者沈某〔註 23〕。四川太守爲了奉承秦檜，搜集奇珍異寶，作生日賀禮，包括看似蠟燭的金燭，派衙班十餘人送往臨安。至湖北遇暴雨，避一書生屋中。屋甚破蔽，遂往魚氏宅中。魚妻聞知客有財寶，下老鼠藥毒之、砍殺十

〔註 20〕朱熹（1130～1200）與唐仲友（字與政）（1136～1188）的交惡、上奏之事，見於，《宋史》卷四百二十九，朱熹傳：「熹行部至台，訟仲友者紛然，按得其實，章三上，淮（王淮）匿不以聞，熹論愈力，仲友亦自辨。」但《南宋書》卷六十三稱：「唐仲友知台州，有治績，後爲朱熹劾罷。」二人事蹟，又見於周密《齊東野語》，卷十七。

〔註 21〕如王國維《人間詞話》卷下：「宋人小說，多不足信。如《雪舟脞語》，謂台州知府唐仲友眷官伎嚴蕊奴，朱晦奄繫治之。……蕊賦〈卜算子詞〉云，住也如何住云云。案此詞係仲友戚高宣教作，使蕊歌以侑觴者，見朱子糾唐仲友奏牘。則齊東野語所紀朱唐公案，恐亦未可信也。」（臺北：開明書局，1989 年 1 月，新排初版，頁 47）

〔註 22〕對於此篇小說的評價，大多著眼於：「秦檜和腐敗的南宋政府，“我來也”是一種必然的、無法扼制的存在。」（黃岩柏，《中國公案小說史》，同註 3，頁 135）。以政治角度去批判，未嘗不可。但筆者認爲其藝術手法，亦有可觀之處。

〔註 23〕有關《鬼董》一書的作者問題，參看四章一節。

餘人。將財寶收好，唯將金燭棄置。書生娶妻，魚氏持兩炬與之。書生發現爲金燭，屢次向魚氏討燭。魚氏甚怪之，取燭端視，方知其中秘密。誘殺書生夫婦，徙居漢陽。魚氏忽爲暴發戶，喜上娼家，並以珠花贈娼女，花上有四川太守之名，以示他客，案情因之揭露。魚氏夫婦送往官府治罪，分屍於市中。

這篇公案小說故事情節曲折，結構緊密，殺十數人的盜財案件，作者寫來有條不紊。人物刻劃，栩栩如生，魚氏夫婦貪殘狠詐、令人髮指；書生夫妻貪小便宜，以至送命；秦檜的貪婪、太守的巴結逢迎。小說呈現政治的黑暗面，和世途的陰惡；魚氏夫婦咎由自取，最終伏法的下場，亦證明了天網恢恢、疏而不漏的公理。

八、〈陳淑〉

見於《鬼董》卷二。述宋高宗紹興時的殺夫公案。陳淑，乃武人之女，富家子劉生本欲娶之，因父母反對作罷，陳女下嫁黃生。黃家貧，陳女到市場典衣，劉生見之，還衣送錢，二人有了不正常關係。黃生察覺，陳女索性殺了丈夫，被捕後判死刑。劉生也牽連獲罪，黥面流放。獄卒謝德看上陳女美色，幫助她脫逃。二人逃至李生客店，陳又爲李奪，謝逃走。三、四年後，謝經李客店，陳女又與謝合誅李，雙雙逃走。劉生以賄免刑，依靠舅舅，恰巧陳、謝逃來，劉殺謝得陳女。爲免事發，將陳扮成女尼，寄在寺中，獨自回鄉，途中爲盜袁八所殺。劉父爲找尋兒子下落，在寺中見陳女，送往官府，陳女被論死。

故事曲折離奇，情節緊湊，人物眾多、關係複雜。作者以簡潔之文筆敘述，無所罅漏，是一篇相當成功的公案傳奇小說。故事圍繞著陳淑牽連的案情發展，由下面的人物關係表中，我們即可看出，小說的複雜性、及周密性。沒有旁雜的詩詞、多餘的議論，整個小說以情節取勝。但因太過於注重人物之間的因果衝突、情節進展，反而使小說的人物性格刻劃，顯得蒼白無力，這是小說不足之處。

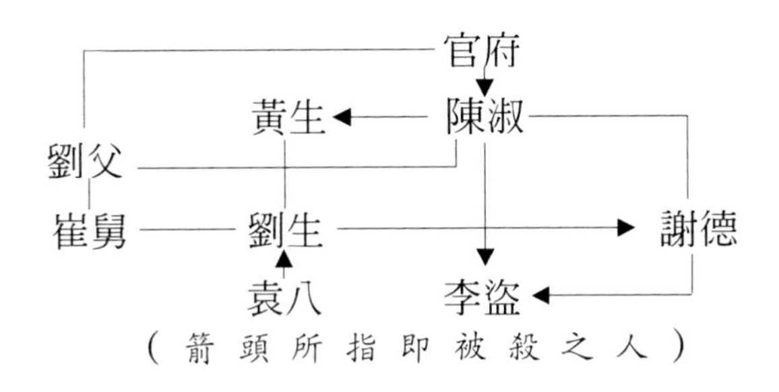

（箭頭所指即被殺之人）

九、〈周寶〉

見於《鬼董》卷五。述宋孝宗淳熙年間周寶等盜賊，從計畫作案、進行，到如何被捕的故事。周寶本依附宦官林御藥，林聽從術士之言，認爲周寶一年內必犯罪，與之劃清界限。周無事以遊，至赤山，看不慣閔一郎欺壓善良。於是結交江湖人物，想教訓閔一郎。透過李勝的介紹，結識林青、彭八、繆興國、王孝忠、古訓等人，約爲兄弟。以作生意販藥爲掩護，至赤山打聽閔家狀況。計劃周詳，半夜至閔家，教訓他一頓。次日閔家報官，知府派使臣朱直卿查案，朱憑著周遺留的細竹屑，查出爲周寶所爲。僞稱是林御藥的人，到周家訪視，打聽周寶消息。終將一干人等逮捕，唯古訓逃脫。

小說風格與〈陳淑〉相類。人物眾多，故事曲折，對案情本末敘述詳盡，特別是朱直卿如何以智慧破案的描寫，令人激賞。古訓以堅持不殺人、不姦污婦女，得以逃脫官府追捕；又術士言周寶必犯法，果如所料，寓濃厚的果報和命定思想。周寶爲打抱不平，結夥犯下此案而送命，實有俠士氣概，故小說又兼有俠義成分。但與後來的俠義公案故事不同，因周寶非以俠士身分，幫助官府打擊犯罪，而是自身繫囹圄，成爲罪犯；而犯罪動機有義氣因素驅使，則是不可否認。

除以上介紹的九篇公案傳奇之外，尚有洪邁《夷堅丙志》卷十三，機警抓賊的〈藍姐〉。冥公案故事〈張文規〉（《夷堅乙志》卷四）、〈程說〉（《青瑣高議》後集卷三）等等，都是公案傳奇小說。

第二節　宋代公案小說的特色

我們從上節所舉的篇章中，歸納出宋公案傳奇的四個特色。

一、多樣化的公案故事

從御史台彈劾官員，到一般縣尉、府尹抓雞鳴狗盜之徒；從執法毋枉毋縱的清官，到循私枉法、公報私仇的惡官。或多條人命的情殺案件，計劃周詳的結夥作案等等，都反映在宋代公案傳奇小說之中。

這些多樣化的公案故事，從小說的社會性來說，大致可劃分爲二類：一是官場執法者之間的相互對立；一是平民百姓的作姦犯科。

首先，敘述執法者本身的公案故事，多刻劃執法者的清廉與政爭，或草菅民命者受到冥報。作者大多歌頌爲民執法、雪冤、主持正義的官吏；抨擊貪贓枉法、視人命如草芥的執法者。例如，〈錢若水斷案〉中，故事主體是錢若水的客觀公正態度，與錄事參軍的臆測誣指，構成小說的衝突性。〈李倫〉，透過執法者親身歷經的一夜煎熬，側面刻劃最高司法機關御史台的恐怖。〈袁州獄〉，從黃司理對案件裁決、維護司法的無力感，顯示循私舞弊、官官相護的現象，普遍存在。〈嚴蕊〉中，嚴蕊的冤獄，以朱熹與唐與正的政爭爲主導，揭示她高貴的情操。

一般百姓的刑案故事，則剖露人性的弱點，刻劃犯罪者如何因財起意，爲愛情殺人，或逞勇鬥狠而觸犯法網。例如，〈大桶張氏〉，張氏恃財傲人惹禍上身，孫氏因愛生恨，鄭三見陪葬財物起賊心。〈我來也〉，因獄卒貪財，罪犯得以逃脫。〈金燭〉中，魚氏夫婦爲錢鋌而走險，就連鄰居新婚夫婦也不放過。〈陳淑〉，爲了陳淑的愛情、女色，讓好幾個人賠了性命。〈周寶〉，周寶不能忍一時之氣，爲教訓閔一郎，葬送前程。以宋代的社會公案爲對象，小說反映中下階層的社會人心；里巷之人爲愛、爲財、爲一時意氣，傷害他人，觸犯法律，是具有現實意義的。

二、善擇技巧表現主題

宋傳奇作家布置公案小說的結構重心，因呈現的主題不同，各有其表現手法。例如，〈錢若水斷案〉，主題是頌揚清官，則以錢若水如何審察案情？如何破案？如何與其他執法者抗衡？爲結構重心。〈袁州獄〉，藉陰間對不肖執法者的審判，以因果報應的思想、地獄的觀念，做爲人世冤獄的心理補償，譴責現世的惡官。

主題在於警世的公案傳奇小說，則以案情的描述、和犯罪者的下場爲結構重點。例如，作者一開始就告訴讀者兇手是誰，並且以兇手爲主角。如，〈陳淑〉、〈周寶〉二個故事，一上場就說出凶手身分，雖使故事的懸疑性盡失，但以更多筆墨描寫犯罪者的犯罪動機，和案情發展、判處結果。通過完整的案情，達到教育和警世的功用，這也是中國公案關心人的命運，重視人的價值，更甚於案情懸疑性之處〔註24〕。其餘如〈金燭〉、〈大桶張氏〉亦然。

三、朝向案情複雜化發展

由於受到唐傳奇，與當時瓦舍說公案的影響，宋公案傳奇小說朝著人物牽涉極多，案情逐漸複雜的方向發展。這種傾向拿北宋與南宋的公案傳奇做一比較，即可明瞭。北宋之作，人物較少，情節也比較單純。如〈李倫〉篇中，只有主角一人與幾個沒有性格的扁平人物；又如〈錢若水斷案〉，雖然人物較多，但情節構思簡單。

而南宋的公案作品中，《鬼董》三篇公案故事，足以代表此複雜化發展傾向。〈金燭〉中，魚氏夫婦謀財害了十餘條人命，怕走漏消息，又殺了書生夫婦。命案的偵破，靠著娼女的懷疑，和尋歡客的報官。眾多的角色和複雜的案情，交織成曲折的公案故事。〈陳淑〉一篇，作者以巧合，串聯曲折繁複的愛情仇殺，和家庭悲劇。來

〔註24〕此觀點參酌，柳依，〈對公案文學研究的幾點看法〉（《中州學刊》，1992年第一期），頁82～86。

自不同地域，互不認識的人，如何捲入陳淑的生活世界？如何互相仇殺？經過作者精心設計，成爲一波數折的公案傳奇。〈周寶〉中，古訓與周寶等人策劃作案，是宋公案傳奇中作案人數最多、案件最小（只教訓了閔一郎，沒殺沒搶），而判刑卻極重（被補者全死）的公案故事。

四、作者對司法判決保持中立

宋公案小說的作家，對刑事案件的偵破技術，和執法者的審判，保持中立。不採用宋代刑案專書的書寫方法——在故事結束後，以按語形式討論案件偵防技巧、執法見解與思想；或用法學觀點以分析案件。例如，收在《折獄龜鑑》中的〈錢若水斷案〉，鄭克在小說結尾，來個這樣的按語：

> 按若水雪富民冤，猶非難能。唯其固辭奏功，乃見器識絕人，宜乎知州歎服。

就本章所選的宋代公案傳奇小說而言，作者不以法學或司法觀點，評論小說執法者的偵察技巧、和判刑是否合理。

除了冤獄以外，作者對判決不表示意見。因爲執法者有絕對的審判權；又作者的道德價值，和傳述奇聞的動機，高過於他的法律素養與司法興趣。他們喜歡爲公案人物（法官、被告、證人）立傳，爲奇案記敘本末，或宣揚案件的教誨意義。

宋傳奇公案因描寫層面廣闊，反映當時的官場現象、社會人心、家庭悲劇、和愛情衝突等等。作者不以法學觀點、設謎技巧做爲結構重心。以關懷人的値價、公案的教育意義出發，用不同的手法，呈現出不同的主題思想。因而突顯出宋公案傳奇主題的多樣化，與在人物刻劃、情節構思上的藝術成就。

第三節　宋代公案小說的藝術技巧

宋人公案傳奇的藝術技巧分析，將從結構、背景、人物刻劃、場景器物等四方面討論。

一、結構上——非情節部分減少

傳奇小說大多以詩歌塑造氣氛，以議論文字或書信，穿插其間。但是宋公案減少這些技巧的運用，以主要案情做爲描述重心，將案情發展作緊湊而集中的表現。除〈嚴蕊〉一篇，爲展示嚴蕊的才華、結案原因，以〈如夢令〉等詞入小說。餘皆以情節結構爲重心，游離的詩詞議論，大大減少。

對於結構中的情節部分，採用第三人稱、全知觀點的正敘法，引領讀者走入兇手的犯罪過程，與下場結局。從兇手的作案動機、行動，案情發展與案發經過，審判結果等方面，作集中刻劃；並使小說的高潮，落在兇手被繩之以法、或結局如何。例如，〈陳淑〉一案，陳淑爲劉生手刃親夫，判刑之後逃亡，又使謝德、李生、劉生因她而死；曲折坎坷的亡命生涯，是殺夫案的後續發展，故事因而在陳淑制裁中結束。〈我來也〉，集中刻劃賊人在獄中，如何利用人性貪財的弱點，使獄卒一步步走向圈套中，瞞天過海、偷天換日，證明自己不是「我來也」。

二、注重案情的背景交待

寫作公案故事的宋人，對於刑案的發生背景，在小說開始時，即敘述詳實，助以進入案情。例如，廉布〈大桶張氏〉，開場寫到：

> 凡富人以錢委人，權其子（利息）而取其半，謂之行錢。富人視行錢如部曲也，或過行錢之家，特設位置酒，婦女出勸，主人皆立侍。富人遜謝強令坐，再三，乃敢就位。

這就是爲何孫家向張氏借錢，須孫氏出勸？酒宴中張氏戲言，竟成爲案情的導火線，也讓讀者瞭解到張氏與孫家的關係，很快進入情節之中。又如〈金燭〉一案，對於金燭的來龍去脈，和魚氏如何有財可謀的緣由，作者亦明白揭示：「秦檜專柄時，雅州太守奉生日物，甚富，爲椽燭百餘，范精金爲之心，而外灌花蠟，他物稱是。使衙前某與卒十餘輩，持走都下。」

三、人物刻劃上——運用動作、對話、對比手法等技巧

首先在塑造罪犯形象上，作者大都以描述犯罪者的動作行爲，做爲刻劃技巧。例如〈金燭〉中，魚氏夫婦除了在酒中下老鼠藥，視人命如老鼠一樣地撲殺外，又把沒毒死的人，以柴刀砍殺，可見其殘忍、泯滅天良之狀。

以對話刻劃人物的技巧，例如〈我來也〉，把賊的狡黠、聰明，和洞悉人心的那一面，透過賊人對說獄卒的話，表露出來：「我固爲賊，卻不是『我來也』。今亦自知無脫理，但乞好好相看。我有白金若干，藏於寶塔上某層某處，可往取之。」

此外，亦有用對比手法刻劃人物。司馬光〈錢若水斷案〉，將錢若水辦案的公正廉明、豁達大度，用錄事參軍的循私枉法，以爲對比。又洪邁〈袁州獄〉，郡守的怕事、自私、猶豫不決，正對比出黃司理的擔當，肯爲民洗刷冤屈的清官形象。

四、時空與器物的運用。

在宋公案傳奇中，作者也善於利用時空描述，以營造氣氛、製造效果；或以器物做爲案情發展的關鍵。例如〈李倫〉，小說以時間與空間的交替描寫，醞釀御史台整肅官員、及其內部的恐怖氣氛：

> 開封府南向，御史台北向，相去密邇。倫上馬，二人前導，乃宛轉繚繞由別路，自辰巳至申酉，方至台前。……時台門已半掩，地設重限，……李入門，無人問焉，見燈數炬，不置之楣梁間，而置之柱礎。廊之第一間，……不知幾許，至土庫側，有小洞門，自地高無五尺。

開封府與御史台相去不遠，為了要偷偷審問李倫，從早上繞小徑到傍晚才到達。而牢房內重重設限，陰暗低矮，不見天日，眞讓人毛骨悚然，不寒而慄。

以器物做為發展案情關鍵的技巧，例如〈大桶張氏〉的訂婚信物玉脫條，是它引起鄭三盜墓的意念，發展出這一段盜墓奇案。〈金燭〉裏的金燭，雖非引起魚氏夫婦謀財害命的動機，卻是書生惹來殺身之禍的根由。如果書生夫婦不知金燭的秘密，魚氏夫婦也不會殺了他們，搬離家鄉。進而在煙花之地，流連忘返，送娼妓珠花，因而東窗事發，分屍於市。〈周寶〉的火炬細竹，如果周寶沒有在作案現場留下它，查案陷入膠著狀態的朱直卿，如何抓住周寶等人。可見宋人善用器物，做為小說破案關鍵、或預示情節發展的技巧。

從宋公案傳奇的寫作技巧上，可知公案傳奇承唐公案的發展，和當代說公案的交互影響，產生了結構緊湊、情節曲折的佳作。又以各種行為、對話、對比手法，塑造人物形象。場景與器物的描寫，亦能充分掌握它們對氣氛烘托、揭示情節發展的作用。

第八章　宋代社會寫實傳奇小說

所謂「社會寫實」小說，是指針對現實社會生活中的人物、事件，用小說的藝術特點進行想像、加工、刻劃；以反映當時的社會問題、社會心態，及普遍有意義的社會現象〔註1〕。

從廣義上來說，宋傳奇的其他類小說，亦普遍反映出當時的社會問題、社會心態。例如：愛情類中的〈王幼玉記〉、〈譚意歌傳〉，即突顯了當時娼妓從良後，所遭遇的社會婚姻問題。志怪類中的〈范敏〉，借鬼怪反映現實生活中的詐騙局設，和人性貪小便宜的弱點。俠義小說中的〈俠婦人〉、〈解洵娶婦〉，刻劃了宋金對峙時，淪落北方的宋人，心懷南宋的情思。公案傳奇中，更聚焦在反映社會生活中，作姦犯科的產生背景，和揭露司法審判的黑暗面。宗教傳奇也描述宋代社會的宗教信仰，及其對社會所造成的影響。

但是，本章所指的社會寫實傳奇，是從狹義上來說。小說的社會意義大於愛情、公案、俠義所涵蓋的主題；包括現實社會中詐騙、奢華、貪財貪色，或讚揚人性報恩、拾金不昧，等等。

第一節　社會寫實傳奇的作品及作者

宋社會傳奇普遍以下層社會生活爲題材，與唐傳奇大多以科考士子的故事爲內容不同。以下將介紹五位作家的七篇作品，做爲宋社會寫實傳奇的代表。

一、〈白萬州遇劍客〉

見於《洛陽縉紳舊聞記》卷三，作者張齊賢（生平見二章一節）。

〔註1〕關於「社會寫實」小說的定義，參酌羅樹華、陶繼新、李振村主編，《小說辭典》，中國礦業大學出版社，1989年12月一版，頁21，「紀實小說」。

描述白萬州被淬劍術士，恐嚇詐騙的故事。堂兄白廷讓在市區遊蕩時，有人爲他引見黃鬚客，並與數人飲酒。飲宴結束，黃鬚客出示一劍，稱此劍專殺吝財之人。廷讓回家告訴白萬州黃鬚客事。萬州喜歡劍，便請他來，且出示所藏數十口劍，讓他識別。高興之餘，要他住在家中。黃鬚住了一個月後，向萬州借錢、馬、和二個僕人。因怕他殺吝財者，於是借給他。沒幾天僕人被趕回來，一年後白家見到被賣掉的馬，才知到受騙上當。

白萬州城府甚深，平日不輕信別人。會受騙上當的原因，除了黃鬚客善於虛張聲勢，洞察白家人愛劍的心理外；還有他愛奇、炫奇的心態，與引狼入室的做法所致，並非基於財迷心竅、利令智昏的因素〔註 2〕。小說對江湖騙客洞察人心，和故做姿態的描寫，極爲生動。特別是引誘白廷讓的那一場酒宴；和向白萬州借錢時，那種趾高氣昂的樣子，寫來入木三分。

二、〈甘棠遺事〉

又名〈溫琬〉，見於《青瑣高議》後集卷七，子題「陳留清虛子作傳」，陳留即指開封，序文中自稱京師人。作者王鞏〔註 3〕，宋大名莘縣（今屬山東）人，字定國，自號清虛。神宗時上書言事，馮京薦之；不爲王安石所用，與蘇軾往來。徽宗時，列名元祐黨籍。生平練達世務，好臧否人物，議論時政，屢遭貶斥。著有《甲申雜記》、《聞見近錄》、《隨手雜錄》等〔註 4〕。收入《青瑣高議》的傳奇唯此一篇。由序文知，此篇作於宋神宗熙寧十年（1077）。

敘述溫琬爲母親所逼，淪爲娼妓；力爭上游，脫離風塵的故事。琬一歲時父死，母親將她寄養在姨母家。琬受到姨母的疼愛和教育，十四歲時，姨母爲她擇婚。不料，母親來要人，被迫退婚，隨母移居娼門。因善詩文，聞名郡邑。每有名公賢士來郡，太守即召之侍宴。曾侍來訪的宰相，以其文才受到宰相讚賞。太守尤悅，將她歸入官妓之籍。母親與商人的廝混和墮落，加強琬脫籍的決心。逃跑後，被太守抓回，嚴刑拷打一番，無罪釋放。待太守換人後，徙居京師。雖曾被迫又入籍，但以願其毅力，達到脫籍的目的。

〔註 2〕薛洪等選注，《宋人傳奇選》（湖南：人民出版社，1985 年 10 月一版），頁 37：「白萬州所以受騙上當，除了因爲騙子善於玩弄花招外，還因爲他自己財迷心竅、利令智昏。」事實上，黃鬚客向他借財物，並沒有對他誘之以利，只是以恐嚇威迫手段達到目的。

〔註 3〕據李劍國〈青瑣高議考疑〉的推測，清虛子爲王鞏的號。（《南開學報》，1989 年第 6 期，頁 10）

〔註 4〕王鞏生平不載於《宋史》。參考清陸心源，《宋史翼》卷二十六（鼎文版）。

對於溫琬事蹟，劉斧《青瑣高議》中，又另收有二篇作品〔註 5〕。宋傳奇中寫妓女故事的，亦復不少，如〈王幼玉記〉、〈王魁傳〉等，皆是。但它們比較偏向於，刻劃對愛情生活、嫁人從良的渴望。這篇小說則透過溫琬對命運的搏鬥，歌頌她的高貴品格；側面反映出母親逼女兒爲娼、官員利用妓女的社會現象。作者「筆調莊重，語含敬慕，有一定新意」〔註 6〕，是有別於純志妓情的傳奇小說。

三、〈狄氏〉

見於《清尊錄》，收在《說郛》卷十一，作者廉布（生平見七章一節）。

狄氏爲官家少婦，美豔傾國。滕生出游見之，爲之心動，千方百計想接近她。趁狄氏夫出使，得知狄氏有友慧澄尼，以利誘尼，爲他引見。狄氏喜珠，滕生假意賣珠；並託求復官職事，免費贈珠。尼使二人見面後，狄氏夜夜與之共歡，照顧滕生無微不至。數月後，狄氏夫回，滕生向其夫索討珍珠，狄氏只得還珠。狄雖怒滕生之陰險，但不能忘情，遇丈夫出差即與之通。一年後，夫察覺，禁止狄氏外出。狄氏因思念滕生而死。

小說描寫細膩，將故事情節的因果關係，敘述詳盡。滕生如何引誘狄氏？狄氏如何從「資性貞淑」，到答應與滕生會面？又怎樣由不願見他，到他顯露出小人面孔後，仍死心塌地？層層遞進，敘次井然。結構緊湊，故事結局，出人意表。對滕生的狡黠、卑鄙、無恥相，刻劃的極爲成功。狄氏無法自拔地愛上一個騙子，是具有深具警世意義。

四、〈王朝議〉

見於洪邁《夷堅志》補卷八。敘沈將仕遭人局設的故事。沈年少輕狂，攜金揮霍，鄭、李二人與之共游。半年後，三人遇王朝議的馬僕，鄭李慫恿他拜訪王。至王宅，王朝議以久病，不予招待，沈遂在院中散步。見婢女七、八人聚賭，亦參與之。起初贏錢，後來孤注一擲，輸掉所有的錢財。本來想再翻本，卻聽到王朝議的召喚，婢女們一哄而散，三人急忙亦走。數日後，沈欲邀約李、鄭出遊，二人早已不知所往，至王宅亦空無一物，方悟受騙。

設局使人墮入其中，受騙上當，是極爲普遍的社會現象。直至今日，仍時有耳聞。這篇小說結構嚴緊，描寫細膩。將一場歷時半年多的騙局，截取出最精彩部分，刻劃局設者的詐騙過程。鄭、李善於抓住人性貪財的弱點，擅長周詳的計謀、和一

〔註 5〕這二篇作品分別：一是〈甘棠遺事新錄〉，張布言寫信給清虛子，訴溫琬事（收在《青瑣高議》後集卷七，〈溫琬傳〉之後）。二是〈甘棠遺事後序〉，蔡子醇述溫琬詩十餘首（收在後集卷八）。

〔註 6〕同見於註 2，薛洪《宋人傳奇選》頁 188。

搭一唱的慫恿，使沈將仕毫無警覺的淘空錢財。從本篇衍化出來的作品，有凌濛初《二刻拍案驚奇》卷八，〈沈將仕三千買笑錢、王朝議一夜迷魂陣〉，傳青眉的雜劇〈賣笑局金〉等。

五、〈鹽商義嫁〉

見於《摭青雜說》，收在《說郛》卷三十七。作者王明清（生平見三章一節）。

描寫鹽商項四郎的義行。徐七娘與家人赴杭州，江中遇盜，為項四郎所救。項本欲留為子媳，項妻卻想將她賣掉。娼家索買，項四郎均不允。適有金官人喪妻，欲娶之，七娘亦願。分文不取，嫁予金生。七娘不斷打聽父母消息，知家人未遭盜殺。數年後，其兄向金生借腳夫，兄妹得以相遇。七娘與家人團聚後，感念項四郎恩德，畫其像為生祠，終身事奉。

意在表彰項四郎，雖是商賈卻義重於利。從另一方面來說，也呈現出當時社會對於受恩者，似乎可以隨便處置，甚至買賣。搭救者將她從鬼門關拉回來，就有權決定她的前途、命運。項四郎沒有將她賣入娼家，選擇讓她嫁人一途，不做為謀利工具。以當時對受恩者的處置方式來說，是莫大的恩惠。像此類表彰商人義行的小說，「在明清以前的文言小說中是不多見的。」〔註 7〕小說敘述宛轉詳盡，語言一如王明清的風格，通俗淺顯，且多口語。

六、〈茶肆高風〉

見於《摭青雜說》，收在《說郛》卷三十七，作者王明清。

這也是描寫小人物高風亮節的傳奇。宋徽宗年間，李氏至開封，在茶館與故舊相遇。攜黃金數十兩，因友招往酒館，遂遺金於酒肆。心想茶肆中客人往來如織，必不能尋回，不去詢問。數年後，再經茶肆，與同行者提及此事。主人聞之，將金子如數奉還，又拒受禮謝。

藉李氏失金復得，寫出茶肆主人拾金不昧的行誼。特別是店主為客人保管失物，不論貴重與否，皆標記誌之，未嘗有非分之想。其一芥不取的情操，令人敬佩。以傳奇寫不奇的義行故事，實具有深刻的現實意義。因為社會上大多數人，都知道拾金需不昧，但能夠做到一芥不取者，幾人？小小事情，描寫細膩，寓義深遠。

七、〈廚娘美饌〉

見於《暘谷漫錄》，收在《說郛》卷七十三。作者洪巽，南宋後期人，著有《暘谷漫錄》，生平資料不詳。

〔註 7〕見於李劍國，〈宋人小說：巔峰下的徘徊〉（《南開學報》，1992 年第五期），頁 46。

敘一極為省儉的太守，曾在京師富貴人家中，嚐過名廚做的菜，即託人介紹廚娘到家裏來。終於找了個妙齡美廚師，親友們都來恭賀。次日，太守要她做五份家常便飯。她所用的廚具都是白金特製，材料都取精華部分，不適用的都倒掉。佳肴上桌，眞是馨香脆美。食畢，太守相當滿意。但廚娘要的賞錢竟需數千，太守勉強支付。不到二個月，就將她遣回京師了。

語言通俗，描寫生動。太守既省儉，又想同達官貴人一樣享受；受不了沈重的負擔，又要顧及面子問題。廚娘的手藝施展不了多久，就找個理由把她送走。小說把太守那種不自量力，又要貪圖享受的窘狀，表露無遺。藉極平常的廚房瑣事，隱含深刻的諷刺和詼諧趣味。

除了以上所列的七篇故事以外，尚有洪邁《夷堅丙志》卷十四的〈王八郎〉，敘述家庭糾紛的社會現象。王揮的〈湯賽師傳〉，描寫貪鄙的騙財騙色故事〔註8〕，等等，都是宋代反映社會現象與心態的傳奇小說。

第二節　宋代社會寫實傳奇的特色

宋社會寫實小說的特色表現在以下幾方面：

一、反映商業活動下的人情世態

自春秋戰國以來，在重農抑商的政策下，商人被視為四民之末。但是，唐宋時商賈勢力的崛起，商人社會地位提高。唐末已有商人子弟入仕，官職顯赫者〔註9〕。宋代商人已被視為與其他階層平等的"齊民"〔註10〕，不僅為官者日漸增多，而且北宋中葉以後，更有官吏經商的現象〔註11〕。商人社會地位的轉變，和市民階層的日益興起，對文人階層產生衝擊和影響。於是小市民中的商人，成為傳奇作家筆下的主人公。商業成為傳奇小說中的新素材，交易活動成為小說情節的部分。

例如，王明清的〈鹽商義嫁〉、〈茶肆高風〉，以鹽商和茶館裏的老闆做為主角，極力贊揚他們的高風亮節，也顯現了文人對市民的關注，「這在文言小說中，是不可多得的。」〔註12〕此外，又如廉布的〈狄氏〉，若非滕生的珍珠交易，託言買官，

〔註8〕王揮〈湯賽師傳〉，見於《綠窗女史》，婢妾部徂異。

〔註9〕見於林立平，〈唐宋時期商人社會地位的演變〉（《歷史研究》，1989年第1期），頁131。

〔註10〕見於林文勛，〈宋代商業觀念的變化〉（《中州學刊》，1990年第1期，頁126頁。

〔註11〕見於註10），頁126。

〔註12〕見於程新帆、吳新雷，《兩宋文學史》（上海：古籍出版社，1991年2月，1版），頁621。

狄氏如何爲肯與之相見，進而受騙上當？王鞏的〈甘棠遺事〉，溫婉之母，若非債台高築，溫婉如何肯流爲娼妓？以商業活動中的人情世態，做爲小說背景、情節的一部分，這在唐傳奇中也是不多見的。

二、平實的生活氣息

有人說「時代性、現實性、社會性是唐人小說的重要特徵」〔註13〕，宋傳奇也承襲了唐傳奇的這三個特徵；並且與當時的宋話本一樣，「有替市井小民來做生活寫照的小說」〔註14〕。社會寫實傳奇替升斗小民的生活做照相；撰寫生活中平淡無奇，卻富深意的故事。小說以眞實生活爲基礎，沒有神怪事蹟、因果報應，更無才情的誇炫，只有平實自然的生活氣息。呈現社會中的生活瑣事，刻劃人性的高潔、貪鄙卑劣，或揭發人性的弱點。

在〈廚娘美饌〉中，每日極爲平常的飲膳之事，透過作者的妙筆生花，那些柴米油鹽頓時成爲析露廚娘鮮活形象的道具，和諷諭太守與達官貴人驕奢的最佳利器。又如〈王朝議〉中，就在那種吆喝、起哄的吵雜聲中，和市井聚集賭博的描述裏，可看出人性貪婪、不勞而獲的心態。〈白萬州遇劍客〉中的黃鬚客、〈狄氏〉的滕生，無不是現實中隨處可見的詐騙之徒。〈甘棠遺事〉裏的溫婉、〈鹽商義嫁〉中的項四郎、〈茶肆高風〉中的店主，同樣亦閃耀著生活氣息；平實卻令人敬重。

三、深刻的諷刺性

所謂「諷刺」是，揭露或嘲笑社會中醜的事物〔註15〕。在宋社會寫實傳奇中，作者以極司空見慣的社會現象，例如人性的貪婪、愛慕虛榮、浮誇等等，不挾私怨的直抒其事。雖然免不了，在直抒社會現象之後，來個評斷；但是，卻合於平淡、自然、常見的諷刺範疇〔註16〕。生活中普遍的社會現象，人性弱點，經由作者的藝術加工，使小說呈現深刻的諷刺性。

〔註13〕謝昕、羊列容、周啓志，《中國通俗小說理論綱要》（臺北：文津出版社，1992年3月初版），頁261。

〔註14〕樂衡軍，《意志與命運——中國古典小說世界觀綜論》（臺北：大安出版社，1992年4月，1版），頁164～165：「假如傳統小說，一直在寫作筆記小說，傳奇小說，則雖責之以儒家實用文學觀，那也仍是發展不出那些飲食男女、市井小民的寫實主義小說作品來的。而替市井小民來生活寫照的小說，當然由宋元話本始其濫觴，……。」

〔註15〕吳功正，《小說美學》（江蘇：文藝出版社，1985年6月，1版），頁509：「諷刺的社會性，是對於當時社會中的應該否定和醜的事物的揭露和嘲笑。」

〔註16〕同註15，頁515：「喜劇諷刺小說要寫平淡的、尋常的、已被生活宣布爲不合理的事情。」按此界定諷刺小說的美學傾向，則宋傳奇中的社會寫實作品中，已有一些篇章合乎這種傾向。

例如：〈白萬州遇劍客〉中，白氏兄弟的好奇，引狼入室，莫名其妙的被恐嚇（錢借給劍客，還讓他擺臉色，不辭而去），像白萬州和劍客的故事，是普遍存在的社會現象。又如〈狄氏〉一文，可爲天下女子之殷鑑。時至今日，女性仍是敗在外表裝飾和感情上。不是爲了珍珠，狄氏不會赴約；若非愛上滕生，她不會愈陷愈深，走上不歸路。〈王朝議〉中的沈將仕，被鄭李騙走了錢財，還想與二人共遊，直到二人遠走高飛，才知道受騙上當。〈廚娘美饌〉中，更是聚嘲諷、詼諧於一爐。太守打腫臉充胖子，想炫耀於親友，又沒有那個財力；想把廚娘斥回，又礙於面子問題。透過詼諧的諷刺刻劃，將這種世俗中隨處可見的人性，顯現無遺。

四、對小人物的正面頌揚與敬重

寫實作品不僅將醜的事務揭露給人看，還包括正面的、善的人性頌揚。在正面肯定人物價值的同時，事實上亦包含了對反面社會現象的針貶，故依然不失它做爲寫作品的本質。而宋傳奇作家對小人物心存敬意的表現，在文言作品中，是極爲難得的，故亦爲特點之一。

例如，王明清對於他筆下的市井商人，皆以褒獎。〈茶肆高風〉中，讚揚茶店主人：「識者謂伊尹之一介不取，楊震之畏四知，亦不過是。惜乎名不附於國史，附之亦卓行之流也。」認爲可與伊尹、楊震之清廉相比擬。又〈鹽商義嫁〉：「彼商賈乃高見如此，士大夫色重禮輕有不如也。」以身爲士大夫的王明清，對項四郎的美譽，可謂佩服之至。王鞏的〈甘棠遺事〉，對溫婉力爭上游的精神，不因爲他是娼妓而貶抑，反而倍加推崇。

雖然，宋傳奇的寫實作品，不如唐傳奇那樣來的浪漫、和絢爛；但是，反映商業經濟熱絡的時代性，平實的生活氣息，和深刻的諷刺性，卻是宋傳奇的新內容、新成就。小說對平庸人物的正面描寫，也說明了宋傳奇作家的寫作態度，不再一味的搜奇獵豔、誇異逞炫，而能注意生活中具有普遍意義的事物了。

第三節　社會寫實傳奇的藝術技巧

從結構、人物刻劃、背景、語言等方面，剖析寫實傳奇的表現手法。

一、結構——情節部分的構思

在結構上，著重以一人一事爲中心的情節開展，而非情節部分的描寫，相對減少。因此，對於結構技巧的分析，只針對情節部分論述。作者多以第三人稱全知觀點的正敘法，展開故事。但從所選的篇章中，可以看出二種趨向，一是側重於人物刻劃，以揭示人物性格特徵為主；是側重於事件本身的構思，以情節的舖展為主。

首先，從側重於人物刻劃的情節構思來說，〈甘棠遺事〉、〈鹽商義嫁〉、〈茶肆高風〉三篇即是。故事主角是作者極力贊揚的人物，不論是溫婉的節操、鹽商的重義輕利，或是茶店老闆的拾金不昧、一芥不取。情節重心不在於故事的曲折性，而在刻劃主人公的性情；透過人物的行為、對話、動作，等等，做為敘述的重心。王鞏寫溫婉如何對待母親的沈淪？如何處心積慮的擺脫太守的控制？如何謙遜？情節之間無必然的因果關係；溫婉的一言一行，只為烘托她的節操。又如，項四郎救了徐氏，小說並沒有側重於項與其妻的義利衝突，只以徐氏嫁予官人，做為對項四郎的贊揚。茶店老闆的高潔，藉李氏失金做為例證。

以事件為結構重心者，如〈狄氏〉、〈王朝議〉、〈白萬州遇劍客〉、〈廚娘美饌〉等篇，即是。人物性格的塑造、發展，與主題思想的突現；經由事件的開始、發生、高潮、結束，揭示出來。以〈狄氏〉為例：狄氏如何引起滕生的覬覦？滕生怎樣找到狄氏的好友慧澄？如何利誘慧澄？慧澄如何說動狄氏？狄氏如何掉入陷阱？滕生如何討回珍珠？狄氏為何無法自拔？緊湊而絲絲入扣，狄氏本來是「資性貞淑」，與滕生一夜歡愉後，轉而對他奉承至極，深怕為滕生所棄。狄氏態度的改變，愈使滕生有恃無恐。故不僅是滕生的卑鄙，使狄氏受騙上當；狄氏性格上的愛財、濫情，也是走上不歸路的原因。

二、人物刻劃

為使人物形象鮮明，具有生活氣息和眞實感，不僅運用動態的行為描述（動作或對話）、靜態的素描、對比手法，還利用了生活中的器物做為刻劃。

以〈廚娘美饌〉中的廚娘為例。廚娘一登場，不僅容止閑雅，且寫字端正，頗有高貴氣息。所開的菜單配料亦與眾不同，僅是做一頓五人份的家常便飯，就要「肉羊頭五份，各用羊頭十個。蔥齏五碟，合用蔥五斤」，可見廚娘在富貴人家做菜時之費料費工。又有自己專屬的烹飪器物，全是白金製的；還要令小婢女捧著到廚房。料理食物時，將不用部分棄置在地，旁人撿了去，她取笑道：「若輩眞狗子也」。一個小小的廚娘，通過她做菜時的舉動，將她那種有恃無恐的高傲，刻劃得一覽無遺。而太守給她賞錢時，露出面有難色的表情，也對比出她咄咄逼人的樣子。作者細膩的觀察與刻劃，把富貴人家的廚娘形象，躍然紙上。不僅寫了廚娘，還對比出太守既想享受美食，又清貧節儉的矛盾可笑；同時，也側面反映出達官貴人的奢靡浪費。

三、背景——社會環境、場景

對於小說社會環境背景的描寫，和場景的烘托，亦無造作彫琢。以極自然的敘述，反映故事發生的社會環境與場景。

例如〈廚娘美饌〉中，作者一開場即寫到，南宋臨安每一生女，則教以各種技藝，做爲侍娛士大夫的本領。有所謂身邊人、本事人、供過人、針線人、堂前人、劇雜人、琴童、棋童、廚子等，其中廚娘是最下等的，且要極富貴的人家才可用。以當日各種「女服務業」興盛的背景；和廚娘最下等，又不可隨意任用的情況，做爲太守雇用美廚事件的開端。不僅引領讀者進入情節，亦助以塑造典型環境下的人物性格（如廚娘身份不高，卻故做嬌貴狀；太守沒錢，又想貪圖享受）。又如〈王朝議〉中，沈將仕被鄭李二人，引到野外池邊看人洗馬，才興起到王朝議家中的念頭。到了王宅沈闖入院中，發現賭局，才使自己走入陷阱當中。場景的流動，成爲情節進展的關鍵。

四、語　言

「角色說自己的語言，無論如何，在寫實作品中，是很重要技法。」〔註17〕雖然，傳奇作者以文言抒寫市井小民的故事，無法像話本小說一樣，以白話直抒其事，富有眞實感、和生活氣息。但是宋社會寫實傳奇中，我們仍可以見到合於市井俚民身分的語言。

如王明清的〈鹽商義嫁〉中，項四郎妻子想把徐氏賣掉，說道：「吾等商賈人家，只可娶農賈之家，彼驕貴家女，豈能攻苦食淡、緝麻緝布，爲村俗事也！不如貨得百十千，別與男兒娶。」這精打細算的一番話，出之於市井商婦之口，把她那種市儈氣，披露的淋漓盡致。又如〈茶肆高鳳〉中，茶店老闆對客人的對應，即是純樸小生意人的語氣：「官人說甚麼事？……官人彼時著毛衫在裏邊坐乎？……此物是小人收得，彼時亦隨背後來送還。」雖然淺白的語言中，仍夾雜著「之乎也者」，但可見出傳奇語言由典雅走向通俗的過程。

〔註17〕同註14，樂蘅軍《意志與命運》頁405。

第九章　結　論

第一章緒論中，指出宋傳奇乏人問津之因，是學者們對魯迅的評議奉爲圭臬；矇蔽了客觀評論的視角，使之得不到公允的歷史地位。事實上，魯迅乃承自明朝胡應麟的看法：

> 小說唐人以前紀述多虛，而藻繪可觀；宋人以後，論次多實，而彩豔殊乏。蓋唐以出文人才士之手，而宋以後率俚儒野老之談故也。〔註1〕

除「多實」之論，尚有「近實」之譏。〔註2〕後來學者繼其踵，變本加厲：

李輝英——

> 宋傳奇多模擬……；宋傳奇多寫古事……；唐傳奇少說教，宋傳奇幾乎篇篇說教。……魯迅認爲傳奇到唐已絕，就是因爲宋傳奇再也沒有什麼優點超過唐代傳奇的了。〔註3〕

俞汝捷——

> 宋代作者的興趣轉向歷史。……缺少現實愛情篇章，……語言枯燥、平板、拙劣，給人的感覺是作者的才力不逮，缺乏熱情和想像力。……宋代的才子無人從事創作。……（理學）對於才力薄弱的傳奇作者來說，……就使作品變成平庸的藝術加上陳腐的說教。〔註4〕

唐富齡——

〔註1〕見於胡應麟，《少室山房筆叢》卷十三，〈九流緒論〉下。

〔註2〕見於胡應麟，《少室山房筆叢》卷二十，〈二酉綴遺〉中：「唐人乃作意好奇，假小說以寄筆端，如毛穎南柯之類尚可，若東陽夜怪錄，稱成自虛、元怪錄元無有，皆但可付之一笑，其文氣亦卑下亡足論。宋人所記乃多有近實者，而文彩無足可觀。本朝新餘等話，本出名流，以皆幻設，而時益以俚俗，又在前數種之下。」

〔註3〕李輝英，《中國小說史》（香港：東亞書局，1970年7月初版），頁135。

〔註4〕俞汝捷，《幻想寄託的國度—志怪傳奇新論》（臺北：淑馨出版社，1991年4月一版），頁183～185。

（宋傳奇）忽視現實生活中所有的性格刻劃。……以搜集奇聞異事爲滿足，不大著意於藝術加工。〔註5〕

齊裕焜——

缺乏創造性，一味摸擬唐傳奇。……摻入太多游離詩詞，……小說理學化。〔註6〕

綜合上述，學者對宋傳奇的否定，可歸納爲三方面：作家才力、小說題材、作品藝術成就。以下將針對此三個命題，對已介紹的二十一位作者，六十五篇的作品題材、寫作技巧，作一總貌；並進一步，肯定其成就及歷史價值。

第一節　宋傳奇作家與作品題材

胡應麟認爲，宋人小說不如唐人的原因是，多出於俚儒野老之談，少文人才士的創作。俞汝捷更認爲「宋才子無人從事創作」。事實上，就二十一位已知姓名的作家當中，不少是博學多聞、居於要職的文人才士。例如，張齊賢、司馬光曾爲宰相；吳淑曾參與《太平廣記》的修撰；樂史、洪邁著述宏富；王明清、周密詩詞小說，無不涉獵；餘如王鞏、廉布、康與之，雖非位居高位，亦爲知名之士。因此，若稱宋無才子創作小說，是不符實際情況之論。

宋人對小說的寫作熱情、風氣，一直持續不斷。從數量上來說，宋人傳奇仍存一、二百篇〔註7〕。近幾年來，學者已注意到宋傳奇；並對發展大勢，做一分期〔註

〔註5〕唐富齡，〈文言小說人物性格刻劃的歷史進程〉（《武漢大學學報》，1990年第4期），頁98。

〔註6〕見於齊裕焜主編，吳小如審訂，《中國小說演變史》（敦煌：文藝出版社，1990年9月一版），頁47。

〔註7〕見於薛洪等選註，《宋人傳奇選》，前言（湖南：人民出版社，1985年10月初版），頁4。

〔註8〕宋人傳奇的歷史分期，有以下二種：

一、薛洪等選註，《宋人傳奇選》，前言，同註7，頁2～4。

分　　期	舉例作家、作品
北宋前期	張齊賢、吳淑、樂史
北宋中後期	劉斧、李獻民、秦醇、張實
南宋前期	洪邁、王明清、廉布、康與之
南宋中後期	《鬼董》、《醉翁談錄》

二、李劍國，〈宋人小說：巔峰下的徘徊〉（《南開學報》，1992年第5期），頁44～48。針對單篇傳奇及志怪傳奇小說集，做歷史分期。

8〕。筆者亦將六十五篇的作者、作品，依序編排，以便考察宋傳奇的歷史脈絡（見附表一：宋傳奇歷史分期及家一覽表）。

此外，在作品題材上，「多古事」、「多前代題材」的評論；由前面七類不同題材的印證，已能不攻自破。除了歷史故事，尚有取材當代的愛情，志怪、俠義、宗教、公案、寫實小說。雖然，有學者將之分成現實愛情和歷史〔註 9〕，或劃歸成紀實派與言情派〔註 10〕；對宋傳奇中的歷史、愛情故事，予以突顯。但也不能忽略其他題材的小說，才可以總括宋傳奇的全貌。

第二節　作品特色與藝術技巧

胡應麟雖對宋人小說表示不滿，但也曾指出其特色：「雖奇麗不足而樸雅有餘」〔註 11〕。以「樸雅」指稱其特點，實爲中肯之言。由於理學的興盛、白話通俗文學的興起等因素〔註 12〕，使宋傳奇有著平實、多議論、語言通俗的頃向。宋傳奇無唐人傳奇的絢麗浪漫，卻有簡樸的閑淡；無高超的情境幻想，而有現實生活的觀照。

更因爲作者關注層面、寫作態度的轉變，不似唐傳奇專寫「士大夫圈子」〔註 13〕。因此，對於現實市井題材多所描寫。例如，王鞏、王明清以士大夫身分，對下層市民的敬重和關注，即是文人深入下層社會、擴大視野的表徵。

所以在宋傳奇中，娼妓生活的描寫，在愛情小說中隨處可見。市井小民之高潔、人心之機詐、社會之奢靡，莫不成爲作家筆下的主題。即使如宗教傳奇，亦多了人

分　　期	舉例作家、作品
北宋前期（太祖、太宗、眞宗）	吳淑、張齊賢、樂史
北宋中期（仁宗、英宗）	錢易、張實、丘濬
北宋後期（神、哲、徽、欽）	柳師尹、秦醇、〈梅妃傳〉
南宋前期（高宗）	廉布、王明清
南宋中期（孝宗、光宗、寧宗）	洪邁、郭彖
南宋後期（理、度、孝、恭、端）	《鬼董》、《醉翁談錄》

〔註 9〕程千帆、吳新雷，《兩宋文學史》（上海：古籍出版社，1991 年 2 月一版），頁 615。
〔註 10〕程毅中，《宋代的傳奇小說》（《文史知識》，1990 年第 2 期），頁 12。
〔註 11〕見於《五朝小說大觀》中的《宋人小說》，桃源居士序。收在筆記小說大觀第三十八編，第三冊，頁 1。
〔註 12〕影響宋傳奇創作的因素，見於姚松，《宋代傳奇選譯》，前言（四川：巴蜀書社，1990 年一版），頁 2～3。
〔註 13〕見於同註 8，李劍國，〈宋人小說：巔峰下的徘徊〉，頁 44。

氣，少了仙氣；多了現實，少了浪漫。這些獨特的平實性、市井化，足以說明宋人並非一味擬唐，沒有自己的風格。

在藝術成就上，雖然，「缺乏藝術加工」、「彩豔殊乏」、「語言拙劣」之論，合乎宋傳奇某些篇章。但就宋傳奇的發展脈絡而言，亦有其進展。錢鍾書在《宋詩選註》的序文中說:「有唐詩作榜樣...，宋代詩人就學乖了，會在技巧和語言方面精益求精。」〔註 14〕雖然，宋人在小說方面的自覺不如詩，但在作家們長期摸索、默默創作的歷程中，亦顯現出宋傳奇的藝術成就。

在小說結構上，學者常以「游離詩詞」，做爲宋傳奇結構鬆散的評論。事實上，宋傳奇對於非情節結構中的文字，如議論、書信、詩詞，等等，是視主題需要而運用。例如，以描寫男女感情爲主題的小說，即會以詩、詞，做爲烘托情感的刻劃；而在公案類、俠義類的傳奇中，因著重於故事情節的開展，少以詩詞等非情節因素入小說。此外，從宋傳奇的歷史發展可知，南宋以後，如洪邁、王明清、或《董鬼》中的小說，顯示「詩才」的成分，也漸漸減少了。

在語言上，與唐人小說的典雅、穠麗，背道而馳；宋人朝著淺顯、質樸、通俗化的方向前進。因此，對於喜歡唐傳奇的人來說，可能會覺得宋傳奇「無藻繪可觀」。但是，此種通俗淺顯的敘事語言，反而有助於揭示現實人物的生活形象；使人如聞其聲，如見其人。

宋傳奇最大的藝術成就，在人物形象的刻劃上。宋傳奇比之唐傳奇更進一步〔註 15〕，注意到人物性格的發展變化；不只是塑造典型人物而已（如〈譚意歌傳〉中，對意歌的描寫），又能以具體行動，刻劃人物的心理狀態（如〈王魁傳〉中，對王魁負心的描寫）」，亦運用對比手法刻劃人物形象（如〈錢若水斷案〉中，清官與惡吏的對比）。

在背景上，雖然沒有如唐傳奇那樣，善於塑造漫浪情境。但是，在揭示故事情節中，蘊含了社會內容（例如〈廚娘美饌〉中，臨安奢華之風）。又善以現實場景，塑造合於典型環境的氣氛。例如，〈李倫〉中的御史台監獄描寫，使人感受到其中的陰森恐怖。

在器物描寫的技巧上，「宋傳奇可以和唐傳奇一爭上下」〔註 16〕。不僅以器物

〔註 14〕錢鍾書，《宋詩選註・序》，（臺北：木鐸出版社，1987 年 7 月初版），頁 13。

〔註 15〕對於宋傳奇在人物刻劃上的藝術成就，李華年，《宋代小說選譯》，前言部分：「（唐傳奇）沒有能夠揭示人物的內心活動和人物性格的發展，宋傳奇彌補了這方面的缺憾。」（上海：古籍出版社，1990 年 7 月二版，頁 7）

〔註 16〕丁肇琴，《唐傳奇的寫作技巧》（臺灣：臺灣大學中文研究所，1987 年碩士論文），頁 241。認爲器物描寫的技巧運用，宋傳奇可與唐傳奇一爭上下。

凸顯主題，襯托人物；更以器物做為全篇故事之所繫。例如，〈梅妃傳〉中，以楊樹、梅樹對比楊貴妃和梅妃。又如，盜墓奇案〈大桶張氏〉中的玉條脫，是推展故事情節的靈魂。

第三節　宋傳奇的影響與歷史地位

宋傳奇對後代文學的影響，可以從二方面來說。

其一，成為後代戲曲、小說創作的根源。對戲曲的影響，例如，〈蘇小卿〉，在「元明兩代盛行，不下於崔鶯鶯之西廂故事」〔註 17〕。亦為後代話本小說的創作題材，如馮夢龍〈醒世恒言〉卷二十四，〈隋煬帝逸遊召譴〉，即由宋人的隋煬諸作舖演而成。

其二，對文言小說演進的影響。薛洪曾將文言小說，以受到史傳文學、通俗文學影響之不同，分為史傳體傳奇（如唐傳奇、清《聊齋》），和話本體傳奇（如宋傳奇、《剪燈新話》）。並且認為：「在元明清三代話本體傳奇的發展中，宋人傳奇實有開風氣之先」〔註 18〕。此外，不僅直接影響元明傳奇，對後來的《聊齋誌異》亦有所啓發。例如，〈西池春遊〉、〈西蜀異遇〉，結合浪漫與現實，人性多於獸性的具體描寫，和簡潔與宛曲相映襯等，為其狐女故事之先鋒。

從文言小說的發展歷程上來說，雖然宋傳奇的成就不如唐傳奇，比之清代《聊齋誌異》，亦顯遜色；但是，亦有其歷史地位。宋傳奇承繼六朝志怪、逸事小說和唐人小說的傳統，發展出自成一格的平實風貌；並在寫作技巧、語言運用、題材開拓上，有其成就；成為後代的小說、戲曲，成為創作的根源，且對宋以後的文言小說發展，有其影響。

總之，宋傳奇的成就，雖不足以與唐傳奇相抗衡，但是，它卻影響了後代的文言小說，如明代瞿佑的《剪燈新話》。因此，為了延續中國文言小說發展的脈絡，和重新拾回宋傳奇的歷史地位；宋傳奇的研究，是有其必要的。本文的研究，因其對象的範圍廣闊，和筆者的能力有限，僅止於概略階段；盼能引起學者們的關注，發掘出更多的宋傳奇篇章，使宋人的文學資產受到重視。

〔註 17〕趙景深，《元人雜劇鉤沈》(上海：古典文學出版社，1956 年 2 月一版)，頁 32。
〔註 18〕同註 7，頁 14。

附表一：宋傳奇歷史分期及作家一覽表

<table>
<tr><th colspan="2">分期</th><th>作者</th><th>篇名</th><th>備註</th></tr>
<tr><td rowspan="5">北宋前期</td><td rowspan="5">（太祖、太宗、眞宗）</td><td>樂史（930～1007）</td><td>綠珠傳
楊太眞外傳</td><td>選 2 篇</td></tr>
<tr><td>張齊賢（943～1004）</td><td>梁太祖優待文士
白萬州遇刺客</td><td>選 2 篇</td></tr>
<tr><td>吳淑（947～1002）</td><td>聶師道</td><td>選 1 篇</td></tr>
<tr><td>錢易（997 進士）</td><td>越娘記</td><td>選 1 篇</td></tr>
<tr><td>無名氏</td><td>隋遺錄</td><td></td></tr>
<tr><td rowspan="23">北宋中後期</td><td rowspan="23">（仁宗、英宗、神宗、哲宗、徽宗、欽宗）</td><td>王煥（996？～1066？）</td><td>蘇小娟傳</td><td>存 1 篇</td></tr>
<tr><td>司馬光（1019～1086）</td><td>錢若水斷案</td><td>選 1 篇</td></tr>
<tr><td>丘濬（1027 進士）</td><td>孫氏記</td><td>存 1 篇</td></tr>
<tr><td>柳師尹</td><td>王幼玉記</td><td>存 1 篇</td></tr>
<tr><td>秦醇</td><td>譚意歌傳
趙飛燕別傳
驪山記
溫泉記</td><td>存 4 篇</td></tr>
<tr><td>張實</td><td>流紅記</td><td>存 1 篇</td></tr>
<tr><td>王鞏（？～1127）</td><td>甘棠遺事</td><td>存 1 篇</td></tr>
<tr><td>無名氏</td><td>煬帝迷樓記</td><td></td></tr>
<tr><td>無名氏</td><td>煬帝開河記</td><td></td></tr>
<tr><td>無名氏</td><td>隋煬帝海山記</td><td></td></tr>
<tr><td rowspan="10">劉斧（1022？～1093）</td><td>慈雲記</td><td></td></tr>
<tr><td>王寂傳</td><td></td></tr>
<tr><td>王實傳</td><td></td></tr>
<tr><td>任愿</td><td></td></tr>
<tr><td>小蓮記</td><td>選 11 篇</td></tr>
<tr><td>陳叔文</td><td></td></tr>
<tr><td>范敏</td><td></td></tr>
<tr><td>西池春遊</td><td></td></tr>
<tr><td>王榭</td><td></td></tr>
<tr><td>張浩</td><td></td></tr>
<tr><td></td><td>大眼師</td><td></td></tr>
<tr><td>無名氏</td><td>王魁傳</td><td></td></tr>
<tr><td>李獻民（1111 序）</td><td>西蜀異遇</td><td>選 1 篇</td></tr>
</table>

<table>
<tr><td rowspan="7">南宋前期</td><td rowspan="7">（高宗、孝宗、光宗）</td><td>無名氏</td><td>蘇小卿</td><td></td></tr>
<tr><td>無名氏</td><td>梅妃傳</td><td></td></tr>
<tr><td>廉布（1092～1139？）</td><td>大桶張氏
狄氏</td><td>選 2 篇</td></tr>
<tr><td>康與之（？～1158？）</td><td>李倫</td><td>選 1 篇</td></tr>
<tr><td>洪邁（1123～1202）</td><td>吳小員外
俠婦人
蔣教授
袁州獄
畢令女
太原意娘
劉樞幹得法
花月新聞
王朝議
滿少卿
簑衣先生
梁野人
解洵娶婦</td><td>選 13 篇</td></tr>
<tr><td>王明清（1127～1202？）</td><td>全州佳偶
呂氏
鹽商義嫁
茶肆高風</td><td>選 4 篇</td></tr>
<tr><td colspan="3"></td></tr>
<tr><td rowspan="8">南宋中後期</td><td rowspan="8">（寧宗、理宗、度宗、孝恭帝、端宗）</td><td>無名氏</td><td>李師師外傳</td><td></td></tr>
<tr><td>趙與時（1175～1231）</td><td>林靈素傳</td><td>選 1 篇</td></tr>
<tr><td>無名氏</td><td>海陵三仙傳</td><td></td></tr>
<tr><td>沈某（1188～1224 以後）</td><td>樊生
金燭
陳淑
周寶</td><td>選 4 篇</td></tr>
<tr><td>沈俶（1208～1224 以後）</td><td>我來也</td><td>選 1 篇</td></tr>
<tr><td>周密（1232～1298）</td><td>嚴蕊</td><td>選 1 篇</td></tr>
<tr><td>洪巽</td><td>廚娘美饌</td><td>選 1 篇</td></tr>
</table>

附表二：宋傳奇題材分類篇目表

分類	作者	篇名	出處（書名、卷數）	字數
歷史	樂　史	綠珠傳	說郛卷三十八	2000
	樂　史	楊太眞外傳	說郛卷三十八	7790
	張齊賢	梁太祖優待文士	洛陽縉紳舊聞記卷一	1150
	無名氏	隋遺錄	百川學海	2520
	無名氏	煬帝迷樓記	說郛卷三十二	1870
	無名氏	煬帝開河記	說郛卷四十四	5130
	無名氏	隋煬帝海山記	青瑣高議後集卷五	4600
	秦　醇	趙飛燕別傳	青瑣高議前集卷七	2320
	秦　醇	驪山記	青瑣高議前集卷六	3860
	秦　醇	溫泉記	青瑣高議前集卷六	2020
	無名氏	梅妃傳	說郛卷三十八	1960
	無名氏	李師師外傳	琳瑯祕室叢書第四集	2830
愛情	王　煥	蘇小娟傳	綠窗女史卷十二	520
	劉　斧	張浩	青瑣高議別集卷四	1470
	劉　斧	陳叔文	青瑣高議後集卷四	920
	丘　濬	孫氏記	青瑣高議前集卷七	2020
	柳師尹	王幼玉記	青瑣高議別集卷十	1990
	秦　醇	譚意歌傳	青瑣高議別集卷二	2950
	張　實	流紅記	青瑣高議前集卷五	1240
	無名氏	王魁傳	醉翁談錄辛集卷二	1700
	無名氏	蘇小卿	永樂大典卷二四零五	2110
	洪　邁	滿少卿	夷堅志補卷十一	1080
	王明清	全州佳偶	說郛卷三十七	1840
	王明清	呂氏	摭青雜說	1080
志怪	錢　易	越娘記	青瑣高議別集卷三	2940
	劉　斧	西池春遊	青瑣高議別集卷一	4730
	劉　斧	王榭	青瑣高議別集卷四	1800
	劉　斧	小蓮記	青瑣高議後集卷三	1280
	劉　斧	范敏	青瑣高議後集卷六	2760
	李獻民	西蜀異遇	雲齋廣錄卷五	3740
	洪　邁	吳小員外	夷堅甲志卷四	760
	洪　邁	蔣教授	夷堅乙志卷二	790
	洪　邁	太原意娘	夷堅丁志卷九	790
	無名氏	樊生	鬼董卷四	960

豪俠	吳　淑	聶師道	江淮異人錄	630
	劉　斧	王寂傳	青瑣高議後集卷四	1280
	劉　斧	王實傳	青瑣高議後集卷四	1470
	劉　斧	任愿	青瑣高議後集卷四	590
	洪　邁	俠婦人	夷堅乙志卷一	1020
	洪　邁	花月新聞	夷堅支庚卷四	640
	洪　邁	解洵娶婦	夷堅志補卷十四	570
宗教	劉　斧	大眼師	青瑣高議別集卷六	1240
	劉　斧	慈雲記	青瑣高議前集卷二	2560
	洪　邁	畢令女	夷堅乙志卷七	1210
	洪　邁	劉樞幹得法	夷堅三志壬卷三	1360
	洪　邁	簑衣先生	夷堅志補卷十二	1880
	洪　邁	梁野人	夷堅志補卷十二	800
	趙與時	林靈素傳	古今說海說淵部	1290
	無名氏	海陵三仙傳	古今說海說淵部	5040
公案	司馬光	錢若水斷案	涑水紀聞	530
	康與之	李倫	昨夢錄	890
	廉　布	大桶張氏	說郛卷十一	910
	洪　邁	袁州獄	夷堅乙志卷六	1720
	周　密	嚴蕊	齊東野語卷二十	540
	沈　俶	我來也	說郛卷二十三	670
	無名氏	金燭	鬼董卷二	510
	無名氏	陳淑	鬼董卷五	750
	無名氏	周寶	鬼董卷五	1340
社會	張齊賢	白萬州遇劍客	洛陽縉紳舊聞記卷三	990
	王　鞏	甘棠遺事	青瑣高議後集卷七	2580
	廉　布	狄氏	說郛卷十一	1100
	洪　邁	王朝議	夷堅志補卷八	1050
	王明清	鹽商義嫁	說郛卷三十七	1270
	王明清	茶肆高風	說郛卷三十七	840
	洪　巽	廚娘美饌	說郛卷七十三	980

按：字數計算，採”個位數四捨五入”。

參考書目及單篇論文

（按作者姓氏筆劃多寡排列）

壹、書　目

一、原始資料

1. 丁傳靖，《宋人軼事彙編》（臺北：商務印書館，1965 年 7 月出版）。
2. 王偁，《東都事略》（收在趙鐵寒主編，《宋史資料萃編》，第一輯，臺北：文海出版社出版）。
3. 王楙撰，鄭明、王義耀，校點，《野客叢書》（上海：古籍出版社，1991 年 5 月一版）。
4. 王明清撰，汪新森、朱菊如校點，《投轄錄、玉照新志》（上海：古籍出版社，1991 年 2 月一版）。
5. 王明清，《摭青雜說》（收在《筆記小說大觀》三十八編，第三冊，臺北：新興書局，1985 年出版）。
6. 王梓材、馮雲豪，《宋元學案補遺》（臺北：世界書局，1974 年 7 月再版）。
7. 王毓賢，《繪事備考》（收在《四庫全書珍本》二集，上海：上海商務印書館，影印本）。
8. 不題撰人輯，《綠窗女史》（收在《明清善本小說叢刊初編》，第二輯，臺北：天一出版社，1985 年 5 月出版）。
9. 左圭輯，《百川學海》，影宋本（臺北：國家圖書館藏）。
10. 司馬光，《涑水紀聞》（收在《筆記小說大觀》六編，第三冊（臺北：新興書局，1975 年出版）。
11. 司馬光，《資治通鑑》（臺北：西南書局，新校標點本，1982 年 9 月再版）。
12. 朱熹，《五朝名臣言行錄》（收在《四部叢刊初編》，上海：上海商務印書館，縮印海鹽張氏涉園藏宋本）。
13. 朱謀垔，《書史會要》（收在《四庫全書珍本》二集，上海：上海商務印書館，影印本）。
14. 宋庠，《元憲集》（收在《四庫全書珍本別集》，上海：上海商務印書館，影印本）。

15. 李獻民，《雲齋廣錄》（金刊本，國家圖書館善本書室藏本）。
16. 沈俶，《諧史》（收在《筆記小說大觀》六編，第四冊，臺北：新興書局，1975年出版）。
17. 沈某，《鬼董》（收在清鮑廷博輯，《知不足齋叢書》，第十二集，清長塘勉氏刊本）。
18. 吳淑，《江淮異人錄》（收在清鮑廷博輯，《知不足齋叢書》，第十二集，清長塘勉氏刊本）。
19. 吳曾，《能改齋漫錄》（收在《筆記小說大觀》續編，第三冊，臺北：新興書局，1973年7月，初版）。
20. 杜大珪，《名臣碑傳琬琰集》（臺北：文海出版社，1969年5月初版）。
21. 孟棨，《本事詩》，藝苑捃華本）。
22. 岳珂，《程史》（收在《筆記小說大觀》續編，第四冊，臺北：新興書局，1973年7月初版）。
23. 周南，《山房集》（商務印書館，景印文淵閣四庫全書本）。
24. 周密，《齊東野語》（上海：上海商務印書館，193５年影印本）。
25. 范攄，《雲溪友議》（收在《筆記小說大觀》續編，第一冊，1973年7月初版）。
26. 皇都風月主人編、周楞伽校注，《綠窗新話》（上海：古籍出版社，1991年2月一版）。
27. 柯維琪，《宋史新編》（臺北：新文豐出版公司，1974年11月初版）。
28. 胡倫清，《傳奇小說選》（臺北：正中書局，1972年3月臺五版）。
29. 胡應麟，《少室山房筆叢》（臺北：臺灣商務印書館，景印文淵閣四庫全書本）。
30. 紀昀等撰，《四庫全書總目》（臺北：藝文印書館本）。
31. 洪巽，《暘谷漫錄》（收在《說郛》卷七十三，上海：上海商務印書館，涵芬樓排印本）。
32. 洪邁，《夷堅志》（臺北：明文出版社，1982年4月初版）。
33. 亞東圖書館輯，《宋人話本七種》（北京：中國書店，1988年9月，影本一版）。
34. 袁桷，《延祐四明志》（收在《中國方志叢書》，臺北：成文出版社，1983年據咸豐四年刊本影印）。
35. 孫光憲，《北夢瑣言》（收在《筆記小說大觀》三編，第三冊，臺北：新興書局，1974年出版）。
36. 陶宗儀，《說郛》（上海：上海商務印書館，涵芬樓排印本）。
37. 脫脫，《宋史》（臺北：鼎文書局，新校本，1991年2月，七版）。
38. 夏文彥，《圖繪寶鑑》（商務印書館，景印文淵閣四庫全書本）。
39. 淩迪知，《萬姓統譜》（明毛氏汲古閣刊本）。
40. 陳焯，《宋元詩會》（收在《四庫全書珍本》十集，商務印書館本）。

41. 陳邦瞻，《宋史紀事本末》（臺北：三民書局，1963年再版）。
42. 陳後山，《後山詩話》（收在《詩話叢刊》上冊，臺北：弘道出版社編輯出版，1971年3月初版）。
43. 陸游，《渭南文集》（商務印書館，景印文淵閣四庫全書本）。
44. 陸楫，《古今說海》，明嘉靖甲辰雲陸氏儼山書院刊本（臺北：國家圖書館藏）。
45. 陸心源，《宋史翼》（收在《新校本宋史并附編三種》，臺北：鼎文書局，1991年7月）。
46. 陸心源，《宋詩紀事補遺》（臺北：廣文書局，1971年版）。
47. 曾鞏，《隆平集》（收在趙鐵寒主編，《宋史資料萃編》，第一輯，文海出版社出版）。
48. 張鉉，《金陵新志》（收在《四庫全書珍本》七集，上海：上海商務印書館，影印本）。
49. 張齊賢，《洛陽縉紳舊聞記》（收在清鮑廷博輯，《知不足齋叢書》，第四集，清長塘鮑氏刊本）。
50. 黃震，《古今紀要》（收在《四庫全書珍本》三集，商務印書館，影印本）。
51. 馮夢龍，《喻世明言》（臺北：桂冠圖書公司，1989年3月初版）。
52. 馮夢龍，《警世通言》（臺北：桂冠圖書公司，1984年3月初版）。
53. 馮夢龍，《醒世恒言》（臺北：桂冠圖書公司，1988年11月再版）。
54. 趙孟堅，《彝齋文編》（臺北：臺灣商務印書館，景印文淵閣四庫全書本）。
55. 趙彥衛，《新校雲麓漫鈔》（臺北：世界書局，1959年9月初版）。
56. 廉布，《清尊錄》（收在《說郛》卷十一，上海：上海商務印書館，涵芬樓排印本）。
57. 解縉，《永樂大典》（臺北：世界書局，1977年1月再版）。
58. 蒲松齡，《聊齋誌異》，會校會注會評本（臺北：里仁書局，1991年9月再版）。
59. 厲鶚、馬日琯，《宋詩紀事》（收在《歷代詩史長編》，第14冊至19冊，臺北：鼎文書局，1971年3月出版）。
60. 鄧椿，《畫繼》（商務印書館，景印文淵閣四庫全書本）。
61. 劉斧輯撰，《青瑣高議》（上海：古籍出版社，1983年5月一版）。
62. 鄭克，《折獄龜鑑》，《筆記小說大觀》16編，第一冊（臺北：新興書局，1977年出版）。
63. 鍾嗣成、賈仲明撰，馬廉校注，《錄鬼簿新校》（北京：文學出版社，1957年6月一版）。
64. 羅燁，《醉翁談錄》（收在中國筆記小說名著，第一集，第七冊，臺北：世界書局，1965年3月再版）。
65. 羅願，《新安志》，《四庫全書珍本》六集（上海：上海商務印書館影印本）。

二、相關研究著作

1. 丁肇琴，《唐傳奇的寫作技巧》（臺灣大學中文研究所，1987年碩士論文）。
2. 王年雙，《洪邁生平及其夷堅志之研究》（政治大學中文研究所，1988年，博士論文）。
3. 王洪延、周濟人，《五代宋小說選》（中州書畫社出版，1983年6月一版）。
4. 王國維，《人間詞話》（臺灣：開明書店，1989年1月，新排初版）。
5. 王國維，《紅樓夢評論》（收在《王國維全集》，初編（五），臺灣：大通出版社出版）。
6. 王夢鷗，《唐人小說研究》（臺北：藝文印書館，1971年12月初版）。
7. 尹飛丹等著，《中國鬼神文化大觀》（江西：百花州文藝出版社，1992年5月一版）。
8. 皮述民，《宋代小說考證》（收在《師大國文研究所集刊》，第五號，1961年6月出版）。
9. 北京大學中文系，《中國小說史》（北京：人民出版社，1987年11月一版）。
10. 吉川幸次郎著，鄭清茂譯，《宋詩概說》（臺北：聯經出版，1974年4月初版）。
11. 呂思勉，《宋代文學》（上海：上海商務印書館，1919年10月初版）。
12. 汪辟疆，《唐人傳奇小說》（臺北：文史哲出版社，1988年4月再版）。
13. 李華年，《宋代小說選譯》（上海：古籍出版社，1990年7月，二版）。
14. 李殷模，《唐代言情傳奇鶯鶯傳霍小玉傳李娃傳之研究》（東海大學中文研究所，1987年碩士論文）。
15. 李輝英，《中國小說史》（香港：東亞書局，1970年7月初版）。
16. 吳組緗、沈天佑，《宋元文學史稿》（北京：大學出版社，1989年5月一版）。
17. 金寅初，《魏晉南北朝志怪小說研究》（師範大學國文研究所，1978年，博士論文）。
18. 孟瑤，《中國小說史》（臺北：傳記文學出版社，1991年4月再版）。
19. 周啓志、羊列容、謝昕，《中國通俗小說理論綱要》（臺北：文津出版社，1992年3月初版）。
20. 柯敦伯，《宋代文學史》（上海：上海商務印書館，1933年4月初版）。
21. 胡士瑩，《話本小說概論》（北京：中華書局，1980年5月一版）。
22. 胡邦煒、岡崎由美，《古老心靈的回音——中國古典小說的文化——心理學闡釋》（四川：文藝出版社，1991年3月一版）。
23. 胡懷琛，《中國小說論》（臺北：清源出版社，1971年11月初版）。
24. 范煙橋，《中國小說史》（臺北：漢京出版社，1983年9月初版）。
25. 姚松，《宋代傳奇選譯》（四川：巴蜀書社，1990年，一版）。

26. 侯忠義，《中國文言小說史稿》（北京：大學出版社，1990 年 3 月一版）。
27. 俞汝捷，《幻想寄託的國度—志怪傳奇新論》（臺北：淑馨出版社，1991 年 4 月一版）。
28. 孫遜，孫菊園，《中國古典小說美學資料匯粹》（上海：古藉出版社，1991 年 5 月一版）。
29. 唐圭璋編，《全宋詞》（臺北：明倫出版社，1970 年初版）。
30. 馬福清編，《宋元魔妖》，遼寧大學出版社，1991 年 9 月一版）。
31. 馬德程譯、謝瑞和（Gernet,Jacques），《南宋社會生活史》（中國文化大學出版部，1982 年 3 月初版）。
32. 張友鶴，《唐宋傳奇選》（臺北：明文書局，1984 年 6 月再版）。
33. 郭箴一，《中國小說史》（臺北：臺灣商務印書館，1988 年 2 月，8 版）。
34. 崔奉源，《中國古典短篇俠義小說研究》（臺北：聯經出版社，1986 年 3 月初版）。
35. 陳平原，《中國小說敘事模式的轉變》（臺北：久大出版社，1990 年 5 月初版）。
36. 陳東原，《中國婦女生活史》（臺北：臺灣商務印書館，1990 年 12 月臺九版）。
37. 陳謙豫，《中國小說理論批評史》（上海：華東師範大學出版社，1989 年 10 月一版）。
38. 傅勤家，《中國道教史》（臺北：臺灣商務印書館，1966 年 3 月一版）。
39. 程千帆、吳新雷，《兩宋文學史》（上海：古籍出版社，1991 年 2 月一版）。
40. 葉德均，《戲曲小說叢考》（北京：中華書局，1979 年 5 月一版）。
41. 葉慶炳，《中國文學史》（臺北：學生書局，1987 年 8 月出版）。
42. 葉慶炳，《唐宋傳奇選》（臺北：河洛圖書公司，1976 年 8 月初版）。
43. 賈文昭、徐召勛，《中國古典小說藝術欣賞》（臺北：里仁書局，1983 年 3 月初版）。
44. 黃岩柏，《中國公案小說史》（遼寧：人民出版社，1991 年 5 月，第一版）。
45. 楊子堅，《新編中國小說史》（南京大學出版社，1990 年 6 月一版）。
46. 趙景深，《元人雜劇鈎沈》（上海：古典文學出版社，1956 年 2 月一版）。
47. 董興文、李銀珠、白汝漣、宋浩慶編著，《中國小說史十五講》（臺北：木鐸出版社，1987 年初版）。
48. 蔡崇榜，《宋代修史制度研究》（臺北：文津出版社，1991 年 6 月初版）。
49. 寧稼雨，《中國志人小說史》（遼寧：人民出版社，1991 年 10 月一版）。
50. 魯迅，《中國小說史略》（臺北：谷風出版社，翻印本）。
51. 劉大杰，《中國文學發展史》（臺北：華正書局，1987 年 8 月，校訂版）。
52. 劉開榮，《唐代小說研究》（上海：上海商務印書館，1955 年 6 月三版）。
53. 欒衡軍，《意志與命運——中國古典小說世界觀綜論》（臺北：大安出版社，1992

年 4 月一版）。
54. 鄭惠璟，《唐代志怪小說研究》（臺灣大學中文研究所，碩士論文，1989 年）。
55. 齊裕焜主編、吳小如審訂，《中國古代小說演變史》（敦煌文學出版社，1990 年 9 月一版）。
56. 錢南揚輯錄，《宋元戲文輯佚》（上海：古典文學出版，1956 年 12 月一版）。
57. 錢鍾書，《宋詩選註》（臺北：木鐸出版社，1987 年 7 月初版）。
58. 薛洪、牟青、李實、馬蘭，《宋人傳奇選》（湖南：人民出版社，1985 年 10 月一版）。
59. 譚正璧著、譚尋補正，《話本與古劇》（上海：古籍出版社，重訂本，1985 年 4 月一版）。
60. 羅立群，《中國武俠小說史》，遼寧人民出版社，1990 年 10 月一版）。

三、文學理論及重要工具書

1. 王瑛，《唐宋筆記語辭匯釋》（北京：中華書局，1990 年 5 月一版）。
2. 朱士嘉，《宋元方志傳記索引》（上海：中華書局，1963 年 7 月一版）。
3. 李文彬譯、佛斯特（E.M.Forster）著，《小說面面觀》，（Aspects of the Novel）（臺北：志文出版社，1991 年 12 月再版）。
4. 李宗慬譯、格瑞柏斯坦（Grebstein, Sheldon Norman）著，《現代文學批評面面觀》（Perspectives in Contempoary Criticism）（臺北：正中書局，1978 年 9 月臺二版）。
5. 李叔還，《道教大辭典》（臺北：巨流圖書公司，1989 年出版）。
6. 昌彼得、王德毅、程元敏、侯俊德編，《宋人傳記資料索引》（臺北：鼎文書局，1974 年 4 月初版）。
7. 金健人，《小說結構美學》（臺北：木鐸出版社，1988 年 9 月初版）。
8. 吳功正，《小說美學》（江蘇：文藝出版社，1986 年 6 月一版）。
9. 胡菊人，《小說技巧》（臺北：遠景出版社，1978 年 9 月，版初）。
10. 洪業等編纂，《四十七種宋代傳記綜合引得》（北京：燕京大學圖書館，1937 年 2 月出版）。
11. 孫楷第，《中國通俗小說書目》（北京：作家出版社，1957 年 1 月一版）。
12. 徐進夫譯，Wiffred L. guerin 等編，《文學欣賞與批評》（臺北：幼獅文化公司，1975 年 4 月初版）。
13. 袁行霈，《中國文言小說書目》（北京：大學出版社，1981 年 11 月一版）。
14. 陳迺臣譯、肯尼（ Kenny William）著，《小說的分析》（How to Analyze）（臺北：成文出版社，1977 年 6 月出版）。
15. 傅惜華，《明代傳奇全目》（北京：人民出版社，1959 年 12 月一版）。
16. 程毅中，《古小說簡目》（北京：中華書局，1981 年 4 月一版）。

17. 蔡娜娜譯、Damian Grant 著，《寫實主義》（臺北：黎明文化公司，1973 年 5 月出版）。
18. 潘銘燊，《中國古典小說論文目》（香港：中文大學出版社，1984 年出版）。
19. 劉若愚著，杜國清譯，《中國文學理論》（臺北：聯經出版社，1981 年 9 月初版）。
20. 鄭廣銘、程應鏐，《中國歷史大辭典—宋史》（上海：辭書出版社，1984 年 12 月一版）。
21. 臧勵龢等編，《中國古今地名大辭典》（臺北：臺灣商務書館，1972 年 10 月臺三版）。
22. 羅樹華、陶繼新、李振村，《小說辭典》（江蘇：中國礦業大學出版社，1989 年 12 月一版）。

貳、單篇論文

1. 卜安淳，〈文言公案小說源流初探〉（《中國人民警官大學學報》，1989 年一期），頁 49～53。
2. 王俊年，〈俠義公案小說的演化及其在晚清繁盛的原因〉（《文學評論》，1982 年 4 期），頁 120～129。
3. 王桐齡，〈唐宋時代妓女考〉（《史學年報》1 期，1979 年 8 月），頁 21～31。
4. 王國良，〈近四十年來臺灣地區唐代小說研究論著選介〉，《漢學研究通訊》，9 卷四期，1990 年 12 月），頁 250～254。
5. 王德毅，〈洪容齋先生年譜〉（收在《宋史研究集》，第二輯，臺北：國立編譯館，1983 年 9 月再版），頁 405～473。
6. 全漢昇，〈宋代女子職業與生計〉（收在鮑家麟編著，《中國婦女史論集》，臺北：牧童出版社，1979 年 10 月），頁 193～204。
7. 李少雍，〈史記紀傳體對唐傳奇的影響〉（《文學評論叢刊》，18 期，1983 年 10 月），頁 95～103。
8. 李劍國，〈青瑣高議考疑〉（《南開學報》，1989 年第 6 期），頁 1～10、15。
9. 李劍國，〈宋人小說：巔峰下的徘徊〉（《南開學報》，1992 年第 5 期），頁 41～48。
10. 李豐楙，〈不死的探求——道教信仰的分析與介紹〉（收在劉岱主編，《中國文化新論》宗教禮俗篇），頁 189～241。
11. 李豐楙，〈仙道的世界——道教與中國文化〉（收在劉岱主編，《中國文化新論》宗教禮俗篇），頁 249～305。
12. 吳旭霞，〈試論宋代的貞淫觀〉（《江漢論壇》，1989 年第 5 期），頁 75～78。
13. 吳樺，〈武俠小說與中國文化傳統〉（《文史知識》1991 年第 1 期），頁 59～65。
14. 汪聖鐸，〈宋代對釋道二教的管理制度〉（《中國史研究》，1992 年第 2 期），頁 130～139。

15. 林立平，〈唐宋時期商人社會地位的演變〉（《歷史研究》，1989 年第 1 期），頁 129～143。
16. 林文勛，〈宋代商業觀念的變化〉（《中州學刊》，1990 年第一期），頁 125～129。
17. 金達凱，〈宋代短篇小說及其特徵〉（《文學世界》，23 期，1959 年 9 月），頁 29～36。
18. 周維培，〈怎樣讀李師師外傳與宋代文言小說〉（《文史知識》，1990 年 2 期），頁 22～24。
19. 周愛明，〈論狐妻故事的生成與發展〉（《民間文學論壇》，1990 年第 5 期），頁 39～42。
20. 拓跋逢，〈武俠小說原型的倫理基因〉（《文史知識》1990 年第 2 期），頁 58～64。
21. 柳依，〈對公案文學研究的幾點看法〉（《中州學刑》，1992 年第 1 期），頁 82～86。
22. 胡大雷，〈古代文言短篇小說發展史上的五大問題〉（《廣東教育學院學報》，1989 年第 4 期），頁 1～4。
23. 馬幼垣、劉紹銘、胡萬川，〈筆記、傳奇、變文、話本、公案——綜論中國傳統短篇小說的形式〉（收在《中國傳統短篇小說選集》，臺北：聯經出版社，1979 年，初版），頁 1～15。
24. 馬幼垣，〈話本小說裏的俠〉（收在馬幼垣《中國小說史集稿》，臺北：時報出版社，1980 年 6 月初版），頁 105～145。
25. 孫國棟，〈唐宋之際社會門第之消融〉（《新亞學報》，4 卷 1 期，1970 年 8 月，頁 211～304）。
26. 唐富齡，〈文言小說人物性格刻劃的歷史進程〉，《武漢大學報》，1990 年第 4 期），95～102。
27. 陳文新，〈論唐人傳奇的文體規範〉（《中州學刊》，1990 年第 4 期），頁 83～89。
28. 陳平原，〈進化的觀念與小說史〉（《研究文藝研究》，1989 年 5 期），頁 111～114。
29. 陳平原，〈武俠小說與中國文化〉（《文史知識》，1990 年第 1 期），頁 69～74。
30. 陳炳熙，〈論古代文言小說的文人性〉（《南開學報》，1992 年第 1 期），頁 71～77。
31. 曹大爲，〈中國歷史上貞節觀念的變遷〉（《中國史研究》，1991 年第 2 期），頁 140～150。
32. 張濤，〈古代貞節觀念的演變的發展〉（《山東大學學報》，1991 年第二期），頁 95～100。
33. 張乘健，〈《長恨歌》與《梅妃傳》：歷史與藝術的微妙衝突〉（《文學遺產》，1992 年第一期），頁 51～58。
34. 梁勇、周窮、吳敏，〈中國文言短篇小說的傳奇性〉（《明清小說研究》，6 輯，1987 年 12 月），頁 167～182。

35. 尉天驄，〈唐代小說題材之演變與作家之派別〉（《中華文化復興月刊》，1971 年 4 卷 5 期），頁 17～23。
36. 曾永義，〈楊妃故事的發展及與之有關之文學〉（收在陳鵬翔主編，《主題學研究論文集》，臺北：東大圖書公司，1983 年 11 月出版），頁 119～138。
37. 黃華童，〈中國古代妓女題材文學初探〉（《中國古代、近代文學研究》複印本，原載於《浙江師範大學學報》，1988 年第 3 期），頁 73～77。
38. 程毅中，〈宋代的傳奇小說〉（《文史知識》，1990 年第 2 期），頁 10～16。
39. 葉慶炳，〈禮教社會與愛情小說〉（《幼獅文藝》，45 卷 6 期，1977 年 8 月），頁 73～80。
40. 閻福玲，〈宋代理學與宋代文學創作〉（《河北師院學報》，1991 年第 2 期），頁 23～28。
41. 魯迅，〈中國小說的歷史變遷〉（收在《魯迅全集》，第九卷，臺北：谷風出版社，1989 年 12 月臺一版），頁 306～344。
42. 魯迅，〈《唐宋傳奇集》稗邊小綴〉（收在《魯迅全集》，第十卷，臺北：谷風出版社，1989 年 12 月臺一版），頁 83～149。
43. 臺靜農，〈論碑傳文及傳奇文〉（《傳記文學》，第 4 卷 3 期），頁 4～6。
44. 劉奉光，〈中西妓女題材小說比較研究〉（《中國古代、近代文學研究》複印本，原載《齊魯學刊》，1987 年第 5 期），頁 107～109。
45. 劉葉秋，〈宋代筆記概述〉（收在《古典小說筆記論叢》，南開大學出版社，1985 年 3 月），頁 183～186。
46. 劉漫卿，〈唐代之傳奇小說〉（《中華文化復興月刊》，7 卷 6 期，1974 年），頁 32～43。
47. 劉靜貞，〈宋人的冥報觀——洪邁夷堅志試探〉（《食貨月刊》，9 卷 11 期，1980 年 2 月），頁 34～40。
48. 談鳳梁，〈試論唐代傳奇小說的幾個特點〉（《文藝論叢》，13 期，1981 年 4 月），頁 340～370。
49. 澎湃，〈兩宋時代的小說發展〉（《中華文藝》，17 卷 6 期，1979 年 8 月），頁 59～63。
50. 澎湃，〈兩宋時代的志怪小說〉（《中華文藝》，18 卷 1 期，1979 年 9 月，）頁 35～43。
51. 澎湃，〈兩宋時代的傳奇小說〉（《中華文藝》，18 卷 2 期，1979 年 10 月），頁 53～61。
52. 錢穆，〈唐宋時代文化〉（收在《宋史研究集》，第三輯，臺北：國立編譯館，1984 年 1 月再版），頁 1～6。
53. 謝桃坊，〈李師師外傳考辨〉（《文獻》20 輯），頁 23～35。
54. 謝桃坊，〈宋代歌妓考略〉（《中華文史論叢》，1983 年第 4 輯），頁 181～195。

《檮杌閒評》研究——魏忠賢時事小說

陳大道　著

作者簡介

東海大學中文碩士（1987），雪梨大學文學博士（1997），現任淡江大學中文系助理教授。著有《檮杌閒評研究》《世紀末閱讀宮體詩之帝王詩人》等，譯有《為藝術而藝術與文學生命》（*Art for Art's Sake and Literary Life*）等。

提　　要

「檮杌」意謂「惡獸」，章回小說《檮杌閒評》揭發晚明太監魏忠賢及其黨羽惡行。魏忠賢伏誅未久，《檮》書即於清初問世，是當時普遍出現的「時事小說」之一。成書倉促的時事小說往往被歸入「講史」類，可是，歷史小說歌頌世人英雄故事的特色—— 例如《三國演義》，時事小說未必遵循，《檮》書就是從負面下筆。此外，草率出版的時事小說，在風潮過後多已不再刊行，唯獨《檮》書以文筆與情節取勝，一直以別名《明珠緣》流傳坊間。

如果吾人將「歷史小說」對比西方描寫英雄故事的「羅曼史小說」（romance），那麼，寫惡人的《檮》書與「惡人（流浪漢）小說」（picaresque），有類似之處。小說描述魏忠賢是雜耍藝人私生子，過著中國式的波西米亞（bohemian）生活，他憑著小聰明在墮落的時代裡遊走，也能入贅成家，也混出一些資產，不過，一旦好運用盡，他被謀財害命，雖僥倖不死，卻成為閹人。之後他夤緣入宮，竟遇到初戀情人、皇帝奶媽客印月，憑著這層關係而掌握大權。小說強調魏閹混合變態心理、貪婪本質，以及入宮前不得志的報復心理，和朝臣結黨營私，迫害「東林黨人」，朝廷因此陷入黑暗。

小說前半虛構魏忠賢入宮前經歷，諷刺時代環境的種種缺失，類似世情小說《金瓶》《紅樓》，警世意味強烈。後半部描述魏忠賢掌權的種種惡行，多於史有據，然而，在描述歸入魏閹同黨所謂「逆案」人物方面，則較《明史》寬鬆許多。因此，繆荃孫等人提出《檮》書作者是明末清初的「李清」。本書提出一位晚明遺臣、明亡仕清的「李元鼎」，也具備《檮》書作者的可能條件。小說開宗明義借輪迴之說，虛構魏忠賢一黨前世是幫助治水有功的赤蛇，卻被明朝官吏誤殺而轉世報仇，有借用宗教力量撫平民心的意圖。

目錄

前　言

《檮杌閒評》是坊間流傳古典章回小說《明珠緣》的原名，全書五十回。「檮杌」本意爲「惡獸」，古人以此引申爲「惡人」，故事描述晚明惡璫魏忠賢一生，原著取「檮杌」爲書名，用意明顯。《檮杌閒評》情節以魏忠賢和明熹宗保姆客印月男女戀情爲經，敗壞的社會風氣、官場黑暗面以及魏黨屠害異己爲緯，交叉編織成爲一部混雜愛情、政治與社會黑暗面的小說。清咸豐、同治年間，這部作品兩度被查禁，都是以《檮杌閒評》之名見於禁書目錄之上。〔註1〕因此，《明珠緣》有可能是出版者爲了避免被糾，而另取的書名。

本作品原稿——《檮杌閒評研究》，是筆者於民國76年完成、胡萬川老師指導的碩士論文。在這部作品研究之後，筆者依序發表相關的〈勦闖小說三種不同版本的問題〉(《國立中央圖書館館刊》23卷1期)、〈談臺灣外記作者問題〉(《臺灣文獻》41卷2期)、〈明末清初時事小說的特色〉(《小說戲曲研究第三集》，清華大學中語系主編，聯經出版)，累積這些經歷通過雪梨大學面試，筆者得以持續研究生涯。一枝草、一點露，這部論文幸獲前輩學者青睞被納入《古典文獻研究叢刊》，筆者增補部分內容並添加註釋，承蒙花木蘭文化出版社協助問世。

今日回顧，《檮杌閒評》雖以異名《明珠緣》通行坊間，可是相關研究成果仍不多見。和其它古典小說比較起來，這部作品研究的困難點之一，在於歸類問題；巨璫魏忠賢的罪行雖見諸史籍，這部小說卻不宜以「歷史小說」看待之，因爲，世人印象中的「歷史小說」，往往具有可歌可泣的英雄故事情節——例如《三國演義》，《檮》書則無。胡師萬川〈談《檮杌閒評》〉分析該書的主題及特色，指出「作者呈現給我們的魏忠賢原也是一個有血有肉，有愛有欲的人間眾生之一，只不過由於他

〔註1〕王利器《元明清三代禁燬小說戲曲史料》〈第二編地方法令〉〈得一錄、計燬淫書目單〉〈同治七年江蘇巡撫丁日昌查禁燬淫詞小說〉，頁114～123。

的出身，幼年的教養，使得他自小就比一般人更爲刁蠻古怪些而已。年輕的魏忠賢雖然已似誣賴，但也曾顚沛流離，也曾偶然仗義助人。但是這麼一個人，入宮以後，憑著機詐巧使，卻終於能一步步踏上得以大權專擅的地位，……。」〔註2〕。

小說從魏忠賢誕生寫起，前半部描寫他入宮前的生涯。這段小說虛構於史無憑的魏忠賢年少浪跡經歷，有些類似十六世紀西班牙的「惡人小說（或流浪漢小說）」novela picaresca 或英文 picaresque novel。〔註3〕差別在於，一旦《檮杌閒評》主角無法再以小聰明受益之後，終於淪爲墮落社會的受害者，雖然逃過一死，卻成爲閹人。小說後半篇描述魏忠賢入宮後惡貫滿盈的罪狀，一一歷數魏黨放縱行徑，多符合史料，比較缺乏創意，至於，惡人最後被將繩之以法，大快人心，有比較強烈的警世作用，小說又套用佛教輪迴思想，撫慰民心。

從實際社會功能的角度來看，「歷史小說」和「惡人小說」也大異其趣。歷史小說的感人情節，每每引起讀者景仰之心，進而加以模仿，例如《三國演義》「桃園三結義」一段，描述異姓兄弟換帖結拜、生死與共，「惡人小說」則是從負面下筆，諷刺環境裡各種不公不義的現象。

《檮杌閒評》完成於清初，去魏忠賢伏誅未久。這種緊接事件結束即成書的寫作方式，是晚明清初的一種普遍現象。本文第一章〈晚明時事小說概述〉，簡介這股倉促成書的寫作風潮。從文學市場分析，篇什潦草的「時事小說」靠著「新聞性」吸引市場注意，可謂另闢蹊徑。因爲，從白話章回小說產生的背景——「說書」看來，首先獲得古代書商青睞加以投資印行的章回小說，是具有高知名度的流行故事，例如「說三分」「說宋江」，透過「買書」的行動，市民百姓得以完全掌握這些故事。在另一方面，知名度比較低的原創小說，則先透過「抄本」在市場建立口碑，迨手抄本問世速度趕不及市場需求，因而導致售價高漲之後，就是刊本印行的時機，《紅樓夢》可謂這樣的實例。〔註4〕相較於以上兩種方式，以「時事」取勝的時事小說，

〔註 2〕胡師萬川〈談檮杌閒評〉《中央日報》文藝版，73 年 5 月 10 日。

〔註 3〕「冒險的流浪漢與理想式的遊俠騎士不同，他是譏誚的不講道理的無賴，只要稍有機會，寧可運用狡計而不靠誠實的勞力謀生。流浪漢到處浪跡，在不同社會層次與行業的人群中經歷冒險，時常是以毫髮之差躲過他自己撒謊、行騙、偷竊應受之懲罰。他不歸屬任何一種社會階層，心理上不受現有社會律條與規範之約束，只在對他有力的情況之下，表面上予以遵循。流浪漢冒險小說實際上成爲針對社會上僞善與腐化狀況而發的反諷的或譏嘲的檢討，另一方面，也使讀者有機會觀察到低下社會階層或貧窮的人們。」《簡明大英百科全書》，14 冊，頁 462。

〔註 4〕首度將《紅樓夢》刊行的程偉元，在〈紅樓夢序〉描述該書「鈔本」在市場上傳抄熱賣的背景，云：「好事者每傳抄一部，置廟市中，昂其值得數十金，可謂不脛而走者矣。」

在事件落幕、新聞性消失之後，往往因爲文筆拙劣與文史不分的理由，禁不起市場考驗，慘遭淘汰，三部與魏忠賢相關的時事小說《魏忠賢小說斥奸書》《警世陰陽夢》《皇明中興聖烈傳》皆從此湮漠不彰。唯獨《檮杌閒評》因文采可觀，所以在仍能在市場流行，成爲碩果僅存的代表作品之一。同時期的另一部知名度高、敘述明鄭家族始末的時事小說——《臺灣外記》，則因考證翔實，爲史家稱道。

本文第二章以探討《檮杌閒評》作者爲目的。《檮》書和許多中國傳統小說一樣，亦是匿名之作，然而，種種跡象顯示，作者對於晚明官場的熟悉程度，絕非泛泛讀書人所能及。小說歷歷指證的晚明事件，不僅可以從《明史》獲得印證，未見諸《明史》的情節，甚至可從《明實錄》等其它史料補齊。其次，小說作者對於晚明官員的品評，有異於《明史》之處，尤其是幾位在魏閹垮台後也受到處分——名列「逆案」者。基於以上原因，使得清史總纂繆荃孫等人提出《檮》書作者是明末清初的「李清」。本章透過地緣關係與政治立場的分析，提出另外一位晚明遺臣、明亡仕清的「李元鼎」，也具備《檮》書作者的可能條件。從李清有作品傳世、李元鼎則無的現象分析，李清是作者的可能性雖然較高，此外本文亦發現，小說第一回「蘇北治水」情節，也符合李清籍貫蘇北「興化」的地緣關係，提高李清是作者的機率。不過，方志記載李清是由寡母帶大的家庭背景，竟與小說中魏忠賢童年與母親相依爲命，以及魏忠賢成親之後人海浮沈，留下原配傅如玉撫養獨子「傅應星」的情節類似，使人對於李清是小說作者存疑。此外，《檮》書內容與李清作品《三垣筆記》也有矛盾之處，例如《三垣筆記》稱讚《酌中志》及其作者「劉若愚」，小說卻將其寫成與魏忠賢結拜、狼狽爲奸。

本文第三章〈小說與歷史〉比較《檮杌閒評》與史料之異同，發現有關魏閹入宮以前之經歷，《檮》書盡屬虛構，而掌權之後的種種惡蹟，卻大半相符。《明史》〈宦官一〉〈魏忠賢〉記載他「少無賴，與群惡少博，不勝，爲所苦，恚而自宮」，〔註 5〕因此，魏忠賢入宮前那一段「無賴漢」生活經驗，提供小說創作者許多發揮空間。從生理變化而言，宦官應以自幼入宮爲主，明朝「宣宗內書堂，選小內侍，另大學士陳山教習之，遂爲定制」〔註 6〕也是以小太監爲授課對象。綜觀《明史》〈宦官一、二〉兩卷，失意於社會之後「恚而自宮」爲太監的例子，僅魏忠賢一人而已。《檮杌閒評》雖非「歷史小說」，可是小說虛構魏忠賢入宮前就隨侍官員，接續遇到的「礦稅」「民變」等，入宮之後又經歷「梃擊」「紅丸」「移宮」等晚明宮廷立儲的三大案，終於控制熹宗，大權獨攬，皆符合歷史。

〔註 5〕《明史》卷三〇五，頁 7816。
〔註 6〕《明史》卷三〇四，頁 7766。

第四章探討《檮杌閒評》的主題意識。除了政治目的之外——「爲逆案人脫罪」被繆荃孫指出是這部作品的成書目的，筆者主張還有嘲諷時代的因素。誠然，《檮》書在官場人物品評方面有異於《明史》之處，然而小說問世時，中國政權已經爲昔日「外患」女眞所得，換言之，爭執不休直到明亡的「逆案」問題，改朝換代之後，應該不再具有迫切性。從另一個角度來看，全書借輪迴之說，企圖化解殺戮仇恨，虛構魏忠賢一黨前世是幫助治水有功的赤蛇，卻被明朝官吏誤殺而轉世報仇，有撫慰民心的作用。類似這種舉出宗教道理的佈局安排，與講述李自成故事的時事小說《新世弘勳》，有異曲同工之處。《新世弘勳》在小說第二回〈滕六花飛怪露形，蚩尤旗見天垂象〉以解說方式，將晚明局勢混亂歸咎於世人墮落、民情澆薄、官欺民、民貪利……，於是天生惡兆，警告人們應該修身養性、以求消災解厄，然而世人仍不知悔悟，終於劫數難逃。《檮杌閒評》則是以前半部超過全書三分之一的十九回篇幅，仔細經營、描寫，魏忠賢誕生社會的黑暗面。透過魏忠賢這樣的小人物，呈現出一個官欺民、強欺弱、眾暴寡、賄賂、舞弊種種不公不義橫行的病態社會。例如，魏忠賢的出生背景，就被虛構爲江湖賣藝女子「侯一娘」，仗著土豪劣紳「王尙書公子」之助，背叛自己丈夫「魏醜驢」與唱戲的戲子「魏雲卿」偷情的結果。至於崇禎年間問世的《魏忠賢小說斥奸書》《警世陰陽夢》《皇明中興聖烈傳》集中焦點於控訴魏忠賢、客印月與閹黨朝臣「亂政」的部分，《檮杌閒評》則在情節、對話與內容的安排方面，更顯得出作者用心良苦。筆者認爲，《檮杌閒評》不僅抨擊無能的晚明朝廷，也諷刺墮落的社會風氣，作者憤世嫉俗地下筆，也符合明遺民「痛定思痛」的心理狀態。

《檮杌閒評》在人物塑造方面的用心，遠遠超過以醜化魏忠賢一黨爲主旨的其它時事小說，本書第五章指出，舉凡魏忠賢的身世、經歷，以及他與客印月的情愛關係，皆是作者發揮創意的虛構重點。在作者細心運籌下，魏忠賢不是以大魔頭的扁型人物出場，而是浪跡於墮落社會的一名有血有肉、有愛有恨的無賴小民，因爲人物塑造的成功，使得魏忠賢與客印月的訂情物—「明珠」成爲坊間流行刊本《明珠緣》的命名由來。從另一個角度來看，這樣一位凡夫俗子，如何成爲殺人不眨眼的魔王，不僅考驗作者的寫作功力，也成爲吸引讀者繼續閱讀的因素之一。作者筆下的魏忠賢，從一個雜耍藝人私生子的身份，歷經墮落時代的浸淫，雖然憑著小智慧，也能順利成家、生子，可是，當幸運之神不再眷顧，他受到歹徒迫害成爲閹人，之後，這名社會上的失敗者，夤緣進入皇宮，巧遇初戀情人客印月而重燃生機，憑著客氏是天啓皇帝奶媽的關係，魏忠賢終於掌握大權。然而，混合變態心理與貪婪本質，加上入宮前一連串不得志的報復心理，魏忠賢與聽命於他的朝臣結黨營私，將所謂「東林黨人」加以迫害，整個朝廷因此烏煙瘴氣。至於死心塌地愛著他、聽命於他的客印月，則是典型的蛇蠍美人，相對而言，客氏的忠僕侯秋鴻與魏忠賢原配傅如玉，兩位女子節操感人，更反映出魏閹一黨的奸邪可鄙。

小說情節越來越荒謬，不僅魏忠賢的本家稚子坐享高位，逢迎拍馬的各地官員爲魏閹建造生祠，甚至將他配比孔子，稱呼魏閹爲九千歲。然而，這些情節皆可從《明史》獲得見證，並非作者杜撰。耐人尋味的是，魏忠賢潑天富貴，卻在天啓皇帝駕崩不久，杳然散盡。原來，宦官的權力完全得自「主子」— 皇帝的授與，無論魏忠賢如何驕橫跋扈，天啓皇帝在位僅短短七年就駕崩，魏忠賢的命運終於與他前任的大太監、光宗身邊的王安相同，默默下台。死刑隨即執行，魏忠賢與王安一樣，皆追隨主子的腳步魂歸九泉。

這部論文的研究對象是小說，而非「魏忠賢」個人，因此，沒有在「重塑」歷史上的魏忠賢方面多下功夫。有關魏忠賢亂政的情景，晚明筆記史料相當多，大體上以《明史》的角度爲準，在《明史》未能包括的範圍之內，《明實錄》有更多資料，此外，單以《檮杌閒評》故事發生的萬曆、天啓朝而言，《先撥志始》《三朝野記》《酌中志》《玉鏡新譚》等野史筆記也都提供許多訊息。值得注意的是，雖然歷史記載魏忠賢入宮前已經有家室，而他那段未「淨身」的歲月，提供了小說家發揮想像力。不過，史料顯示，魏忠賢在萬曆十七年就已經進宮，三十年後等到萬曆帝長子光宗登極一月就駕崩、熹宗繼位之後，他才逐漸掌握大權。換言之，眞實世界裡的魏忠賢，曾經渡過一段漫長的深宮太監生涯，而非《檮杌閒評》所述，遇到兒時戀人客印月之後就「平步青雲」。小說這種彷彿新科狀元被招爲駙馬而富貴加身的情節，是一種比較爲人知悉的寫法。

仔細分析起來，「宦官」既非文臣也非武將，他們在內宮閹人群中脫穎而出，完全透過與當權者特殊信賴關係。這段過程，就算是據實寫作，吸引讀者閱讀的可能性也不高，因爲，腐身爲奴的過程非常不人道，以作者「劉若愚」亦是一名宦官的《酌中志》爲例，書中瀰漫著一聲聲從陰闇蠶室發出的幽怨哀鳴。宦官們多出身貧寒，爲求自己以及一家人溫飽，踏上終身殘疾的不歸路。進入宮中之後，又要面對后妃爭寵與皇位繼承的爾虞我詐，……。從另一個角度而言，傳統社會經由科考出身的文官，若無人人稱羨的書香世家背景，馳騁沙場的武將，縱使缺少可歌可泣的一門忠烈故事，社會價值觀仍然對苦讀寒士與一介武夫，抱有魚躍龍門的正面期望，可是，同情宦官的聲音幾乎沒有。一旦宦官當權，文武百官屈居僚屬、俯首聽從，就是傳統價值觀遭受嚴重挑戰的時刻。

晚明在魏忠賢亂政之後，還有「流寇之亂」與「清兵入關」等更爲嚴重的大事。換言之，縱使魏忠賢伏誅、魏黨被一網打盡，還給社會公道，也改變不了明朝覆亡的命運。明朝宦官「出使、專征、監軍、分鎮、刺臣民隱事諸大權」〔註 7〕，以及出任「司禮監」參與國家大事制訂的種種制度，未被清朝沿用。小說、戲曲裡明朝「公公」的囂張跋扈陰影，雖然萎縮成爲清朝執政者貼身出鬼點子的幸佞奴才，可是清朝在鴉片戰爭之後，依舊一蹶不振。國家民族的復興，不是整肅朝綱、掃盡貪官污吏就可達成，還需要經濟、教育、科學、文化等全面改革，方可見效。《檮》書作者跳出「逆案」人物品評問題，從土豪劣紳的背景下筆，採取如《水滸傳》《金瓶梅》世情小說的寫實路線，又夾雜虛幻的鄉野傳說，安撫民心的意味濃厚。

《檮杌閒評》的故事背景雖然早已不復存在，可是「東廠錦衣衛」索命無常般的緹騎追捕，成爲專制獨裁者強勢權力的代名詞，與納粹政權「蓋世太保」如出一轍，黎民百姓益顯得全然無助。至於歷史方面的明末三案與「東林黨」的嚴肅問題，小說採用比較輕鬆的方式，提供許許多多異於正史的看法。《檮》書在清朝政權穩固之後，透過回憶魏忠賢故事，反省前朝社會的種種弊病，彷彿是茶餘飯後之暇，街坊鄰里圍繞在廟前古榕、瓜棚底下，以一種容易被大眾接受的方式，閒話昔日，各抒己見，多少埋怨不滿、多少咬牙切齒的遺憾、多少揭發黑幕的快感，皆在事過境遷之後，盡付煙塵。

〔註 7〕《明史》卷三〇四〈宦官一〉，頁 7766。

第一章　晚明時事小說概述

魏忠賢死後，至少有四部小說：《魏忠賢小說斥奸書》、《皇明中興聖烈傳》、《警世陰陽夢》、《檮杌閒評》等敘述魏閹亂政的作品出現。其中《魏忠賢小說斥奸書》刊行於崇禎元年，距魏忠賢黨羽伏法不到一年，而《皇明中興聖烈傳》與《警世陰陽夢》，也是緊接著於崇禎年間陸續出現。稍晚刊行的《檮杌閒評》，則至遲在清初「康熙」年間，也已問世〔註 1〕。這種緊接「時事」發生即出版的作品，不僅於「魏忠賢」一案如此，而是普遍於明朝晚期以至清初的一種現象。欒星云：

> 我國的講史小說——包括說話人的話本，多爲後人演古事。講列國、說三分，演義隋唐五代，都屬此類。然明代萬曆以後，有一個很明顯的變化，就是時事小說崛起，獨樹一幟。
>
> 這裏所謂時事，不能一概作今日事、昨日事、今年事、昨年事來理解。因爲任何一個歷史事件總有它的發展及被認識的過程，只是用它區別於寫舊事，演古史，大體局限於**同代人寫同代事，即不超過一代人生死的時限內**。

欒氏利用《勦闖通俗小說》、《定鼎奇聞》（即《新世弘勳》，又名《順治過江》）、《樵史通俗演義》三書爲主來介紹「時事小說」〔註 2〕，其中也提及本篇論文所討論的《檮杌閒評》，但是諸書在成書時間上有差異。其中《勦闖小說》成書最快，距離事件結束不到一年，《新世弘勳》約六年，二書皆可算是「同代人寫同代事」。《樵史演義》至少在八年以後，至多在二十年以前——如果從《樵史演義》最早的內容開始算起（天啓元年），則距離最晚可能的成書日期（康熙十年以前），差距已近五十二年。而《檮杌閒評》敘述魏忠賢一生事蹟，從出生寫到自縊，已六十餘年，加

〔註 1〕諸書成書日期詳見第三節「時事小說的特色」，以下同。

〔註 2〕欒星〈明清之際的三部講史小說〉《明清小說論叢第三輯》，頁 156～160

上《檮》書完成於清初，前後算來，將近百年，超過了「一代人生死的時限內」。因此，必須給予「時事小說」在成書時間上一個更精確的設定。

大體而言，明人喜以「實事」衍繹爲小說的方式，從《英烈傳》、《三寶太監下西洋》……等書開始，已逐漸成爲時尚〔註3〕。自萬曆年以後，「實事」結束至書成日期卻已大幅縮短。如萬曆二十八年平播州之役，三年後即有《征播奏捷傳》出現；天啓二年平白蓮教之亂，僅兩年即有《平妖全傳》出現。時間稍長者如敘述自晚明客、魏亂政始，經流寇之變以至國亡的《樵史演義》，成書於康熙十年以前；又如《台灣外記》敘述鄭氏一門事蹟，從康熙二十年克塽降清至四十三年成書爲止，差距雖僅二十一年，不過和《樵史》、《閒評》一樣，《外記》的內容早從天啓元年鄭芝龍旅居日本開始，由此至康熙四十三年，已長達八十五年。

如果《樵史》作者曾親身經歷過天啓元年熹宗初立的時代，那麼四、五十年後書成時，作者已有六、七十歲的高齡，而《外記》作者江日昇，不可能是鄭芝龍時代的人〔註4〕，《閒評》作者也不可能與魏忠賢同時出生於萬曆初年。因此，這一批「時事小說」，僅能稱其成書迅速，作者對事件的記憶猶新，如欒氏所云「同代人寫同代事」。「不超過一代人生死的時限內」則略爲籠統，宜改爲「敘述內容不超過父執輩時代的所見所聞」。

本章依前人介紹及筆者所見，大略整理出十七部晚明以至清初的時事小說，諸書分別爲：

1. 《于少保萃忠全傳》　明萬曆刊本，國家圖書館藏。
2. 《征播奏捷傳通俗演義》　（未見原書，詳見孫楷第《中國通俗小說書目》卷二講史部，下未列出版處所及藏庫地點者同）
3. 《七曜平妖全傳》

〔註3〕鄭振鐸云：「明人最喜以『實事』作小說（或戲曲）。英烈、承運（敘成祖靖難事）、三寶太監諸書固無論矣。其記一人生平事蹟者，則有海忠介公居官公案（明、萬曆刊本），于少保萃忠全傳（明、萬曆刊本），皇明大儒王陽明先生出身靖難錄（馮夢龍作，未見明刊本，今有日本翻刻本）等等。記戰爭始末者則有遼海丹忠錄（陸雲龍作，有崇禎刊本），平虜傳（吟嘯主人作，記滿洲南侵事，崇禎刊本），新編勦闖通俗小說（明末刊本）等等。以名臣賢吏的斷案判牘，次之爲書則尤多，像廉明公案之流，出現於萬曆之際者，蓋不止二三部。崇禎初，魏忠賢被殺，立刻便有魏忠賢小說斥奸書（吳越、草莽臣撰），玉鏡新譚，皇明中興聖烈傳（西湖義士述），警世陰陽夢（長安道人國清編次），磨忠記（戲曲，閹甫撰）等作，紛紛的出現。視小說爲恩怨之府，蓋由來已久。怪不得清末乃有康梁演義，遠世凱時代乃有黃興演義，孫文小史一類的小說產生，而至今，此風世還未已。」——〈中國文學新資料的發現〉《中國文學研究》，頁1335。

〔註4〕江日昇之父江美鼇與鄭芝龍同時。詳見第三節「時事小說的特色」。

4. 《遼東傳》
5. 《魏忠賢小說斥奸書》
6. 《皇明中興聖烈傳》　明崇禎刊本，天一出版社影印。
7. 《警世陰陽夢》
8. 《檮杌閒評》　清康熙刊本，天一出版社影印。
9. 《遼海丹忠錄》　明崇禎刊本，天一出版社影印。
10. 《近報叢譚平虜傳》　明崇禎刊本，天一出版社影印。
11. 《放鄭小史》
12. 《大英雄傳》
13. 《勦闖通俗小說》　明弘光刊本，國家圖書館藏。
《新編勦闖通俗小說》　明弘光刊本，天一出版社影印。
《李闖王》（俗稱《勦闖小史》）　重慶說文堂排印清鈔本。
《馘闖小史》　清鈔本，玄覽堂叢書。
14. 《順治皇過江全傳》（原名《新世弘勳》，又名《定鼎奇聞》）　清同治三年刊本，中研院傅斯年圖書館藏。
15. 《樵史通俗演義》
16. 《七峰遺編》　虞陽說苑甲編本據舊鈔本排印，中研院傅斯年圖書館藏。
17. 《臺灣外記》　清道光十三年求無不獲齋活字本，中研院傅斯年圖書館藏。

藉著對這批「時事小說」的了解，我們可以比較《檮杌閒評》與其它時事小說的關係爲何？以及是書出類拔萃，流傳久遠的原因所在。

第一節　時事小說的興起

從晚明以至清初，時事小說興起之前，社會上已出現兩股前所未見的現象。一是章回小說在明中葉以後的刊行盛況，二是民間私修稗史的風氣盛行。

章回小說從元末明初的草創時期，至此時已興盛而普及社會，這是形成時事小說體式的基本條件；而私修稗史風行，顯現民眾對於時事的關心。晚明正値國家多事之秋，黨爭、流寇、遼事等紛紛擾擾，時事小說以此爲題材內容，搜集史料，寫成小說刊行，以滿足人民需要。

因此，「私修稗史的風氣」和「章回小說的普及」，可算是晚明時事小說興起的兩項主因。

一、私修稗史的風氣

演述同時代人、事的「時事小說」，自晚明至清初，爲數不少，應與同時期私修稗史風氣盛行有關，《明通鑑》卷首義例「建文遜國」條下云：

明人野史，汗牛充棟。〔註5〕

謝國禎《晚明史籍考》自序云：

吾嘗以爲，有明一代，史學最盛，若焦弱侯《獻徵錄》王元美《四部稿》何喬遠《明山藏》鄭窒甫《吾學編》，恢弘典則，蔚爲巨觀。沿及近世，著述尤繁，全謝山稱：明季野史，不下千家。〔註6〕

黃宗羲《談孺木墓表》云：

余觀當世，不論何人，皆好言作史，豈眞有三長，足掩前哲，亦不過此因彼襲，攘袂公行，苟書足以記名姓，輒不難辨。〔註7〕

實際而言，有明一朝，確實發生許多震撼社稷大事，除了太祖開國，成祖靖難之外，諸如「土木堡之變」英宗被俘，武宗朝宦官、佞臣干預朝政，寧王宸濠起兵造反，特別自晚期萬曆怠政以後，東林與非東林之爭，天啓朝魏忠賢屠殺忠良，獨攬大權，崇禎朝魏閹伏誅，黨爭卻一直延續至明亡不止，期間鄭鄤被凌遲處死，可做爲明爭暗鬥的代表之一。又當時遼事日繁、流寇李自成、張獻忠等攻城略地，都造成民心惶惶不安。因爲事關重大，以上種種事件，皆進入文人筆下，而以晚明局勢動盪時，所產生的作品尤多。謝國禎云：

洎夫遼事日棼，黨禍既起，以迄南明之亡，其間不下百年，記撰之書，層出不窮：有奉使東北，歸而報命，以記其事者；有冀延明統，置身行間，抗清不屈，身與其役、而直書其事者……有茹苦含辛，身罹其難，劫後餘生，回憶其事者；**有坊社書賈，纂當時時務之書，以煊告國人，而牟利者。**〔註8〕

謝氏故將其分爲十二項，曰「記遼事、黨社、流寇、甲申清兵入關事蹟、弘光朝、隆武朝、永曆朝、魯監國、鄭成功、清初三藩、南明三朝、明一代史事。」等。〔註9〕

此時，有心人士拿世人關切的「時事」資料，配合流行當時的「章回小說」，寫成並刊行爲數不少的「時事小說」。

〔註5〕夏燮《新校明通鑑》，序文頁12。

〔註6〕謝國禎《晚明史籍考》，頁14。

〔註7〕黃宗羲《南雷文約》卷二，《明清史料彙編》六集，第五冊，頁247。

〔註8〕謝國禎《明清筆記叢談》，頁175。

〔註9〕同前註，頁176～177。

以下分析有關「史料」的部份，這些資料，提供了寫作稗史的憑藉，也是「時事小說」內容的主要來源之一。

1. 邸　報

「邸報」亦稱「朝報」。「明朝的朝報爲政府的公報，發佈人事命令，即宦海升沉的消息。而當時的學者，對於朝報，也視爲重要的參考資料，勤加蒐集收藏。」〔註 10〕

修明史時，史學家們搜集崇禎朝十七年間的邸報，補寫完成該朝所未修之「實錄」〔註 11〕，以提供修史之參考。張岱《瑯嬛文集》卷三《與周戩伯書》云：

> 弟向修明書，止至天啓，以崇禎朝既無實錄，又失起居，六曹章奏，闖賊之亂盡化灰燼，草野私書，又非信史，是以遲遲以待論定。今幸逢谷霖蒼文宗，欲作明史記事本末，廣收十七年朝報，充棟汗牛。弟於其中簸揚淘汰，聯成本紀并傳。崇禎朝名世諸臣，計有五十餘卷。〔註 12〕

天啓朝所缺「實錄」〔註 13〕，亦可就民間收藏的邸報補齊。因爲「邸報」是朝廷「直接向全國各級行政機構下達」的官報〔註 14〕，除了「可信度」高以外，「傳播面」亦廣，私修稗史和「時事小說」，紛紛從「邸報」中取材，以求得事件之眞確性。例如：署名「古藏室史臣」所著之《弘光實錄鈔》，自序云：

> 寒夜鼠嚙架上，發燭照之，則弘光時**邸報，臣畜之以爲史料**者也……先取一代排比而纂之，證以故所聞見，十日得書四卷，名之曰《弘光實錄鈔》。爲說者曰：《實錄》，國史也，今子無所受命，冒然稱之，不已僭乎？臣曰：國史既亡，則野史即國史也。陳壽之《蜀志》、元好問之《南冠錄》，

〔註 10〕曾虛白主編《中國新聞史》，頁 92。

〔註 11〕黃彰健《校印明實錄》序：「我們對於明代歷史的知識，主要得自明史，而明史多取材實錄。」《明實錄》，頁 20。「實錄」的編修，在明朝屬翰林院學士與史官的工作，（詳見《明史》卷七十三〈職官〉二）採編年體方式記敘列朝大事，並錄入公文、奏摺等等重要文件，爲清修明史主要參考依據。

〔註 12〕張岱《石匱書後集》附錄，頁 394。

〔註 13〕明代除了崇禎朝無實錄外，天啓朝亦有缺。剛林等上奏云：「臣等纂修明史，查天啓四年及七年六月實錄，並崇禎一朝，事蹟俱缺，宜敕內外各官，廣示曉諭，重懸賞格，凡鈔有天啓、崇禎實錄，或有彙集邸報者，多方購求，期於必得，或有野史外傳集記等書，皆可備資纂輯，務須博訪，彙送禮部，庶事實有據，信史可成。」《明史例案》卷九，《明史》附編一，頁 100。

〔註 14〕黃卓明《中國古代報紙探源》云：「(明代) 它雖恢復了宋代的朝廷傳報制度，而據清代編印的兩部《歷代職官表》所載，已不存在像（宋代）『進奏院』那樣的地方政權在京師設立的辦事處，改由『通政司』把“使知朝政的”『官文書』(即邸報) 直接向全國各級行政機構下達。」頁 81。

亦誰命之？而不謂之國史，可乎？爲說者曰：既名《實錄》，其曰「鈔」者，不已贅乎？臣曰：「鈔」之爲言略也。凡書自備而略之者，曰「鈔」。實錄纂修，必備員開局，今以一人定聞見，能保其無略乎？其曰「鈔」者，非備而鈔之也，鈔之以求其備也。〔註15〕

又如，李遜之《三朝野記》自序云：

全書但就邸報鈔傳，與耳目睹記，及諸家文集所載，摘其切要，據事直書。間或託稗官，雜綴小品；要於毋偏毋徇，勿僞勿訛。〔註16〕

「時事小說」《魏忠賢小說斥奸書》凡例云：

是書自春徂秋，歷三時而始成，**閱過邸報**，自萬曆四十八年至崇禎元年，不下丈許，且朝野之史，如正續《清朝》、《經》、《政》兩集、《太平洪業》、《三朝要典》、《欽頌爰書》、《玉鏡新譚》，凡數十種，一本之見聞，非敢妄意點綴，以墜綺語之戒。〔註17〕

同樣演述魏忠賢事件之時事小說《皇明中興聖烈傳》序云：

特從邸報中，與一、二舊聞，演成小傳，以通世俗。

演述清兵入犯關內之《近報叢譚平虜傳》，序云：

予坐南都燕子磯上，閱**邸報**，奴囚越遼犯薊，連陷數城，抱杞憂甚矣……因紀邸報中事之關係者，與海內共欣，逢見上之仁明智勇，間就燕客叢譚，詳爲記錄，以見天下民間，亦有此之忠孝節義而已。

2. 親身經歷與傳聞

正史之編纂，以來自「實錄」、「邸報」的內容最爲信實可靠，但是在「實錄」、「邸報」內容所不能及者，諸如各《列傳》中之人物瑣事等，就必須自民間訪求史料。《明通鑑》卷首〈義例〉云：

《明史》〈紀〉、〈志〉之文，皆本《實錄》、正史，而〈列傳〉則兼採野史。〔註18〕

方苞〈萬季野墓表〉敘述萬氏修纂明史時，以其它書籍佐助參考，云：

凡實錄之難詳者，吾以他書證之，他書之誣且濫者，吾以所得於實錄者裁之。〔註19〕

〔註15〕《弘光實錄鈔》，頁1。
〔註16〕《三朝野記》，頁4。
〔註17〕詳見謝國禎《晚明史籍考》，頁387～388。
〔註18〕《新校明通鑑》，序文頁11。
〔註19〕《明史例案》卷九，《明史》附編一，頁108。

何況在明朝末年，國之將亡，崇禎一朝僅存邸報而無實錄，南明四王的史料來源，更需向各方面廣泛蒐羅。《過江七事》「計迎立」云：

闖賊之變，邸報斷絕，民間頗有流傳，中外大震。〔註20〕

馮甦《見聞隨筆》補足清初對西南邊陲陌生的缺憾。《四庫總目》〈史部雜史類〉云：

是篇首載李自成、張獻忠……蓋時方開局修明史，總裁葉方藹以甦久官雲南，詢以西南事實，因摭所記憶，述爲此編，以送史館。〔註21〕

又如王夫之《永曆實錄》，傅以禮〈華延年室題跋〉云：

於桂王一朝人物事蹟，臚列頗備，其死節、佞倖、宦者等傳，尤他書所未詳，足補史乘之闕，惟其中進退予奪，則與舊說大相逕庭者。

戰亂時期，中央政府對地方失去控制，「稗史」成爲唯一的消息來源，就算平常時代，「稗史」的著作，仍有助於世人對眞象的了解，也可提供做爲修史時的參考。何況晚明私修史書風氣如此盛行。蔡孑民〈明清史料序〉亦云：

官府文籍和私家記載，在史料的價值上各有短長，合綜來各有獨到處，分開來便不可盡信。〔註22〕

時事小說既然是隨著晚明私修稗史風氣而興，其所據資料，自然也是以「眼見耳聞」的一般稗史性質爲主，再配合可信度高，由官方所發行的「邸報」，加以舖衍成書。在兵荒馬亂，官方消息來源中斷之際，時事小說更是全憑眼見傳聞爲所據了！總之，時事小說的主要資料來源，仍是以採自民間之消息爲多，其內容與時局配合，脈絡與正史、邸報相呼應。例如：

萬曆二十五年《于少保萃忠全傳》序云：

里友孫懷石君，其先爲公石交，**傳其事，與予所聞懸合**，因□錄演輯，凡七歷寒暑，爲旌功萃忠錄。夫萃者聚也，聚公之精神德業，種種叢備，與夫國事及他人之交涉於公者，首尾紀之，而後公之事蹟無弗完也。

崇禎年間刊行《近報叢譚平虜傳》序云：

兹集出，便閱者亦識虜囚之無能，可制梃以撻之也。因名之曰《近報叢譚平虜傳》，近報者「邸報」，**叢譚者「傳聞」也**。

弘光元年刊行《剿闖通俗小說》序云：

遇懶道人從吳下來，**口述此事甚詳**，因及西平剿賊之事，娓娓可聽，大快人意。命童子援筆錄之，可怒可喜，具在編中。用以激發忠義，懲創

〔註20〕《過江七事》，《三朝野記》合集，頁191。

〔註21〕《四庫全書總目提要》〈史部雜史類存目三〉，頁2-213。

〔註22〕蔡元培〈明清史料序〉《蔡元培先生全集》，頁972。

叛逆，其於天理人心大有關係，非泛常因果平話比。

此外，清初順、康之際出書者如《七峰遺編》序云：「此編止記常熟、福山自四月至九月，半載實事，**皆據見聞**最著者敷衍成回……以彷彿於野史、稗官之遺意云爾。」《檮杌閒評》卷首總論詩曰：「博覽群書尋故典，**旁搜野史錄新聞**，講談盡合周公禮，褒貶咸遵孔聖文……。」《樵史演義》封面識語曰：「明衰於逆璫之亂，壞於流寇之亂，兩亂而國祚隨之。當有操董狐之筆，成左孔之書者；然眞則存之，贗則刪之，彙所傳書，採而成帙。樵自言樵，聊附於史。古云，**野史補正史之闕；則樵史事哉**。」〔註23〕

二、章回小說的普及

「時事小說」的起因，固然與私家修史風氣盛行有關，可是時事小說卻具備有「章回小說」性質，而與一般私修稗史不同。明朝「章回小說」的普及面廣，又受到文人學者的重視〔註24〕，所以利用這種新興文體演述「時事」，是「時事小說」形成的另外一項主因。

「時事小說」在形式上，採用章回小說分「回」或分「卷」的方式，每一回（卷）均有回目（卷目），有些作品回（卷）末，有「欲知後事如何，且看下回分解」字樣。整部作品大致看來和一般章回小說無異〔註25〕，逮閱覽其內容，就會發現這一類的

〔註23〕傅惜華〈樵史演義之發現〉《逸經》第二十期，頁27～28。

〔註24〕例如：李贄〈忠義水滸傳序〉《焚書》卷三，云：「《水滸傳》，爲（聖賢）發憤之作。」，頁108。

馮夢龍在署名「綠天館主人」的《古今小說》序云：「大抵唐人選言，入于文心；宋人通俗，諧于里耳，天下之文心少，而里耳多，則小說之資于選言者少，而資于通俗者多。試今說話人當場描寫，可喜可愕，可悲可涕，可歌可舞……怯者勇，淫者貞，薄者敦，頑鈍者汗下，雖小誦《孝經》、《論語》，其感人未必如是之捷且深也。噫，不通俗而能之乎？」

金聖歎以「水滸」與莊子、離騷、史記、杜詩、西廂合稱六大才子書，且云：「天下文章，無有出自水滸右者，天下之格物君子，無有出施耐庵右者。」——《貫華堂第五才子書施耐庵水滸傳》序三，頁9～10。

劉獻廷《廣陽雜記》卷二云：「戲文小說，乃明王轉移世界之大樞機，聖人復起，不能捨此而爲治也。」頁98。

〔註25〕這一類的小說多爲長篇章回型式，大致上均分卷分回，有僅分「回」者，如：《魏忠賢小說斥奸書》、《勦闖通俗小說》、《順治過江》、《放鄭小史》、《大英雄傳》等等。有僅分「卷」者，如《皇明中興聖烈傳》、《臺灣外記》等等。較特殊的是《樵史通俗演義》，分：金、石、絲、竹、匏、土、革、木八集，每集各爲一卷，爲八集八卷四十回的型式。又如《于少保萃忠全傳》爲十卷四十「傳」，柳存仁云：「此『傳』字用得很奇，好像不是小說而是傳記的性質，至少像是分述一個一個英雄人物的。然而不然，『傳』字之於此書，其實只能做回目解而已。」——〈論明清中國通俗小說

作品，泰半文采不彰，抄入大量未經整理的「史料」，顯得生澀而難以竟篇，不過，因爲是記載當時所發生的大事，適合當時的讀者需要，所以這種具有「新聞性」的時事小說，在晚明以至清初，出現不少。如今事過境遷，「時事」的新鮮度已失，和一般章回小說比較起來，「時事小說」的評價罕有佳者。例如：

郭沫若評《勦闖通俗小說》云：

> 作爲平話小說，實甚拙劣，但可作爲史料觀。〔註26〕

阿英評《七峰遺編》云：

> 因其欲藉小說形式以存當時諸多史實，故全書并無固定主人公及線索人物。〔註27〕

孫楷第稱《樵史演義》爲：

> 稀見而作的不好。〔註28〕

鄭振鐸評《新世弘勳》（一名《順治過江》）爲：

> 此書的作者卻並沒有什麼可以動人的敘寫才能，所以寫得並不活潑，並不使人感得十分的有趣……其重要的原因，乃在敘述過於簡單，太求合於歷史，而忘其爲小說。〔註29〕

戴不凡評前書，云：

> 此等拙筆，在古小說中實所罕見者。且作者所敘明廷『勦闖』戰事過程，忽東忽西，亂爲一起，幾乎較茶坊酒肆之談尤爲無稽可笑……然而又有令人奇怪者，捨此等荒唐言而外，書中所敘，又有近半悉與諸書所載史料吻合。〔註30〕

《小說小話》評《台灣外記》曰：

> 此延平別傳也。從飛黃椎埋以至克塽輿櫬，首尾數十年事蹟甚詳備。

之版本〉《聯合書院學報》第二期，頁17。此外，有些作品回（卷）末，出現「下回分解」字樣，如：《順治過江》、《檮杌閒評》等。有些沒有，如：《七峰遺編》、《臺灣外記》等。有些不一定出現，如：《平虜傳》、《皇明中興聖烈傳》等。此外《于少保萃忠全傳》最爲特別，全書三分之二「傳」末爲「未知若何」「不知如何」「後事如何」「不知此官是誰」「未知性命若何」……等疑問句，僅第四傳出現「後篇可見」第二十七傳出現「下傳可見」的肯定語，和「下回分解」語氣相同。

〔註26〕郭沫若〈李闖賊小史跋〉《小說考證集》

〔註27〕大塚秀高《中國通俗小說書目改訂稿》〈以下簡稱《大塚目》〉，《海角遺編》（七峰遺編）項下，頁191。

〔註28〕孫楷第《中國通俗小說書目》〈以下簡稱《孫目》〉〈重訂通俗小說書目序〉，頁1。

〔註29〕鄭振鐸〈中國小說提要〉《中國文學研究》，頁340。

〔註30〕戴不凡《小說見聞錄》，頁269。

> 作者見聞較近，當有所據，惟敘極散漫，多近乎斷爛朝報，不甚合章回小說體裁焉。〔註31〕

從研究小說的立場看，以上這些作品被評爲「甚拙劣」、「此等拙筆，在古小說中實所罕見者。」、「斷爛朝報」……等等，而研究者在訾罵之餘，不會忘了補充一句「可做史料觀」一類的話。

黃典權〈台灣外記考辨〉云：

> 雖然《外記》所寫的盡是可信的故事；但是它畢竟被許多人認爲是「小說」……「小說」雖不是低微的象徵，但卻是虛構、怪誕與純然主觀等特質的結合，一本史書被認定是「小說」，那麼它的史料價值便不值一提了。……所以我們爲《外記》被眾口一辭指爲「小說」而大聲叫屈，認爲有詳加辨明而還他那適如其份的地位之必要。〔註32〕

《臺灣外記》因爲採用清朝的立場，所以在清初《遼海丹忠錄》、《平虜傳》、《勦闖通俗小說》、《樵史演義》……眾多晚明時事小說被查禁時，成爲少數倖存者之一，因爲它採用「章回小說」的形式，撰寫考證詳實的鄭氏一門始末，所以研究者強調「外記絕非小說」，以突顯其「史事」的實確性。

可是，拿「時事小說」的其它著作和《台灣外記》比較，我們發現，對於「史料」的保存，是這一類小說的「通性」，只是其信實程度不盡相同而已。由於我們可以知道，當「時事小說」作者，選擇用「章回小說」體記載時事之時——特別是那些力求信實之作，如《魏忠賢小說斥奸書》、《樵史通俗演義》、《台灣外記》等，其人心目中的「章回小說」，並非僅代表「虛構、怪誕與純然主觀」，而當時「歷史小說」的盛行，許多作品抄改自「史書」，內容皆符合正史，也可證明「章回小說」這種文體，在明末發展出更多元的使用和表達方法。

第二節　時事小說的歸類問題

孫楷第《通俗小說書目》將明末清初講述時事的小說，歸於卷二〈明清講史〉部項下，可是這一類作品和「講史」的來源不同。按照孫氏自己比較宋代說話「講史」「小說」二類，演變爲日後通俗小說的情況是：

> 講史與小說，一緣講諸史通鑑而所須時間甚長，一緣講朝野雜事而所須時間較短。因性質之不同，而話本之長短有異。後來文人撰作，乃有言

〔註31〕黃摩西〈小說小話〉《中國小說史料》，頁199。

〔註32〕黃典權〈台灣外記考辨〉，《臺南文化》五卷二期，頁121。

家庭社會雜事，而鴻文瀟灑，篇章與講史書抗衡者。是故語其朔則講史爲長篇，而小說爲短篇；語其變則小說有短篇亦有長篇，其長者且與講數百年之史事者等。〔註 33〕

孫氏區分通俗小說「講史」一派，開端即稱「流品至雜」，而仔細分析其文，總不外乎胡萬川歸納的歷史小說的情形，如下：

就留傳至今的歷史小說來說，我們大抵可以就其面貌的不同，而將它們分成二種不同的類型，一是自民間傳說與說話人（即說書的人）的傳統衍化而來的小說；一是根據史書的記載，演義而成的小說。這種粗略的方法，當然不是截然的，因爲傳說每多來自歷史，常有與史書記載相合的地方；而就史書演義爲小說，就已不是歷史，爲了誇張描寫效果，也常常會受著傳統的影響。〔註 34〕

在我們熟知的「歷史小說」當中，無法給「時事小說」一個明確的地位，孫氏將這一批小說置於「講史」項下，卻沒有說明它們與其它講史作品的不同。從現代看來，明清之際的「時事」已成爲「歷史」，在「廣寬博容」的立場上〔註 35〕，當然就被歸入「講史部」了。

鄭振鐸籠統稱明人喜以「實事」作小說〔註 36〕。葉德均介紹《平妖全傳》一文中，指出這部演天啓間徐源儒叛亂的小說，「離徐鴻儒起事僅有二年，蓋亦當時『今聞』小說。」〔註 37〕給這一類小說以「今聞」的稱呼。欒星《明清之際的三部講史小說》〔註 38〕，提到「時事小說」的崛起，按照欒星的區分方式看來，「時事小說」是屬於「講史小說」之內的。

事實上，在整個小說史當中，時事小說無論在數量上、內容上、寫作程度上……等等各方面，沒有特殊貢獻。多數作品因夾雜著未經整理過的「史料」，生澀難讀，

〔註 33〕《孫目》〈分類說明〉，頁 2。

〔註 34〕胡師萬川〈新列國志的介紹〉，聯經版《新列國志》，頁 4。

〔註 35〕《孫目》〈分類說明〉云：「昔宋人記說話人講史，謂之『半實半虛』。以是爲說，則講史即難有標準。夫半實半虛謂之講史，七實三虛如《三國演義》，不論之講史不可也。三實七虛如《隋史遺文》，則亦講史也。推而至於過實、過虛，或文而近腐，或俚而荒率，然皆託稗官之體，亦自附于講史書，不謂之講史亦不可也，其標準本無一定，則以廣博寬容者統之，固其宜也。」頁 5。

〔註 36〕同註 3。

〔註 37〕葉德均《戲曲小說叢考》卷中，云：「全書凡六卷七十二回，演天啓二年白蓮教徒徐鴻儒起事山東延及各地事……書首有天啓四年甲子文光斗序，則成書時亦當相距不遠，離徐鴻儒起事僅有二年，蓋亦當時『今聞』小說」，頁 602。

〔註 38〕同註 2，頁 146～163。

反受詬病，所以受到忽視。在魯迅、孟瑤、馬幼垣諸人的分類方式中，均列入講史小說之內，而魯、孟二書，僅錄其中最佳而著名者《檮杌閒評》的書名〔註39〕，馬幼垣〈中國講史小說的主題與內容〉雖然提到《斥奸書》（魏忠賢小說斥奸書）、《皇明中興聖烈傳》、《警世陰陽夢》、《檮杌閒評》、《勦闖小史》（即《勦闖通俗小說》）諸書，卻也未對他們特殊的產生背景，加以強調和說明〔註40〕。「時事小說」在中國小說史上的地位之劣，可想而知，其附庸於「講史小說」項下的原因，也是其來有自的。

時事小說除了文采不彰之外，受到朝廷禁止也影響其流傳〔註41〕，所以爲後世忽略。其以「時事」爲寫作題材，和講史類以「史事」爲內容的特性，有共通之處——當年的時事小說成爲後代的歷史小說。時事小說的作者，以章回小說形式記載史聞，其用心在於「史」上的成份可能較「小說」爲多，可是也有些作品趨向於「小說」而「史」的成份較少。這種現象也和講史小說相同。比較「時事小說」與「講史小說」的異同處，可歸納爲以下諸項：

一、「時事小說」和「講史小說」雖曰「小說」，但仍多有力求信實之作

「時事小說」據「史料」書寫，如同「稗史」。有些「講史小說」據「史書」改寫，鄭振鐸稱之爲「白話歷史」。

時事小說之中，以信實爲目的之作，例如：

〔註39〕魯迅《中國小說史》〈元明傳來之講史〉（下）云：「有《檮杌閒評》，無作者名，記魏忠賢、客氏之惡。」，頁158。

孟瑤《中國小說史》明（乙）〈長篇小說〉云：「我國是一個歷史觀念很強的民族，所以歷史小說的『量』很豐富，但一般說來，『質』卻並不理想，《三國志演義》是其中最出類拔萃的一部，尚且遭到許多不滿的批評，其他各書的水準，又較三國遜色許多；這裏，我們將這些歷史小說作一個最簡略的介紹……《檮杌閒評》全傳，五十卷五十回，不著撰人，演魏忠賢事。……」頁343～345。

〔註40〕馬幼垣〈中國講史小說的主題與內容〉《中國小說史集稿》，頁81～82。

〔註41〕傅惜華〈樵史演義之發現〉云：「講史小說中，衍明季魏閹與東林之爭，及李闖亂起滿清入關者，向有：《魏忠賢小說斥奸書》，《皇明中興聖烈傳》，《警世陰陽夢》，《檮杌閒評》，《遼海丹忠錄》，《平虜傳》，《勦闖通俗小說》，《新世弘勳》，《鐵冠圖》等。惟乾隆時，文字禁網大興，每以其間有觸詆滿清，詞語刺譏，字句狂謬處，致爲查禁銷燬。故至今日，吾人之能得見於國內者，實寥寥無幾。」同註23。

王利器《元明清三代禁燬小說戲曲史料》〈第一編中央法令。乾隆朝禁燬小說書目〉清歸安姚氏刊《禁書總目》有《遼海丹忠錄》，頁47。乾隆四十三年江寧布政使刊《違礙書目錄》有《勦闖小說》、《樵史演義》、《定鼎奇聞》，頁48。〈第二編地方法令〉《得一錄、計燬淫書目單》與《同治七年江蘇巡撫丁日昌查禁淫詞小說》皆錄有《檮杌閒評》，頁114、123。

《魏忠賢小說斥奸書》凡例云：

一、是書紀自忠賢生長之時，而終於忠賢結案之日，其間紀各有序，事各有論，宜詳者詳，略者略，蓋將位一代之耳目，非炫一時之聽聞。

一、是書自春徂秋，歷三時而始成，閱過邸報，自萬曆四十八年至崇禎元年，不下丈許。且朝野之史，如「正」「續」清朝、「聖」「政」兩集、太平洪業、三朝要典、欽頒爰書、玉鏡新譚，凡數十種，一本之見聞，非敢妄意點綴、以墜綺語之戒。

一、是書動關政務，事係章疏，故不學水滸之組織世態，不效西遊之布置幻景，不習金瓶梅之閨情，不祖三國諸志之機詐。〔註42〕

《七峰遺編》序云：

此編止記常熟、福山自四月至九月半載實事，皆據見聞最著者敷衍成回。其餘鄰縣并各鄉鎮，異變頗多，然止得之傳聞，僅僅記述，不敢多贅。後之考國史者，不過曰：某月破常熟、某月定福山，其間人事反覆，禍亂相尋，豈能悉數而論列之哉，故雖事或無關國計，或不係輕重者，皆具載之，以彷彿於野史稗官之遺意云爾。

此外，《勦闖通俗小說》、《樵史演義》序文見於上節，又有《台灣外記》，其序云：

余讀是書，起於擁宗明季，迄於歸順我朝，垂六十年。其間島嶼之阻絕、城壘之沿革，鎮弁、營將之忠佞勇懦，以至睿謨之征討招徠，沿海之戰勦區畫，靡不瞭如指掌，筆力古勁詳確，有龍門班椽風，其書專爲鄭氏而作，……是書以閩人説閩事，詳始末，廣搜輯，迥異稗官小說，信足備國史採擇焉。

以上諸書，以《樵史演義》和《台灣外記》最爲史學家所稱道。民國二十二年，李德啓〈滿譯樵史演義解題〉（北平圖書館滿文本）云：

清帝欲取消反抗勢力，必先燬野史，以使民間減少亡明觀念。》樵史演義》既係野史之一，**當亦不能獨爲例外**……至於此書內容，是否可信？據余觀測，以明末人記明末事，其爲身經目睹之談，自非虛構事實，及影射假借者可比。不過有時因係傳聞異辭，輾轉記載。或史書顧忌，不敢直書。逐致此書內容，與其他載籍未能盡合。但普通小說，**多係據史演述，而此書獨能爲修史者之參考**。〔註43〕

是書於民國二十五年，北大排印馬廉舊藏本出版，孟森爲之序云：

〔註42〕《魏忠賢小說斥奸書》序文，見謝國禎《晚明史籍考》，頁387～388。
〔註43〕李德啓〈滿譯樵史演義解題〉《國立北平圖書館館刊》第七卷第二號，頁127。

明遺民寫實之作，而託體於通俗以自晦也。筆墨甚高而故作俚語。〔註44〕

是書分爲二十卷，四十回，所記爲明末天啓、崇禎、弘光三朝事。前二十回爲魏閹一黨紀事，後二十回爲流寇紀事。〔註45〕

另一部著作《臺灣外記》，流傳已久，「如眾所周知：它是一部記述鄭成功一家四代之事蹟，最首尾一貫，而且詳細的著作，有關鄭氏文獻之中，最受到讀者普遍閱讀；而也是許多有關鄭氏的所謂『著作』的藍本。」〔註46〕

是書約成書於康熙四十三年，距康熙二十二年鄭克塽降清不過二十一年左右。爲三十卷，數十萬言的大作。因爲作者江日昇爲清朝臣民，站在清朝立場寫作此書，無牴觸朝廷的情形，所以流傳久遠。又因爲它採用「時事小說」的寫作方式，於是引起不少爭議。在注重「信實」這一類的時事小說中，《臺灣外記》是唯一流傳最廣的作品。說「外記絕非小說」〔註47〕正是「時事小說」有力求信實一面的證明。我們可以利用楊雲萍解釋《臺灣外記》以小說體裁寫作史事的一段話，來看待這一類「力求信實」的時事小說。云：

有似**稗史小說**的敘述體裁，可以避去考證文字的『無味乾燥』；並非『架空』的創作，故得免於『荒唐無稽』的遺憾；換言之，可以說是一部**即乎史實的歷史小說**，亦可說是一部用『小說』的體裁寫成的鄭氏一門的史傳。〔註48〕

時事小說取材自生澀史料，有些講史小說則取材自「史書」，明朝有不少講史小說，屬於「根據史書的記載，演義而成的小說」，例如其中著名的《新列國志》凡例云：

茲編以《左》、《國》、《史記》爲主，參以《孔子家語》、《公羊》、《穀梁》、《晉乘》、《楚檮杌》、《管子》、《晏子》、《韓非子》、《孫武子》、《燕丹子》、《越絕書》、《吳越春秋》、《呂氏春秋》、《韓詩外傳》、劉向《說苑》、賈太傅《新書》、凡列國大故、一一備載，令始終成敗、頭緒井如，聯絡成章、觀者無憾。

論者對於這類改自「史書」的小說，多無好評，如胡士瑩云：

明代中葉以後，模仿《三國演義》的有《東周列國志》、《兩漢通俗演

〔註44〕孟森〈書樵史通俗演義〉《明清史論著集刊》，頁148。

〔註45〕同註43。

〔註46〕楊雲萍〈臺灣外記考〉《臺灣文物》5卷1期，頁19。

〔註47〕同註32。

〔註48〕同註46。

義》、《隋唐演義》等不下數十種。它們都只『採擷史料、聯絡成編』，不管這些史料是否可信，全部照抄。〔註49〕

鄭振鐸亦指出，講史小說因抄取史書，而造成「白話歷史」的結果，云：

大都那些講史都是由俗而雅，由說書者的講談而到文人學士的筆削，由雜以許多荒誕鄙野的不經故事而到了幾成爲以白話文寫成之的歷史或綱鑑。那演化的途徑是脫離『小說』而遷就、黏附『歷史』。這個演化，也許可以說是倒流。講史原是歷史小說，卻不料竟成了這樣的『白話歷史』的一個結果！〔註50〕

從上一節我們可以知道，研究小說的學者專家，對於「時事小說」的評語多半不佳。前文引李德啓、孟森、楊雲萍諸家所稱道力求信實的「時事小說」，他們卻是站在「歷史」的觀點來評價的。此處提出改自「史書」的歷史小說，亦爲小說研究者所不滿，所以從「史料」或「史書」做爲材料來源，而沒有加入作者的創意，使得作品更加雋永可讀的寫作方式，是不會被受到贊許的，雖然它們有另一方面的優點－有助於讀者了解歷史，如蔡元放〈訂正東周列國志善本讀法〉云：

子弟讀了《東周列國志》，便如把一部《春秋》、《左傳》、《國語》、《國策》都讀熟了，豈非快事。

二、「時事小說」、「講史小說」雖曰「時事」「講史」，仍皆有不符史實的「虛構」部份，所以爲「小說」

「時事小說」所收錄的傳聞，本身即有荒謬、不可靠的成份，而政治上的傾軋、毀謗、和作者自創的內容，皆屬「虛構」。「講史小說」有一類是「自民間傳說與說話人（即說書的人）的傳統衍化而來的小說」，其中累積了民間藝人的智慧，如「七實三虛」的《三國演義》和虛構成份更多的《楊家將》、《列國志傳》、《五虎平西》……等等。其中最後集結成書的所謂「作者」，自然也有增刪潤色之功。

「時事小說」因爲成書迅速，其中「虛構」部份，迥異於累積長期說話藝人智慧的「講史小說」，時事小說作者本人，就是集結資料加以「想像」「虛構」的最重要人物，作者創作動機爲何？直接影響作品面貌。舉例如後：

《皇明中興聖烈傳》自序云：

特從邸報中，與一、二舊聞，演成小傳，以通世俗。

是書分條敘述魏忠賢罪狀，演繹成故事，在於史無憑的魏忠賢、崔呈秀、蕭靈

〔註49〕胡士瑩《話本小說概論》第十七章〈關於講史〉，頁688。

〔註50〕鄭振鐸《插圖本中國文學史》，頁924。

辟等人的私生活方面，加以誇張的描寫。

《近報叢譚平虜傳》序云：

> 傳成，或曰：風聞得眞假參半乎？予曰：苟有補於人心世道者，即微訛何妨，有壞於人心世道者，雖眞亦置，所願者：內有濟川之舟楫，外有細柳之旌旗，衣垂神甸，雲擁萬國冠裳；氣奪鬼方，風搖兩階干羽而已。茲集出，使閱者亦識虜酋之無能，可制梃以撻之也。

可見，是書在取材方面，是爲了鼓舞民心士氣，對於事件的眞實性「微訛何妨」「雖眞亦置」，作者已表明此非著作者所追求的目的。例如是書第二卷第三則〈逃民男婦兩節義〉和話本小說《范鰍兒破鏡重圓》的「頭回」幾乎完全相同，不過話本中因戰亂交換伴侶的兩對夫婦，此文卻都守身如玉，直到原來夫妻團圓，皆大歡喜。是書作者大概就是按照話本加以修改，目的在教化風氣，強調在動亂之中，無論男、女皆應嚴守「貞操」。

《新世弘勳》（即順治過江）序云：

> 古今良史多矣，學者宜博覽遠覽，內悉治亂興亡之故。既以開廣其心胸，而又增長其識力，所裨良不淺矣……此特以供閭里談笑，優偃戲侮之資。大雅君子，寧必遽置勿道了。〔註 51〕

是書由閻羅冥司勘獄寫起，把民間傳說中善斷案的宋臣包拯拉扯出充當冥司閻羅，把李自成等流寇寫成轉生的月孛、天狗等凶神惡煞。明末一場浩劫，被解釋成地獄已滿，眾惡人轉世投胎在兵刃中化解。

此外，《警世陰陽夢》用冥報來解說魏忠賢一黨人的下場。《檮杌閒評》用前世治河的一段恩怨，來解釋魏、客諸人對東林黨迫害的原因。這些都是用荒誕的「超自然界」道理，對於晚明一連串屠殺事件做的解說，錢靜方《小說叢考》〈檮杌閒評考〉中的一段話，可作爲代表：「作者恐後人氣不能平，因藉因果之說……此與撰《岳傳》者同一命意，蓋非此不足平閱者之心，而爲一般普通人說法也。」〔註 52〕

又有一類以政治目的爲主，如《放鄭小史》、《大英雄傳》以毀謗東林之鄭鄤爲目的。據鄤自序年譜云：

> 曦等更深一步，串成穢惡小說、嵌入姓名；陸完善七十四歲之翁，深狎諸惡少而成之。〔註 53〕

〔註 51〕《新世弘勳》序文見鄭振鐸〈中國小說提要〉《中國文學論集》，頁 504。按，中研院傅斯年圖書館藏清刊本《順治皇過江全傳》無序文。

〔註 52〕錢靜芳〈檮杌閒評考〉《小說叢考》，頁 209～225。

〔註 53〕鄭鄤自敘年譜，見《古學彙刊本》〈鄭鄤事蹟〉，頁 18。

而前文所列舉如《皇明中興聖烈傳》、《警世陰陽夢》、《檮杌閒評》諸書，對於魏忠賢一黨的評擊、謾罵自是不免，不過程度有差。又如《征播奏捷通俗演義》木記云：

> 即未必言言中款，事事協眞：大抵皆彰善殫惡，非假設一種孟浪議論以感世誣民。〔註 54〕

是書孫楷第引《四庫全書總目》的一段話，認爲這部作品是軍士促使寫成，爲了宣揚並左袒楊化龍在此戰役中的功勞，替楊某邀功的作品。則又是另一種政治動機。

總之，利用因果報應的天命關係來解說「時事」，疏導民心，或是因政治動機而有較偏頗的立場出現，這些是屬於「時事小說」的「虛構」部份。作者採用通俗小說筆法，將時事加以渲染和描繪，劣者自然在「新聞性」消失後，不能爲後世讀者接受，如《皇明中興聖烈傳》、《警世陰陽夢》、《新世弘勳》……等等。然而像《檮杌閒評》這樣一部作品，經過作者獨運匠心的細緻安排，從清初以至後代改《明珠緣》發行，持續不斷的爲世人接受，受歡迎的程度，並不亞於一般章回小說。

在「講史小說」方面，於正史所不傳的部份，或許是民間說話人長久以來的智慧累積，或許是作者所杜撰虛構，其成因與「時事小說」不盡相同，但在作者整理成書時，其對通俗小說應有「虛構」本質的認知，卻是一致的。在這種情況下完成的「講史小說」，有優有劣，不過最受歡迎的《三國演義》，確實的表現這種應有的現象。《歷代小說序跋選注》一書云：

> 歷史著作用史料說明歷史，重在歷史事實；歷史小說不同，它用形象來反映歷史，重在藝術眞實。兩者既有聯繫又有區別，而區別就在於有無想像和虛構。《三國演義》某些精彩的情節、場面，就是超越正史的範圍而取得成功的，往往是作者有意爲之、妙筆生花之處。〔註 55〕

在將「時事小說」歸入「講史小說」之前，我們必須了解，它們的內容來源，是未經整理過的生澀「史料」，而「政治目的」所導致的偏頗見解，以及用「超自然」現象解說「時事」，都是常見的情形。「歷史小說」所根據的「史書」「民間傳說」和民間藝人的智慧結晶，與「時事小說」的確有所差距，不過從大前提看來——「時事小說」如今已成「歷史」，而非「時事」，既然亦是「歷史」而且傳世作品不多，所以歸之「講史」項下，成爲權宜之計。然而「歷史小說」的主角多是英雄，「時事小說」的主角未必盡然。此外，兩者皆有，屬於「虛構」的想像和創意，站在「小說」本身的立場而言，亦是必需的。「虛構」也是優秀的「講史小說」（含「時事小

〔註 54〕《征播奏捷通俗演義》木記，見孫楷第《日本東京所見中國小說書目》（以下簡稱《東京目》），頁 96。

〔註 55〕見《歷代小說序跋選注》，頁 28～29。

說」）所共同遵循的不二法門。

第三節　時事小說的特色

時事小說取材的特性，已述於前，本節將時事小說與一般小說不同之處，做一個概略的分析。

基本而言，每一部作品因為「主題」與「內容」的不同，影響其寫作方式，所以「時事小說」也有許許多多不同的面貌。例如《皇明中興聖烈傳》，為了讓魏忠賢「罄竹難書」的惡跡，昭顯於世，所以一條一條的臚列其罪狀，加以演述成書，罪大惡極如「毒害皇室」「私通東酋」之類，沒有選擇性的排列展示，自然也無情節可言。《近報叢譚平虜傳》則不然，它無需和《皇》書一般揭發惡人之罪，當時清兵入寇，關內發生許許多多事件，可以選擇來寫，序云：「苟有補於人心世道者，即微訛何妨，有壞於人心世道者，雖眞亦置。」這部站在「鼓動民心抗敵」立場的作品，相較「揭發黑幕」的《皇明中興聖烈傳》自然不同，而《平虜傳》的作者可以較自由的選擇題材發揮，所以有比《皇》書優秀的表現——雖然二書同樣的都是以小故事聯綴成篇。

另一方面，從整體分析，可以找出眾書的共通性，諸如「成書迅速」「結構零散」「多抄史料」「對惡人私生活不正常的描寫」等。然而，在共通性之下，每一部書本身的特性，往往造成彼此間很大的差距，例如流傳最廣的《檮杌閒評》和《臺灣外記》二書，從主題和內容而言，很難將此二部作品聯想在一起，只有透過「時事小說」所共通的特性，才能做個比較。在介紹時事小說特性的同時，也可幫助我們了解，《檮杌閒評》是如何在明末以至清初的這類小說寫作潮流中，承襲傳統，加以創新，終於脫穎而出。

一、成書迅速

我們考慮「時事小說」的條件是「作者親身經歷」至多是「父執輩時代」發生的事，可見這一類作品成書之快。如《魏忠賢小說斥奸書》在魏黨伏誅的次年即出書，《征播奏捷通俗演義》、《平妖全傳》皆成於亂平後的兩年，其中最快的莫過於《勦闖通俗小說》，它在南明弘光朝短短兩年之內，二度修改，三次以上出書。

《勦闖小說》最早成書的原名是《勦闖通俗小說》，版心題「忠孝傳」，此時弘光已於崇禎十七年（甲申）五月十五日即位南京，定明年為「弘光元年」，而北方吳三桂領清兵入關，並驅逐李自成，書中所抄入的「塘報」，最晚一份是「六月初四」。

書末並大加褒揚薊國公吳三桂，有詩二首、詞一首，做爲全書結束。〔註 56〕

《勦闖小說》的第二版改名爲《新編勦闖通俗小說》，版心題「勦闖小說」〔註 57〕。是書將第八回「左良玉」上疏之文撤消；書末褒揚吳三桂的文章挪至中間的第六卷末，原處改置爲〈刑部一本議定從逆事六等條陳款〉。因爲此時，南京的黨爭劇烈，左良玉已於弘光元年（乙酉）三月揮師入京，要「清君側」〔註 58〕，此本刪去原書左良玉部份，並將馬士英、阮大鋮和復社作對所定的「順案」（即〈刑部議定從逆條款〉）附於書後，當作「重心」。又抄入更多奏摺、書信，補於各回之末。

《勦闖小說》的第三版，又稱《勦闖小史》，目前較爲人所知就是這一版〔註 59〕。整體而言，是書內容綱要完成於第一版，增補修改完成於第二版，本版將「回」改「卷」，變動部份卷目。從第六卷以後，卷目之下增加「待清居士」評，此處「清」不知是否指清朝，不過全書內容與第二版無甚差異，仍稱清朝爲「東虜」、「奴酋」，應該也是在清定江南以前刊行的作品。又有周越然藏版本，原書未見，可算第四種。〔註 60〕

〔註 56〕《勦闖小說》現在可見最早的刊本爲弘光元年寫刊本。題「西吳懶道人口授」。首「西吳九十翁無競氏」序。插圖三葉六幅，頗精。正文半葉九行，行二十六字，有圈點旁勒。正文皆低一格，遇朝廷事則頂格。版心題「忠孝傳」，下「『某』回」，次葉數，無魚尾。國家圖書館藏。

〔註 57〕本版書名題《新編勦闖通俗小說》（多「新編」二字），題「西吳懶道人口授」。序文題「西吳九十翁無競氏題於雲溪之半月泉」（多「於雲溪之半月泉」七字）。插圖五葉十幅（多二葉四幅，含相同六幅在內，然二書刻工完全不同，前書爲佳）。正文半葉八行，行二十二字，正文皆低一格，遇朝廷事則頂格。版心題「勦闖小說」（前書爲「忠孝傳」），下「『某』回」，次葉數，無魚尾。台北天一影印明興文館刊本出版。日本內閣文庫藏。天一出版社於此刊本後又附一鈔本，格式內容悉同。

〔註 58〕左師東來，在弘光朝是一件影響重大的事件，詳見《明史》卷一百二十〈福王由崧傳〉及卷二七三〈左良玉傳〉。

〔註 59〕民國三十三年重慶說文社據山東圖書館抄本排印，排印本書名《李闖王》十卷（前二部稱「回」），原抄本版式不詳，郭沫若〈李闖賊小史跋〉云：「書名未能一致。裏扇面作『李闖賊史』，敘文標題作『勦闖小說』，正文各卷標題前五卷作『勦闖小史』，後五卷作『馘闖小史』，卷尾復作『孤忠吳平西馘闖小史』……前五卷卷首標題之次即署『吳下（註）懶道人口授』，但於第六卷則署爲『潤州葫蘆道人避暑筆，龍城待清居士漫次評。』」（排印本正文作「西吳」）《筆記小說大觀》第四十三編《李闖小史》與此書相同。

又有正中書局《玄覽堂叢書》一部《馘闖小史》六卷。鈔本。題「潤州葫蘆道人避暑筆，龍城待清居士漫次評」，與說文社所據「山東圖書館鈔本」相同，而前五卷題「西吳懶道人口授」者未錄，自第六卷開始玄覽堂本稱「卷一」，卷末附錄部份，玄覽堂本作「卷六」，故。該鈔本格式爲正文半葉九行，行十九字，遇朝廷事空一格，或次行另書（與前二版正文次一格，朝廷事次行頂格不同。）首無序言，五卷末葉題「孤忠吳平西馘闖小史終」，卷目、內容與山東圖書館鈔本後五卷相同，而與前二版有異。

〔註 60〕周越然藏書顯然是另一種版本。原書未見，據其所著《書書書》，可知此書有「毗陵從《勦闖小說》的前三種版本可以看出，從原版的稱頌吳三桂，到第二版因黨爭及左良玉東來而修改，第三版的「待清」居士則又彷彿是要等待清朝來收拾晚明政治、社會一團腐敗的爛攤子。在南明弘光朝短短兩年之內，至少修改三次的作品，實在夠迅速了。

在包括《于少保萃忠全傳》在內的十七部時事小說之中，絕大部份都是作者親身經歷的時代，按照時間先後，略為排比如下：

書　　名	事件結束	成　　書	差　　距
《勦闖小說》	崇禎十七年、弘光元年	同時	不到一年。
《放鄭小史》	不詳。毀謗鄭鄤之作	同時〔註61〕（鄭鄤生前）	同時。
《大英雄傳》	同上。		
《魏忠賢小說斥奸書》	天啓七年（崇禎即位誅魏黨後）	崇禎元年〔註62〕	一年。
《警世陰陽夢》	同上〔註63〕		
《七曜平妖全傳》	天啓二年	天啓四年〔註64〕	二年。
《征播奏捷傳》	萬曆二十八年庚子	萬曆三十一年癸卯〔註65〕	三年。

學士序」異於前三者「西吳懶道人序」，書名、插圖、半葉行、字數及增加資料，同於第二版，署名「潤州葫蘆道人筆，龍城待清居士評」僅第三版有此現象。稱「回」不稱「卷」又與第三版有異，而同於前二者，頁98～102。

〔註61〕鄭鄤自云：「（許）曦等更深一步，則串成穢惡小說，嵌入姓名，此乃極古今以來未有之事，而陸完學七十四歲之翁，深狎諸惡少而成之。」見《鄭鄤事蹟一》，頁18。

〔註62〕全稱《崢霄館評定出像通俗演義魏忠賢小說斥奸書》四十回。崇禎元年刊本。北京圖書館藏。卷數不詳，《孫目》云「不分卷」，頁76。《大塚目》云「二十卷」，頁187。又謝國禎《晚明史籍考》云「八卷」，頁385～392。（按，《史籍考》所據為孔德學校藏崇禎刊殘本，不知與北京圖書館藏本是否相同？）

〔註63〕《警世陰陽夢》十卷四十回。明刊本卷首「戊辰（崇禎元年）六月硯山樵元九序」。旅大圖書館（舊大連圖書館）藏，《孫目》，頁76，《大塚目》，頁189。《史籍考》，頁394～395。《東京目》，頁233。

〔註64〕全稱《新編皇明通俗演義七曜平妖全傳》六卷七十二回。天啓四年序刊。北京圖書館（鄭振鐸舊藏）。《大塚目》，頁187，《西諦書目》目四集部小說類，頁63。

全書演述天啓二年白蓮教徒徐鴻儒起事山東延及各地事。鄭振鐸收藏本中「東夷」「撻虜」均被挖改，可見是清初改印的本子，書首文光斗序為「天啓四年甲子」，距事平僅兩年，詳見鄭振鐸〈中國文學新資料的發現〉《中國文學研究》，頁1334～1335。葉德均《戲曲小說叢考》，頁602～603。

〔註65〕全稱《新刻全像音註征播奏捷傳通俗演義》六卷一百回。明萬曆癸卯（三十一）蜀佳麗書林重刊本。日本京都大學文學部，尊經閣文庫藏。《孫目》，頁72～73。《大塚目》，頁186。《東京目》，頁93～96。

《七峰遺編》	順治二年九月	順治五年夏〔註 66〕	三年。
《遼東傳》	天啓元年以後	天啓五年八月以前〔註 67〕	四年以內。
《新世弘勳》	順治二年	順治八年〔註 68〕	六年。
《遼海丹忠錄》	崇禎三年	崇禎年間〔註 69〕	十四年以內。
《近報叢譚平虜傳》	崇禎三年	崇禎年間〔註 70〕	十四年以內。

孫楷第云：「按化龍平楊應龍在萬曆二十八年庚子……而此小說之刊即在三十一年癸卯……去應龍之死僅五年，距化龍著書亦僅三年，不可謂不近矣。」——《東京目》，頁 96。

〔註 66〕《七峰遺編》二卷六十回。首「順治戊子（五年）七峰樵道人」序。《虞陽說苑甲編》據舊鈔本排印。中研院傅斯年圖書館藏。
從序文可知，是書記載乙酉（順治二年），清兵南下，常熟、福山四月至九月，半載實事。自事件發生至作序成書，約三年。

〔註 67〕《遼東傳》失傳。李遜之《三朝野記》卷三上，云：「（熹宗）諭內閣……啓五年）八月二十一日，文華殿講讀畢，卿等五人面獻刊行《繡像遼東傳》一冊，出諸袖中，合詞奏曰：「此熊廷弼所以掩飾誇功，希圖脫罪。」朕親覽之，豎髮切齒。履經言官郭興治、門克新、石三畏等形兩於章奏，宜即加兩觀之誅，庶大快萬民之憤。」……（李遜之註）：「遼難之發，涿州父方任遼陽布政，鼠竄南奔。書肆中有刻小說者，內列馮布政奔逃一回，涿州恥之，先令卓邁上廷弼宜急斬疏，遂於講筵袖出此傳，奏請正法。」頁 82～83。
　　《明史》卷二二〈熹宗本紀〉，遼東陷清於天啓元年，是書記載當時事，則其成書必不得早於天啓元年，據天啓五年熹宗閱及此書，約四年。

〔註 68〕《新世弘勳》二十二回。又作《盛世弘勳》、《新世弘勳大明崇禎傳定鼎奇聞》、《新史奇觀》、《順治皇過江全傳》。《大塚目》錄十六種版本，頁 189～190。中研院傅斯年圖書館藏有一部未見著錄之版本。版式如下：小本二冊。四卷二十二回。封面右上小字題「甲子歲重刻」，中央大字「順治皇過江全傳」，左下小字「明末（次行抬頭）清初萬萬年」。無序跋。圖像人形五葉十幅。正文半葉十一行，行二十四字。目錄首題「大清順治過江」，下署「蓬蒿子編」。傅斯年圖書館書目云：「同治三年（甲子）刊本」。
　　是書內容載至清廷消滅南明弘光朝，時爲順治二年。目前所見最早的版本爲順治辛丑（八年）慶雲樓刻本，署「順治辛丑天中令節蓬蒿子書於賑雲齋中」（見樂星〈明清之際三部講史小說〉《明清小說論叢第三輯》，頁 149）自順治二年至八年，約六年。

〔註 69〕《遼海丹忠錄》八卷四十回。天一出版社影印明崇禎刊本（內閣文庫藏）。首「崇禎之重午翠娛閣主人題」，署「平原孤憤生戲筆。鐵崖熱腸人偶評」。圖二十葉，四十幅，甚細。正文半葉九行，行十九字。有眉批。版心書「丹忠錄」，下「第『某』回」，下葉數，無魚尾。《大塚目》懷疑是書爲崇禎十五年刊本，頁 188。
全書每五回成一卷，依編年方式排列，自萬曆四十七年起至崇禎三年春止。從崇禎在位十七年算來，是書約完成於事後十四年之內，若依大塚所云，則約爲十二年。

〔註 70〕《近報叢譚平虜傳》二卷二十則。天一出版社影印明崇禎刊本。書首「吟嘯主人序」。卷前附圖，各爲一葉半三幅。正文半葉八行，行二十字，涉朝廷事頂格，餘皆低一格。正文「則目」之下，註明此則內容出處——「邸報」「叢譚」「報合叢譚」三者

《皇明中興聖烈傳》	崇禎元年	崇禎年間〔註 71〕	十六年以內。
《樵史演義》	順治八年以後	康熙十年以前〔註 72〕	二十年以內。
《臺灣外記》	康熙二十二年	康熙四十三年〔註 73〕	二十一年。
《檮杌閒評》	崇禎元年	康熙刊本	三十五年以上。
※類似又一部			
《于少保萃忠全傳》〔註 74〕	萬曆二十一年	萬曆二十五年	四年。

擇一。偶有則末出現「下回分解」字樣。版心題「平虜傳」，下爲「某」卷，次爲葉數。

是書記崇禎二年秋，清兵陷遵化、順義、固安，圍京城，袁崇煥等眾將入衛。至三年正月，清兵屢受挫敗，遁走爲止。是書刊行於崇禎年間，必在戰後十四年之內。

〔註 71〕《皇明中興聖烈傳》五卷四十八則。天一出版社影印明崇禎刊本（內閣文庫藏）。題「西湖義士述」。書首樂舜日序。圖五葉十幅。正文低一格，遇朝廷事則次行頂格書寫，半葉八行，行二十字。版心題「聖烈傳」，次爲「『某』卷」，下爲葉數，無魚尾。查是書所敘魏忠賢一黨，伏法於崇禎元年，崇禎在位十七年，雖其刊行日期不可知，則必在事件發生後的十六年之內。

〔註 72〕全稱《繡像通俗樵史演義》八集八卷四十回。清順、康間寫刻本。北京大學圖書館（馬廉舊藏）。《孫目》，頁 79～80，《大塚目》，頁 190。

傅惜華〈樵史演義之發現〉（《逸經》二十期）一再言及《勦闖小說》及《新世弘勳》（見二十一、二十二、二十六諸回），知是書之出，必在二書之後，亦即順治八年《新》書出版之後，見註 23。又知計六奇輯《明季北略》已採李岩故事於卷十三〈李嚴歸自成〉，頁 549～552，可見其成書早於《北略》寫成之康熙十年（見計氏自序）以前。自順治八年至康熙十年，約二十年以內。

據欒星〈明清之際三部講史小說〉考證《樵史演義》作者「陸應暘」。曰：「原題『江左樵子編輯，錢江拗生批點』據《青浦縣志》江左樵子即邑人。明革退諸生陸應暘，據孟森揣度，批點者亦著者本人。」同註 38。孟森〈書樵史演義〉云「江左樵子」「錢江拗生」爲同一人，曰：「凡書中每回有評，皆作者自道其意之所在，決非另有評者。」同註 44。

〔註 73〕《臺灣外記》三十卷。題「九閩珠浦東旭氏江日昇撰」。首「康熙甲申（四十三年）岷源陳祈永」序。目錄前作「鄭氏世次」，列芝龍、成功、經、克壓、克塽生卒簡介。正文半葉十行，行二十三字。版心書「臺灣外記」，次「卷『某』」，下葉數，底書「求無不獲齋」，雙魚尾。中研院傅斯年圖書館藏，清道光十三年活字刊本。

是書最早版本爲「求無不獲齋」原刊本，康熙四十三年序刊，江安傅氏雙鑑樓藏。《孫目》，頁 84。《大塚目》，頁 191。內容所載至鄭克塽康熙二十二年降清爲止，據成書日期約二十一年。

〔註 74〕《于少保萃忠全傳》十卷四十傳。國家圖書館藏明萬曆刊本。敘文題「旌功萃忠全傳原敘」，文內又出現「旌功萃忠錄」，二者皆爲本書異稱。敘文字跡模糊，作敘日期僅存「萬曆年」三字，查應爲「萬曆辛巳，林從吾序」—見《孫目》，頁 69。無圖，按《于》書所載至萬曆二十一年于謙獲謚爲「忠肅」爲止，據「辛巳」（二十五）年成書僅約四年。不過全書內容以一百五十年前英宗、景帝時代于謙的功業爲主，僅在最後四傳敘述于謙死後的封功、謚號等問題，姑且附於「時事小說」之末。

前錄十七部書，除《于少保萃忠全傳》以外，寫作時間較長者，當屬《臺灣外記》與《檮杌閒評》。略述如下：

1.《臺灣外記》

是書據內容涵括鄭氏一門四代。作者江日昇之父與鄭芝龍同時，曾從芝龍部將鄭彩督師江上。作者自云曾從其父親處，得知芝龍時代事。《外記》卷一云：

> 余先君諱美鼇，（與芝龍）生同時，從永勝伯鄭彩翊弘光督師江上。繼而福州共事，署龍驤將軍印。至丁巳（康熙十六年）改職歸誠，往粵東連平州。始末靡不週知，口傳耳授，不敢一字影捏，故表而出之。

作者之父於鄭氏降清（康熙二十二年）之前六年，已先歸降，換言之，作者必曾親身經歷過鄭氏與清廷對峙的時代。《外記》卷十作者自云：

> 余曾於甲子（康熙二十三年）冬，欲觀新闢之地，桴海過臺灣。舟次澎湖，登其地。

可見是書符合「時事小說」的條件；同代人寫同代事，敘述內容不超過父執輩時代的所見所聞。

2.《檮杌閒評》

目前所見最早刊本爲康熙年間刊行。《清史稿》總纂繆荃孫認爲是書作者爲明遺臣「李清」尚待考慮，然從作者對明朝朝廷及社會的了解，此書爲明遺臣所爲殆無誤。

李清出生於萬曆二十九年，本人曾仕崇禎、弘光二朝，天啓朝魏忠賢亂政時，已二十餘歲。乃祖李思誠於魏忠賢時代任禮部尚書。李清當不只自父執輩口耳傳授，亦曾親身經歷其事。

就算作者不是李清而是其它遺臣，其人距天啓朝時代，自康熙初年算起，約三十五年左右。也是作者父執輩事，說不定作者本人亦曾參予其事。雖然成書日期較一般「時事小說」爲長，仍比其它歷史小說迅速甚多。

二、結構鬆散

因爲多數時事小說倉促成書，所以結構亦顯得鬆散，而且呈現「筆記體」與「章回體」合流的現象。這和時事小說記載朝野雜事和稗史逸聞的內容性質有關。

正文半葉九行，行二十四字。版心題「萃忠全傳」，下爲「卷『某』」，次爲葉數，無魚尾。

〔註 75〕

班固《藝文志》諸子略，所列小說十五家，把「街談巷語，道聽途說者之所造」都列入小說家，後代沿襲班固的觀點，所謂「筆記小說」包羅萬象，舉凡叢談、瑣語、野聞、逸史之類，都列入筆記小說之中，這是眾所週知的情形。時事小說雖採用明朝盛行的「章回小說」體，不過內容卻仍未改變筆記瑣碎的現象，所以雖分「回」（卷）並有「回目」（卷目）的形式，和正式的「章回小說」比較起來，仍是零散。而組合諸條稗史傳聞成書，也顯現出「筆記」「章回」混合體的情形。其中以《七峰遺編》最具代表性，序云：

此編止記常熟、福山自四月至九月，半載實事，皆據見聞最著者，敷衍成回。

阿英云：

在通俗小說中，《七峰遺編》可謂別創一格之作，蓋兼收長篇（章回）與平話（短篇筆記）兩種形式而成，事皆確實，乃又兼〈史〉之長。〔註 76〕

因爲是組合「見聞」之作，所以回文甚短，《皇明中興聖烈傳》、《平虜傳》、《征播奏捷傳》等亦然。孫楷第論《征傳》云：

雖目爲百回，而每回文甚短，實勉強湊成此數者。〔註 77〕

《勦闖小說》雖然每回字數較多，亦是筆記串聯，將同類逸聞集於一回之內的形式，近人譚氏稱之爲：

皆東抄西襲，強立回目，前後各不相屬，實未嘗加以組織，有似今人郭箴一所編《中國小說史》。〔註 78〕

《小說小話》稱《臺灣外記》爲「敘次散漫，多近乎斷爛朝報，不甚合章回小說體裁焉」〔註 79〕，也是這個原因。雖然《外記》每回回文甚多，仍然也只是分回的範圍較寬而已。

《新世弘勳》和《檮杌閒評》雖類似一般章回小說，有天命、神話等較多虛構情節，但《新》書在內容上主要是承襲《勦闖小說》，所以章法仍顯得紊亂。《檮》

〔註 75〕欒星〈由這三部小說看明末清初講史小說的幾個特點〉云：「體裁一般是雜筆記體與章回小說體爲一，普遍的章法是既描摹人物，烘托事態，寄情抒志，又成篇錄入詔諭、章奏、案牘及擬作詩文。」——〈明清之際的三部講史小說〉《明清小說論叢第三輯》，頁 161

〔註 76〕見《大塚目》，頁 191。

〔註 77〕《東京目》，頁 96。

〔註 78〕見譚正璧、譚尋著《古本稀見小說匯考》，頁 257。

〔註 79〕見孔另境《中國小說史料》，頁 199。

書固然是文采、章法最佳的時事小說，可是仍存有與主題無涉的部份內容，呈現結構不甚嚴謹的缺點。

三、多抄史料

時事小說以當時事件為經緯，加以演述成書的性質已述於前，所以「多抄史料」是時事小說共同有的特色。

抄入的內容，自然較正史細碎甚多，如《七峰遺編》序云：「後之考國史者，不過曰某月破常熟，某月定福山，其間人事反覆，禍亂相尋，豈能悉數而論列之哉，故雖事或無關國計，或不係重輕者，皆具載之，以彷彿於野史稗官之遺意云爾。」

諸書中所抄入的「邸報」「逸史稗文」「公文疏奏」……等等，是否備有史料價值，需要學者專家近一步研究，除了《樵史演義》、《臺灣外記》已獲史家較多肯定之外，《遼東傳》李清稱之為「最俚淺不根」〔註 80〕《小說小話》卻云「雖多落窠臼，而頗多逸聞」〔註 81〕，《警世陰陽夢》孫楷第稱之「多里巷瑣語，無關文獻」〔註 82〕。……諸如此類者，諸書可信度不一。

因為時事小說成書早於正史，所以有些立場與正史不同。例如《遼海丹忠錄》亟稱毛文龍之孤忠〔註 83〕，《樵史演義》〔註 84〕亦從當時輿論，認為袁崇煥誤殺文龍。《勦闖小說》、《新世弘勳》〔註 85〕褒揚吳三桂。《臺灣外記》寫鄭成功應為南京戰敗負全責。〔註 86〕《檮杌閒評》為霍維華脫罪等等，可反映異於正史的某些觀點。〔註 87〕

〔註 80〕李清《三垣筆記・附識》上卷，頁 277～278。

〔註 81〕孔另境《中國小說史料》，頁 198。

〔註 82〕《東京目》附〈大連圖書館所見中國小說目錄〉，頁 233。

〔註 83〕《東京目》，《遼海丹忠錄》項下云：「書中極稱毛文龍之孤忠，所記文龍在皮島設施，與毛稚黃所作『毛太保傳』同，而尤詳盡……緣崇煥專殺，當時論者多不滿，轉而袒毛，作者殆亦深同情於毛之人，故言之若是耳。」頁 60。

〔註 84〕《樵史演義》以當時清議議袁崇煥，孟森〈書樵史通俗演義〉云：「袁崇煥在明，以思宗中清太宗反間，信為導敵入關，行其脅和之計，朝野翕然一辭，入南都不改……因嫉袁之故，而并恨其殺毛文龍，亦謂所以媚敵，且從而稱文龍為忠為傑，為見忌於袁而冤死。本書亦不免於『誅毛』『通敵』并為一談。然其先敘文龍事實，則罪狀甚著，不因被誅于袁而追信其忠且傑，則見聞尚眞也。」，同註 44。

〔註 85〕《勦闖小說》盛稱吳三桂勦流寇有功，第十回目錄且云：「吳平西孤忠受上爵」。《新世弘勳》亦然，如：十八回目錄為「吳將軍長驅南下，李自成大敗西奔」；廿一回目錄「牛金星計殺李岩，吳將軍力擒闖賊」。

〔註 86〕鄭成功敗師江南，詳見《臺灣外記》第十回「成功敗績于江南，甘煇死節于崇明」，將戰敗之罪，皆歸成功。

〔註 87〕《檮杌閒評》為逆案之霍維華、王紹徽、楊維垣等脫罪，詳見次章〈作者考〉。

四、惡人私生活的誇大渲染

晚明的幾個大惡之人，如「魏忠賢、崔呈秀、客印月」一黨及流寇李自成等，諸人於史無考的「私生活」部份，普遍被時事小說加以渲染描寫。例如《皇明中興聖烈傳》第一卷中「魏進忠（忠賢原名）嫖蕭靈群」「崔呈秀私宿蕭靈群」「魏忠賢私訪靈群」等幾則；《新世弘勳》第三回「梅三品藥按君臣，李十戈禍延夫婦」敘述李自成父親十戈，母石氏，吃春藥之後方生下其人。十六回入京後，濫服春藥、玷污婦女等等；《樵史演義》「『客巴巴投環』一節，寫客氏自縊前，還定要與眾面首濫淫。其寫原配韓氏，繼取邢氏（奔高杰），也多不堪入目筆墨。」〔註 88〕《樵史》於考據史實方面下過功夫，在寫李自成私生活的第二十二回之後「評點」中，自承出於僞造，云：

> 此回摹仿水滸傳－潘金蓮、潘巧雲兩段。〔註 89〕

《檮杌閒評》十三至十五回，魏忠賢、客印月私會，並穿插侯七官、秋鴻爲伴，也是同樣情形。

此外，毀謗鄭鄤的《放鄭小史》、《大英雄傳》，亦是自私生活處著手，鄭鄤自序云：

> （許）曦等更深一部，則串成穢惡小說，嵌入姓名，此及極古今以來未有之事，而陸完學七十四歲之翁，深狎諸惡少而成之。〔註 90〕

第四節　從時事小說的演化看《檮杌閒評》

一、時事小說的演化

第二節提到「時事小說」也和「歷史小說」一樣，有「力求信實如同白話歷史」及「據實事演繹成通俗小說」兩種趨向。仔細分析，屬於前者的代表作——歷來受到史學界公認的《臺灣外記》，和屬於後者的代表作——有廣大讀者群，又名《明珠緣》的《檮杌閒評》，二書均爲清初完成的作品。這個現象反映出，起源於晚明的「時事小說」，到了清朝初年，在「準確性」和「通俗化」的兩個端點上，皆有更良好的表現。從整體看來，時事小說發展至清初，也有分頭向這兩個端點發展的趨勢。歸納原因，可整理出兩點理由：（一）時間上，晚明時事小說成書倉促，清初時事小說有較充裕的時間繕寫。（二）文網日趨嚴密，使得清初時事小說

〔註 88〕同註 2。
〔註 89〕同註 23。
〔註 90〕〈鄭鄤事蹟五〉，頁 4。

在風格上和晚明作品不再相同。

（一）、成書時間差異

和「清初」時事小說相比，「晚明」時事小說一般看來，成書較快。第三節「成書時間表」上的最快幾部作品，如《勦闖小說》、《放鄭小史》、《大英雄傳》、《魏忠賢小說斥奸書》、《平妖全傳》等書，皆成於晚明。從諸書序文當中，可以看出，如《勦闖小說》、《魏忠賢小說斥奸書》之類作者，注重史料的眞實性，《皇明中興聖烈傳》、《近報叢譚平虜傳》之類作者，以通俗、娛樂、教化爲主要目的，然而過於倉促成書，使得前者仍無法精確載時事。例如，序云：「其於天理人心大有關係，非泛常因果平話比。」的《勦闖小說》，在清初就被《樵史演義》批評爲「浪傳」「憑空捏造」〔註91〕。

《檮杌閒評》成書於清初，此時寫作「時事小說」的時代背景，已與明末不再相同。首先是政局日趨穩定，促成時事小說形成的主要因素如「流寇事」「遼事」已告終止，此時的時事小說從戰火未熄處找材料，如《七峰遺編》寫「常熟、福山」兩地抗清之事，《臺灣外記》寫鄭氏抗清之事，據孫楷第《中國通俗小說書目》似乎尚有：《陸沈紀事》寫清人入關，《鴟鴞記》寫南明靖江王，《江陰城守記》、《殷頑志》、《沙溪妖亂志》、《鯨鯢錄》、《前後十叛王記》〔註92〕等等，描寫殘餘反清戰爭，因未見其它相關資料，僅能揣測此等亦爲時事小說。可以肯定的是，當抗清的最後一批主力——「明鄭」亦降之後，已經沒有任何緊張局勢會引起百姓的關心，晚明以來的「時事小說」寫作風潮，至此方止。雖然這些題材仍被小說家們追尋和處理，可是另一方面，已經結束，面臨蓋棺論定的大事，如「黨爭事」「流寇事」「明亡經過」，處理它們的方式，自然和晚明「事件方止、立即完書」的寫作時事小說態度，有所不同。清初局勢漸穩，天下底定，時事小說作者有較多時間完成他的作品，更多的時間可整理彙集出更多的史料，完成考證詳實的作品；也可讓作者花下更多的心思，構想、佈局出更優秀的通俗小說。

（二）、文網的日趨嚴密

明末時事小說的尺度甚寬，清初之後，尺度變窄，欒星認爲，時事小說的寫作風潮衰逝，和此事有關，云：

〔註91〕傅惜華〈樵史演義之發現〉引《樵史》原書評語，如第二十一回評語云：「李闖出身，細查野史，詳哉其載之矣。『勦闖小說』及『新世弘勳』皆浪傳耳。」第二十二回評語云：「然李自成弒君之冠，其出身傒泉堡，得罪艾同知，群是實事，非好弄筆人，漫無考據，如『勦闖』兩小說之憑空捏造也。」，同註23。

〔註92〕《孫目》，頁80～83。

> 它的興盛，即人們敢于寫本朝及當代時事，還與明末清初文網疏漏有關，由康熙中葉起，忌諱日多，文網日趨嚴酷，問津此道者遂漸罕。〔註93〕

晚明時事小說幾乎沒有什麼避諱，《皇明中興聖烈傳》、《平虜傳》、《遼海丹忠錄》、《勦闖小說》……等作品，直書當事人姓名與事蹟，還夾議夾敘的加以批評。其中影響最巨者，莫過於《遼東傳》，此書引起馮銓殺熊廷弼的動機。《三朝野記》卷三（上）云：

> 遼難之發，涿州（馮銓）父方任遼陽布政，鼠竄南奔。書肆中有刻小說者，內列馮布政奔逃一回，涿州恥之，先令卓邁上廷弼宜急斬疏，遂於講筵袖出此傳，奏請正法。〔註94〕

《明史》卷二百五十九〈熊廷弼〉云：

> 忠賢愈欲速殺廷弼，其黨門克新、郭興治、石三畏、卓邁等遂希指趣之。會馮銓亦撼廷弼，與顧秉謙等侍講筵，出市刊《遼東傳》譖於帝曰：「此廷弼所作，希脫罪耳。」帝怒，遂以五年八月棄市，傳首九邊。〔註95〕

可見熊廷弼因遼東之失陷，先已入獄〔註96〕，復因此書之誣而被害。邊防名將，因坊間刊刻時事小說而臨大難，雖然《遼東傳》可能是替熊廷弼脫罪之作，結果卻適得其反。無怪乎《彙印小說考證》引《茶香室叢鈔》，云：

> 按《遼東傳》一書，今無傳本。實紀當時之事。并姓氏官位，亦大書之，**明人之無忌憚如此**。〔註97〕

清初在要求穩定的新政權之下，晚明斥清人爲「東夷」「撻虜」，批評時事毫無忌諱的時事小說寫作態度，一定會受到禁止，作者必須改採新的態度來面對新的局面。在原先寬鬆文網下，寫出的時事小說，「文、史」區分不甚明顯，而且都是觸及敏感度高的時事問題。清人當權，不是轉附清朝，以清人立場寫作，就是避免觸犯文網，走回通俗小說的寫作方式。前者態度嚴肅，如同「稗史」，後者更富創意與想像力，而時事小說的特色仍存於兩類作品之中，加上，成書時間稍長，因此「文、史」的區別，更加明顯起來。例如，改編自《勦闖小說》的《新世弘勳》就加入原書所未有的許多通俗小說形式，如「輪迴轉世」的神話，道士祈天、妖魔下凡……等等，使得這部敘述李自成事件的時事小說——《勦闖小說》，一下子變成了混雜神怪面貌彷彿通

〔註93〕同註2，頁163。

〔註94〕同註67。

〔註95〕《明史》〈熊廷弼〉，頁6703。

〔註96〕遼東失守始末，詳《明史》卷二五九〈熊廷弼傳〉，罪非盡在廷弼。

〔註97〕蔣瑞藻《彙印小說考證》〈遼東傳〉，頁114。

俗小說的《新世弘勳》。在避諱方面，凡是原書涉及清朝犯畿之事，《新》書皆嫁罪於「交趾國」、「洞蠻」，凡原書屢現的「東虜」「奴酋」，則以「大清」稱之。對於當時代大人物如「李自成」「吳三桂」「李岩」等，自不能擅改其名，而「楊嗣昌」改「湯同昌」，「洪承疇」改「趙希云」，「孫傳庭」改「蔣專闓」，「周鍾」改「趙天水」，「陳名夏」改「錢彭城」……等等〔註 98〕。一改《勦闖小說》原書承襲晚明時事小說不避當事人名諱的作法，而諸人的行爲表現，仍然承襲原書，未予改動。又如態度嚴謹，被李德啓稱爲「野史」的時事小說《樵史演義》，則是站在清人立場寫作。孟森云：

書中於明列帝皆以年號爲名稱，自是國變以後情狀。然毫無尊重之意，此可見其非遺老。〔註 99〕

總之，我們可以了解，《檮杌閒評》能夠自「時事小說」簡陋的通性之中脫胎而出，是因爲在清初逐漸穩定的局勢下，有較長時間醞釀，以及規避日趨嚴密的文網，終於展現與一般通俗章回小說難分軒輊的面貌。

二、以《勦闖小說》、《新世弘勳》、《檮杌閒評》關係爲例，看《檮杌閒評》的誕生

《勦闖小說》具備時事小說「成書迅速」「結構鬆散」「多抄史料」等特質，比較其與改編後作品《新世弘勳》，以及《檮杌閒評》三者關係，可以詳細看出《檮杌閒評》自簡陋的「時事小說」中誕生的過程。

《新世弘勳》的成書，自《勦闖小說》而來，孫楷第論《新世弘勳》云：「此書實脫胎於勦闖通俗小說，僅增益首尾及刪去書中『虜』字耳。」〔註 100〕。《檮杌閒評》目前可見的康熙間刊本，較《新世弘勳》順治八年序刊本晚出，《檮》書亦有與《新》書類似的地方，可能成書晚於《新》書，而且受到它的影響。

《新世弘勳》改編自《勦闖小說》的情形，大致可歸納爲以下三點：（1）態度謹慎，避清諱及當事人諱，（2）套用天命因果觀念，（3）注重通俗小說形式。《檮杌閒評》的內容與《勦》、《新》二書無涉，形式上與《新世弘勳》相同處在於：（1）

〔註 98〕《新世弘勳》改變《勦闖小說》人物名稱情況爲：第六回「劉宗敏」改「劉崇文」，「谷大成」改「容天成」，第七回「洪承疇」改「趙希云」，「孫傳庭」改「蔣專闓」，「楊嗣昌」改「湯同昌」，「曹春」改「李建泰」等等，諸人皆爲將領，而洪承疇爲清人平定江山的功勞不小，自然要加以避諱而改名姓了。此外，十九回，領導百姓抗流寇的鄉紳「謝陛」改「賀勝」，「貫飛」改「貝玉」，「盧世漼」改「方御史」。是回中，曾投李自成之「周鍾」「陳名夏」「楊禪師」改「趙天水、錢彭城、孫樂安」，眾人事蹟及言論，皆保留之。

〔註 99〕同註 44。

〔註 100〕《孫目》，頁 79。

套用天命因果觀念，（2）注重通俗小說形式，屬於《檮杌閒評》本身的創新之處則是「虛構」部份大幅增加，情節安排更為考究。

《新世弘勳》將《勦闖小說》原文，改寫的許多避諱之處，已敘於前，現在來分析「套用天命觀念」和「注重通俗小說形式」兩項——這同樣出現在《檮杌閒評》之中。因為《檮杌閒評》異於《新世弘勳》是改寫的小說，沒有受到原始「稿本」的侷限，可以自由安排發揮，所以這兩項要點，在《檮杌閒評》作者手下，更為靈活。

1. 套用天命因果觀念

早期時事小說，沒有使用「因果輪迴」的現象，作者忙於將複雜的時事資料，加以整理串聯，倉促成書，以滿足社會大眾對時事的關切心理。例外的是《于少保萃忠全傳》和《警世陰陽夢》，前者敘述于謙死後冤魂不散，為討回公道頻頻現身〔註101〕；後者描寫魏忠賢一夥奸黨，死後下地獄受苦之事〔註102〕，二者皆屬「冥報」，還沒有涉及靈魂轉世，以償前世業障的「因果」報應之事。直到改寫《勦闖小說》的《新世弘勳》出書，才開始走回傳統通俗小說《三國志平話》、《說岳全傳》之模式，使用輪迴轉世的方式解說歷史。

《新世弘勳》增加《勦闖小說》原書所無的第一回「閻羅王冥司勘獄，玉清帝玉闕臨朝」，第二回「滕六花飛怪露形，蚩尤旗見天垂象」，兩回之中，作者虛構「地獄已滿」，罪孽深重之人，須於轉世投胎後，在「刃兵劫內勾消」，於是遣煞星「月孛、天狗、羅侯、計都、凶煞諸神」降世，屠殺轉世投胎的眾生，製造浩劫，以順應天地。雖然這種無稽說法，毫無根據，可是在亂世一片殺戮之中，用佛教觀點來尋求解脫，自有撫慰民心的道理存在。此外，增加第十回「崇禎皇洩露天機，張道人祈禳妖孽」，利用張道人這個「神媒」，來透靈天意，暗示清朝將為中國之主，云：「一切奏聞，已蒙上帝鑒納，其諸災異妖孽，已命**北極佑聖真君**，馘斬收逐矣。」增寫的第廿二回「大清主登膺治世，張道人建醮酬天」敘述清朝順治皇帝，命建延禧萬壽醮，由張道人祭天，表示天命已歸清主。

《檮杌閒評》在第一回「朱工部築堤焚蛇穴，碧霞君顯聖降靈籤」中，條理清楚的敘述修河官吏與助河工有大功的蛇精，一段生死冤仇之事。第三回「飛蓋園蛇妖托孕」描寫魏忠賢之母侯一娘，受蛇精之感而懷孕生忠賢。第五十回「碧霞君說

〔註101〕《于少保萃忠全傳》自三十二傳于謙死後，至四十傳全書結束，于謙的冤魂屢屢出現。

〔註102〕《東京目》〈警世陰陽夢〉項下，孫楷第云：「其封面題識謂長安道人與魏監微時莫逆，忠賢既貴，曾規勸之不從。六年受用，轉頭萬事皆空，是云陽夢。及既服天刑，道人復夢遊陰司，見諸奸黨受地獄之苦，是云陰夢云云。……多里巷瑣語，無關文獻。陰夢十回，託之冥報，尤覺駢指。」頁233。

劫解沈冤」，借著碧霞元君之口，將楊漣、左光斗諸人與魏忠賢、客印月一黨前世恩怨，敘說清楚，云：「汝等夙世冤仇，今已八十餘年；當年因淮河水決，漕運不通、城郭淹沒，皇家命朱衡治水，有赤蛇名赭已現身設法效勞，暗示黃達以築堤之法，他也是爲自己身家性命；豈知黃達違了前言，竟築他的巢穴，其時仍該依他指示，別築，何致一火焚之，燒死他二百餘命。吾神彼時適奉玉旨押伏水猿總理黃淮，彼眾將沈冤上訴，中界主者會勘，命他轉生宮禁，以報前冤。魏忠賢、客氏乃雌雄二蛇轉世，其餘黨羽皆二百餘蛇族所化。楊漣乃朱衡後世，左光斗即黃達再生，萬燝是揚州通判——即定意下火者，今爾人受害尤慘，死於溽暑中，皮肉俱爛，以報他焦頭爛額之災。其被害諸人，皆是當年河工人員。」

《檮》書與《新世弘勳》不同之處，《新》書只是前兩回使用因果之說，以後即使有神怪之事，亦與因果輪迴無涉，《檮》書則在第五十回又將整個經過重述一次。《新》書原於最後一回的建醮，《檮杌閒評》採魏忠賢入宮前之妻傅如玉，爲建道場以消罪業，而求得碧霞元君說解冤情的一段道理。前者建醮爲清朝祈福，與輪迴因果無涉，後者解說冤情，將書首故事重提一次，如此看來，《檮杌閒評》所套用的因果之說，較《新世弘勳》更爲完整而有計劃。

2. 注重通俗小說形式

晚明時事小說，因爲成書倉促草率，無論作者有意爲史，或是偏向通俗文學，都呈現「文、史」不分，僅在作者有意偏向處，比例較高而已。以《勦闖小說》而言，在第三種刊本之時，出現「勦闖小史」的名稱。實在是夾雜太多的公文、奏摺、信函……等等文獻。《勦闖小說》在第一版又名《忠孝傳》之時，已經是一部筆記、雜聞組合而成的章回體時事小說，逮龔雲起增補修訂第二版《新編勦闖通俗小說》，添加更多書信、雜文等史料，稍加變動的第三版出現，竟然以「小史」爲名，如果未曾著意其版本變化，單看「小史」之稱，也許眞會讓人以爲這是具有可信度的一部稗史。然而這部倉促成書的作品，被《樵史演義》訾爲「浪傳」「憑空捏造」，近人顧誠亦指責此書作者，對流寇起義過程「不大清楚」，對賊酋亦「一無所知」〔註103〕，可見無論增補的龔雲起，如何添油加料，使其看起來更像稗史，無奈成書倉促，考證未能周詳，是書原敘云：

> 遇懶道人從吳下來，口述此事甚詳，因及平西勦賊一事，娓娓可聽，大快人意。命童子援筆錄之，可怒可喜，具在編中，用以激發忠義，懲創叛逆，其於天理人心大有關係，非泛常因果平話比。

〔註103〕見顧誠〈李岩質疑〉《歷史研究》1978年5月，頁63。

雖云：「非泛常因果平話比。」顯示其態度嚴謹，然而「道人口述，童子錄之」的成書方式，已承認無法詳實取信。

蓬蒿子改寫成的《新世弘勳》，以無稽的因果神話重整之。除了二版加入部份未錄之外，大部份保留改寫，又於每回之末，增加《勦闖小說》所無的「欲知後事如何，且看下回分解」擺出純粹通俗小說的模樣。改寫的第九回末，唐通兵敗原因是：

> 只見賊營裏趕出一隻老虎來，但見……。那老虎在戰場上跳躍，而兩隻吊眼金睛，放出紅光萬道。士卒見了，紛紛亂竄，嚇得唐通魂不附體，望風倒地，卻被這個老虎一口咬住。那時賊兵四面圍合，這個老虎原來不是眞虎，卻是假扮的，脫下虎皮，乃是賊將容天成。

又如第廿一回「牛金星計殺李岩，吳將軍力擒闖賊」寫李自成被吳三桂用「猛虎扒山陣」擒獲，雖不如前引文這般荒謬可笑，卻也是不合史實的無稽之談。

後人對此書絕無好評，鄭振鐸批評作者「並沒有什麼可以動人的敘寫才能」「其重要原因乃在敘述過於簡單，太求合於歷史，而忘其爲小說。」〔註 104〕，戴不凡稱之爲「此等拙筆，在古小說中實所罕見者。」「由於作者僻居鄉間，其所得有屬實者，有半眞半假者，道聽塗說而又益以胡編亂扯，復不敢寫及清兵，且不悉小說之結構法，而又必欲寫一部小說，乃形成此一部奇奇怪怪之書。」〔註 105〕。因爲係改寫《勦闖小說》的作品，雖然加上因果神話，和注重通俗小說的型式，仍然無法脫離「時事小說」結構鬆散，文史不分的舊包袱。

《檮杌閒評》是時事小說脫離「文、史」不分，結構鬆散的通性，而以「通俗小說形式」表達的最完美一部作品。在此之前，雖有《魏忠賢小說斥奸書》、《皇明中興聖烈傳》、《警世陰陽夢》諸書，亦是敘述魏忠賢惡蹟，不過《檮杌閒評》受其影響顯然不大，這從小說前半部所虛構魏忠賢掌權以前的經驗看來，作者是有目的的要塑造魏、客等人的形象，而不僅止於敘述魏忠賢亂政時所發生的事件而已。以《魏忠賢小說斥奸書》而言，八卷四十回之中，僅卷一前四回敘述魏忠賢掌權前之事〔註 106〕；《皇明中興聖烈傳》五卷五十則，僅卷一約八則爲虛構魏閹掌權以前事；《警世陰陽夢》十卷四十回，回目不詳，與《檮杌閒評》似乎亦無甚關連，孫楷第云：「所記與《皇明中興聖烈傳》相出入，多里巷瑣語，無關文獻，陰夢十回托之冥報，尤覺駢指。」〔註 107〕以上三書均以魏忠賢亂政之時事爲主要內容，在《檮杌閒

〔註 104〕鄭振鐸〈中國小說提要〉，《中國文學研究》，頁 339。

〔註 105〕戴不凡《小說見聞錄》，頁 270。

〔註 106〕回目見於謝國楨《晚明史籍考》，頁 388～392。

〔註 107〕同註 102。

評》中，這些事件尚未及全書之半，可見是書作者未如《新世弘勳》拘泥於《勦闖小說》爲底本的寫作方式，大膽的脫離前三部時事小說敘述魏忠賢事件的寫法，走向不僅當時，而且後代皆能接受的通俗小說路線。

《小說小話》云：

　　檮杌閒評，魏忠賢之外史也，亦有奇偉可喜處。〔註108〕

晚清王無生〈中國歷代小說史論〉把《檮杌閒評》與《金瓶梅》、《紅樓夢》、《儒林外史》相提並論，云：

　　《金瓶梅》之寫淫，《紅樓夢》之寫侈，《儒林外史》、《檮杌閒評》之寫卑劣……皆深極哀痛，血透紙；背而成者也。〔註109〕

胡師萬川評之爲：

　　以通俗小說的傳統來說，筆者認爲它雖然不是上上之作，卻也是一部不錯的作品，至少較之多少晚清社會小說，隨時可續可綴，滿紙怨氣的寫法，圓融可讀多矣。〔註110〕

戴不凡《小說見聞錄》雖然稱之爲「文筆平平」〔註111〕，但以戴氏評《新世弘勳》爲「此等拙筆，在古小說中實所罕見者」的標準看來，這兩部同爲清初完成的作品，前者不改時事小說型態，品評甚差，後者已立於與一般通俗小說同等地位之上。《檮杌閒評》能獨出於眾時事小說之中，作者不沿襲舊有寫作方式，大量加以「虛構」，潤色情節，是最主要的原因。

三、《檮杌閒評》所保存的時事小說特徵

《檮杌閒評》成書經過，較一般時事小說在事件結束後，快速出書的方式，有相當距離。目前所見最早刊本是康熙間出版，可以假設是書在順治年間已寫成，無論如何一定是在明亡之後完成，至少距魏黨伏法後已有十七年以上的歲月，若是康熙年間寫成，則有三十五年以上的時間（詳見次章）。雖然較一般時事小說遲緩，不過和常見的歷史小說比較，仍顯得迅速甚多。因爲時間上的充裕，作者能有更多時間構思，又配合他本人相當才華，整部作品文筆流暢，條理清晰，脈絡分明，與一般雜亂無章法的時事小說，自然有相當大的差距，不過是書也餘存一些時事小說的

〔註108〕《中國小說史料》，頁197。

〔註109〕王無生〈中國歷代小說史論〉《晚清文學叢鈔・小說戲曲研究卷》，頁36。按，是文「王無生」用筆名『天僇生』，今據劉文忠〈檮杌閒評校點後記〉改，《檮杌閒評》《中國小說史料叢書》，頁574。

〔註110〕胡師萬川〈談檮杌閒評〉《中央日報》文藝版，民國73年5月、10月。

〔註111〕《小說見聞錄》，頁173。

特徵，分析如后：

（一）、多抄史料

雖然《檮杌閒評》是鎔合神怪、閨情於一爐的小說，但是比較《檮》書有關歷史的部份——特別是二十八回魏忠賢掌權以後，諸多爲惡不法之事，頗多與史相合，而《明史》卷三百零六〈閹黨〉中的惡人「霍維華」（四十七回），在此書中搖身變爲明理仗義的大臣，〈閹黨〉中另一位編纂《點將錄》以打擊東林人士的王紹徽，也在此書中變爲「直臣」，而《明史》中屢次想替魏黨翻「逆案」的王永光，亦列入「直臣」（四十四回），可見《檮》書有和正史相左的觀點存在，這是時事小說成於正史之前，史觀與正史不盡相同的特徵。

（二）、結構疏鬆之處

「結構鬆散」是時事小說的特色之一。《檮杌閒評》雖已力求避免，仍未盡完善。一些作者不忍割捨部份，影響全書結構的整體性，例如二十四回至二十七回的四回之中，插入和正文無甚關連的「白蓮教」一段，故事重心突然自魏忠賢一黨轉移開來。又如四十四回「徵祥瑞河南出璽」敘述河南書生趙祥，得到玉璽的一段奇妙際遇，內容是鄉野神話，和全書關連性亦弱。其它在三十四回以後，事件發展到魏黨對東林人士及反對者的迫害，與原先以魏、客諸人爲主角的寫作方式，有不甚連貫的感覺。

作者不能果斷的將整部作品專注於魏忠賢及其週遭人士身上，反而企圖對他亂政時的天啓時代，做個面面俱到的說明，於是前半部情節在魏黨一群人身上時，結構章法都堪稱嚴謹，後半部牽涉到魏忠賢亂政時的種種惡蹟，偏向以史料爲主的內容時，就發生和一般時事小說一樣，在「結構」上出現問題。不過因爲作者修飾得當，仍比以往作品照抄生澀史料方式，來得易讀許多。此外第十三至十五回，魏忠賢與客印月偷情之事，也出現一般時事小說對惡人私生活渲染的描寫方式。

在《檮》書完成以前，敘述魏忠賢事件，已有《魏忠賢小說斥奸書》、《皇明中興聖烈傳》、《警世陰陽夢》等時事小說問世。《檮》書作者能不落俗套，推陳出新的完成這部作品，除了受到時事小說演化的客觀因素以外，作者本身的才華相當重要。雖然較長的孕釀期間，對作品成型有不可或缺的助益，但是拿大部份內容都發生於一百五十年前的萬曆間時事小說《于少保萃忠全傳》看來，這麼長的時間都無法讓作者有好的表現，則《檮》書作者顯然優於《于》書作者。

《檮杌閒評》用更通俗化的方式寫作，有優於一批批趕時效，粗製濫造「時事小說」的成果。脫胎自時事小說的《檮》書，除了在成書過程上有值得研究的特殊背景之外，作品本身也相當具有研究價值。

第二章　作者與版本

第一節　成書時間與版本問題

一、成書時間

除《檮杌閒評》以外，敘述魏忠賢一黨貪污、腐化的《魏忠賢小說斥奸書》、《警世陰陽夢》、《皇明中興聖烈傳》等三部作品，皆是崇禎年間刊行。《檮杌閒評》成書年代則不詳，目前所見最早刊行本爲康熙年間出版。我們可從小說內容之中，揣測此乃明末清初的作品，因爲書中同時出現了清人的立場與明人的口吻。

首先分析屬於清人立場的部份：

（一）第五十回「明懷宗旌忠誅惡黨」，「懷宗」乃明末崇禎皇帝殉國以後，清廷所予謚號（後改爲莊烈帝。弘光朝謚曰「思宗」又改「毅宗」。）〔註1〕

（二）第四十四回云：「他（武永春）因兵克廣寧時，收拾了些細軟，並人參十斤，進京避亂。」此處指滿清軍隊攻「克」廣寧，用的亦是清人口吻。

另一方面亦出現屬於明人立場的部份，如：

（一）第三十三回云：「本朝舊例，打問本上即送法司擬罪。」這裏說的是許顯純拷問楊、左諸賢，而「本朝」分明指「明朝」。

（二）第三十三回又云：「奴酋陷遼陽，他（明吏馮盛明）便棄官而歸。」此處

〔註1〕「按王汝南《續補明紀編年》卷末有云：『大清定鼎，謚先帝爲「懷宗端皇帝」』；多爾袞〈致史可法書〉云：『入京之日，首崇懷宗帝后謚號』據此，可知清初加謚，固屬如此。乾隆間官修《明史》及《歷代通鑑輯覽》所云『謚曰「莊烈愍皇帝」，陵曰「思陵」』，乃爲後來所竄改。」「又按南明弘光時，初上先帝謚號曰『思宗烈皇帝』，後改廟號曰『毅宗』」。周始〈崇禎實錄序〉，台灣文獻叢刊294，頁1。

「奴酋」指女眞頭目努爾哈赤，作者稱其爲「奴酋」，亦是明人口吻。

（三）三十六回云：「就是（遼東）一帶屬夷，也無不想望見（熊廷弼）風采。」所謂「屬夷」亦是明人稱當地女眞族的語氣。

（四）是書對於明朝官場熟知的程度，以及明代戲曲資料保存的現象，治史學者繆荃孫〔註 2〕、戲曲專家戴不凡〔註 3〕，皆認爲此乃明人作品。

從是書行文矛盾的立場，可以推測作者應生長於明朝，書或亦寫於明之未亡，然完成於清初。在改朝換代之際，一些已成習慣的用語仍然保留，所以造成這種奇特不協的現象。

二、版本問題

坊刊小字，署名「京都藏版」的《檮杌閒評》，是目前較易看到的最早期版本。劉文忠氏又發現了「刻工較精、舛誤較少」的「刊本」，將「刊本」與「京都藏版」比較，兩種版式、內容完全相同，又經過研究善本學者專家的鑑定，認爲此「刊本」乃是較「京都藏版」爲早的版本。〔註 4〕

目前台北天一出版社影印發行的《檮杌閒評》，經比照版式及內容後〔註 5〕，可知亦屬於此類最早的版式，因此，本文以這套書做爲研究依據。此外，上海古籍出版社《古本小說集成》亦採用這種最早版式。

全書共計五十卷五十回。卷首爲古詩、詞及文言文寫成的「總論」一卷，次爲總目，其次在正文前有主要人物綉像十六葉十六幅，每幅後半葉，分別用眞、草、隸、篆四體文字，簡介其人。正文半葉九行，行二十字。版心題「檮杌閒評」，次卷數，次回數，次葉數。單魚尾。

關於避字方面，此版有避康熙諱字「玄」的現象。在第十七回和第四十六回出現的道士陳元朗，此二回中，分別各有一次用「玄」朗的稱呼，可見本爲「玄朗」因諱而改名「元朗」〔註 6〕。天一影印本第四十六回的「玄」朗，末尾缺筆爲「玄」，第十七回則未缺筆，又第十二回「免搗玄霜」的玄，亦未避諱。從影印本字跡模糊的狀況看來，是版可能爲多次刊印後的本子，所以有所疏略。劉文忠校訂的「刊本」，

〔註 2〕清史總纂繆荃孫於《三垣筆記跋》中，懷疑是書作者爲明遺臣李清。詳見次節。

〔註 3〕戴不凡《小說見聞錄》云：「文筆平平，但記明季事實，似均有所根據。有關戲曲資料各節，更非清人所能憑空杜撰。」，頁 173。

〔註 4〕見劉文忠〈檮杌閒評校點後記〉，鉛印校訂本《檮杌閒評》，《中國小說史料叢書》（北京：人民文學出版社，1983 年），頁 569。

〔註 5〕比照天一影印刊本《檮杌閒評》，內容與前註鉛校本相同，版式亦符前註〈校點後記〉所云，故。

〔註 6〕見〈檮杌閒評校點後記〉。

兩回中的「玄朗」和「免搗玄霜」都避諱爲「玄」。康熙名「玄燁」，雍正名「胤禛」，乾隆名「弘曆」，是書「弘」「曆」二字不避，「胤」「禛」二字未曾使用，從避康熙「玄」字看來，是書應刊行於清康熙年間，至遲也是雍正朝的產生。

其它刊本有：

清刊本：

《西諦書目》云：「檮杌閒評五十卷五十回，清刊本，二十六冊，有圖。」〔註 7〕

巾箱本：

《販書隅記續編》云：「檮杌閒評五十卷，首圖像一卷，不著撰人姓名，無圖像一卷，不著撰人姓名，無刻書年月，約嘉慶間刊巾箱本。」〔註 8〕

此外，孫楷第《中國通俗小說書目》引《舊學盦筆記》云，有「大本」，未見〔註 9〕。今查《舊》書原文〔註 10〕，不見此語，惟《品花寶鑑》項下提到，有大版精刻的《綠野仙蹤》，則孫氏所云殆誤。

是書日後改名爲《明珠緣》印行。《小說小話》云：「今坊間翻刻，易其名曰《明珠緣》〔註 11〕。版本有：

石印本：

《西諦書目》云：「繪圖明珠緣六卷五十回，石印本，六冊。」〔註 12〕

劉文忠云：「今存光緒二十年（1894 年）上海書局石印本《檮杌閒評》，即易名爲《明珠緣》。」〔註 13〕

目前市面上有民國六十四年台中瑞成書局，六十九年台北廣文書局，七十一年台北文化圖書公司以「明珠緣」爲書名出版，三種本子內容完全相同，只是句讀符號有異，偶有字模誤差而已。這種名爲《明珠緣》的內容和《檮杌閒評》原書比較，有刪節處，刪誤、改誤處。現行本《明珠緣》從很多地方都顯示出已是一部經過刪改的本子。比照時下坊間《明珠緣》與《檮杌閒評》相異之處如後：

（一）刪節處

《明珠緣》與原書最大不同處，在於刪節部份甚多，可是仍然維持五十回的數量，沒有減少。總計刪節處包括：「總論」一卷、插圖、詩詞，和部份內容。

〔註 7〕見《西諦書目》目四，頁 63。

〔註 8〕《販書隅記續編》，頁 185。

〔註 9〕《孫目》，頁 77。

〔註 10〕《舊學盦筆記》民國七年刻本，中研院傅斯年圖書館藏。

〔註 11〕《中國小說史料》，頁 197。

〔註 12〕同註 7。

〔註 13〕同註 4。

原書在描寫景物及人物出場時，均有附上詩、詞的現象〔註 14〕。《明珠緣》則做了大幅度的刪除。在「內容」部份，最明顯的莫如第三十回「侯秋鴻忠言勸主，崔呈秀避禍為兒」下半回崔呈秀拜魏忠賢為義父的情節，完全刪除；其次是三十七回，有一段敘述方景陽被誣指畫符殺人事，約一葉半又四行，亦被刪去；其餘多則二、三十字，少則十字以內之例，屢見不鮮。

（二）誤刪、誤改處

《明珠緣》在字句上誤刪、誤改的情況嚴重，例如：第三回「王公子的娘子，年方一十八歲」，刪去「的娘子」，則後文又出現王公子「年方二十」，無法解釋。第十二回「薊州」改為「蘇州」，一北一南相隔甚遠，和全文內容亦不協調。第二十回「三、五十花子太監」改為「三、四千太監花子」。第二十一回「方相公道：『師此可知聖意』」改為「即此不知聖意」。第二回「思想那人，情兒、意兒、身段兒，無一件不妙」改為「思想那情人兒，竟身般兒無一件不妙」，讓讀者不知所云。第三十四回「前蘇杭織造李實，寵用了個司房黃日新」改為「李寶龍用了個司房」。諸如此類者，為數不少。

（三）改易處

《明珠緣》也故意更改了許多原書使用的字句，而沒有明顯的誤差。先談「回目」方面：

第二回「侯一娘永夜引情郎」改為「永夜透芳情」。第三回「陳老店小魏偷情，飛蓋園妖蛇托孕」改為「小魏稱心」「妖蛇託孕」。第十八回「河柳畔遇難成閹」改為「遇逆」。第二十四回「匕淑英遇會遭羅」改為「遭難」。第三十五回「擊緹騎五人依義」改為「使義」。第四十三回「沒影叨功拜上公」改為「叨封」。第五十回「明懷宗旌忠誅惡黨」改為「誅眾惡」。

其次在內容方面，如：

第一回「那鐵索遽鎖住了肝腸」改為「鎖住了心肝」，「兩行松翠陰陰」改為「兩廊松柏陰陰」。第二回「這臨清馬頭」改為「臨清地面」，「夫婦收拾，飯吃了」改為「吃了飯」。第三回「我們大家歡樂歡樂」改「快樂快樂」，「兩岸都栽著桃柳」改「岸上栽得兩廊桃柳」。第十二回「只因這裏布又未發得」改「未銷去」，「掌嘴」改「巴

〔註 14〕薛宏勣云：「《閒評》還尚於仿效唐人的筆法，唐人的寓言小說有一種特殊的諧隱手法，就是書上描寫的對象，通過詩、詞、隱語，自報家門，自我描述。讀者從這種影射的描寫中，可以猜出它的本來面目，並窺知作者的寓意所在。」——〈明末清初小說漫議〉《明清小說論叢第一集》，頁 30。
經過《明珠緣》將詩詞刪去之後，這樣的現象已看不出來。

掌」，「且緩」改「且慢」，「姨娘」改「姨母」。第十三回「沒酒沒漿」改「沒醬」，「印月打橫」增飾爲「印月打了橫坐」，「抵償」改「除算」，「七官又混了不見」改「七官一幌又不見了」，「你種個火送了去」改「你要送火去與他」，「把勢」改「館夥」。第二十一回「二人你扯我拉不肯放鬆」改「二人齊扯住不放鬆」。第二十二回「只見青歸柳眼，紅入桃腮」改「只見清風徐來」，「保姥」改「保姆」，「傍看」改「旁觀」，「看菊」改「觀菊花」。凡此種種，彼彼皆是。

總之，目前普及於市面的《明珠緣》，已是《檮杌閒評》原書的刪改本。不過，刪去的以詩、詞爲主，反而使得章節更見緊湊，至於字句方面的頻頻改易，間或有誤改誤刪者，然而對於全書的內容結構，皆大致保存，無所影響。

第二節　從「李清」「李元鼎」討論作者問題

最早提出《檮杌閒評》作者爲明末清初史學家「李清」者，爲《清史稿》總纂繆荃孫，隨後鄧之誠亦贊同之〔註15〕。不過這個說法尚待商榷。如下：

1. 「李思誠辨冤始末」問題：

繆荃孫認爲是書爲李清所作，在於其中載有李清祖父李思誠受冤的經過原委之故。不過李思誠受冤一事，並非僅見於《檮》書，谷應泰《明史紀事本末》卷七十一《魏忠賢亂政》敘述甚詳，《興化縣志・人物》亦有說明。雖然《明史》未加解釋〔註16〕，但可見此乃公開事件，爲乃祖辨冤不能算作李清寫《檮杌閒評》的主要理由。

2. 「劉若愚」的角色問題：

李清在其作品《三垣筆記》中，曾經稱贊劉若愚與其作品《酌中志》卷上補云：

〔註15〕最早提出《檮杌閒評》作者爲明末清初史學家「李清」者，爲《清史稿》總纂繆荃孫，隨後鄧之誠亦贊同之。鄧之誠《骨董續記》卷二〈檮杌閒評條〉云：「《檮杌閒評》，不詳撰人，其所載侯魏封爵制辭，皆不類虛構，述忠賢亂政，多足與史相參。繆藝風藕香簃別鈔云：『弘光朝工科給事中李清，爲其祖李思誠辨冤，思誠由翰林轉福建副使，與呂純如比而媚稅監高寀，逆賢用事，仍復原官，歷升禮部尚書，頌美逆奄，有『純忠體國，大業匡時』等語，故入逆案。按《酌中志》云：『河南右布政使邱志完，輦三千金饋崔呈秀，謀升京卿，爲邏卒所獲。思誠寓呈秀比鄰，乃卸罪於思誠，因之革職。映碧欲辨三千金之誣則可，欲辨入逆案之冤則不可，「純忠體國，大業匡時」是何等語？尚以爲不當入逆案耶？《檮杌閒評》亦載此事，因心疑亦映碧所撰。』之誠案：《檮杌閒評》記事，亦有與《三垣筆記》相發明者，總之非身預其事，不能作也。謂之映碧所撰，頗有似處。』，《骨董瑣記・續記・三記》，頁338～339。

〔註16〕李思誠因與魏黨交往，入「逆案」，《明史》卷一九三〈李春芳〉附思誠，未論及其於天啓朝受冤末。

所紀客氏、魏忠賢驕橫狀，亦淋漓盡致，其爲史家必採無疑。〔註 17〕

可見李清必閱讀過此書，然而《檮杌閒評》與《酌中志》在敘述魏忠賢生平方面，有極大的差距（見次章），劉若愚在《檮》書中甚至變成魏忠賢結拜兄弟，和他一起狼狽爲奸。

李清已於《三垣筆記》中稱贊劉若愚，又何必在《檮杌閒評》中痛責他？這樣自相矛盾的情形，也減弱李清是《檮》書作者的可能。

然而，仔細研究結果發現，即使李清不是此書作者，仍可從他身上找到許多線索，提供探求作者的參考。

一、政治立場相似

《檮杌閒評》一書，從書名可知，這是一部閒評「惡人」——檮杌的作品。原則上，它是以魏忠賢、客印月和親信太監李永貞、劉若愚、李朝欽等及外廷崔呈秀、田爾耕、倪文煥、許顯純、吳純夫等諸人爲「惡」，而以楊漣、左光斗、黃尊憲、周順昌、高攀龍……等等先後被冤死的東林諸賢爲「善」，然而另一方面，小說對於崇禎二年入欽定「逆案」的大臣霍維華、王紹徽、楊維垣等，當其秉持公議，反對魏、客一黨之時，亦不吝記載其錚錚之語。如第四十七回霍維華云：

客氏不過一乳媼耳，他二個兄弟與兒子，都已蔭爲指揮，也就殼了；今日又要封伯？若客氏要伯就伯，忠賢要公怕不就公麼？此事斷乎不可。

然而，對於東林之中善於心計的汪文言，則在第三十一回痛加詆責，云：

憑著那副涎臉、利嘴、輭骨頭、壞肚腸，處處去打哄。

晚明政壇，分「善」「惡」的情況，大體是以「東林」及「復社」之人爲善，反對者爲惡，因此前有附魏忠賢——崇禎二年欽定「逆案」中人，其與「東林」不合爲惡（見《明史》〈閹黨〉）；後有閣臣周延儒、溫體仁及其附庸者，其與「復社」不合爲惡（見《明史》〈奸臣〉）。然而在區分「善」「惡」時，輿論並不一致，《檮杌閒評》就有替「逆案」中人說解的現象。這個情形與李清寫作《三垣筆記》的立場相似，因此繆荃孫在《三垣筆記跋》一文中，批評李清不應爲「逆案」中人洗刷〔註 18〕，

〔註 17〕《三垣筆記》，頁 42。

〔註 18〕繆荃孫的立場與《明史》、黃宗羲相同，李清則與夏允彝一致，黃宗羲曾批評夏氏《幸存錄》爲《不幸存錄》於前，繆荃孫則批評《三垣筆記》、《檮杌閒評》於後。黃氏《汰存錄》云：「近見野史，多有是非倒置者。推原其故，大略本於夏彝仲允彝幸存錄。彝仲難死，人亦遂從而信之。豈知其師齊人張延登——延登者攻東林者也，以延登之是非爲是非，其倒置宜矣。獨怪彝仲人品將存千秋，並存此錄，則爲其玷也大矣！謂之『不幸存錄』可也。晚進不知本末，迷於向背；余故稍摘其一二，所以

並懷疑李清寫作《檮杌閒評》「用心良苦」，云：

映碧（李清字）凡事爲逆案洗刷，以東林爲門户、爲聲氣，以張捷、楊維垣爲效忠，借彝仲（夏允彝）之言以發明其意旨，而其嫁名之罪，愈以大明……弘光元年正月，工科都給事中李清，爲其祖逆案閒住李思誠冤，下部議，李喬再疏辨冤，命復原官，映碧業已爭回朝廷之賞罰，復欲變亂清議之是非，而專護殘局，顛倒公論，千秋而後，自有定評，不惟不能雪附閹之恥，轉而附閹，增出佐證……至章回小說有《檮杌閒評》一書，專記客、魏逆蹟，亦載入尚書（李思誠）不願借邊功封魏氏子弟，受誣削籍，並謂河南右布政邱志完輦三千金餽崔呈秀，謀升京卿，爲邏卒所緝，思誠寓與呈秀鄰，呈秀卸罪於思誠，革職爲民一則。其書徵實處多，疑映

愛彝仲耳。」頁 756。

夏允彝《幸存錄》中，固然對於與東林、復社不同道的某些人品性不恥，但是對東林、復社亦無過度溢美之辭，云：「平心論之，東林之始而領袖爲顧（憲成）、鄒（元標）之賢，繼爲楊（漣）、左（光斗），又繼爲文震孟、姚希孟、最後輩如張溥、馬世奇輩，皆文章氣節足動一時。而攻東林者，始爲四明，繼爲亓（詩教）、趙（竑），繼爲魏（忠賢）、崔（呈秀），又繼爲馬（士英）、阮（大鋮），皆公論所不與也。**東林中亦多敗類，攻東林者亦間有清操獨立之人；然其領袖之人，殆天淵也。**東林之持論高而於籌虜剿寇卒無實著，攻東林者自謂孤立任怨，然未嘗爲朝廷振一法紀，徒以忮刻，可謂之聚怨而不可謂之任怨也。其無濟國事也，則兩同者之耳。東林附麗之徒，多不肖，貪者、狡者俱出其中，然清議猶得而持之，間亦以公道拔人。其行賄者，尚恥人之知之也。攻東林者，納賄維日不足。至崔、魏之時，南都之政，則明目張膽，以網利爲事，以多納賄爲榮而不以爲恥者。」頁 17～28。

李清《三垣筆記》的寫作立場，與夏允彝《幸存錄》相同，是書自序云：「獨夏彝仲（允彝）《幸存錄》出，乃得是非正則，以存公又存平，斯貴乎存耳。若予作是記，與是錄相先後，時殊、事殊，而惟無偏無黨以立言則不殊，苟彝仲見此，無乃首領是記，亦如予首領是錄，而又以存我心之同然爲幸也。」頁 8～9。

《三垣筆記》一書中，固然對當時與復社作對的首輔：溫體仁、周延儒殊多不滿，亦不恥東林的吳昌時、鄭鄤之輩，李清指責吳昌時勾結宦官，擅改聖議，居里守禮、居廷則苛，攀緣結黨之類者。又云：「鄭庶常鄤、吳銓曹昌時皆奸人也，一附黃翰林道周，一附鄭冢宰三俊，人欲擊鄤恐累黃公；欲擊昌時，恐累鄭公。」頁 134。此外，李清南下之後，眼見東林、復社的所作所爲，也有灰心氣餒之處，云：「我來渡江時，望東林諸君如山嶽，及渡江後，始悉錢謙益、熊明遇等所爲，夙昔之意都盡矣。」頁 377。

《三垣筆記》眾多條項中，皆論個人，而沒有絕對的稱「東林、復社」與反對者，那一派爲善，那一派爲惡，例如文震孟爲東林夙望之士，操守、品性皆獲好評，亦有「入閣行事亦疏脱」頁 292；而《明史》入〈奸臣〉的溫體仁，陰險、狡詐之事屢現，是書亦不吝指出其在處理極繁瑣的刑名、錢糧、名姓等公文時，有明確的料理才幹，頁 296。總之，李清憑著他在刑、吏、工三科給事中的官場經驗，彙集見聞而成的《三垣筆記》，對於晚明朝臣不僅從政治立場下斷語。

碧所撰，用心可謂良苦。孟子所謂：孝子慈孫，百世不改，而此案決不能翻也。〔註19〕

繆氏認爲李清在《三垣筆記》中爲「逆案」（即附魏客諸臣，崇禎欽定「逆案」以懲之）翻案，而《檮杌閒評》與《三垣筆記》的立場相似，所以《閒評》亦是李清所作。繆氏雖儘提出「李思誠受冤始末」一事爲證，可想而知，繆氏認爲《檮杌閒評》在別的部份亦和李清《三垣筆記》類似，那就是「欲爲『逆案』翻案」。

「逆案」頒定之後，列入案中之人日夜謀翻案，終於在南明弘光朝阮大鋮掌權時成功〔註20〕，然而不到一年時間南都亡覆，翻案之事如曇花一現，《明史》阮大鋮入〈奸臣〉。明末復社人物攻擊阮某不遺餘力，有〈留都防亂公揭〉將其趕出南京，認爲阮某乃魏閹遺黨〔註21〕。明末清初完成的《檮杌閒評》，在寫客、魏亂政的朝政時，沒有提到當時被輿論攻擊最利害的阮大鋮，對於「逆案」中之霍維華、楊維垣、王紹徽等則褒讚之〔註22〕，可見是書作者應受「翻逆案」的影響。無怪乎繆荃孫云：

其書徵實處多，疑映碧所撰，用心可謂良苦。孟子所謂：孝子慈孫，百世不改。而此案決不能翻也。〔註23〕

可見，繆氏對於李清欲爲其祖李思誠辨冤之心，不以爲非，然對《檮杌閒評》一書涉及「翻逆案」，則頗不以爲然。他認爲李清就是《檮杌閒評》的作者。

「逆案」的該不該翻？從《明史》將其中重要人物列入〈閹黨〉中，可見經過史學家深思熟慮，擇其代表人物載於正史，自然因爲諸人替魏忠賢、客印月爲倀，罪不可免，然而「東林」作風亦有可議之處。《明史》卷二百五十六論贊曰：

方東林勢盛羅天下，清流士有落然自異者，詬誶隨之矣。攻東林者，幸其近己也，而援以爲重，於是中立者類不免蒙小人之玷。核人品者，乃

〔註19〕〈三垣筆記跋〉見於《藝風堂文續集》卷六，台北文海影印民國二年刊本，頁14～15。台北華文影印民初吳興嘉業堂刊本《三垣筆記》無此跋，書首李詳序並爲李清遭繆藝風〈三垣筆記跋〉指責而辯護，因詳乃清五世族孫，和此書刊行者，故。

〔註20〕逆案之翻，《明史》卷三百零六〈閹黨〉云：「（逆）案既定，其黨日謀更翻，王永光、溫體仁陰主之，帝持之堅，不能動。其後張捷薦呂純如被劾去，唐世濟薦霍維華、福建巡按應喜臣薦部內閒住通政使周維京，罪至謫戍，其黨乃不敢言。福王時，阮大鋮冒定策功，起用，其案始翻。於是太僕少卿楊維垣、徐景濂、給事中虞廷陛、郭如闇、御史周昌晉、陳以瑞、徐復陽、編修吳孔嘉、參政虞大復輩，相繼而起，國亡乃止。」頁7853。

〔註21〕阮大鋮事，見《明史》卷三百零八〈奸臣馬士英附阮大鋮〉。

〔註22〕是書四十回「據災異遠逐直臣」所稱的「直臣」包括：「王永光」「彭汝楠」「高弘圖」「王紹徽」等，其中永光於崇禎朝謀替逆案翻案，不遺餘力，王紹徽曾作東林《點將錄》陷害東林黨人，後入「逆案」。

〔註23〕同註15。

專以與東林厚薄爲輕重，豈篤論哉。

因爲「東林」作法的失當，當時也有出現批評他們的言論，如夏允彝、李清等。《檮杌閒評》的作者當然也是其中的一位，而且他和李清一樣，都有替「逆案」中人說解的情形，弘光朝阮大鋮當政時，還將逆案「翻」正，可見，李清與《檮》書作者同樣歷經了「翻逆案」的潮流〔註24〕，有相同的觀念，但尚不足以證明二者爲同一人。

二、親身經歷過魏忠賢亂政的時代

第一章對於「時事小說」下的定義是：「作者曾親身經歷，至多是父執輩時代口耳之間傳聞。」李清出生於萬曆二十九年〔註25〕，天啓元年魏忠賢開始嶄露頭角時，他二十一歲，是年科考中舉〔註26〕，魏閹亂政，正逢青年時代，而乃祖李思誠在朝爲官，一直到天啓六年官居禮部尚書，不久被革職回鄉〔註27〕，則朝中大事，也可自祖父口中得知一、二。繆荃孫稱：

其書徵實處多，疑映碧所撰。

鄧之誠《骨董續記》，卷二《檮杌閒評條》云：

其所載侯、魏封爵制辭，皆不類虛構，述忠賢亂政，多足與史相參。……總之非身預其事，不能作也。謂之映碧所撰，頗有似處。〔註28〕

可見二人除了提到是書與《三垣筆記》「相發明」之外，對於其「信實」之處，亦頗爲強調。

李清於崇禎四年中進士，始踏上仕途，先後經歷刑、吏科給事中，弘光朝復任工科都給事中，久居官場，多年科道生涯，使其對於朝中行事，頗爲熟悉，《三垣筆記》記載崇、弘二朝官場內幕甚多。李清享壽八十有二，生逢萬、啓、崇、弘及清順、康六朝，卒於康熙十二年。明亡不仕，居鄉三十八年〔註29〕，可見其社會閱歷亦頗爲豐富，《檮杌閒評》對於官場事敘述甚詳之外，對於社會問題也很關注，和李清的經歷亦符。

總之，《檮杌閒評》敘述的時代，李清曾親身經歷過，無論屬於「官場」方面，還是「社會」經驗方面，都符合做爲像《檮杌閒評》這麼一部時事小說作者的外在

〔註24〕見註3。

〔註25〕見王重民〈李清著述考〉《圖書館學季刊》二卷三期。

〔註26〕《清史稿校註》卷五〇七〈遺逸一〉〈李清〉，頁11495。

〔註27〕《明史》卷一九三〈李春芳附李思誠〉，頁5120。

〔註28〕同註15。

〔註29〕同前。

條件，以他八十二年的人生閱歷而言機會太大了。除非他就是《檮杌閒評》的作者，否則，《檮》書作者一定是和他生存的時代相重疊，二人有類似經歷的一位人物。

三、地緣關係

錢靜芳《小說叢考》〈檮杌閒評考〉一文，雖未討論作者問題，不過在談到小說第一回水怪巫支祈傳說時，云：「今巫支祈井，在盱眙縣東北龜山寺後，客其地者類能言之。」提出「地緣」關係做爲線索，提供研究作者問題的一個方向。

《檮杌閒評》以黃河在蘇北一帶氾濫成災開講。官員治河時誤殺有助河工之蛇精，於是引起一場因果輪迴報應的故事。造成水患的主角，是書稱之「支祈連」〔註30〕，曾於唐德宗時爲患，賴觀音大士之助，將其鎖於龜山潭底。明嘉靖時復出爲患，被碧霞元君收伏，而它帶來的水患，所引起的治河恩怨，是這部借天命觀點成書的寄託所在。

我們將《檮杌閒評》第一回，故事發生的幾個地理背景，如「龜山」「大聖寺」「高家堰」「泰山廟」……等等，與當地縣志比較，結果都大致不差，細微處如修河時須預留「閘洞」和「植柳護堤」，皆符合事實，可見作者不僅曾「客其地」，其人對當地水文、地理景觀的了解程度，以及觸發他用此處的地緣背景做爲故事的開場，在在都顯示出他與此地的關係密切。先將第一回中的「地緣」與實際情況，做個比較，如下：

泰山廟：

第一回中，巡捕官云：「寶應縣城北泰山廟香煙最盛；香氣嘗聞四、五十里。」廟中祭祀的神祇，爲「奉玉帝敕旨來淮南收伏水怪」之「泰山頂天仙女碧霞元君」。《寶應縣志》中，稱之爲《泰山殿》，共有兩處，其中一處又稱「碧霞宮」，即是供奉碧霞元君，《縣志》云：「康熙志載宏濟河未開以前，官舫舶到此入湖，涉風濤之險，皆恐懼祭賽，以故香火繁盛，香錢歲充。水衡河成遂衰，然歲首香會，遠近至者，尚二千餘起。」〔註31〕可見《檮杌閒評》作者所言不差。

龜山、大聖寺：

第一回提到的水怪巫支祈，被鎮壓於龜山潭底。《盱眙縣志稾》云：「龜山，治

〔註30〕傳說中的淮瀆水怪名「巫支祈」，又有：無支祈、巫祇祈、旡支祈、無祇祈……等同音異字的稱呼，是書作者稱「支祈連」不知所從何來。有關「巫支祈」神話，詳見葉德均《戲曲小說叢考》〈無支祈傳說考〉，頁495～515，及《中國的水神》十五章〈巫支祁和僧伽〉，頁167～180。

〔註31〕「泰山殿」見《寶應縣志》卷二「寺觀」，頁127。

東北三十里，一曰下龜山，其西南隅有絕壁，下爲支祈井。」〔註32〕回中所云「大聖寺」者，在盱眙縣內龜山之上，《縣志》稱之「淮瀆廟」〔註33〕，因爲廟中祭祀有收伏水怪的「僧伽大聖」，所以作者使用「大聖寺」一名，或許亦是當地俗稱。

高家堰：

第一回中對於修河工作，有一段相當深入的描寫。作者首先提到「高家堰」——這個防河工程爲古老設施〔註34〕。明朝黃河屢氾，並侵入淮河水道，使得淮河亦受淤淺之患而氾濫成災。明初治河大臣陳瑄，以至萬曆年潘季馴，都以整修「高家堰」爲首要工作〔註35〕。現舉清康熙二十三年的聖旨，可見此工程的重要性，云：

> 朕觀高家堰，地勢高於寶應、高郵諸水數倍。前人於此作石隄障水，實爲淮揚屏蔽，且使洪澤湖與淮水并力敵黃（河）、衝刷淤沙，關係最重，今高家堰舊刂（？）及周家橋、翟壩修築雖久，仍須歲歲防護，不可輕視，以隳前功，欽此。〔註36〕

這段話與《檮杌閒評》第一回朱衡議治水患的方針相同，如下：

> 「查得淮、黃分處，原有大堤，名爲高家堰，由淮安揚家廟起，直接泗州其有五百七十里。乃宋元故道，久不修理，遂致淹沒。朱公（朱衡）道：『既有舊堤，必須修護。』」

治水工程——主要是修護「高家堰」，已是慣例，《檮杌閒評》作者必早知悉，所以蛇精出現，就是幫助築堤河臣黃達，如何在被水淹沒的高家堰舊跡上，重新打樁築堤。

閘洞與植柳：

第一回在堤將築成時，黃達提出要「建閘洞四座，起閉由人；旱則閉之，以濟漕運；水則啓之，以固堤。」朱衡視察新堤時，「令兩旁種柳，使將來柳根盤彎，可以固堤。」「建閘」、「植柳」，都是治河之必要工程。《盱眙縣志槀》註云：「（萬曆二十一年）開高堰北五十里武家墩，以殺其（淮水）勢，此開三閘之始也。其後乃建武家墩閘……高良澗閘……周家橋閘……。」〔註37〕《寶應縣志》云：「『閘』名平

〔註32〕《盱眙縣志槀》卷二「山川」，頁100～103。

〔註33〕同前註，卷三「建置」，頁207。

〔註34〕同前註，卷二「山川」，註云：「潘公所以治之者，有二要焉，一在海口，一在高堰，高家堰者，《郡志》云：『後漢建安中，太守陳登所築。』」，頁125。

〔註35〕《明史》卷八四《河渠》二。

〔註36〕康熙聖旨，見《高郵州志》首卷「恩綸」，頁60。

〔註37〕《盱眙縣志槀》卷二「山川」，頁124。

水，或蓄或洩，變通以時。」〔註 38〕《興化縣志》〈圖說〉諸圖，均標明「牐」（即「閘」）的位置，閘洞的重要性可見。

「植柳護堤」之事，《寶應縣志》曾說明「沿堤植柳」屬於築堤工作的要項之一。寶應縣有「柳園」，專門供應築堤時所需的柳枝，《縣志》云：「一在槐樓灣河東，一在二里溝河西，河工需用柳枝，皆望青而採，民間畏運送之苦，多自伐其樹，迨『柳園』種植成林，不復採民間柳矣。」〔註 39〕

從以上寺廟、山川、治河諸方面看來，小說作者，對於淮河、黃河交會一帶的地理情況，必定有相當程度的了解，所以寫來無誤。蘇北「高郵、寶應、興化、泰安」諸縣，明、清兩代飽受黃、淮河肆虐之苦，治河工作，與他們身家性命攸關〔註 40〕。《檮杌閒評》第二回描寫河工完成，人民安居樂業的景象，云：「和風拂拂；細柳陰陰；麥浪翻風，漁歌唱晚；處處柔麻深雨露，家家燕雀荷生成。」文中熱烈的慶功場面、豐盛的筵席，都顯示出當地民眾對於修河工程能一勞永逸的深切盼望。

假設作者曾長住該地，或者籍貫即在當地，因此整理諸縣志「人物志」和「僑寓」中屬於明末清初，和是書完成年代相符的士人，則前文所提到的「李清」，爲興化縣人〔註 41〕。在「地緣」關係上，也很相符。

還有一個問題是，我們不能排除錢靜芳所云「客其地者類能言之」的這句話，李清是興化人，明亡後曾隱居高郵一段時間。然而，小說故事發生地點以寶應爲多，縱使蘇北「高、寶、興、泰」四地，地理水文關係密切，但遺憾的是未能找出李清確實曾居住寶應的記錄〔註 42〕，因此這一論點也不能肯定作者爲何人。

四、其它方面透露的作者問題

前三點討論作者之事，都圍繞在李清周圍，還有一項可疑線索，第二回中提到朝廷差臨淮侯李言恭和禮部尚書徐堦祭拜二陵，分祀河神。徐堦於明世宗（1522～1566）時曾任首輔，是除去奸相嚴嵩的大功臣〔註 43〕，李言恭則於明神宗（1573～

〔註 38〕《寶應縣志》卷三「水利」，頁 213。

〔註 39〕《寶應縣志》卷三「水利」，頁 204。

〔註 40〕詳見諸縣志及《明史》卷八四〈河渠〉二，《清史稿校註》卷一二七〈河渠〉一。

〔註 41〕李清入《重修興化縣志》卷八之一「人物志」，頁 815～816。

〔註 42〕李清晚年「居高郵之三垛」「杜門不與人事，蔡都御史士英，開府淮揚，將以遺逸薦，力辭而止。徐學士元文復以纂修《明史》薦，亦謝病不行。閒居惟著書以自娛，三十有五年而歿。」，並無寓居寶應的記載。汪琬〈李清行狀〉《堯峰文鈔》卷二一，頁 6。

〔註 43〕徐堦事見《明史》卷二一三〈徐堦〉。

1619）萬曆三年始襲臨淮侯〔註 44〕，從二人時代差距看來，不可能同時出現。歷史上與徐堦關係最密切的是李清的高祖——「李春芳」，春芳曾任內閣大學士〔註 45〕，並繼徐堦後爲內閣首輔。是書第二回中，雖未提到李清這位「宰輔高祖」，但是只需寫到徐堦，也算暗示出另外一位「李」某人——不是李言恭，而是李春芳。

《明史》卷一百九十三有〈李春芳〉，思誠、清皆附於其後。鄭明娳指證，校對過《西遊記》的「華陽洞主人」即是春芳本人〔註 46〕。他的父親李鏜曾修過「碧霞宮」，《高郵縣志》錄有春芳〈東堤成碑記〉一文〔註 47〕，當時他已退隱，對於高郵、興化一帶的水文地理，論述周詳。孫李思誠，天啓朝拜「禮部尙書」——與第二回徐堦官職相同，可能是蓄意安排。思誠與魏忠賢、崔呈秀不合去職。思誠生長子祺，祺生李清。清父早逝，母姜氏撫養清等成人，入《興化縣志列女傳》。〔註 48〕清子李枬，康熙三十八年調戶部左侍郎，奏議修高家堰以治河，九卿等確議，奏行〔註 49〕。由以上李氏一門看來，無論爲官或居鄉，多參預朝政及蘇北地方建設，也有投入《西遊記》校對的祖先。《檮杌閒評》描寫晚明政壇黑暗面，書首對蘇北水患區抱著深切關懷，可見「李清」確如清史總纂繆荃孫所言，是《檮杌閒評》可能的作者。

仍有疑點是，李清之母早寡，撫育子女，教導有方。《檮杌閒評》中有魏忠賢入宮以前的妻子「傅如玉」——這是作者虛構的人物情節，傅氏因夫商旅他鄉，一去不歸，含辛茹苦將獨子傅應星教養成人，表現中國傳統婦人的高尙節操。爲是書主要人物當中，罕見的好人。其獨守空閨，教養幼子的情況與李清之母姜氏類似，雖然她的兒子傅應星是個優秀青年，姑且認爲是李清本人的化身，可是她遠去的丈夫是魏忠賢，這個情節嚴重了！

如果《檮杌閒評》眞的是李清所作，那麼書中這對母子，與他本人情況類似，則李清何以要將他們安排成魏忠賢入宮之前的家眷？眞讓人菲疑所思。

總之，是書作者仍處於存疑階段，尙待進一步研究，然而從「李清」和《檮杌閒評》的關係上，可以得到四點結論，做爲研究作者問題的參考：

〔註 44〕《盱眙縣志稾》卷九〈人物〉，頁 592。

〔註 45〕《明史》卷一九三〈李春芳〉。

〔註 46〕李春芳即《西遊記》校對者「華陽洞主人」之說法，見鄭明娳《西遊記探源》，頁 26，和註 56，其文並引汪浚〈吳承恩與西遊記〉《文藝復興中國文學研究專號下》與蘇興〈關於西遊記的幾個問題〉做爲證明。

〔註 47〕李春芳〈東堤成碑記〉，敘述高郵東河塘修築的經過。見《高郵州志》卷二「堤工」。

〔註 48〕李枬奏議，見《興化縣志》卷八《列傳》，頁 821～824。

〔註 49〕《重修興化縣制》卷八〈列女一〉，頁 1094。

1. 政治立場有同情「逆案」官員的情形。
2. 歷經魏忠賢亂政時代，且有久居官場的經驗。
3. 熟知蘇北「高、寶、興、泰」水患區一代的地理水文。
4. 有其它方面的符合條件。

除了李清之外，《寶應縣志・流寓》有李元鼎一人亦符合上述條件〔註 50〕。比較如下：

1. 李元鼎並非「東林、復社」中人。
2. 李元鼎在官場上的經歷，也與《檮杌閒評》故事背景吻合。其人爲明天啓二年進士，授行人，遷吏部稽勳主事，調文選，歷陞光祿少卿〔註 51〕。明季鼎革後，復仕清朝，順治八年拜兵部侍郎，九年二月革〔註 52〕。
3. 李元鼎去職後僑寓寶應，築葦菴於東門外居之，自稱白日寓公。曾重修碧霞宮觀音閣（其中供奉《檮杌閒評》屢次出現的神明「碧霞元君」），且替百姓關說，減輕傜役，獲得當地居民感念。〔註 53〕
4. 李元鼎原籍爲江西省吉安府吉水縣，而《檮》書第一回修河的三位主要人物，都也是江西吉安府人——工部侍郎朱衡、高郵州同黃達、未署名之泗州知州。其中僅朱衡見於史書，爲吉安府萬安縣人，另外兩位在此處「修河神話」中出現的人物，和「李元鼎」同時吉安府吉水縣的小同鄉。查史書〈河渠志〉和《吉安府志》，都找不出江西吉安人有善於治水的技術，則這兩位作者虛構的人物，和「李元鼎」有同鄉關係，自然透露出特殊的訊息。

總之，作者問題尚待進一步研究，而李清其人，享壽八十二歲，著作二十餘種，《明史》附於卷一百九十三〈李春芳〉，《清史稿校註》卷一九九〈遺逸一〉，作品曾

〔註 50〕清陳鼎《東林列傳》、朱倓〈東林點將錄考異〉《中山大學文學史月刊》二卷一期，及清吳山嘉《復社姓氏傳略》，均未見此人。

〔註 51〕「李元鼎字梅公，吉水人。明天啓壬戌進士，授行人，遷吏部稽勳主事，調文選，歷陞光祿少卿。甲申，京師陷，族叔邦華殉難死，元鼎守柩旁，不忍去。賊逼不降。順治二年，授太僕卿，遷太常，凡郊廟祭祀諸大典，元鼎裁定者居多。歷官兵部左侍郎。既而優游林下，以詩文自娛，十餘年卒。著有《石園集》《灌硯齋文集》。以子振裕貴，加贈户部尚書。通志按《吉水志》傳云：「都城故有吉安會館，爲紳士朝覲計偕宴息之所。魏璫假子某，欲橫踞之。一日，持廠票獰獰至館，見者辟易，鼎獨挺身抗論，縶其一人，欲廷論之，眾始去。是時，璫燄方熾，人皆爲之危，勿顧也。方熊廷弼以經畧下獄，嫉者騰口交訌，人莫能近。獨鼎憫死，非其罪，經紀其喪。入國朝，授太僕少卿，伏闕上，請卹典以慰忠魂。疏上，贈邦華吏部尚書，謚忠肅。」《吉安府志》卷二六〈人物志，大臣〉，頁 4038～4039。

〔註 52〕李元鼎仕清官職見《清史稿校註》卷一七九〈部院大臣年表一〉，頁 5494。

〔註 53〕《寶應縣志》卷十七〈流寓〉，頁 1024。

被列入禁書書目〔註 54〕。

〔註 54〕李清著作被禁，包括《諸史同異錄》《南北史合註》《歷代不知姓名錄》《南唐書合訂》，《賜環疏，《三垣筆記》、《早己編年錄》，見於《清代禁燬書目四種》，頁 101、108、124、169。

第三章　小說與歷史

《檮杌閒評》除了以魏忠賢一生的經歷爲全書發展軸心之外，還兼及不少史事和傳聞，這個現象與《魏忠賢小說斥奸書》、《皇明中興聖烈傳》、《警世陰陽夢》僅局限於魏忠賢亂政、殺害東林志士的情況不同。此三書的重心放在天啓朝時代，特別是三年至七年這段魏、客專權的期間，而《檮杌閒評》歷經魏忠賢父、母所處的神宗萬曆初年和魏閹少年的萬曆年間，自第廿八回以後才開始敘述魏忠賢專權跋扈之事。從全書五十回的分配比例看來，魏忠賢入宮以後的發展，還需加上廿一～廿三回，才能湊成一半之數，換言之，魏忠賢得勢之後的所作所爲，不及全書之半。作者這樣的佈局方式，提高了魏閹入宮前種種經歷的份量，讀者也可因此對於晚明政治、社會有較整體性的印象。

本章將《檮杌閒評》記載之歷史事件與正史相對照，以了解這部時事小說與正史的異同之處。

第一節　萬曆至天啓初年的幾件大事——礦稅、妖書、梃擊、紅丸、移宮

是書出現的第一件要事，爲首回「治河」。蓋黃河氾濫，危害高、寶、興、泰一帶，終明世不絕，已述於前一章，此乃天災，自是人力所難以治平者。而第八回「程中書湖廣清鑛稅，馮參政漢水溺群姦。」則屬於人爲的暴動，溯其原因，乃是神宗苛求「鑛稅」，惡官藉此魚肉鄉民而引發之。《明史》指出，開鑛重稅，導致民窮國困，因而敗亡。

《明史》卷二百三十七論贊曰：

> 神宗二十四年，軍府千户仲春，請開鑛助大工，遂命户部錦衣官各一

人同仲春開採。給事中程紹言：嘉靖中採礦，費帑金三萬餘，得礦銀二萬八千五百，得不償失，因罷其役。給事中楊應文繼言之，皆不納。由是卑秩冗僚，下至市井黠桀，奮起言利。而璫使四出，毒流海內，民不聊生，至三十三年乃罷。嗣是軍興徵發，加派再三，府庫未充，膏脂已竭。明室之亡，於是決矣。〔註1〕

《明史》卷八十一〈食貨五．市舶〉云：

（萬曆年）迨兩宮三殿災，營建費不貲，始開礦增稅。而天津店租，廣州珠榷，兩淮餘鹽，京口供用，浙江市舶，……及門攤商稅、油布雜稅，中官遍天下，非領稅，即領礦，驅脅官吏務朘削焉。……所至數激民變，帝率庇不問。諸所進稅，或稱遺稅、或稱節省銀，或稱罰贖，……雜然進奉，帝以爲能。甚至稅監劉成，因災荒請暫寬商稅，中旨仍徵課四萬，**其嗜利如此**。〔註2〕

如此一個貪財的皇帝，置生民於不顧，只知搜刮剝削，加上久居深宮，不理朝政，疏奏多留中不發，朝臣彼此結黨結派，形成門戶，政風敗壞自此開始，故「明朝之亡，實亡於神宗。」《明史》卷二十一〈神宗本紀〉論贊云：

神宗沖齡踐阼，江陵秉政，綜核名實，國勢幾於富強。繼乃因循牽制，晏處深宮，綱紀廢弛，君臣否隔。於是小人好權趨利者馳騖追逐，與名節之士爲仇讎，門户紛然角立。馴至悊（熹宗）愍（思宗），邪黨滋蔓。在廷正類無深識遠慮以折其機牙，而不勝忿激，交相攻訐。以致人主蓄疑，賢姦雜用，潰敗決烈，不可振救。故論者謂明之亡，實亡於神宗，豈不諒歟。光宗潛德久彰，海內屬望，而嗣服一月，天不假年，措施未展，三案構爭，黨禍益熾，可哀也夫。〔註3〕

冰凍三尺，非一日之寒。天啓一朝不過七年，魏忠賢於天啓四年亂政「欲盡殺異己者」，東林志士亦於是年遭到迫害。「（崔）呈秀乃造《天鑒》、《同志》諸錄，王紹徽亦造《點將錄》，皆以鄒元標、顧憲成、葉向高、劉一燝等爲魁，盡羅入不附忠賢者，號曰東林黨人，獻於忠賢。忠賢喜，於是群小益求媚忠賢，攘臂攻東林矣。」〔註4〕換言之，魏忠賢獨掌大權，殺害忠良，不過爲時三年而已，短短三年之內，魏閹爲所欲爲，沒有任何抗衡力量，充分顯示出朝廷的無能與官場的腐敗，追溯其源，自

〔註1〕《明史》，頁6181。
〔註2〕《明史》，頁1978～1979。
〔註3〕《明史》，頁294～295。
〔註4〕《明史》卷三〇五〈宦官二魏忠賢〉，頁7819。

然要從那位不理政務，僅只斂財的神宗皇帝開始談起。

從萬曆以至天啓初年魏閹亂政之前，發生重要大事，《檮杌閒評》採用「鑛稅」——屬於外朝者，「妖書」「三案」（梃擊、紅丸、移宮）——屬於內廷者。而官吏欺民、官商勾結、賄賂成風、官宦地主欺負平民百姓等等，是一種普遍現象，神宗朝大明帝國敗亡之象已露，後世公認，本節則概略介紹小說如何的闡述這幾項重大事件。

一、鑛　稅

神宗開鑛抽稅，剝削民脂民膏，禍及全國，百姓反抗重歛的抗暴事件，也層出不窮，詳見《明史》卷二十一〈神宗本紀〉二，卷二百三十七〈傅好禮馮應京等合傳〉，及卷三百零五宦官二〈陳增（附陳奉高淮）梁永（附楊榮）〉〔註 5〕。小說第八回「程中書湖廣清礦稅，馮參政漢水溺群姦」以貲官中書程士宏在湖廣迫害當地，造成民變，參政馮應京爲民申冤，百姓將程某屬下投入河中之一事件，做爲反映。作者將當時十餘歲尚未淨身的魏忠賢描寫爲程某倖佞跟班，出鬼點子。民變發生時，亦被打落水中。

《明史》無程士宏此人，有貲官爲中書者乃程守訓〔註 6〕，他是跟著宦官孫朝、陳增征鑛稅〔註 7〕，爲患山西、東昌等地〔註 8〕。而湖廣民變，馮應京爲民申冤，確有其事〔註 9〕，不過造成民變的禍首是宦官陳奉，被投入水中的也是他的屬下〔註

〔註 5〕《明史》卷三○五〈宦官二陳增〉所論最詳，云：「三大征踵接，國用大匱。而二十四年，乾清、坤寧兩宮災。二十五年皇極、建極、中極三殿災。營建乏資，計臣束手，鑛稅由此大興矣。其遣官自二十四年始，其後言鑛者爭走闕下，帝即命中官與其人偕往，天下在在有之。……通都大邑皆有稅監，兩淮則有鹽監，廣東則有珠監，或專遣，或兼攝。大璫小監，縱橫繹騷，吸髓飲血，以供進奉。大率入公帑者，不及什一。而天下蕭然，生靈塗炭矣。其中最橫者，增及陳奉、高淮。」頁 7805～7506。

〔註 6〕《明史》卷二三二〈李三才〉云：「歙人程守訓，以貲官中書，爲陳增參隨。縱橫自恣，所至鼓吹，盛儀衛，許人告密，刑拷及婦孺。畏三才不敢至淮，三才劾治之，得贓數十萬，增懼爲己累，并搜獲其奇珍異寶，及僭用龍文服器，守訓及其黨，俱下吏伏法，遠近大快。」頁 6063～6064。

〔註 7〕同前註。卷三○五〈陳增〉亦云：「增稅東昌。增益肆無忌，其黨內閣中書程守訓、中軍官仝治等，自江南北至浙江，大作奸弊，稱奉密旨援金寶，募人告密，誣大商巨室藏違禁物，所破滅者什佰家，殺人莫敢問。」頁 7806。可見歷史上這位萬曆年間，搜礦稅的貪官程中書，確實作惡多端，做宦官陳奉爪牙，爲患鄉里。

又有此人跟隨宦官孫朝的記錄。《明史》卷二四一〈張問達〉云：「孫朝所攜程守訓、陳保輩，至箠殺命吏，毀室廬、掘墳墓。」頁 6260。

〔註 8〕《明史》卷八一〈食貨五市舶〉指出陳增爲患於東昌，孫朝爲患於山西。

〔註 9〕《明史》卷二三七〈馮應京〉云：「其年（萬曆廿八）十二月，有諸生妻被辱，訴上官，市民從者萬餘，哭聲動地，蜂涌入（陳）奉廨，諸司馳救乃免。應京捕治其爪牙。」頁 6174。《檮杌閒評》描述黃同知一家被抄，內眷哭訴於馮應京，馮某因而主

10〕，可見本文虛實參半。既然沒有爲害湖廣的程士宏，那麼這段魏忠賢爲程某跟班之事，也是虛構出來，不過藉著主角魏忠賢身歷其境的「經驗」，顯示出如程某這類奉旨出京察礦稅的官員，在外地胡作非爲，第八回云：

> 敕上只叫他清查礦稅，與百姓無涉。他卻倚勢橫行，就是他不該管的事，他也濫管民情，網羅富户，指詐有司，山東江淮經過之地，無不被害。及到湖廣是他該管地方，便把持撫按，凌虐有司……荊湘一帶，民不聊生。

可見作者的觀點是官吏之惡而與神宗無涉，這點和《明史》云「其嗜利如此」的說法有差異，有爲神宗脫罪之嫌。

此外，《檮杌閒評》提到武當山道士爲報地方惡紳黃同知平日欺侮之仇，於是向程士宏誣告黃同知擅開禁地金鑛致富。程某亦怒黃家待己無禮，於是抄其家。此處道士要報復宿怨，用誣告其人知鑛脈而擅採的手法，也是當時趁著礦稅之風興起的歪風。《明史》卷八十一〈食貨五坑冶〉云：

> 時中官多暴橫，而陳奉尤甚，富家鉅族則誣以盜鑛，良田美宅則指以爲下有鑛脈，率役圍捕，辱及婦女，甚至斷人手足投之江，其酷虐如此，帝縱不問。〔註 11〕

二、妖書、梃擊、紅丸、移宮

這四個案件，皆關係到皇帝立嗣問題。「妖書」一案發生於萬曆二十六及三十一年，共兩次，第二次株連者甚眾，都城人人自危，《檮杌閒評》所述即此事。「梃擊、紅丸、移宮」合稱「三案」，發生於萬曆四十三年至熹宗即帝位五年之間，事繫光宗生死與熹宗即位后妃干政問題，朝臣議論紛紛。熹宗初年，東林得勢，其對三案的議論，遂獲認定，與東林不合者，因而轉附魏忠賢。《明史》卷三百零五〈魏忠賢〉云：

持公義，教民搗壞程士宏座船，則是據此改編。

〔註 10〕《明史》卷三〇五〈陳增附陳奉〉云：「大學士沈一貫亦言：『陳奉入楚，始而武昌一變，繼之漢口、黃州、襄陽、武昌、寶應、德安、湘潭等處，變經十起，幾成大亂。……』」「武昌兵備僉事馮應京劾奉十大罪，奉隨誣奏，降應京雜職，……緹騎逮訊，并追（大學士沈一貫）逮應京。應京素有惠政，民號哭送之。奉又榜列應京罪狀於衢，民切齒恨，復相聚圍奉署，誓力必殺奉。奉逃匿楚王府，眾乃投奉黨耿文登等十六人於江。」頁 7807。

則湖廣民變，投吏入江之事，小說據此改編，馮應京仍書其名，惡璫陳奉則換爲程中書，內容也多有變動和虛構之處。

〔註 11〕《明史》卷八十一，頁 1972。

初，神宗在位久，怠於政事，章奏多不省。廷臣建立門户，以危言激論相尚，國本之爭（立太子），指斥宮禁。宰輔大臣爲言者所彈擊，輒引疾避去。吏部郎顧憲成講學東林書院，海內士大夫多附之，『東林』之名自是始。既而『梃擊』『紅丸』『移宮』三案起，盈廷如聚訟。與東林忤者，衆目之爲邪黨。天啓初，廢斥殆盡，識者已憂其過激變生。及忠賢勢成，其黨果謀倚之以傾東林。〔註12〕

《明史》卷二百四十四〈楊漣、左光斗、王之宷等合傳〉，敘述尤詳，其它同時代人之傳，亦兼提及。如卷一百一十四〈孝靖王太后、鄭貴妃、李康妃等傳〉，三百零六〈閹黨賈繼春〉等。

原來神宗寵愛鄭貴妃，不愛長子之母王恭妃，於是群臣爲皇長子進封太子一事頻頻上奏〔註13〕。神宗既無魄力立鄭貴妃子爲太子，百般拖延，終於立王恭妃之子，長子常洛爲太子——即光宗〔註14〕。太子未立之前，京師盛傳〈憂危竑議〉一文，指責鄭貴妃爲謀策立己子，曾刊行《閨範圖說》以求助長聲勢。萬曆皇帝謫二名作〈憂危〉的嫌疑人戴士衡、樊玉衡，置此事不問，是乃第一次「妖書」事件〔註15〕。「踰五年〈續憂危竑議〉復出。是時太子已立，大學士朱賡得是書以聞。書託『鄭福成』爲問答。「鄭福成」者，謂鄭（貴妃）之福王（鄭子封）當成也。大略言『帝於東宮不得已而立，他日必易。其持用朱賡內閣者，實寓更易之義』（按，朱賡之姓爲國姓，『賡』『更』同音，暗寓太子將易），詞尤詭妄，時皆謂之妖書。帝大怒，敕錦衣衛搜捕甚急，久之，乃得皦生光者，坐極刑。」〔註16〕此乃第二次「妖書」事

〔註12〕《明史》卷二四四，頁6348。

〔註13〕《明史》卷一一四〈后妃二鄭貴妃〉云：「恭恪貴妃鄭氏，大興人，萬曆初入宮，封貴妃，生皇三子，進皇貴妃。帝寵之。外廷疑妃有立己子之謀。群臣爭言立儲事，章奏累數千百，皆指斥宮闈，攻擊執政。帝概置不問。由是門户之禍大起。」頁3538。

〔註14〕《明史》卷二一〈光宗本紀〉云：「（光宗）諱常洛，神宗長子也，母恭妃王氏。萬曆十年八月生。神宗御殿受賀，告祭郊廟社稷，頒詔天下，上兩宮徽號。未幾，鄭貴妃生子常洵，有寵。儲位久不定，廷臣交章固請，皆不聽，二十九年十月，乃立爲皇太子。」頁293。

〔註15〕《明史》〈鄭貴妃〉云：「先是侍郎呂坤爲按察使時，嘗集《閨範圖說》。太監陳矩見之，持以進帝。帝賜妃，妃重刻之，坤無與也。二十六年秋，或撰〈閨範圖說〉跋，名曰〈憂危竑議〉，匿其名，盛傳京師，謂坤書首載漢明德馬后由宮人進位中宮，意以指妃，而妃之刊刻，實藉以爲立己子之據。其文託『朱東吉』爲問答，『東吉』者東朝也，其名爲〈憂危〉。以坤曾有〈憂危〉一疏，因借其名以諷，蓋言妖也。妃兄國泰，姪承恩以給事中戴士衡者嘗糾坤，全椒知縣樊玉衡並糾貴妃，疑出自二人手。帝重謫二人，而置妖言不問。」頁3538。

〔註16〕同前註，又見《明史》卷二一七〈沈鯉〉卷二二六〈郭正域〉。

件。《檮杌閒評》第二十回「達觀師兵解釋厄，魏進忠應選監宮」即敘述此事。

小說改「皦生光」爲「殷增光」，其人「平日結交仕宦，任使俠氣，到是個仗義疏財的豪傑」，《明史》則稱之爲「京師無賴人也，嘗僞作富商包繼志詩，有『鄭主乘黃屋』之句，以脅國泰（鄭貴妃兄）及繼志金，故人疑而捕之。酷訊不承，妻妾子弟皆掠治無完膚，（陳）矩心念生光即冤，然前罪已當死，且獄無主名，上必怒甚，恐輾轉攀累無已。禮部侍郎李廷機亦以生光前書與妖書詞合。乃具獄，生光坐淩遲死。（沈）鯉、（郭）正域、（周）嘉慶及株連者，皆賴（陳）矩得全。」〔註17〕

《檮杌閒評》亦述及沈鯉、周嘉慶被誣的情節獨缺郭正域，其以「達觀」和尚爲第二十回的回目，應該是最看重達觀。達觀爲江南名僧，與郭正域不合而北上京師，「由內閹以聞于慈聖（神宗母），于是大璫戚畹，宰官居士，共相崇奉，一如江南。」〔註18〕達觀被擒，乃是陰謀者欲借其與郭正域之舊怨，希望能誣及正域，達觀至杖死不言〔註19〕，後有慈聖懿旨求免，爲時已晚〔註20〕。是回謂其交通達官貴人事，無差。而兵解仙去，則顯然是虛構之筆。

作者安排的「殷增光」「達觀」「周家慶」及「沈龍江（鯉）」情節，諸人皆是受害者。十九回達觀寓言大禍將臨，二十回一開始即是東廠太監搜沈龍江宅，風聲鶴唳、草木皆兵，沈某乃堂堂次輔，僅次於首輔沈一貫的朝廷大員，則陰謀者對他的陷害，更顯得可怕。作者將陰謀者歸於鄭皇親，二十回問刑之鎮撫司與其子對話云：

> 官兒（鎮撫司）道：『早起勘問回來，這裏殷太監請我去，說叫不要將達觀動刑，恐打急了，要供出他們內相來，只監著他，又叫他們供出沈相公（鯉）來。』公子道：『是了！這種有因了，周家慶與鄭皇親有隙，欲借此事陷害他。便好一網打盡東林諸賢。意在搖惑東宮，殊不知今上聖

〔註17〕《明史》卷三〇五〈宦官陳矩〉，頁3814。

〔註18〕《先撥志始》卷上，頁111。

〔註19〕《明史》卷二二六〈郭正域〉云：「俄而妖書事起，一貫以鯉與己地相逼（按『地』，地位也。時沈一貫爲首輔，沈鯉爲次輔，鯉位居百官之上，僅次一貫），而正域新罷，因是陷之，則兩人必得重禍」「數日間鋃鐺旁午，都城人人自危。（周）嘉慶等皆下詔獄，嘉慶旋以治無驗，令革任回籍。令譽故嘗往來正域家，達觀亦時時游貴人門，嘗爲正域所搒逐，尚文則正域僕也。一貫、丕揚等，欲自數人口引正域。」「達觀拷死，令譽亦幾死，皆不承。」頁5947。

〔註20〕《先撥志始》卷上云：「（唐）丕揚等擬借此以大獄，波累諸公，且以江夏（郭正域）榜逐故，意達觀必藉此紓恨也。達觀始終不旁及一語，提牢主事徐禎稷與杖三十，遂說偈而化。慈聖聞其被逮也，令內閹傳諭法司云：『達觀，高僧也，偶被誣累，毋等他囚。』然已無及矣。」頁111。

慈，太子仁孝，且有中宮娘娘在內保護，東宮定然無事。只是這班畜生用心何其太毒？』

此處作者認爲萬曆皇帝是好人，能保護太子，鄭皇親一班人是壞人，陰謀陷害與其作對的東林諸賢。

小說將魏忠賢安排與殷增光交往，時魏某已淨身，尚未入宮，受殷某被擒殺而牽連入獄。殷某於《明史》記載是個無賴，《檮杌閒評》卻將其與沈鯉、達觀、周家慶並列好人受冤者，《明史》載其事甚少，小說自十九至二十回，其人出現的次數較眾人皆高，可見又是虛實參半的情節，誇張殷某的角色，正是虛構不見著於史書之事。又安插魏忠賢與其交往，於是魏忠賢也「經歷」了妖書一案，成爲間接受害者。

「梃擊」一案發生在光宗常洛立爲太子之後。萬曆四十二年端午前夕，有薊州男子張差，持梃入慈慶宮太子居所，打傷守門太監，復打入內，終爲群宦所伏，審問結果，又與鄭貴妃有關〔註 21〕，萬曆命鄭貴妃向太子求免，鄭妃號訴而拜，「太子亦拜，帝又於慈寧宮太后几筵前召見群臣，令太子降諭禁誅連，於是張差獄乃定。」〔註 22〕

按《先撥志始》所云乃「韓本用大呼，群集不過七八人而已」，攔住張差而擒之者也〔註 23〕，《檮杌閒評》第二十一回回目卻云「魏監門獨力撼張差」，將阻攔張差完全歸功於甫入宮的魏忠賢，而且將梃擊日期亦自端午節前夕改爲除夕夜。至於張差供出主使者爲鄭貴妃手下太監龐成、劉保，及神宗攜太子、皇孫詔見群臣解說之事，皆與史書所述無誤。

此處梃擊一案，虛實相參，除了「魏忠賢獨力撼張差」之外，皆與史相合。《明史》〈魏忠賢〉云：

初，朝臣爭三案……忠賢本無預。

可見小說所云，忠賢於「挺擊」案發時，任職東宮監門護主有功種種，乃是作者自編的情節。經過虛構之後，魏忠賢亦「經歷」了梃擊一案。

〔註 21〕《明史》卷二四四〈王之寀〉云：「(萬曆)四十三年五月初四日酉刻，有不知姓名男子，持棗木梃入慈慶宮門，擊傷守門內侍李鑑，至前殿檐下，爲內侍韓本用等所持，付東華門守衛指揮朱雍等收之，慈慶宮者，皇太子所居宮也。……時中外籍籍，語多侵國泰（鄭貴妃兄），國泰出揭自白，(何)士晉復疏攻國泰，語具士晉傳。先是百戶王曰乾上變，言奸人孔學等爲巫蠱，將不利於皇太子，詞已連劉成，成與保，皆貴妃宮中內侍也。至是復涉成，帝心動，諭貴妃善爲計，貴妃窘，乞哀皇太子，自明無它，帝亦數慰諭，俾太子白之廷臣。」頁 6343～6348。「梃擊」案，以是傳敘其前因後果最詳。

〔註 22〕《明史》卷一一四〈鄭貴妃〉，頁 3538～3539。

〔註 23〕《先撥志始》卷上，頁 120。

「紅丸」案發生在光宗即位後一月，因其病重，鴻臚丞李可灼進紅丸，初服頗佳，復趣進之。服後未久駕崩〔註24〕，群臣因而爭論可灼有弒君之嫌，引可灼進藥之首輔方從哲，亦是同謀，一併被劾〔註25〕。先前光宗初疾時，掌御藥房的太監崔文昇，進以「涼劑」「大黃藥」，使得光宗病情加劇，於是崔文昇亦被牽入紅丸一案〔註26〕。李、崔及方從哲在熹宗初即位時，成爲眾矢之的，從哲求去，李、崔貶謫，魏忠賢掌權後，竟爲其平反。〔註27〕

因爲此事乃光宗進藥之事，性質較爲單純，所以《檮杌閒評》儘略言之，牽連不廣，與魏忠賢亦毫無干涉，事見第二十三回「諫移宮楊漣奉日」——事與「移宮」案合併於一回之內。不過小說情節未及閣臣方從哲，而云李、崔二人比鄰交好，崔以用藥無效，李取「紅子紅鉛」〔註28〕爲君的紅丸予之，此外皆與史書所記相符。

〔註24〕《明史》卷二一八〈方從哲〉云：「新閣臣劉一燝、韓爌入直，帝（光宗）殆。」「甲戌復召諸臣，諭冊封事。從哲等請速建儲貳，帝顧皇長子曰：『卿等其輔爲堯舜』，又語及壽宮，從哲等以先帝山陵對。帝自指曰：『朕壽宮也』。諸臣皆泣。帝復問：『有鴻臚官進藥者安在？』從哲曰：『鴻臚寺丞李可灼，自云仙方，臣等未敢信。』帝命宣可灼至，趣和藥進，所謂紅丸者也。帝服訖，稱『忠臣』者再。諸臣出竢宮門外。頃之，中使傳上體平善。日晡，可灼出，言復進一丸。從哲等問狀，曰：『平善如前。』明日九月乙亥朔卯刻，帝崩。中外皆恨可灼甚，而從哲擬遺旨賚可灼銀幣。」頁5763。又見卷二四〇〈韓爌〉亦詳。

〔註25〕「御史郭如楚、馮三元、焦源溥、給事中魏應嘉……先後上疏，言可灼罪不容誅，從哲庇之，國法安在？而給事中惠世揚，直糾從哲十罪，三可殺……天啓二年四月，禮部尚書孫愼行，追論可灼進紅丸，斥從哲爲弒逆……。」同前註，頁5764～5765。

〔註26〕《明史》卷三〇五〈宦官崔文昇〉云：「崔文昇者，鄭貴妃宮中內侍也。光宗立，陞司禮秉筆，掌御藥房。時貴妃進帝美女四人，帝幸焉，既而有疾。文昇用大黃藥（「崔文昇投涼劑於積憊之餘，李可灼進紅丸於大漸之際」卷二七五〈張愼言〉）益劇，不視朝，外廷洶洶，皆言文昇受貴妃指，有異謀……未幾，光宗服鴻臚丞李可灼紅丸，遽崩，言者交攻可灼及閣臣方從哲，惟御史鄭宗周等直指文昇，給事中魏大中言文昇之惡，不下張差，御史吳甡亦謂其罪浮可灼，下廷議，可灼論戍，文昇謫南京，及忠賢用事，召文昇總督漕運兼管河道。」頁7827。「大黃藥」一曰「涼濟」（卷二七五），頁7037。

〔註27〕《明史》〈方從哲〉云：「從哲累求去，皆慰留。已而張潑、袁化中、王允成等，連劾之，……從哲力求去，疏六上。命進中極殿大學士，賚銀幣蟒衣，遣行人護歸。」「可灼遣戍，文昇放南京，而從哲不罪。……五年，魏忠賢輯『梃擊』、『紅丸』、『移宮』三事，爲《三朝要典》，以傾正人。遂免可灼戍，命文昇督漕運。其黨徐大化，請起從哲，從哲不出。然一時請誅從哲者，貶殺略盡矣。崇禎二年，從哲卒，贈太傅、謚文端。三月，下文昇獄，戍南京。」頁5765～5766。

〔註28〕註26云：鄭貴妃以美女進。《先撥志始》卷上亦云：「光廟御體羸弱，雖正位東宮，未嘗得志。登極後，日親萬機，精神勞瘁。鄭貴妃欲邀歡心，復飾美女以進。一日，退朝內宴，以女樂承應，是夜一生二旦俱御幸焉。病體由是大劇。」頁131。
可見小說云紅丸藥方爲「紅鉛」，隱喻春藥之意。

則作者應該是沒有分清楚李、崔所爲之事的差異處，因二人皆被視爲「紅丸」案的元犯，故合併言之。作者認爲此事是二人用藥之輕忽，不似「妖書」「梃擊」有陰謀者於幕後操縱（二十一回），云：

果使二臣有神方妙藥，可以起死回生，亦須具奏俟太醫會同文武大臣議定，依方修合再用，而何以小臣近侍，輕率妄進如此，遽成千古不白之案，可勝罪哉！

「移宮」一案，出現在小說的篇幅較「紅丸」爲長，而且魏忠賢並未參預。篇幅較長的主要目的是在突顯楊漣於熹宗即位時的護駕之功，以致日後楊漣上疏劾魏忠賢二十四大罪時，更顯此疏之強烈有力。

史書記載「移宮」的根由，要溯源自鄭貴妃賜予時爲太子的光宗美人數名，其中以李選侍最受寵〔註29〕，勢凌熹宗母王才人之上。王才人早死，光宗將熹宗交予李選侍撫養。光宗駕崩後，李仍居天子所住乾清宮不去，外傳李選侍與鄭貴妃聯手，欲垂簾聽政，於是大臣周嘉謨、左光斗、楊漣等眾人，先將由校自乾清宮迎出即帝位，復上疏請李選侍移宮。李終於遷出乾清宮〔註30〕，然而外傳選侍移宮時「踉蹌徒跣，屢欲自裁，皇妹（李生女）失所投井」〔註31〕，故有御史賈繼春上疏，爲李選侍抱不平，賈氏之論與楊、左諸公所持立場相衝突，時東林在位，內有太監王安相附，於是賈某被謫〔註32〕。迨天啓四年，魏忠賢掌權之後，爲了排除楊、左等東林志士，於是舊案重提，認爲「漣與左光斗目無先皇，罪不容死」〔註33〕，所修《三朝要點》以選侍受迫於乾隆宮，歸罪楊、左諸人，是爲「移宮」案。

〔註29〕《明史》〈方從哲〉云：「光宗嗣位。鄭貴妃以前福王故，懼帝銜之，進珠玉及侍姬八人啖帝。選侍李氏最得帝寵，貴妃因請立選侍爲皇后，選侍亦爲貴妃求封太后。」頁5762。

〔註30〕《明史》卷一一四〈李康妃〉云：「既而帝（光宗）崩，選侍尚居乾清宮，外廷恟懼，疑選侍欲聽政。大學士劉一燝、吏部尚書周嘉謨、兵科都給事中楊漣、御史左光斗等上疏力爭，選侍移居仁壽宮。事詳〈一燝〉、〈漣〉傳。熹宗即位，降敕暴選侍凌辱聖母（熹宗母王才人）因致崩逝及妄覬垂簾狀。」頁3541。又見卷二四〇〈劉一燝〉卷二四四〈楊漣〉，同卷之中，他人之傳亦論及。

〔註31〕語見《明史》卷三〇六〈閹黨賈繼春〉，頁7870。

〔註32〕同前註，卷二四四〈楊漣〉敘此事較詳，云：「給事中周朝瑞，謂繼春（賈繼春）生事。繼春與相詆諆，乃復上書內閣，有『伶仃之皇八妹，入井誰憐，孀寡之未亡人，雉經莫訴』語。朝瑞與辨駁者再。漣恐繼春說遂滋，亦上〈敬述移宮始末疏〉……繼春及其黨益忌漣，詆漣結王安，圖封拜。……天啓元年春，繼春按江西還，抵家，見帝諸諭，乃具疏訴上書之實。帝切責，罷其官，漣、繼春先後去，移宮論始息。天啓二年，起漣禮科都給事中。」頁6323。

〔註33〕語見《明史》卷三〇六〈閹黨賈繼春〉，頁7871。

《檮杌閒評》論點是李選侍「要佔據乾清宮望封母后，想效垂簾聽政故事」，李選侍與鄭貴妃關係密切，二十三回云：

原來李選侍是神宗鄭貴妃的私人，朝廷所謂：『張差之梃，不則投以麗色之劍（美人計）者』此也。此事李選侍驕橫，全仗鄭貴妃在內把持。即鄭氏此時亦萌非份之想。

可見作者立場與當時輿論相同，皆以李選侍爲非。之後，又進一步將扶立熹宗的大功，歸予日後彈劾魏忠賢的主要人物楊漣，二十三回云：

九月朔日，光宗升遐，因皇儲未定，中外紛紛。此時英國公、成國公、駙馬都尉，及閣部大臣，俱因應召，齊集在乾清宮外。只見宮門的內侍持挺攔阻，不放眾臣入內。情景倉皇，各懷憂懼。惟給事中楊漣大聲道：『先帝宣召諸臣，今已晏；皇長子幼小，未知安否？汝等閉宮攔阻，不容顧命大臣入宮哭臨，意欲何爲？』眾大臣皆齊集附合，持挺者方不敢阻，眾官遂進宮哭臨……。

楊漣在迎立熹宗時的剛毅，與眾大臣團結一致的氣勢，在第二十三回「諫移宮楊漣奉日」一回中，很是突出。日後魏忠賢胡作非爲，引起這群顧命大臣的抗議，於是魏閹和尾附之徒對這批勢力的鬥爭，顯得更加激烈。作者敘述「移宮」一案，無虛構處，不過特別突顯楊漣而已。

總結本節之中，數項正史實與魏忠賢無關連的事件，《檮杌閒評》作者所採取寫作方式，卻是虛實參半，歸納諸事在小說中的情節特色如下：

1. 鑛　稅

官吏欺壓百姓，產生民變。慘被抄家的黃同知，雖爲鄉紳，日常行爲亦多不法，才會被武當山道士誣告予程中書。

2. 妖　書

官場上陰謀者陷害善良百姓。無辜的和尚達觀遇害，連正史記載爲惡人的「皦生光」，小說將其改名「殷增光」也搖身變爲好人，更顯得這一場冤獄枉及民眾。

3. 三　案

梃擊一案，魏忠賢護時爲太子的光宗駕有功，移宮之時，楊漣眾人擁立光宗子熹宗，功不可沒。正史記載，魏忠賢獲重用的原因，由來以久（詳見次節）。小說情節將魏忠賢牽入未曾參與的梃擊，乃加重其功勞，漣等爲顧命大臣，復有擁立之功，雙方曾短暫擁有共同目標。可見熹宗初年，內廷忠賢逐漸得勢，外廷漣等掌權，兩股不同勢力終將對決的局面已現端倪。

「三案」於神、光、熹三宗之際，朝廷哄然，鬧得不可開交，《明史》卷二百四十四〈楊、左等傳〉，敘述甚詳，朝廷官員緊張不已，與百姓無直接干係，是卷贊曰：

明之所稱三案者，舉朝士大夫喋喋不去口，而元惡大憝因用以翦除善類，卒致楊、左諸人身塡牢户，與東漢季年若蹈一轍。國安得不亡乎？〔註34〕

此外，「妖書」一案，《明史》卷二百三十二〈姜應麟等傳〉，敘述甚詳，是卷傳贊云：

野史載神宗金合之誓。都人子之說，雖未知信否，然恭妃之位久居鄭氏下，固有以滋天下之疑矣。姜應麟等交章力爭，不可謂無羽翼功。究之鄭氏非褒、驪之煽處，國泰亦無駟、鈞之惡戾，積疑召謗，被以惡聲，詩曰：「時靡有爭，王心載寧」。諸臣何其好爭也。〔註35〕

「妖書」「三案」皆源於萬曆朝，從「礦稅」一事又可見官吏之惡。門戶之爭成於萬曆年間，魏忠賢殘害東林黨人，亦須從萬曆朝開始論起。

第二節　與魏忠賢有關的歷史事件

《檮杌閒評》虛構魏忠賢的生平遭遇，於史書察無實據部份，佔全書百分之六十以上。換言之，從歷史的角度來看待這部作品，則作者筆下的魏忠賢一生，有超過六成的虛構部份。

首先在第二十八回「魏忠賢忍心殺卜喜，李永貞毒計害王安」之前，所有關於魏忠賢的生平事蹟，如出身、結拜、交遊、婚姻、職業……等等，和曾於「梃擊」發生時，保護東宮有功之事，幾乎都是作者虛構的情節。二十八回之後，多與史實相符，不過也有不同之處。《明史紀事本末》卷七十一〈魏忠賢亂政〉云：

魏忠賢初名進忠，河間肅寧人也……嘗與年少賭博不雠，走匿市肆中，諸少年追窘之，恚甚，因而自宮。萬曆十七年，隸司禮監掌東廠太監孫暹。〔註36〕

《酌中志》卷十四〈客魏始末紀略〉云：

魏忠賢原名李進忠，直隸肅寧縣亡賴子也。父魏志敏，母劉氏，妻馮氏，生女魏氏，嫁楊六奇者是也。賢無子，家貧自宮，妻改適他方人不存，萬曆十七年選入。〔註37〕

〔註34〕《明史》卷二四四，頁6348。
〔註35〕《明史》卷二三二，頁6089。
〔註36〕《明史紀事本末》卷七十一，頁77。
〔註37〕《酌中志》卷十四，頁201。

時事小說《魏忠賢小說斥奸書》第二回「萬曆十六、七年事」，回目爲「因債逼含憤割勢，別妻拏棄家入都」。

按照以上史料所記載，魏忠賢於萬曆十七年就已進宮，《檮杌閒評》安排他在二十回「妖書」事件後方才進宮。從萬曆十七年至萬曆四十三年「妖書」發生，共二十六年之間，魏忠賢已是淨身太監，可知小說所安排的許許多多情節，都是作者虛構出來的。

在魏忠賢未入宮以前，小說虛構兩位和魏忠賢關係最密切的女子，一是他青梅竹馬的女友客印月，一是他入贅的妻子傅如玉。書中客氏爲忠賢幼時與母親侯一娘旅居石林庄的庄主孫女兒〔註 38〕，二人初次重逢於薊州侯家布行〔註 39〕，此時客印月嫁爲侯家媳婦，魏忠賢爲傅家贅婿，二人偷情，事洩，方才分手〔註 40〕；再度相逢是魏忠賢入宮後，與當時身居皇孫（日後熹宗）保姆身份的客印月破鏡重圓〔註 41〕，客氏提拔魏閹，二人狼狽爲奸，禍國殃民。傅如玉爲魏忠賢在山野所救之女子〔註 42〕，因家中無男，薄有產業，魏忠賢乃入贅其家〔註 43〕，魏某出外經商不歸，如玉已有身孕，產下忠賢獨子「傅應星」〔註 44〕，應星平白蓮教有功，進京陞職，父子相會，惟傅氏不讓應星洩露身份，使忠賢誤以爲如玉三哥之子，二人甥舅相稱〔註 45〕。

《明史》記載，魏忠賢於入宮後方結識客印月，爲了客氏還與提拔他的宦者「魏朝」發生爭執，客薄朝而轉親忠賢，朝日後失勢，爲忠賢所殺〔註 46〕。至於「傅應

〔註 38〕見第六回「客印月初會明珠，石林莊三孽聚義」。

〔註 39〕見第十二回「魏進忠他鄉遇妹」。

〔註 40〕客、魏重逢，即生姦情，藉客氏婢秋鴻和小叔侯七爲引線，四人有淫亂之事。至十五回「侯少野窺破蝶蜂情」方止。

〔註 41〕見第二十二回「御花園縯紀拾翠，漪蘭殿保姆懷春」。

〔註 42〕見第十回「嶧山村射妖獲偶」。

〔註 43〕見第十一回「魏進忠旅次成親」。

〔註 44〕見第二十七回「傅應星奉書求救」。

〔註 45〕見第二十八回。

〔註 46〕《明史》卷三〇五〈王安〉云：「魏忠賢始進，自結於安名下魏朝，朝日夕譽忠賢，安信之，及安怒朝與忠賢爭客氏也，勒朝退，而忠賢、客氏日得志，忌安甚。」〈魏忠賢〉云：「長孫乳媪曰客氏，素私侍朝，所謂『對食』者也。及忠賢入，又通焉，客氏遂薄朝而愛忠賢，兩人深相結。」頁 7816。

《酌中志》卷十四〈客魏始末紀略〉云：「朝與賢既客氏私人，曾結盟爲兄弟，賢居長，而朝顧次之，稱曰大魏二魏。及先帝即位數月，二人因寵漸，相媚嫉於乾清宮煖閣內，醉罵相嚷。時漏將丙夜，先帝已安寢，而突自御前鬨起。司禮兼掌印盧受、東廠鄒義、秉筆王安、李實……等皆驚起。是時逆賢已陞（司禮監）秉筆，掌惜薪司印，魏朝已改名王國臣，陞乾清宮管事，掌兵仗局。並跪御前聽處分，盧

星」則確實爲魏忠賢外甥，《酌中志》云：「傅應星者，逆賢親姊魏氏之子也。天啓七年五月病死。」〔註 47〕又云：「（忠賢）妻馮氏，生女魏氏」，可見「傅如玉」乃虛構之人。又云：「父魏志敏，母劉氏」，可見小說所云戲子魏雲卿爲其父，雜要侯一娘爲其母，皆爲虛擬人物。

史書所載，神宗朝皇長孫（熹宗）出生後，魏忠賢爲其及生母王才人辦膳，並且時常以辦膳爲名，向其他內臣騙取精美食品、玩具等，轉獻熹宗，博取歡心〔註 48〕。光宗立，又借著王安與客氏之力，充東宮典膳局〔註 49〕，替當時陞爲太子的熹宗辦膳，可見，魏忠賢與熹宗的關係，在熹宗幼年即藉者庖廚之便建立，魏某並未任職東宮監門，更別說「梃擊」時護駕有功了。

此外，孟森《明代史》〔註 50〕溫功義《明末三案》〔註 51〕錢靜方《小說叢考》〔註 52〕等書，認爲魏忠賢曾參予「移宮」案，當時他仍名「李進忠」，爲李選侍心腹太監，欲挾持熹宗，以謀選侍太后之封，換言之魏忠賢入宮時名「李進忠」，不知何時復姓爲「魏進忠」，天啓二年方改爲世人皆曉之「魏忠賢」〔註 53〕。然而從楊漣奏摺並舉「李進忠」「魏進忠」等諸宦者趁新主登基之暇，偷盜大內寶看來，在移宮案發時，魏忠賢仍名進忠，與李選侍手下的李進忠爲兩人，現代學者的誤以爲一，

受等侍側，眾咸知憤爭，由客氏起也。先帝玉旨問客氏曰：客妳爾只說爾處心要著誰替爾管事？我替爾斷。客氏久厭國臣猥薄而樂逆賢憨猛好武，不識字之人樸實易制，遂心向逆賢，而王太監安久中客氏逆賢諛媚，且心惡名下之人作此醜態，遂打國臣一掌，勒令告病，往兵仗局調理，離御前矣。此時逆賢尚名魏進忠，始得專管客氏事，從此無避忌矣。先帝端拱於上，惟客魏之言是聽，而尾大不掉之患成焉。後國臣被斥，逆賢矯旨發鳳陽，在逃，復於薊北山寺中搜獲，使人於中途邀截至獻縣縊殺之。」頁 206～208。

〔註 47〕同前註，以下引文皆同。

〔註 48〕《明史》卷三〇五〈魏忠賢〉云：「（忠賢）又求爲皇長孫母王才人典膳。」頁 7816。
《酌中志》卷十四云：「光廟在青宮淡薄，先帝（熹宗）既誕之後，生母才人王老娘娘無人辦膳，賢遂夤緣入宮，辦才人及先帝之膳，其介紹引進者，近侍魏朝。」頁 204，又云：「賢性狡猾，指稱辦膳爲名，於十庫諸內臣，如藥張等，皆騙其食料、醯醬，或財物玩好，以至非時果品花卉之類，必巧營取之，而轉獻先帝，以固寵也。」頁 204～205。

〔註 49〕前註云：「光廟登極，擬冊立先帝爲東宮，是時逆賢尚列庫衍，暗與客氏深謀，遂相與刻意擁戴王太監安，而客氏又巧逢迎之，無不可者，遂充東宮典膳局。此缺客氏力也。」頁 205～206。

〔註 50〕孟森《明代史》，頁 328。

〔註 51〕溫功義《明末三案》，頁 132。

〔註 52〕錢靜芳《小說叢考》，頁 215。

〔註 53〕《酌中志》卷十四云：「魏忠賢原名李進忠」「後復本性曰魏進忠」，頁 201「天啓二年，進忠改名忠賢。」頁 211。

《檮杌閒評》則涇渭分明，未予混淆。〔註 54〕

天啓四年十月，魏忠賢已盡斥諸賢，統攬大權，此後以至天啓七年喜宗駕崩，專橫結果，《明史》卷三百零六〈閹黨〉云：

> 自四年十月迄熹宗崩，（大臣）斃詔獄者十餘人，下獄謫戍數十人，削奪者三百餘人，他革職貶黜者，不可勝計。

其中，上自內閣首輔葉向高、韓爌、吏部尚書趙南星等，下自地方官吏，凡被指爲「東林」者，皆受波及，整個朝廷官僚職務變動之大，使得這個時期的事件複雜而難從單一角度視之〔註 55〕。受到魏、客一黨迫害之人如此眾多，本文不一一敘述，僅舉《檮杌閒評》一書所提到的事件，加以闡述。

小說描述敘魏忠賢掌握大權，自第二十三回「誅劉保魏監侵權」開始。書中描寫天啓元年，魏忠賢以善養鵪鶉得寵，熹宗派其至東廠掌印，其後捉遼東奸細有功，權力漸穩。

《明史》記載魏忠賢掌東廠的時間是天啓三年冬，而天啓初年他的職務是司禮秉筆太監兼提督寶和三店。前文提到，忠賢與熹宗的關係，係自滿足口腹之慾的膳食問題開始，則此處鬥鵪鶉，又是虛構了。而且，如果忠賢天啓元年即掌緝捕人犯的東廠，那麼東林黨人受害日期，勢必將提早，可見小說此處亦與史不符。至於劉保爲遼東李永芳奸細一案，不知從何而來？不過天啓初年，遼東之遼陽、瀋陽相繼淪陷，京師盤查奸諜甚爲嚴密。曾發生劉一燝一獄〔註 56〕，魏忠賢欲借此羅織大學士劉一燝不得。至於「李永芳」乃關外大將，萬曆年間，倒戈降清，危害明室〔註 57〕。

第二十八回「魏忠賢忍心殺卜喜，李永貞毒計害王安」，敘述「卜喜」乃客氏貼身小太監，偶犯過失，爲王安斥回原籍，魏忠賢派人將其暗殺於途中，嫁罪王安，引起客氏對王安的怨怒，之後用李永貞爲謀主，借「移宮」時，內監乘亂盜寶之事，

〔註 54〕楊漣奏摺見於《明熹宗實錄》卷一，頁 17。《酌中志》卷十四云：「科臣楊漣時爲給諫，疏參逆措，賢無措，泣懇魏朝，朝在王太監前，力營救之，遂得旨著司禮監察明具奏。賢先年原名原名李進忠，遂將西李娘娘下用事之李進忠算作一人，以欺外廷.，其實皆朝力也。」頁 206。又包遵彭主纂《明史》卷三○五〈彙證〉云：「按忠賢初名進忠，與李選侍心腹閹李進忠者本屬二人。」頁 3441。

〔註 55〕詳見《明史》卷二四○〈葉向高等傳〉；卷二四一〈周嘉謨等傳〉；卷二四三〈趙南星等傳〉；卷二四四〈楊漣等傳〉；卷二四五〈周起元等傳〉；卷二四六〈滿朝薦等傳〉；卷三○五〈宦官二魏忠賢等〉；卷三○六〈閹黨顧秉謙等傳〉。

〔註 56〕見《明史》卷二四○〈劉一燝〉。

〔註 57〕李永芳於明萬曆四四年（清太祖天命元年）降清。詳見《清史稿校註》卷二三一〈李永芳〉。

誣告王安欲從中得漁利，又嗾使給事中霍維華劾王安，加上客氏一旁言語激怒皇上，王安終於被下放南海子充軍，魏閹又派人將其毒死。此後，魏閹接掌司禮監印，成爲最有權勢大太監。

正史記載王安爲善良宦官，「移宮」時與外廷聯合壓制李選侍，迎立熹宗。又聽門客汪文言之意，起用正人〔註 58〕，於是天啓初年，眾正盈朝。然眞正要取代王安的，據《明史》所云，此乃客氏之意，「天啓元年五月，帝命安掌司禮監，安以故事辭，客氏勸帝從其請，與忠賢謀殺之。忠賢猶豫未忍，客氏曰：爾我孰若西李（李選侍），而欲遺患耶？忠賢意乃決。」〔註 59〕太監李永貞早年入宮爲宦，光宗即位後，始夤緣通忠賢〔註 60〕。小說卻於第六回「石林莊三孽聚義」將二人與《酌中志》作者劉若愚，描寫成幼年玩伴，結拜三兄弟。魏忠賢掌權後，訪得劉若愚「哄他吃醉了，也把他閹割了，留于手下辦事。」都是作者虛構的情節。〔註 61〕

二十九回「勸御駕龍池講武，僭乘輿泰岳行香」敘述魏忠賢於禁中擇武閹操兵，坐騎曾驚聖駕，以及至涿郡進香，儀仗隊伍華麗如天子出巡，皆符《明史》。而禁中操兵，客氏如戲子般花槍表演，和魏閹涿郡進香乃是爲還願和尋訪故人陳玄朗之事，皆不見著史書。

《明史》本傳中魏忠賢殺害王安後，「盡斥安名下諸閹」，和客印月聯手，「帝深信此兩人，兩人勢益張，用司禮監王體乾及李永貞、石元雅、涂文輔等爲羽翼，宮中人莫敢忤。」魏、客在宮中氣焰囂甚，鍊內操、選武閹、日引帝爲倡優聲伎……種種行爲，激起外廷不滿，紛紛上疏劾之，於是魏忠賢開始和大臣發生衝突〔註 62〕。而當時朝臣，多爲東林，凡與東林不合者，天啓初廢斥殆盡。魏忠賢既於宮中得勢，

〔註 58〕《明史》卷三〇五〈王安〉云：「爲皇長子伴讀，時鄭貴妃謀立己子，數使人摭皇長子過，安善爲調護，貴妃無所得。梃擊事起，貴妃心懼，安爲太子屬草，下令旨，釋群臣疑，以安貴妃，帝大悅。光宗即位，擢司禮秉筆太監，遇之甚厚。安用其客中書舍人汪文言言，勸帝行諸善政，發帑金濟邊，起用直臣鄒元標、王德完等，中外翕然稱善。大學士劉一燝、給事中楊漣、御史左光斗等皆重之。」頁 7815。

〔註 59〕同前註。

〔註 60〕《明史》卷三〇五〈李永貞〉。

〔註 61〕劉若愚有作品《酌中志》問世。《明史》三〇五〈劉若愚〉云：「作《酌中志》以自明，凡四卷，見者憐之。」頁 7826。

〔註 62〕《明史》〈魏忠賢〉云：「用司禮監王體乾及李永貞、石元雅、涂文輔等爲羽翼，宮中人莫敢忤。既而客氏出。復召入。御史周宗建、侍郎陳邦瞻、御史馬鳴起、給事中侯震暘先後力諍，俱被詰責。給事中倪思輝、朱欽相、王心一復言之，並謫外，尚未指及忠賢也。忠賢乃勸帝選武閹、鍊火器爲內操，密結大學士沈㴶爲援。又日引帝爲倡優聲伎，狗馬射獵。刑部主事劉宗周首劾之，帝大怒，賴大學士葉向高救免。」頁 7817。

與東林相忤者，即轉附忠賢，忠賢與東林已不睦，加上這批人員的新附，於是朝中就形成閹黨與東林的對峙〔註 63〕。

魏忠賢迫害東林的導火線是汪文言獄與接下來的楊漣劾忠賢二十四大罪。天啓四年，魏忠賢藉故逮捕與東林人士關係密切的中書汪文言，下鎮撫司，欲大行羅織。掌鎮撫劉僑受首輔葉向高教，止坐文言，忠賢大怒，削僑籍，而以私人許顯純代。因爲汪文言被捕，東林之中引起波動，御史李應昇、劉廷佐，給事中霍守典、沈惟炳皆上書諫魏忠賢之失，魏矯旨詰責，於是副都御史楊漣劾忠賢二十四大罪。楊漣此人乃顧命大臣，「移宮」案時，又有擁立之功，所云二十四罪，條條皆重要，有非去魏閹不可的氣勢，此疏進宮之後，經過客印月、王體乾諸人謀解，魏忠賢又於帝前「泣訴」，於是楊漣上疏的目的非但未能達到，各而受到熹宗降旨切責，這樣的結果，在朝臣中引起很大的反對聲浪，有魏大中及給事中陳良訓、許譽卿、撫寧侯朱國弼、南京兵部尙書陳道亨、侍郎岳元聲等七十餘人，交章論忠賢不法，首輔葉向高及禮部尙書翁正春，請遣忠賢歸私第，不許。當是時「魏忠賢憤甚，欲盡殺異己者」，魏黨對東林的勢不兩立，於焉展開〔註 64〕。

魏忠賢壓迫與自己不合的官吏，手法殘酷。他採用附合他的朝臣及內閣之意，杖死上疏攻擊他的工部郎中萬燝，之後又逼走首輔葉向高，罷斥吏部尙書趙南星、左都御史高攀龍、吏部侍郎陳于廷及楊漣、左光斗、魏大中等數十人，正人去國，紛紛若振槁，繼而代之以附己之臣。當時有崔呈秀造《天鑒》、《同志》諸錄，王紹徽造《點將錄》，盡網羅不附忠賢者，號曰「東林黨人」，以顧憲成、葉向高等人爲魁首，楊料、左漣諸賢皆錄其中。從此，攻擊東林黨人，成爲討好魏忠賢，以謀陞遷的捷徑〔註 65〕。

〔註 63〕孟森《明代史》第六章〈天崇兩朝亂亡之炯鑒〉云：「萬曆末之三黨，曰：齊、楚、浙。各爲門户，以爭攘權位。劉一燝、周嘉謨等任國事，於廢籍起用正人。盡黜各黨之魁，至是凡宵小謀再起者，皆知帝爲童昏，惟客、魏足倚以取富貴，於是盡泯諸黨，而集爲奄黨。其不能附奄者，亦不問其向近何黨，皆爲奄黨之敵，於是君子小人，判然分矣。」頁 322。

〔註 64〕《明史》〈魏忠賢〉云：「四年，給事中傅櫆結忠賢甥傅應星爲兄弟，誣奏中書汪文言，並及左光斗、魏大中。下文言鎮撫獄，將大行羅織。掌鎮撫劉僑受葉向高教，止坐文言。忠賢大怒，削僑籍，而以私人許顯純代。是時御史李應昇以內操諫，給事中霍守典以忠賢乞祠額諫，御史劉廷佐以忠賢濫廕諫，給事中沈惟炳以立枷諫，忠賢皆矯旨詰責，於是副都御史楊漣憤甚，劾忠賢二十四大罪。疏上，忠賢懼，求解於韓爌，爌不應，遂趨帝前泣訴，且辭東廠，而客氏從旁爲剖析，體乾等翼之，帝懵然不辨也。遂溫諭留忠賢，而於次日下漣疏，嚴旨切責。漣既絀，魏大中及給事中陳良訓、許譽卿，撫寧侯朱國弼，南京兵部尚書陳道亨，侍郎岳元聲等七十餘人，交章論忠賢不法。向高及禮部尚書翁正春請遣忠賢歸私第以塞謗，不許。當是時，忠賢憤甚，欲盡殺異己者。」頁 7818～7819。

〔註 65〕「顧秉謙因陰籍其所忌姓名授忠賢，使以次斥逐。王體乾復昌言用廷杖，威脅廷臣。

附閹群小，彈劾東林人士去職的種種，《明史》卷三〇六〈閹黨〉，敘述甚詳。

此時魏忠賢還興了兩次大獄，酷刑害死異己者。第一次再度逮捕汪文言，拷死之後，鎮撫司「許顯純具爰書，詞連趙南星、楊漣等二十餘人，削籍遣戍有差。逮漣及左光斗、魏大中、周朝瑞、袁化中、顧大章等六人，至牽入熊廷弼案中，掠治死於獄，又殺廷弼，而杖其姻御史吳裕中至死。」〔註 66〕此次冤獄，乃誣以眾人貪贓納賂，楊、左等六人，後世稱之六君子，死後家人還備受追贓之苦。

第二次牽連不廣，乃是對於罷官回籍的異己官員，不放鬆的追擊。魏黨李永貞假冒浙江太監李實之名，劾前應天巡撫周起元，與江浙居里諸臣高攀龍、周宗建、繆昌期、周順昌、黃尊素、李應昇諸人，勾結不法，吞併公帑。高攀龍先行投水自盡，周起元等六人皆被拷打致死，家人追贓。這一次緝捕無辜賢臣，還引起蘇州民變，毆打朝廷派出的錦衣衛〔註 67〕。《檮杌閒評》對於東林被迫害及魏黨跋扈狀，多合正史。

小說第三十回「侯秋鴻忠言勸主，崔呈秀避禍爲兒」，前半回寫客印月之僕侯秋鴻，勸告已出宮的客印月不要再進宮，再和魏忠賢狼狽爲奸。秋鴻此人，史書不載，而且是客氏於侯家作少奶奶時的丫環，爲魏忠賢未淨身時和客氏偷情時的牽線人。前文已云，魏、客早年之情爲作者虛構，則此一忠僕秋鴻，自然也是塑造出的人物。後半回崔呈秀居官不法，被彈劾削籍，確有此事，不過糾舉者爲東林之高攀龍，而非小說名「高功」〔註 68〕，至於引介呈秀拜忠賢爲義父的道士元照，是魏閹入宮以前的朋友，而且魏、崔早年相識的情節，都是於史無憑。

小說三十一回寫楊漣上書與萬爆被杖死，皆符合正史，作者還略錄楊漣所上的二十四大罪劾忠賢，及萬爆劾魏閹的奏章。第三十二回寫魏黨造〈天罡圖說〉，構陷

未及，工部郎中萬爆上疏刺忠賢，立杖死。又以御史林汝翥事辱向高，向高遂致仕去，汝翥亦予杖。廷臣俱大讋。一時罷斥者：吏部尚書趙南星、左都御史高攀龍、吏部侍郎陳于廷及楊漣、左光斗、魏大中等先後數十人。已又逐韓爌及兵部侍郎李邦華。正人去國，紛紛若振槁。乃矯中旨召用例轉科道，以朱童蒙、郭允厚爲太僕少卿，呂鵬雲、孫杰爲大理丞，復霍維華、郭興治爲給事中……未給，復用擬戍崔呈秀爲御史。呈秀乃造《天鑒》、《同志》諸錄，王紹徽亦造《點將錄》，皆以鄒元標、顧憲成、葉向高、劉一爆等爲魁，盡羅入不附忠賢者，號曰東林黨人，獻於忠賢。忠賢喜，於是群小益求媚忠賢，攘臂攻東林矣。」同前註，頁 7819。

〔註 66〕同前註，頁 7819～7820。

〔註 67〕詳見《明史》卷二四五〈周起元等傳〉，及卷二四三〈高攀龍〉。

〔註 68〕《明史》卷三〇六〈閹黨崔呈秀〉云：「（崔）在淮揚，贓私狼籍。霍邱知縣鄭延祚貪，將劾之，以千金賄免。延祚知其易與，再行千金，即薦之。其行事多類此。四年九月，還朝，高攀龍爲都御史，盡發其貪污狀。吏部尚書趙南星議戍之，詔革職候勘，呈秀大窘，夜走魏忠賢所，叩頭乞哀，言攀龍、南星皆東林，挾私排陷，復叩頭涕泣，乞爲養子。」頁 7848。

東林，以及利用汪文言入獄，牽連楊、左諸賢之事，皆與史合。小說沒有指出杜撰〈天罡圖說〉之人是王紹徽〔註69〕。此外魏忠賢以許顯純易劉僑代掌鎮撫司；魏大中被逮有周順昌慰問；都與史書相合〔註70〕。可見於史無憑處，作者固然虛構，而魏忠賢陷害忠良，種種不法的過程，作者亦昭示世人。凡在正史出現之大事，小說大多符合。又如：第三十三回許顯純按忠賢之意拷打楊、左諸賢〔註71〕；三十四回倪文煥爲求解禍，而誣陷魏忠賢的反對者，彈劾去之〔註72〕；三十五回受到李實奏本被誣害的高攀龍、周順昌、黃尊素、周宗建受逮時的情形——而以周順昌入羈時，蘇州發生的民變毆吏事件，最令人慨嘆〔註73〕；三十六回敘述被捕眾臣，不屈而死，以及熊廷弼被誣以賄賂楊、左諸人，加上失守邊疆之罪，亦被斬首等等〔註74〕，大致皆符合正史。不過三十四回中，李實所上的奏摺，正史指出乃出自李永貞之手〔註75〕，此處卻是李實被群小催逼不過，點頭答應；三十三回中，馮銓以少年詞林，受封拜相，是因爲尋得魏、客入宮之前的情感信物——明珠三顆，方得列位，前文已知客、魏早年舊交純屬虛構，此處亦爲作者杜撰。馮銓能入內閣，俱《明史》及筆記《黑頭爰立紀略》可知，亦是附閹而得〔註76〕。

〔註69〕〈天罡圖說〉應該就是將東林人士比喻爲水滸傳一〇八條好漢的〈點將錄〉。三十二回云：「既做出東林衣缽圖來激怒那些朝臣，又撰出一本〈天罡圖說〉來，東林人自比水滸傳上的三十六天罡，七十二地煞：李三才比做晁蓋，趙南星是宋江，鄒元標是盧俊義，繆昌期是吳用，高攀龍是公孫勝，魏大中是李逵，楊漣是楊志，左光斗是關勝，凡是魏忠賢、崔呈秀所惱之人，都比在內，做強盜。」查朱倓〈東林點將錄考異〉所舉九處《點將錄》名單資料，李三才、繆昌期、高攀龍、魏大中，與名單相符，趙南星等人則不同。

《明史》〈閹黨王紹徽〉：「初，紹徽在萬曆朝，素以排擊東林爲其黨所推，故忠賢首用居要地。紹徽倣民間《水滸傳》，編東林一百八人爲〈點將錄〉獻之，令按名黜汰，以是益爲忠賢所喜。」頁 7861。

〔註70〕許顯純易劉僑事，見《明史》卷三〇六〈閹黨許顯純〉和魏忠賢本傳。周順昌慰問魏大中事，見《明史》卷二四五〈周順昌〉和卷二四四〈魏大中傳〉。

〔註71〕許顯純拷打人犯時，魏忠賢必定派人監視，是書與《明史》〈閹黨許顯純〉所云相符。

〔註72〕倪文煥借彈劾魏忠賢之反對者而解禍，是書與《明史》〈閹黨倪文煥〉均同，不過是書中，倪文煥誤罰侯國興家人，引起客氏不悅，《明史》則爲「誤撻皇城守卒，爲中官所糾」（頁 7850）而事發後，借崔呈秀之力，向魏忠賢求解的情況均同。

〔註73〕高攀龍於緹騎逮之時，投水而死。周順昌受捕時發生民變，拷問時大罵魏閹被敲去牙齒，等等。此時被害有：周起元、周順昌、高攀龍、黃尊素、李應昇、周宗建六人，個人事跡詳見《明史》卷二四三〈高攀龍〉，卷二四五〈周起元等〉及《先撥志始》卷下，《三朝野記》卷三，等書。

〔註74〕熊廷弼受冤而死，傳首九邊，詳見《明史》卷二五九〈熊廷弼〉。

〔註75〕見《明史》〈魏忠賢〉。

〔註76〕《明史》卷二三〈莊烈帝本紀〉云：「（崇禎元年六月）削魏忠賢黨馮銓、魏廣微籍。」頁 310。《黑頭爰立紀略》云：（《酌中志》卷二十四附）「天啓甲子春，逆賢進香涿州

朝中東林人士已去職不存，在野曾與魏閹作對者亦難逃迫害，此時已無人能與魏閹抗衡，小說選擇幾項事件寫作，反映當時腐敗的政風。例如，第三十七回屈殺劉鐸、李充（《明史》作「承」）恩等。劉鐸曾作詩弔念熊廷弼，書於扇面，無意傳出，因而被逮至京，下獄。原僅從輕治罪，但偵得鐸在獄中替受冤者李充恩抱不平，魏黨張體乾乃誣其與平民方景陽書符將壓魅忠賢，劉鐸等竟遭殺害。亦見《明史》〈魏忠賢〉《先撥志始》卷下及《三朝野記》卷三等〔註 77〕。下半回描寫忠賢子傅應星怒打張體乾一事，未見於史書，不過，在小說中表現甚佳的傅應星，《明史》云其為魏閹姪兒，且與眾奸同流〔註 78〕。只因其早死，未入逆案〔註 79〕。

時，銓被劾家居，跪謁路次，送迎供帳之盛，傾動一時，且涕泣陳盛明之冤，為東林陷害。逆賢憐其姣媚，已心許之。後楊都憲有參賢二十四罪之疏，賢窘甚……馮因具書于賢姪良卿，言外廷不足慮，教之行廷杖、興大獄，以劫制之。又時時刺得外廷情事，密報逆賢，使為之備，賢感之刺骨。」「逆賢已出妻馮氏，雖流寓肅寧，稱自涿郡移來，疑馮疎族也。是以凡馮侍講，逆賢時時屬目，有微時故劍之思，暱馮之故，亦在此乎。」頁 601～602、604。（錢靜芳《小說叢考》亦自《談往》一書中，引此篇文章，且云作者署名「花村看行侍者」）

〔註 77〕《明史》〈魏忠賢〉云：「其黨都督張體乾誣揚州知府劉鐸代李承恩謀釋獄，結道士方景陽詛忠賢，鐸竟斬。」頁 7821。

《三朝野記》卷三云：「初錦衣衛緝得遊僧未福，指為東林淵藪，乘機造謗，以鐸詩扇為證既下獄，以前詩為歐陽暉所作，事白得釋。在京候補，復為張體乾緝獲，誣與方震孺同謀，為在獄李承恩，李柱明用賄求寬，下鎮撫司提問。又誣以與假官曾雲龍，倩道士方景陽咒咀廠臣，發刑部定罪，始擬戍，既擬絞。忠賢矯旨令重擬，尚書薛眞遂阿內意，參：『司官賣法削職，方震孺加絞罪一等，斬；劉鐸咒咀重臣，決不待時。』疏入，允之。鐸與曾雲龍，家人劉福等，即日駢斬于市。」頁 105。（《先撥志始》卷下，同）

〔註 78〕《明史》〈魏忠賢〉云：「四年，給事中傅櫆結忠賢甥傅應星為兄弟，誣奏中書汪文言，並及左光斗、魏大中。下文言鎮撫獄，將大行羅織。」又云：「（五年）擢傅應星為左都督，且旌其母。」頁 7818.7819。

《明史》卷二四四〈楊漣〉，上疏魏忠賢二十四大罪，其中論及傅應星，云：「今日蔭中書，明日蔭錦衣，金吾之堂口皆乳臭，誥敕之館目不識丁。如魏良弼、魏良卿、魏希孔及其甥傅應星等，濫襲恩蔭，褻越朝常，大罪十三」「東廠之設，原以緝奸。自忠賢受事，日以快私讎、行傾陷為事。縱野子傅應星、陳居恭、傅繼教輩，投匭設井。片語稍違，駕帖立下，勢必興同文館獄而後已，大罪二十。」頁 6326～6327。

此外，入逆案的馮銓、阮大鋮與傅應星亦有交通管道。《三朝野記》卷三云：「（馮）銓始入廣微幕，廣微極相推引，銓復結歡魏良卿、傅應星，為之延譽。」頁 77～78。《先撥志始》卷上云：「（阮）大鋮素與東廠理刑繼教善，繼教及刑科傅櫆與逆賢之甥傅應星通譜，稱兄弟。」頁 142。《黑頭爰立紀略》云：「馮（銓）與田爾耕、魏良卿、傅應星等，恆醉舞酣歌，往來無忌」又「（銓）初在講幄時，日與良卿、傅應星深談，或託田爾耕通帖，機鋒顯露。」頁 606。

〔註 79〕因為傅應星早死，故未入逆案，《酌中志》卷十四〈客魏始末紀略〉云：「傅應星者，三十八回「魏忠賢開例玷儒紳」，描寫魏忠賢因興建宮殿大工，費用不足，賣官爵以求之。正史並未記載此事，不過卷六十九〈選舉一例監〉項下云：「其後或遇歲荒，或因邊警，或大興工作，率援往例行之，訖不能止。」而且《魏忠賢小說斥奸書》第十四回回目亦爲「興大工濫開事例」。因爲捐官之事，有慣例可尋，正史未特別強調此屬魏忠賢時代的特殊現象，而《斥奸書》與《檮杌閒評》，皆錄存之。

三十九回「廣搜括揚民受毒，冒功名賊子分茆」，前半回提到替魏忠賢在揚州搜括百姓的劉文耀、胡良輔、許其進等，苛求稅捐，逼走鹽商。《明史》未載此事。不過《斥奸書》第十九回下半爲「廣搜括播虐淮揚」，似乎即是敘述此事。可能因爲魏忠賢爲惡太多，不勝書之，所以《明史》略去此一部份，卻在時事小說之中保存下來。是回後半部，敘述袁崇煥守寧遠有功，魏忠賢竟歸功於己，妄封子姪〔註80〕。李思誠斥其之非，因被魏黨嫁罪以受賄之事〔註81〕，均可從史書中求得印證。

第四十一回「據災異遠逐直臣，假緝捕枉害良善」，前半回描寫天啓年災異之事如旱災、地震、火藥之災、水災等等〔註82〕，而有大臣王永光、彭汝南（《明史》作「楠」）、高宏（《明史》作「弘」）圖、王紹徽等官員，上疏求行仁政，反被苛責去職〔註83〕。是回後半部敘述遼東難民武永（《明史》作「長」）春冤獄一案，冤死關外良民七人，皆是確有其事〔註84〕。不過有一點要注意的是，幾位上疏的官員：高弘圖曾與東林趙南星有隙去職〔註85〕。王紹徽作《點將錄》而名列逆案；王永光

逆賢親姊魏氏之子也，天啓七年五月病死。」頁231。

〔註80〕《明史》〈魏忠賢〉云：「會袁崇煥奏寧遠捷，忠賢乃令周應秋奏封其從孫鵬翼爲安平伯，再敘三大功，封從子良棟爲東安侯，加良卿太師，鵬翼少師，良棟太子太保。因偏賚諸廷臣，用呈秀爲兵部尚書兼左都御史，獨絀崇煥功不錄。時鵬翼、良動皆在襁褓中，未能行步也。」頁7823～7824。

〔註81〕李思誠受賄始末，見前章「作者考」。《明史紀事本末》卷七一〈魏忠賢亂政〉。

〔註82〕《明史》卷二二〈熹宗本紀〉云：「（六年）五月戊申，王恭廠災，死者甚眾。己酉，以旱災敕群臣修省。癸亥，朝天宮災。六月丙子，京師地震，靈邱地震經月。壬午，河決廣武。」頁305。王恭廠、朝天宮火災，詳見卷二九〈五行二、火〉；地震詳見卷三五〈五行三、土〉；水災詳見卷二九〈五行二、木〉。

〔註83〕王永光去職，事見《先撥志始》卷下，云：「兵部尚書王永光，因王恭廠之變，疏陳時事語頗剴切，忤逆賢意。奉嚴旨，遂引疾回籍。（原註：按，永光漏網以此，語見夏文忠《幸存錄》）。」頁193。

王紹徽被責事，見《明史》〈閹黨王紹徽〉云：「王恭廠、朝天宮並災，紹徽言誅罰過多。忤忠賢意，得譙讓。」頁7861。

王永光、彭汝楠等疏，見《熹宗實錄》卷七一，王紹徽疏見《實錄》卷七二。

〔註84〕武長春一事，見《明史》魏閹本傳。

〔註85〕《明史》卷二七四〈高弘圖〉云：「魏忠賢亟攻東林，其黨以弘圖嘗與南星有隙，召起弘圖故官。入都，則楊漣、左光斗、魏大中等已下詔獄，鍛鍊嚴酷。弘圖果疏論南星，然言『國是已明，雷霆不宜頻擊』，『詔獄諸臣，生殺宜聽司敗法』，則頗謂忠

雖是逆案的漏網者，崇禎朝卻不時替入罪者申冤，造成朝廷不協〔註86〕；彭汝楠事蹟不顯〔註87〕。由此看來，小說作者所謂的直臣，王紹徽入《明史》〈閹黨〉、王永光亦多被指責，儘有高弘圖因爲雖被魏黨拔擢以陷東林，卻不領情的立刻攻擊魏忠賢，在弘光朝時，亦是忠直朝臣。可見作者筆下的「直臣」，與《明史》不盡相符，這種差異現象再加上「李思誠」涉入的「逆案」問題，導致繆荃孫提出小說是用心良苦的翻案作品。

第四十一回「梟奴賣主列冠裳，惡宦媚權毒桑梓」，描寫吳養春之奴吳天榮誣陷主人居鄉不法，侵佔黃山，使得養春被逼迫至家破人亡，又有惡宦許志吉乘機要求追贓，侵擾地方，激起民變，許某落荒而逃，大體不悖正史〔註88〕。不過吳天榮被養春監禁，而與主人侍妾郁燕玉的一段恩怨經過，不知作者所據爲何？此事情節奧妙，且係民間之事，似乎又是作者虛構。

第四十二回「建生祠眾機戶作俑，配宮牆林祭酒拂衣」，描寫地方官員諂媚魏忠賢，爲之建生祠，而監生陸萬齡請以魏忠賢配孔子，建生祠於太廟旁，造成國子祭酒林釬掛冠而去的事件，更反映了當時官場逢迎拍馬的惡劣之風。建生祠之事，起源於浙江機戶之請。《明史》卷三百零六〈閹黨閻鳴泰〉，敘述全國各地建生祠的情形甚詳，不過始作俑者爲浙江巡撫潘汝禎，而非小說所謂的太監李實，至於機戶向魏忠賢拍屁，是爲了獲取歡心，減輕稅貢，小說敘述較《明史》爲詳，閱潘疏原文可知〔註89〕）。

賢過當者……又極論前陝西巡撫喬應甲罪，又嘗語刺崔呈秀。呈秀、應甲皆忠賢黨，由是忠賢大怒，擬順天巡按不用。弘圖乞歸，遂令閒住。」頁7027。

〔註86〕《明史》〈閹黨〉「欽定逆案」，主犯名單之後云：「案既定，其黨日謀更翻，王永光、溫體仁陰主之，帝持之堅，不能動。其後張捷薦呂純如被劾去，唐也濟薦霍維華、福建巡按應喜臣薦部内閒住通政使周維京，罪至謫戍，其黨乃不敢言。」卷二五八〈許譽卿〉云：「吏部尚書王永光素附璫，讎東林，尤陰鷙。詔定逆案，頌璫者即逆黨。永光嘗頌璫，治逆案，陰護持之。」頁6646。卷二五九〈袁崇煥〉云：「(錢)龍錫故主定逆案，魏忠賢遺黨王永光、高捷、袁弘勳、史𡎺輩，謀興大獄，爲逆黨報仇，見崇煥下吏，遂以擅主和議、專戮大帥二事爲兩人罪。」頁2719。卷二五一〈文震孟〉云：「(崇禎)三年春，輔臣定逆案者相繼去國，忠賢遺黨王永光輩日乘機報復，震孟抗疏之。帝方眷永光，不報。」頁6497。

〔註87〕彭汝楠於「逆案」名單中不見其人，東林〈點將錄〉亦缺，崇禎時任兵部侍郎，見卷三〇八〈奸臣溫體仁〉，頁7934。

〔註88〕《明史》〈魏忠賢〉云：「編修吳孔嘉與宗人吳養春有讎，誘養春僕告其主隱占黃山，養春父子瘐死。忠賢遣主事呂下問，評事許志吉先後往徽州籍其家，株蔓殘酷。知府石萬程不忍，削髮去，徽州幾亂。」頁7821。〈閹黨李魯生〉亦云：「株累者數百家」《熹宗實錄》卷七三亦載此事，收錄奏摺頗多，可見當時影響甚大。《閒評》稱其僕名「吳天榮」,《實錄》稱之爲吳榮。

〔註89〕《明熹宗實錄》卷七三〈巡撫浙江右僉都御史潘汝禎疏〉:「浙江蘇杭等府機户張選等呈稱：先年織造錢糧，省直司府預給辦料，近來解給愆期，解户齎段上納，沿途路

而陸萬齡請建魏閹生祠於太廟旁的一場鬧劇，《明史》卷二百五十一〈林釬〉較詳，小說舖衍更多情節。

第四十三回「無端造隙驅皇戚，沒影叨封拜上公」，前半回敘述客氏子侯國興和魏閹姪良卿二人，霸佔張皇后表姐——李監生妻吳氏，又設計陷害皇親張國紀及李監生。後半回描寫守寧遠有功的袁崇煥被斥回，兵部尚書霍維華為求公道，願將自己恩蔭與袁，反而促使袁崇煥原來的廕襲皆被剝奪。魏閹以親信取代袁崇煥，謊報邊功，竟然進爵上公，位居五等之上。

察《明史》可知，張國紀被誣而返鄉里，乃是客、魏二人對嚴正的張皇后有所忌諱，於是嗾使其黨劾之，有「縱奴不法」「謀召宮婢韋氏」「張皇后非國紀親王女」等等謗言〔註90〕，因得大學士李國槽之疏解而得免，與小說所云侯國興、魏良卿二人爭風吃醋完全無關。下半回袁崇煥有功不賞，霍維華為其仗言〔註91〕，及魏閹叨拜上公之事〔註92〕，皆可見諸正史。此外，是回起首有武進士顧同寅過魏閹生祠不下馬被斥，又因點戲之戲目忤忠賢而下獄，不知所據何來？察正史顧同寅被捕的原因是作詩悼熊廷弼〔註93〕。其後誣以妖書事被斬，兩者相同。

第四十四回「進諂媚祠內生芝，徵祥瑞河南出璽」、第四十五回「覓佳麗邊帥獻姬，慶生辰乾兒爭寵」，都是描述魏黨於朝中氣焰囂張，地方官員與京師大臣，爭相逢迎拍馬之事，諸項皆可見於正史，不過河南出璽一段，又是作者創造的靈

費，進京門單，科部廠監庫衛各衙門鋪墊茶果等費，解户陪累傾家。向有稽延至一、二年回批未掣，司府監追家屬，身斃囹圄，困苦萬狀，幸遇東廠魏忠賢為國惜民，所有本廠茶果等費名色，即行捐免，不兩月間，掣批回銷，選等省直機户，叨沐洪恩，情願捐貲建造生祠，世世頂禮……」頁3520。《明通鑑》卷八○熹宗天啓六年閏六月云：「始建魏忠賢生祠。浙江巡撫潘汝禎倡議，奏請祀于西湖，織造太監李實請令杭州衛百户守祠。詔賜祠額曰『普德』，勒石記功德，自是請建祠者接踵矣。」

〔註90〕《明史》〈魏忠賢〉云：「(賢) 心忌張皇后，其（六）年秋，誣后父張國紀『縱奴不法』『矯中宮旨』，冀搖后。帝為致奴法，而誚讓國紀。忠賢未慊，復使順天府丞劉志選、御史梁夢環交發國紀罪狀，並言后非國紀女。會王體朝危言沮之，乃止。」頁7822。卷三○○〈外戚張國紀〉云：「魏忠賢與客氏忌皇后，因謀陷國紀，使其黨劉志選、梁夢環先後劾國紀謀占宮婢韋氏，……大學士李國槽曰：『君后猶父母也，安有勸父搆母者？』國紀始放歸故郡，忠賢猶欲掎之，莊烈帝立，乃得免。」頁7685。

〔註91〕《明史》卷二五九〈袁崇煥〉云：「及敘功，文武增制賜廕者數百人，忠賢子亦封伯，而崇煥止增一秩，尚書霍維華不平，疏乞讓廕，忠賢亦不許。」頁6712。〈閹黨霍維華傳〉同，頁7863～7864。

〔註92〕《明史》〈魏忠賢〉云：「三殿成，李永貞、周應秋奏忠賢功，遂進上公，加恩三等，魏良卿已進肅寧侯矣，亦晉寧國公，食祿如魏國公例，再加恩廕錦衣指揮使一人，同知一人，工部尚書薛鳳翔奏給賜第。」頁7823。

〔註93〕《明史》卷二五一〈文震孟〉云：「太倉進士顧同寅、生員孫文豸坐以詩悼惜熊廷弼，為兵馬司緝獲。御史門克新指為妖言，波及震孟。」頁6487。

異情節〔註 94〕。四十六回「魏忠賢行邊殺獵戶」正史不載，然亦見於《玉鏡新譚》及時事小說《魏忠賢小說斥奸書》〔註 95〕。

第四十七回「封三侯怒逐本兵，謀九錫妄圖居攝」，此時爲天啓七年，熹宗病重，魏忠賢拼命攬權、醜態畢露，《明史》〈魏忠賢〉敘述這一年的情況是：

> 是年自春及秋，忠賢冒款汪燒餅、擒阿班歹羅銕等功。積廕錦衣衛指揮使至十有七人。其族孫希孔、希孟、希堯、希舜、鵬程、姻戚董芳名、王選、楊六奇、楊祚昌，皆至左右都督及都督同知、僉事等官。又加客氏弟光先亦都督，魏撫民又從錦衣衛改尚寶卿，而忠賢志願猶未極，會袁崇煥奏寧遠捷，忠賢乃令周應秋奏封其從孫鵬翼爲安平伯。再敘三大工功，封從子良棟爲東安侯，加良卿太師，鵬翼少師，良棟太子太保，因徧賚諸廷臣，用呈秀爲兵部尚書兼左都御史，獨絀崇煥功不錄。時鵬翼、良棟皆在繈褓中，未能行步也。良卿至代天子饗南北郊祭大廟，**於是天下皆疑忠賢竊神器矣**。〔註 96〕

這一年爲魏忠賢權力轉變的一大關鍵，從熹宗末葉的喧赫不可一世，至崇禎即位，不到一年之內，地位盡失，終於下放鳳陽，自縊死於途中。其中的轉捩是信王——崇禎登基。小說敘述眾大臣於熹宗彌留之際，已不再理會魏忠賢，紛紛表現出擁戴新主的誠意。顯示魏忠賢此時已不能再仗著熹宗爲靠山，因此眾叛親離。

首先與魏爲難的是霍維華——此人後入「逆案」，削籍不允起用，是回前半部即寫霍某與魏閹的對立狀態，他反對魏閹的無功受祿、濫封子姪作法，霍某終於去職。而倪文煥以邊功請、周應秋以三殿完工請等，都可看出魏黨在熹宗病危時，爲魏閹鞏固日後地位所作的打算，作者云：（四十七回）

〔註 94〕《明史》〈魏忠賢〉云：「故天下風靡，章奏無巨細，輒頌忠賢。宗室若楚王華煃、中書朱愼鍙、勳戚若豐城侯李永祚，廷臣若尚書邵輔忠、李養德……佞詞累牘，不顧羞恥。忠賢亦時加恩澤以報之。所有疏，咸稱『廠臣』不名。大學士黃立極、施鳳來、張瑞圖票旨，亦必曰『朕與廠臣』，無敢名忠賢者。山東產麒麟，巡撫李精白圖象以聞。立極等票旨云：『廠臣修德，故仁獸至。』其誣罔若此，前後賜獎敕無算，誥命皆擬九錫文。」頁 7823。

河南出璽爲臨漳民耕地所得，小說所云書生趙祥奇遇之事，毫無根據，詳見次節。四十五回「覓佳麗邊帥獻姬」所云崔呈秀、蕭靈犀之事，亦多渲染，然崔、蕭之交，《玉鏡新譚》卷九〈爰書〉載有此事，是書多符。《皇明中興聖列傳》第一卷云靈犀與忠賢爲青樓舊識，殆爲虛構。

〔註 95〕魏忠賢行邊，並枉殺獵户以報軍功之事，正史不載。《玉鏡新譚》卷五〈行邊〉僅稱其有親巡邊界之計劃，並未敘及巡行結果。《斥奸書》二十八回「親行邊威鎮薊遼」，可能即是敘述此事。

〔註 96〕《明史》〈魏忠賢〉，頁 7823～7824。

今日受封，明日受卷，今日賀封伯，明日賀封侯。舉朝若狂，終日只爲魏家忙亂，反把個皇上擱起來不理。聖體不安，上自三宮六院，下而六部九卿，無一個不慌；就是客、魏二人，卻也是慌的，内外慌的是龍馭難留，繼統未定，他兩人慌的是恩寵難保，新主英明。故當瀰留之際，乘勢要加封；貪心難割，又與那班奸黨計議。

忠賢與同黨在熹宗瀰留之際，妄圖保全勢力，先有吳碩夫、田吉等建議由其它官員上疏請賜忠賢「九錫」，禮科掌事審之不合，自動掛冠而去。忠賢想再逼霍維華一家入獄，又計劃謀得攝政的地位。閣臣不從，議論紛紛，此時熹宗已去世，魏閹與客氏在宮內商議不得要領，獨傳崔呈秀入內，卻被眾官冷嘲熱諷，崔某終不敢入〔註97〕。最後，由閣臣施鳳來、國戚張惟賢、九卿周應秋等，率各衙門具牋於信王藩邸勸進，並處理遺詔等善後事宜，魏忠賢無插手餘地，大勢已去。

有野史記載，信王乃忠賢奉熹宗遺命而迎立〔註98〕，未言及閣臣施鳳來等眾官員力挺。小說所載天啓崩、崇禎立的一段過程，則與《樵史演義》類似〔註99〕。

四十八回「轉司馬少華納賂，貶鳳陽巨惡投環」敘述魏忠賢攀附崇禎親近太監徐應元，尚能維持不倒，崔呈秀以爲此際仍與天啓朝相同，依舊以兵部尚書的身份賣爵納賄，又爲兄弟謀得總兵，兒子謀中鄉舉。終於引起朝臣不滿，紛紛彈劾，在一片糾舉聲中，魏、客也一併受到攻擊，忠賢自縊於下放鳳陽途中，客氏被打死於

〔註97〕《明史》〈崔呈秀〉則云，崔、魏密談甚久：「熹宗崩，廷臣入臨。內使十餘人傳呼崔尚書甚急，廷臣相顧愕眙。呈秀入見忠賢，密謀久之，語祕不得聞。或言忠賢欲篡位，呈秀以時未可止也。」頁7849，《三朝野紀》卷三同。

〔註98〕《先撥志始》卷下云：「忠賢無以難之（熹宗張皇后），乃承命召皇帝信王。」頁254。《三朝野紀》卷三下，同。《酌中志》卷十五云：「逆賢差（涂）文輔同心腹名下王朝輔，迎請今上聖駕踐祚。」頁210。

〔註99〕李德啓〈滿譯樵史演義解題〉，敘述天啓崩、崇禎立的這段時間，其內容與小說類似，可比照參考。十三回「設奸謀欲攬國政，結心腹密計不成」云：「……十八日，帝疾大漸。忠賢謀國政，遽命心腹太監涂文輔清查户、工二部錢糧。遷崔呈秀爲兵部尚書，又與李永貞議定，於十九日百官至乾清宮請安時，召入一、二大臣，議請皇后垂簾聽政，至時，大學士施鳳來直言不可。忠賢愧憤，拂袖而入。復與李永貞降諭旨，命忠賢暫理萬機，使欲視朝。又恐百官不服，乃於二十二日降旨，以黃立極等爲少師，施鳳來、張瑞圖等爲少傅。當時陞轉甚多。又加客氏子弟爲錦衣衛世襲指揮。酉時，天啓帝崩，百官聚於內廷。忽內監傳呼崔呈秀入內，施鳳來及百官咸謂非呈秀事，何得召入！乃紛紛阻止，呈秀竟不敢入。於是忠賢雖結心腹，事亦無成。」第十四回「新天子除奸獨斷，大逆賊勢衰共棄」續云：「天啓崩，閣臣施鳳來、黃立極及九卿科道等官，紛紛上書，請信王繼位。於是忠賢懼，與客氏謀，命其子侯國興與魏良卿將宮中各庫財寶，盜取大半……」。

《樵史演義》所云施鳳來力阻魏忠賢之謀，及崔呈秀未入宮與忠賢密談之事，皆與《檮杌閒評》合，然前者《明史》〈閹黨施鳳來〉不載，後者與〈崔呈秀〉不同。

宮內，崔呈秀亦自盡，一黨奸人，分別受到制裁，惡人都得了報應。

比較正史可知，《檮杌閒評》前二十八回有關魏忠賢事多屬虛構，二十八至五十回，計二十三回之中，也不盡符正史。從史書上看魏忠賢的事跡，不外是如何自宮中崛起，與外廷聯合毒害東林，享有比擬君王的大權，卻是一個黑暗而恐怖的惡勢力。逮崇禎即位，權勢盡失，魏忠賢及附逆諸奸，悉入「逆案」定罪。小說於二十八、九兩回，描寫魏閹宮中得意；三十～三十六回敘述東林被害情形；三十七～四十六回描寫魏閹獨擁大權之後，肆無忌憚的種種惡行；四十七～五十回屬熹宗臨終前，魏閹面對群臣的阻撓，大勢已去，一旦崇禎即位，就束手面對難逃的命運了。小說對歷史脈絡的解說清楚，不過對於魏忠賢的私生活及與客氏的關係，甚至他本人的性格——正史上魏忠賢遇到無法解決之事會向熹宗「哭訴」〔註 100〕，則有重塑魏閹性格的企圖。二十八回以前，幾乎虛構所有魏閹的生平，將他寫成為墮落社會的產物，卻忽略他在掌權之前已經當了卅年的太監。換言之，幽怨的深宮、王儲的最後決定、朝臣的鼓躁、專制政體等種種問題，導致魏忠賢作惡殺人的可能性，都應該被列入考慮。

明史閹黨傳中的惡人「霍維華」「王紹徽」「賈繼春」等人，小說均顯現其不畏強權，維護正義的一面，而四十七回中，當面反對魏忠賢的閣臣施鳳來，以及和施某共迎立崇禎的周應秋等眾臣，在崇禎二年亦入逆案，併入《明史》〈閹黨〉之中。可見這部成於《明史》之前的作品，對於魏忠賢掌權時任職大臣的評價，有和正史相異的情形。

第三節　其它宗教及神異事件

除了上述有關正史的事件以外，還有一些稀奇古怪，於史書中略為提及之事，也見諸《檮杌閒評》之內。如同第一節「礦稅、妖書、梃擊」等事件的寫法，作者亦將其「借題發揮」，不過走得更遠、更偏，完全虛構成荒謬不經的靈異傳奇。計有：

1. 天啓二年白蓮教造反事。二十四～二十八回。
2. 天啓四年河南出璽事。四十四回。
3. 魏忠賢與僧、道之人的交往。十七、十八、二十九、四十六回。

〔註 100〕如《明史》〈魏忠賢〉，楊漣上二十四大罪疏攻忠賢，云：「疏上，忠賢懼，求解於韓爌，爌不應，遂趨帝前泣訴。」卷二五〇〈孫承宗〉承宗欲以賀聖壽入朝，面奏熹宗。魏廣微奔告忠賢，謂承宗擁兵數萬，將「清君側」，云：「忠賢悸甚，繞御床哭，帝亦為心動。」頁 6471。可見《明史》記載遇到大事，魏忠賢會至熹宗面前哭訴，小說卻毫無此一現象。

縱然這些事件刪去，亦不影響全書情節，但前兩項見諸正史，末一項見於其它史料，可見小說作者企圖以魏忠賢爲軸，廣泛寫入晚明概況。

一、白蓮教造反事

小說第二十四回開始，敘述劉鴻儒居鄉不法，擅開法會，糾集民眾，最後結夥造反之事。故事發生地點在山東鄒縣，年代爲天啓二年，和《明史》記載白蓮教徐鴻儒造反之事相同。不過小說的「劉」鴻儒從未聲明自己是白蓮教，二十六回劉鴻儒且云：

> 不意弄假成眞，把事弄大，身家難保，屈陷父母妻子在獄，如何是好？

這個態度與《明史》敘述白蓮教起事的情形完全不同。云：

> 至是，（王）好賢見遼東盡失，四方奸民思逞，與（徐）鴻儒等約是年中秋並起兵。會謀洩，鴻儒遂先期反，自號『中興福烈帝』……。」〔註 101〕

依《檮》書敘述，鴻儒係倉促起兵，正史所載則預謀甚久，《明史》〈趙彥〉云：「鴻儒蹣山東二十年，徒黨不下二百萬。」又和小說所述鴻儒倉促成軍，完全不同。雖然二者所敘，皆爲同一事件，不過《檮》書，顯然將其淡化處理。

《明史》敘述白蓮教此次起義的經過情形爲：

> 先是，薊州人王森得妖狐異香，倡白蓮教，自稱聞香教主。其徒有大小『傳頭』及『會主』諸號，蔓延畿輔、山西、山東、河南、陝西、四川。森居灤州石佛莊，徒黨輸金錢稱朝貢，飛竹籌報機事，一旦數百里……（萬曆）四十二年，（王）森復爲有司所攝。越五歲，斃於獄。其子好賢，及鉅野徐鴻儒，武邑于弘志輩踵其教，徒黨益眾。〔註 102〕

小說則敘述劉鴻儒得到玉支和尚、跛李頭陀兩人的幫助，跛李又引來兩位道家仙界人士眞眞子、元元子，經過一場如唐傳奇〈聶隱娘〉般的鬥法之後，官兵得到魏忠賢之子傅應星及仙界中人空空兒的幫助，消滅這場亂事。戰爭場面完全是神怪方式的打鬥，如：（二十七回）

> 這裏玉支忙念動眞言，將劍指著官軍隊裏，喝聲道疾！只見就地捲起一陣怪風來，風過處奔出多少豺狼虎豹來，張牙舞爪……這裏空空兒見了，亦念動咒，將衣袖一抖，袖中放出無數火來，把那些猛獸燒得紛紛落地，細看時，卻是紙剪成的。

《檮》書作者改寫白蓮教史事，可能基於三項理由：

〔註 101〕《明史》卷二五七〈趙彥〉，頁 6622。
〔註 102〕同前註，頁 6621～6622。

1. 官逼民反：劉鴻儒的父親劉天祐，與田爾耕有舊怨（十二回）。田爾耕日後復官亟欲報仇，於是命新往地方上任的姪兒田吉，挑尋劉家的過失。劉家依慣例每年要做幾次法事，糾集善男信女成群，於是田吉以「嚴禁左道，以正風化」爲名，要逮捕劉鴻儒。
2. 姑息養奸：田吉派出的差役，屢受賄賂而辦事不成，甚至田吉本人亦曾受贓三千兩。二十五回回目爲「跛頭陀幻術惑愚民，田知縣貪財激大變」，除了田吉屢次姑息之外，法會之中也確實有以妖術招攬信徒的作法，聚者日漸增多，官方捉拿劉鴻儒的期限益見急迫，終於引發教徒以幻術叛變之事。
3. 作者受到神怪故事的影響：作者利用神術鬥法來敘述叛亂時的爭戰狀況，除了有唐傳奇模式在先，也可能受到其它時事小說，例如《七曜平妖全傳》的影響。該書於徐鴻儒亂平後兩年之內即問世，內容極荒謬，鄭振鐸云：「此書內容，和《三遂平妖》、《皇明開運》、《三寶下西洋》同爲幻誕之極的著作，將一件實事這樣的『神話』化了，頗爲不經。……今徐洪（按，應爲「鴻」）儒事，發生不滿三載，戰血方腥，書中人猶多健在，而已被寫得幻變至此，實爲奇事。後來《花月痕》寫太平天國事之荒誕無稽，當係襲其作法。」〔註 103〕

二、河南出玉璽事

《檮》書四十四回「徵祥瑞河南出璽」，敘述河南發現失蹤已久的傳國玉璽，作者稱這是魏忠賢當政「妖由人興」的緣故。此時魏閹已掌穩大權，四方從深山險谷之中，尋找奇物，以充祥瑞，供獻不絕。河南出現玉璽始末，極爲玄妙，是回完全以此事爲主，自成段落，與其它內容情節無關。然而《檮》書所云，與正史資料相比，差距極大。

《明史》敘述河南出璽於天啓四年，此時魏忠賢尚未盡逐東林。云：

> 臨漳民耕地漳濱，得玉璽，龍紐龜形，方四寸，厚三寸，曰：受命於天，既壽永昌。〔註 104〕

《三朝野紀》卷二亦敘此事，較詳。云：

> 河南臨漳縣務本莊，去滋州八里，漳河曲畔，有土忽自墳起。耕民發之，得玉璽一枚。其大如斗，晶潔異常，龍紐龜形，方四寸、厚三寸餘，重一百十餘兩，有篆文曰：『受命於天，既壽永昌』。巡撫程紹具疏以聞，因奏曰：『秦璽之不足徵久矣。況此璽玉潔精光，應是數百年內物……』

〔註 103〕鄭振鐸〈中國文學新資料的發現〉《中國文學研究》，頁 1334。

〔註 104〕《明史》卷二四二〈程紹〉，頁 6283。

復勸上『怡神寡慾，親賢納諫；在朝忠直，勿事虛拘；遺棄名賢，急爲登進。雖謂虞舜之黃璽，夏禹之元珪，至今存，可也。』……進璽之日，上親御文華門，貯璽御前，閹（按，魏忠賢）平捧之，頒示群臣，傳制受賀而退。閹當扆而立，指揮下上，明示人以魁柄在手矣。〔註 105〕

由上文可見：

1. 玉璽上呈熹宗。
2. 玉璽乃農民掘地所得，地方官程紹上獻，也諫言熹宗行仁政。
3. 紹云：「秦璽之不足徵久矣，況此璽玉潔精光，應是數百年內物。」

《檮》書敘述此璽在魏忠賢叨封上公以後出現，且云「忠賢見了大喜，不說是國家的祥瑞，他竟把做自己的禎祥，矯旨將璽收入內庫。」而玉璽出現，還有一段異聞：河南書生趙祥，旅途之中借宿一莊園，與太師甥女完婚，返家省親時，妻子將玉璽交予他帶回，趙祥於開封府賣寶物市集上，展現此物，爲官吏所得。云云。這樣的情況與史籍所載，差距極大。小說之後又云，此璽乃元順帝帶回沙漠，趙祥之妻乃元秦王之女。夫婦二人在官兵捉拿時，與偌大莊園瞬時消逝。

小說如此安排，可反映作者受傳奇的靈異情節影響，除此之外，《檮》書尚有第一回治河神話，以及：

1. 第六回敘述侯一娘攜魏忠賢自賊窟逃出，有鬼靈佑護。
2. 第十回魏忠賢夜救傅如玉，射傷山野精靈。
3. 十八、十九回山僧攜魏忠賢入幽林中療傷，風景綺麗，山中有仙藥及龍王等奇異經歷。
4. 四十六回道士陳玄朗與山僧，將魏忠賢帶入西山一洞穴之中，亦是一場奇妙幻境。

薛洪勣〈明末清初小說漫議〉談到是書擅於點化唐人傳奇境界，云：

《檮杌閒評》善於移植、點化唐人傳奇的題材和意境。全書開頭寫洪水成災，便活用了無支祈的故事，此故事見於唐人傳奇〈古岳瀆經〉〈又題李湯〉，第四十六回在寫到世外仙界的時候，作者創造了一個異常清幽迷人的藝術境界，這實際是唐人谷神子〈傳異記、許漢陽〉篇的改寫。……第四十四回寫遇仙得寶（按，即玉璽）的故事，這也是唐人習見的一種故事類型。……」〔註 106〕

三、魏忠賢與僧、道之人的交往

〔註 105〕《三朝野記》，頁 64。

〔註 106〕薛洪勣〈明末清初小說漫議〉《明清小說論叢第一輯》，頁 29。

《檮》書十七回救忠賢的道士陳玄朗，在四十六回魏忠賢生日之時，前來拜訪，他與十八回曾救過忠賢的山僧二人，將魏閹帶入一奇幻境界，並警告他不得再爲惡，之後飄然而去。

《明史》並無魏忠賢與僧、道之人交往的情形出現。《酌中志》卷十四〈客魏始末紀略〉云：

> 素好僧敬佛，宣武門外柳巷文殊菴之僧秋月，及高橋之僧愈光，法名大謙者，乃賢所禮之名衲也。〔註107〕

《河間府新志》卷十七〈識餘魏忠賢〉云：

> 少飲博無賴，常以負群惡少年，博錢不能償，爲所窘苦，心甚恨，顧不能脫，計去爲宦者，足自庇，乃走之野寺外，自宮，已痛絕，寺僧見而哀之，舁入爲救治，久之始蘇，遂往京師注簿內侍，已二十餘矣。〔註108〕

由此看來，小說十八回「山石邊逢僧脫難」的故事，可能自此演化而出。

除此之外，小說中曾接濟過魏忠賢的道士，又見於《玉鏡新譚》卷六〈進香〉，云：

> 初魏忠賢微賤時，嘗乞靈于涿州泰山之神。凡處饑寒顛沛中，必坐臥于神座下，卜夢祈籤，神皆許之以後福，忠賢雖心領而不自信。時每游食於羽士，羽士多侮嫚之。唯一童子相憐，嘗竊與之食，忠賢繇是銘感。後既貴倖，思贖前恥，乃邀天子之寵榮，冀答明神之靈驗。恭疏請旨進香。……唯物色竊食之童子不得，……而密招一老羽士至闃室，以童子姓名叩之。羽士云：『此卑道徒孫也，已死十年矣，埋于後園隙地……』即發千金造墳營葬，審其母兄在，仍賜千金以贍其家焉。〔註109〕

小說十七回「泰山廟小道憐貧」敘述道士陳玄朗以多餘食物贈魏，即是本源於此，而二十九回「僭乘輿泰岳行香」敘述忠賢以巨宦身份重回泰山廟，欲報答玄朗，但玄朗已離此遠遊，於是爲造生祠，並撥香火田之事，則與《玉鏡新譚》原文所云，小道已死之事有差。

四十六回「陳玄朗幻化點姦雄」敘述玄朗與山僧於忠賢生日來訪，以幻術點化他的一段神話故事，也是起源於忠賢與僧、道交往，創造出來的情節。筆記《玉鏡新譚》卷六〈誕迷〉及《耳新》〈仙跡類〉，均敘述魏閹生日時有一自稱忠賢舊交的道人來訪，直斥忠賢之非，之後飄然而去，這應該是小說故事的由來。

〔註107〕《酌中志》卷十四，頁202。
〔註108〕《河間府新志》卷十七，頁42。
〔註109〕朱長祚《玉鏡新譚》，頁84。

第四章　內容主題之分析

《檮杌閒評》成書於明亡以後，站在作者是明遺民的身份立場，他對於前朝的政治環境與社會現象，自然會有一番反省的功夫。胡師萬川云：

> 魏忠賢一夥得權之後的所做所爲眞有如惡靈邪魅，但是在檮杌閒評的作者筆下，他們卻並不是一出現就讓人厭惡的邪靈，作者是把他們當作人來寫的，作者呈現給我們的魏忠賢原也是一個有血有肉，有愛有欲的人間眾生之一，只不過由於他的出身，幼年的教養，使得他自小就比一般人更爲刁蠻古怪些而已。年輕的魏忠賢雖然已似無賴，但也曾顛沛流離，也曾偶然仗義助人。但是這麼一個人，入宮之後，憑著機詐巧使，卻終於能一步步踏上得以大權專擅的地位，這裡頭顯露的是多少官家內廷的顢頇腐敗。他心性裏本有的邪惡的一面，隨著權力的滋長，漸漸掩蓋了一切，至於不可收拾，終竟成了貪酷凶殘的魔王。……這樣寫來，在主題的傾訴上，便不僅僅是對這一凶人的控訴。〔註 1〕

小說虛構魏忠賢年少時在社會上不順的經歷，入宮後借著晚明政壇的顢頇腐敗而掌權，其心性裡本有的邪惡一旦經宣洩，便造成忠良遭殃、百姓塗炭的一幕黑暗時代。

劉文忠亦云：

> 小說中的魏忠賢，是一個反面典型人物。他是一個無賴、流氓……通過魏忠賢專政的藝術描寫，小說揭露了宦官與廠、衛特務專政的某些本質方面。同時，也揭露了明末社會政治的黑暗，以及最高統治者的昏庸、腐朽。〔註 2〕

這部小說不僅是控訴魏忠賢一黨之惡，也透過他們反省晚明整個時代。

〔註 1〕胡師萬川〈談檮杌閒評〉《中央日報》文藝版，73 年 5 月 10 日。
〔註 2〕劉文忠〈檮杌閒評校點後記〉，《檮杌閒評》，頁 574。

大致而言，小說前十九回作者虛構部份，處處充滿社會上人情險惡、官吏欺百姓、地主欺平民的事件，二十八回之後魏、客亂政，則以控訴當時政治黑暗面爲主題，換言之，整部作品都在描寫晚明的醜陋和病態。約可分爲兩個控訴主題，一是整個時代的墮落，二是朝廷的無能。

第一節　對時代墮落的控訴

小說透過魏忠賢入宮之前浪跡各地的情節，顯現墮落社會官吏欺民眾，捐官、賄官、賄賂風行，惡鄉宦殘害地方，士子應試舞弊，無賴漢、騙子、扒手、娼妓等各逞猙獰面目，淫風盛、道義薄，金錢與權勢可以支配一切的眾生相。到了魏忠賢掌權之後，全書敘述轉入朝廷內部的爭鬥和忠良義士被害的過程，遇到像魏忠賢這樣的惡人掌權，世風更是敗壞。

從是書顯現的社會病態，我們可以預知，這將是君子道消、小人道長，惡勢力佔上風的局面。雖然史書並未記載魏忠賢入宮以前之眾多經歷。可想而知，小說的情節安排方式，是在對晚明整個世風的反省，也反映出：因爲魏忠賢是這麼一個病態社會的產物，受到不良環境影響，所以懷抱怨恨，掌權後殘害蒼生。

是書作者將魏忠賢亂政的原因，歸咎於他所受到敗壞世風的寫作態度與《新世弘勳》相同，可算是亡國之人對前朝的反省心理。《新》書將晚明局勢混亂、兵災蜂起的原因，歸罪於世人墮落、民情澆薄，猾吏欺詐百姓，民眾重利輕義……等等。第二回「滕六花飛怪露形，蚩尤旗見天垂象」中，敘述天生惡兆，世人應謹身修德，以求消災解禍，但百姓毫不知悔悟，爲惡之事較往昔尤甚，由此看來，定是刼數難逃，云：

> 太凡變異之事，雖則一時露形現跡，終是使人將信將疑，今亦不必深求細論，只是人人自己謹身修德，庶可化災爲福，轉禍成祥，如或放逸爲非，便是和風甘雨，景星慶雲，也成了厲氣妖氛，慧孛災殄。不想世上之人，澆薄日生，比前日甚，即如市井做買賣的人，便懷許多奸詐。鄉里耕田種地的，假若拖欠錢糧，衙門公人，便要弄法舞文，就是縣裏書吏大尹；委他監公庫藏，他便虧耗一二萬金……又如水旱的年時，壞了田禾，只是其中高底不等，荒熟不同，那官府著落各鄉總察勘，造冊報名奏免，原是一種愛民的好心，卻被這些猾吏圖霸欺凌，彼此夤緣，通同作弊，便將荒熟顚倒報來，使那被災的張三賣男鬻女，有屈無伸，那成熟的李四，反得免租稅、盈餘受用，使那上官一片愛民的實心，丟卻東洋大海。……若說

> 起如今的人，雖螻蟻不如，你看螻蟻何等有義，知有可食的東西，便互相傳報，合力攻鑽，並無欺負的意思。若是世人聚在一處，偏生許多妒忌，或因財利所在，開始原是合夥同伴的，到那時私地要去獨擅；或是有勢位的侯門，當初原得人家引進，到後來偏要去獨自趨承，反用讒言離間；還有放債的財主，九當十放出去五分，十足進來，那管他賣妻賣子；那借財的負心漢，借時滿口春風，騙得上手，一年半載之後，討債的上門，變了個夜叉惡臉，反要拼命圖賴。正是……說不盡世人奸惡，所以年來水旱頻多，癘疫流行，兵戈日熾于邦喪，飢饉頻臻于齊魯。

長篇大論，將晚明衙吏、商人、放高利貨的、賴帳的，社會上種種不公不法的人與事，狠狠斥責，並稱癘疫、兵戈，都是世人奸惡招惹而來。

此書虛構的李自成出身（第三、四回），雖然荒謬、淫穢，並責其好玩、不長進、氣死雙親，另一方面也寫到李自成習打鐵以營生，生活穩定，也娶了妻子，無奈「人事不合，天心不順，若不是亢陽九載就是淫雨連年，冰雹飛蝗、暴風疾雨，更相迭至，弄成江北地方，赤地千里，江南庶眾、飢殍盈途。」〔註 3〕社會不安、盜賊蜂起，打鐵生意蕭條難做，李自成只好投軍以謀生，日後進入戰場，糾眾造反。小說固然對李闖痛加斥責，但是對於無法挽回的社會病況，也不加隱諱的說了出來；李闖本人雖惡，若不是時代使然，也不會糾眾爲寇，擾亂社稷。

《新世弘勳》利用地獄已滿，惡人投胎轉世，借兵刃以化解罪業的因果之說，爲晚明動亂中的死難眾生尋求解釋，固然可以撫平未死者之心情，另一方面，彷彿也在斥責世間充滿犯罪該死的惡人，才引起一場國家淪亡的浩劫！

和《新世弘勳》作者同樣的心態，《檮杌閒評》作者也體悟到魏忠賢雖惡，卻是遭逢晚明充滿病態的時代，才造成不忍卒睹的後果，換言之，這也是對於明朝何以亡國，百姓何以淪爲亡國之奴的反省。《新》書作者用長串議論，控訴社會黑暗面，《檮》書則常能巧妙的安排和製造情節，將晚明病態的時代，細膩舖陳展現。

《檮》書在內容上顯示時代墮落，但它所套用的天命因果觀念，卻是利用赤蛇有功被殺，轉世復仇而爲輪迴故事的主角，赤者朱色，是否暗喻「朱明」將有興復的一日？消極而言，《檮杌閒評》對時代的反省，足以炯戒世人，撫平民怨，積極而言，寓意於神話之中，不也是對新執政者的警告：爲惡將受報應。

以下，將《檮杌閒評》如何顯現魏忠賢掌權以前、後的病態社會，做個大略的介紹。

〔註 3〕《新世弘勳》第四回「李自成試技誇人」。

一、鄉宦仕紳仗勢欺人

有勢力的官府人家、地方鄉紳，外表看來一本正經、氣派十足，私下行事，卻是目無法紀，為非作歹、欺負地方百姓。仗勢欺人的，包賭、包娼的都有，若是不幸事洩，總有辦法擺平，而不受什麼傷害，反觀地方小民，與他們發生衝突，只有認栽的份，那是一個不公平的時代。

首先魏忠賢的出生，就是一幕官欺良民所造成的結果。小說在治河神話之後的第二回，虛構魏忠賢之母侯一娘、父魏醜驢為雜耍藝人，侯氏於迎春慶典上與戲子魏雲卿相遇，兩人情投意合，之後在王尚書府宴會中，再度重逢，而私下偷情約會。王尚書公子察知，有心替這對不正常的男女關係撮合。差管家邀侯一娘到府喫酒時，王府管家與一娘之夫魏醜驢，發生正面衝突，顯現霸凌小民的態度：（第三回）

> 管家別了那人，來到史家，進門來，靜悄悄無人，只見醜驢獨坐吃飯。管家道：『你婆娘哩？』醜驢也不起身，答道：『在裏面哩！』管家心裏便不快活道：『叫他出來，王老爺府裏叫他哩。』醜驢道：『做戲嗎？』管家說：『不是！叫他去陪酒哩！』醜驢道：『要陪酒請小娘去，怎麼叫我良家婦人陪酒？』管家大怒，走上一個耳巴子，把他打了一跌，抓住頭髮摜在地上，打了幾拳，又踢了幾腳，醜驢大叫，驚動裏面男女都出來看。史三認得是王府管家，上前勸解，管家才住了手，罵道：『我不看眾人面，打殺你這王八蛋！』一娘上前陪笑道：『得罪老爺，他這個瘟鬼，不知人事，望老爺恕罪！不知有何分付？』管家道：『大爺到園上看花，叫我拿馬來接你，這王八口裏胡說，你老婆不是小娘，是什麼？』眾人道：『老爺請息怒！他說話不是，也須看看人。王大爺平日也不是個使勢的，抬舉你妻子，也是你的造化；求之不得，反來胡說麼？』史三道：『請坐坐！老一（侯一娘）還沒吃飯呢！』管家道：『我家爺也好笑！多少名妓不叫，卻來尋他。』那一娘見勢頭不好，忙對史老三道：『別了罷！改日再來。』史老三也不好再留，送他出門。醜驢背上行頭，領著孩子，垂頭喪氣而去。這裏管家猶自氣噴噴的上馬，一娘也上了馬，同到園上來。」

侯一娘此去，隔宿方回，王公子成全她與魏雲卿的「好事」，當夜如夢似幻的受赤蛇精之感，就懷了魏忠賢，給魏醜驢戴上綠帽子。

第八回「程中書湖廣清礦稅」寫被惡官程中書抄家的黃鄉宦，平日在地方上作威作福，侵凌百姓，因為欺侮武當山道士，道士們懷恨在心，趁著程中書與其家人的過節，誣告黃家私採金鑛，造成黃家被抄，作者稱之為「也是黃同知倚勢害人，故有此報。」

第十一回「田爾耕窩賭受辱」描寫魏忠賢在鐸山村成親，附近東阿縣劉家莊大戶劉天祐，包庇邪教，主持賭局詐賭，這個劉天祐在田爾耕的口裏卻是：（十一回）

他本是宦家，乃尊是個貢生，在南邊做知縣；劉兄爲人極好，只是濫賭些。他祖母最向善，一年常做幾次會，也要費若干銀子。

此時魏忠賢是薄有田產的傅家贅婿，手邊又有魯太監命其餽予汪中書的一份厚禮，經田爾耕介紹他與劉天祐認識之後，也成爲一批賭客詐騙的對象（十一回）云：「劉天祐來回拜，進忠（忠賢初名，以下同）留他吃了飯，同到田爾耕莊上賭錢，半日進忠輸了五十餘兩，回家瞞著妻子拿了還他。……劉天祐見進忠爽利，又有田產，也思量要算計他。爾耕又中間騎雙頭馬賺錢。」

十一回還敘述劉天祐與田爾耕如何聯手詐騙福建商人張惺的經過。和這個詐賭老千比較，魏忠賢反而忠厚老實多了。

劉天祐之子劉鴻儒，在二十四回末至二十八回前白蓮教造反事件中，成爲叛變主角。書中稱他是：（二十四回）

自幼讀書愛習鎗棒！慣喜結交天下豪傑，人有患難，他卻又仗義疎財，家中常養許多閒漢。

二十五回田知縣問道：「『那劉鴻儒是何處人？何等人家？』地方道：『是東阿縣人也。祖上說是做官的，他父親叫做劉天祐，他家三世好善，年年建會。』」

這個家庭每年要做幾次法會，糾集善男信女成群。劉鴻儒趁著法令之便，勾引民女乜淑英，說法的玉支和尚則佔了淑英之母周氏（二十四回），最後還造反叛亂。有劉天祐這樣奸險的老千父親，有趁法會之便爲非作歹的兒子劉鴻儒，這個地方上大戶之家，其實是罪惡淵藪，卻被小吏稱爲「三世好善」眞是一大諷刺。

又如第十五回「周逢春摔死鴛鴦印」敘述周兵科公子周逢春，在妓院包娼「素馨」，和嫖客陳監生、魏忠賢、侯七官一行，爭風吃醋，失手摔死來調停的妓女「鴛鴦印」。周某包娼時蠻橫無理，帶著十幾個家人打進來，又是目無法紀，殺了人以後竟無須償命。十六回「周公子錢神救命」敘述陳監生這方怕被牽連進去，於是找劉翰林向周兵科說項，周兵科雖然外貌正直、態度嚴肅，仍然拐彎抹角的和劉翰林達成協議——花錢消災。周兵科自己不好意思出面，找姪兒幫忙調解，可憐的鴛鴦印就這樣含冤的死在官家少爺手裏。就算周兵科是個清官，養出這樣的不肖子，也可想見做官家庭腐敗的一面，何況周兵科若是個貪官，則上樑不正，必然下樑歪了。

周兵科與王尚書是在任官員，黃鄉宦與劉家是地方士紳，家中包賭包娼，目無王法，無辜百姓受了災殃。

二、賄賂風行

在此病態社會之下，有勢者處處方便，而納賄送禮，也成了「走後門」的萬靈丹。《檮》書舉出一些讓人咋舌的現象，如：捐錢買官，官員送禮求謀好差，落榜考生借賄賂及第，商人送紅包求免公家派捐，甚至入宮當太監也要用錢打點，犯法者賄賂差官一再逃避拘捕，終於壯大造反。呈現在讀者面前的，是個處處皆需用錢買通的時代。

首先魏忠賢青少年時，初隨官吏程中書當跟班，就顯現一幕幕官場納賄的黑暗面。是書第八回「程中書湖廣清礦稅」的主角程士宏，就是一個不學無術的貲官中書：

> 那程中書乃司禮監掌朝，田太監的外甥，山西大同府人，名士宏。他母舅代他上了個文華殿的中書，雖是個貴郎，卻也體面。九卿科道因要結交他母舅，故此都與來往；還有那鑽刺送禮，求他引進的，一日也收許多禮。

程中書謀得湖廣查鑛稅的美差，是透過東廠殿太監的幫助，以「萬石米」賄賂而得。（第八回）

「捐官」一事，在魏忠賢當權以後，顯得更為囂張。小說描述他為了修皇宮三大殿，籌集工程費用，於是廣開貲官之門。有錢之人捐得個官位，還無所謂，靠借錢捐官之人，就趁此機會大撈一筆，魚肉百姓。三十八回「魏忠賢開例玷儒紳」云：

> 原是想來尋錢復本的，又經欠户逼迫，如何熬煎得住？只得見一個上司去了，便謀去護印，有差出，便去鑽謀，不管批行，便去需索，就如餓蠅見血，苦打屈招害百姓。

在科舉求才的制度下，讓讀書人擠破頭的科考，也可用錢買通。第九回「倪文煥稅監拜門生」敘述落榜考生，若想由「續取」進榜，備齊「百金」就可以錄取。這樣靠買賣方式進入榜內的方式，到了魏忠賢專政以後更為厲害，三十八回云：

> 先因遼餉不足，户部請開了個遼生例，納銀一百兩，准充附學納監，這還是借秀才之名；此番納銀一百三十兩，竟准作附學生，同生員等一體附考。

用這種方式入榜的學生，鑽營取巧，品行不端，又是百姓遭殃，三十八回云：

> 出入衙門，包攬詞訟，告債追租，生事詐錢，恐嚇鄉民，動不動便道

凌辱斯文。……

又如魏忠賢與客印月十三回偷情之事，就是趁著客氏公公——侯家布行老板侯少野，被派去押解棉襖到遼東，家中無人看管的機會。別家布行因事先用錢打點過了，故能免除這次的差派。十三回客氏小叔侯七官云：

今年該派布行，別人都預先打點了，才拿我家這倔強老頭兒頂缸。

第二十回「魏進忠應選監宮」敘述魏忠賢成閹人以後，因爲沒錢賄賂，連入宮當太監亦被摒除門外。云：

原來選中的都用了三兩銀子才中，正是『非錢不行』。

多虧魏忠賢友人張小山和兵馬司認識，透過這一層關係，他才得以入宮當太監。可是仍因沒錢的緣故，才被分去擔任較差的東宮守門一職。

有關白蓮教劉鴻儒造反之事，第二十四回「匕淑英赴會遭羅」就已現出端倪。奉命去警示劉鴻儒的差官張治、胡鎮二人，敷衍不負責，還接受賄賂。前後受賄三次，都放走了劉鴻儒，第四次去辦事，仍未捕回劉某，反而替主事官員田吉，弄得三千兩銀子以息事。田吉雖收了賄款，但「做官的人，把心一變，早將三千金拋入東洋大海。」（二十五回），將張、胡二人押入死囚大牢，再度差人捉拿劉鴻儒，但彼等已經坐大，終於興兵造反起事。二十五回回目「田知縣貪財激大變」就是強調接受賄賂的結果。

差官屢次納賄，結果姑息養奸，可見賄賂受贓之事，小則法紀蕩然，大者釀成兵災。

三、攀緣諂佞之風盛行

爲了達到目的，走後門、攀關係者有之，甚者求座師、拜義父，竟也能事事順利，在唯利是圖的心態下，人格低落，人性喪失。

第九回「倪文煥稅監拜門生」敘述清寒落榜生倪文煥，爲了求得上榜機會，竟然去拜有勢力而無學問的魯太監爲座師。云：

魯太監揭開卷子看了道：『字跡狠（很）好，文章自然也是好的，府官兒眼睛怎麼不取？我這裏就寫書子薦你去，定要他取的。』拿過禮單來道：『秀才錢兒艱難，不收罷！』劉瑀道：『贄敬是該收的，就是孔夫子也是收束修的。』魯太監道：『將就收了手卷兒罷。』……過了兩日，果然府裏續取出二十名來，文煥取在第一，不日學院按臨，江都縣進了三十五名，文煥是第十，送學之日，魯太監也有賀禮。

第十回倪文煥的丈人陳少愚，爲了求免送織造入京的差事，於是攀緣鑽營找門路，搭上與魯太監親隨「李融」的關係。首先陳少愚與魏忠賢、劉瑀計劃好去找李融至友陸士南，陸某帶他們去拜託李融結拜吳保安和卜三兒，拿到吳、卜的介紹信之後，陳少愚到魯太監行邸後門，請求擔水的老頭兒偷偷遞進去給李融。云：

> 少愚遂將書子帶到院前打聽，見院門緊閉，悄寂無人，只有幾個巡風的。等了半日，才見個老頭兒挑了一擔水歇在門外，少愚走上前問道：『你這水挑進院去的？』老頭兒道：『正是！』少愚道：『可走椽房過？』老頭兒道：『我直到廚房，走書房過哩，你有甚話說？』少愚便同他到僻靜處道：『我有個信，煩你送與椽房裏姓李的。』取去三錢銀子與他。那老兒道：『門子是老爺貼身的人。恐一時不見得。』少愚見他推卻，只得又與了二錢。老兒接了道：『午後來對信！』……只見那老兒挑著空桶往一條小巷內走。少愚跟他同到個菜園裏，老兒見沒人，才歇下桶，拿出一個小紙條兒來遞與少愚，竟自挑上桶去了。少愚打開一看，上寫道：『知道了！明日清晨來見。』少愚看過，把紙條嚼爛，同文煥往酒店內飲酒。……

透過層層關係，陳少愚終於免去這件差役。小說固然可以反映出他求免此事的急切心理，然而作者用第十回前半部仔細描寫事情經過原委，豈不是反應當時社會中，有「辦法」有「手段」才能辦事順利。至於接下陳少愚這個擔子的緞商為誰？他該如何處理？這種輪派公差的事，被善於鑽營者破壞，社會秩序與公道，也就蕩然無存了。

又如十五回「周逢春摔死鴛鴦印」一事，藉著魏忠賢與東廠主文李永貞為拜把兄弟的關係，可以排解東廠方面的刑事壓力（十六回）。

二十回「魏進忠應選監宮」一事，忠賢雖沒有三兩銀子賄賂，但他可以靠友人張小山和兵馬司認識的這層關係進入。這豈不是說明「賄賂」和「關係」是選太監的兩項標準，其它都不可靠！

魏忠賢專政以後，風氣更是敗壞，田爾耕、崔呈秀等先後拜義父，群小逢迎巴結，內廷太監附之者三十餘人，號「左右擁護」，外廷附之者有「五虎」「五彪」「十狗」「十孩兒」「四十孫」等之號，而為崔呈秀輩門下者，又不可數計。自內閣六部至四方總督巡撫，遍置死黨。濫封官爵，歲時賄賂不絕，海內爭相望風獻諂者，自督撫大吏至武夫賈豎無賴子，爭頌德立生祠，監生陸萬齡至請以忠賢配孔子，以忠賢父配啓聖公，……。《明史》〈魏忠賢〉和〈閹黨〉述此甚詳，而自明開國以來，附宦之外廷大臣，未有如此之眾者，風氣敗壞，莫此為甚。

《檮》書二十四回「田爾耕奉金認父」一段，顯示小人逢迎拍馬，作者挖苦其事頗深，云：

爾耕復又拏一個手本跪下道：『小官蒙老爺赦宥，恩同再造，情願投在老爺位下，做個義子，謹具淡金幾兩送上，以表兒子一點孝意。』……忠賢十分歡喜，大笑道：『田大哥你太過費了！才已領過，這次不好收的。咱也不敢當！此後還是兄弟相稱的好。』爾耕道：『爹爹德高望重，皇上依重，兒子在膝下，還怕折了福？』於是朝上拜了八拜。忠賢見他卑諂足恭之態，只是嘻著嘴笑，邀他到書房裏坐。……讓了半日，忠賢坐下，他在左邊，只把屁股坐在椅子邊上。家人捧上茶來，他先取過一杯，兩手奉與忠賢，然後自取一杯。忠賢道：『田大哥一向久違，還幸喜丰姿如舊，咱們到老了。』爾耕道：『爹爹天日之表，紅日方中，孫兒草茆微賤，未嘗仰瞻過龍顏，爹爹何云久別？』忠賢笑道：『你做官的人，眼眶大了，認不得咱，咱卻還認得你。』爾耕忙跪下道：『兒子委實不知。』忠賢扯起來道：『嶧山村相處了半年多，就忘記了？』爾耕呆了半響道：『是了！當日一見天顏，便知是大貴之相，孩兒眼力也還不差。如今爲鳳爲麟，與前大不相同。』

魏、田二人爲舊識，在嶧山村一同賭錢以兄弟相稱，如今忠賢成了東廠主事，爾耕奴顏卑膝的拜他做義父，明明認識，卻裝作不知道，眞讓人替他感到可卑又可笑。

四、其　它

種種不公不法之事，充斥於魏忠賢入宮以前的社會之中，在他掌權以後，更是變本加厲，無法無天。《檮》書所敘，無論仗勢欺人的官府鄉紳，用錢買通的時代風氣，以及攀緣巴結，諂佞成風的社會習尙，都是視法理爲無物，枉顧人性尊嚴的病態黑暗面。其它如沒錢沒勢的地痞、無賴，只要得著機會，就狠狠撈一筆，透出人性的貪婪面，作者憤世疾俗的心態明顯。

第四回「賴風月牛三使勢」中，敘述破落戶牛三和一群嘍囉，調戲侯一娘又欺侮魏雲卿。渠等雖知侯、魏有王尙書公子爲靠山，卻故意挑撥牛三和王公子起衝突。

原來這幾個畜生也知弄不過王家，只是要弄出事來，他們好從中賺錢。

第十二回無賴漢田爾耕與鄉紳劉天祐詐賭事發後，劉因身份地位較高，處罰從輕，田爾耕則坐監、挨板子、變賣田產才了結官司，他心有未甘的到劉家吵鬧。

爾耕坐在廳上發話道：『我本不認得什麼小張，你家要謀他的田產，才請我做合手。如今犯了事，就都推在我身上，代你家坐牢打板子，如今也就說不得了，只是這些贓銀，也該代我處處，難道推不在家就罷了麼？』遂睡在一張涼榻上喊叫。那劉天祐那裏肯出來，隨他叫罷，沒人理會。等到日中，急了，提起桌椅傢伙就打。天祐的母親聽不過，叫過丫頭出來問道：『少你什麼錢？這等放潑，有話須等大爺回來再講。』爾耕道：『你家沒人，難道都死盡了，沒得男人，拿婆娘丫頭來睡。』那丫頭聽見這話，飛跑房中去了。爾耕鬧至晚，便碰頭要尋死。劉家女眷才慌了，從後門出去，著人央了幾個年老的莊鄰來解勸道……

田爾耕被勸回去以後，又來鬧了幾次，皆無所獲，「爾耕氣極了，常在人前酒後攻伐他家陰私之事。」但他終非劉家大戶之敵手，反被劉天祐陷害，再打八十大板，變賣田產，遞解回籍。（十二回）

魏忠賢本人從十六回開始，一直到十八回「河柳畔遇逆成閹」爲止，接續被社會上奸險狡詐之徒弄得狼狽不堪，險些喪命。首先有冒充處女的妓女和他溫存，「那女子半推半就，故妝出處女的腔調來，香羅帕只苦了雞冠血當災。」（十六回）。其次被道士騙走銀兩，還引起一場大火，燒壞娼家（十六回）。忠賢倉皇逃出，三個月後回去，寄放娼家的錢被一口否認，使得他千金喪失，一文不名，「永貞道：『不可，他們娼家行徑總是如此，不知害過了多少人，何在乎你一個？』（十七回）結拜弟兄李永貞拿三十兩銀子給他當路費，卻被扒手剪去（十七回）。他靠著藏在汗巾裏的一點錢，往石林莊找客印月，不遇。印月之母陳氏給他十兩銀子當盤費返家，又被小偷偷走（十七回）。貧苦無依，又得了一場大病，他落魄的靠乞討爲生，雖有道士陳玄朗待他甚好，可是毫無惻隱之心的老道士，將他一腳踢下溝去（十七回）。玄朗雖救助忠賢，但也有外出的時候。最後忠賢將自己與客印月的訂情之物——明珠一顆典當，換爲返家盤費。誰知被認識的一群乞丐謀財害命，險些喪生，云：（十八回）

及到人家盡處，早有眾乞兒在此伺候著他……眾人挽著進忠到柳陰下，將幾罐子酒，荷葉包的菜拿出來，你一碗、我一碗，把進忠也灌得大醉睡倒，眾人動手把他剝得赤條條的，抬起向河心裏一摜，大家分散了行囊，飛跑而走。

魏忠賢大難不死，生殖器卻被野狗咬去，成了閹人。

厄運弄人，接連受了娼家、道士、小偷、扒手、謀財害命的乞丐們陷害，魏忠賢入宮得勢後不久，很快就和李永貞聯手，殺死卜喜、王安，無情地剷除異己，第二十八回「魏忠賢忍心殺卜喜，李永貞毒計害王安」看他下手的毒辣，充分反映出他已經將社會群小慣犯的那一套勾當，施展於飽讀詩書的朝臣與養尊處優的宮廷內院之間。

從史書上看來，魏忠賢進宮比較早，不可能有這麼多社會經歷，也不太可能受到這麼多的迫害。《檮杌閒評》虛構魏忠賢入宮之前種種遭遇，以及那個病態社會給他的各式折磨，無疑地加深他對時代的怨恨與不滿，反過來說，他也從那個讓他翻滾、跌倒，差點兒喪命的時代之中，學得更多手腕和技巧。在他進宮以後，毫不悲憫地將病態社會加諸在他身上的哲磨與苦難，一股腦兒宣洩出來，罪惡滔天，罄竹難書。反對他的人遭到殺戮、放逐，怨天乎？尤人乎？雖然《檮》書用因果觀念，解釋楊、左諸賢慘遭殺害的原因，然而從魏忠賢入宮以前的社會經驗可反映出，作者有意將時代的病態，還諸時代。換言之，從黑暗社會誕生的魏忠賢，將整個國家帶入黑暗。總之，小說作者要諷刺的第一個主題，就是整個晚明時代的病態。

第二節　對朝廷無能的批判

《檮杌閒評》作者控訴的另一項主題，是魏、客一黨，如何從一個重重弊病的朝廷中得勢，然後殘害異己者，擅作威福。

仕宦人家居鄉不法的情形，已見於上節，而官場上鉤心鬥角、排除異己的複雜局勢，給予忠賢一黨崛起的可趁之機。

在君主專制時代中，皇帝是最高權利擁有者，屬下所作所爲，甚至胡作非爲的行徑，他的立場爲何？他扮演的又是什麼樣角色？攸關國政良否。明朝末年，萬曆帝多年不視朝，天啓皇帝更是被客印月、魏忠賢撥弄於股掌之間。

魏忠賢掌權時的惡劣行爲，是《皇明中興聖烈傳》的主要內容，也是《魏忠賢小說斥奸書》、《警世陰陽夢》寫作的主要目的，《檮》書自然也保存這重要部份。不過前三書除了對時代反省闕如之外，官場內部由來已久的政爭和君主怠政，也未曾提及。《皇明中興聖烈傳》如同帳簿般臚列魏忠賢惡蹟的寫作方式，和《檮》書相較起來，無論深度、廣度，都相差太多了。

一、官場紛爭

官場上的權力鬥爭，在第八回魏忠賢初至程中書府當差，已透露出來。程中書是前任司禮監掌朝田太監的外甥，因爲舅父的關係，已往備受奉承，田太監死後，朝中權勢靠山頓失，受到冷落。云：（第八回）

程中書道：『……當日內裡老爺在時，好不奉承，見了我，都是站在旁邊呼『大叔』。如今他們一朝得志，就大起來了。早間我要當眾人面前辱他們一場，被眾太監勸住。』進忠道：『世情看冷暖，人在人情在，內裡老爺又過世了，如今他們勢大，與他們爭不出個什麼來。……』

二十回敘述「妖書」事件發生時，有一批官場上的陰謀者，欲利用這個事件，陷害東林諸賢。云：

其中又有一等奸黨，謀欲嫁禍於東林諸賢，如吏郎顧憲成、吏部于至立，順天府學教授列水澄等二十餘人，皆坐名排陷，拿赴法司刑訊，家眷都著人看守。

晚明政爭，於萬曆年間展開，各黨各派互相排擠傾軋。二十一回敘述「梃擊」案，二十三回敘述「紅丸」「移宮」案，都顯示出朝廷綱紀不振。以二十一回「梃擊」爲例，案發生之後，各科道紛紛上奏，逼得多年不上朝，怠政的萬曆皇帝親自出面解釋因由：（二十一回）

此後那些科道，聞此風信，便你一本，我一本，俱說張差擅敢打入東宮，必非瘋癲，定有主使之人，分明『妖書』『梃擊』同一線索，無非欲謀害東宮。又有劾方相公（內閣首輔方從哲）故縱罪人，其中不無情弊，甚至詞說皇上不慈愛，神宗見了天威震怒，即刻傳齊文武大臣，九卿科道，入乾清宮面諭……其時神宗久不設朝，雖輔臣亦難得見，此時得瞻天表，不勝之喜……。

科道言官上本論奏，氣勢洶洶，逼得神宗親自出面解釋家庭溫暖，沒有不愛太子的情形。「言官」包括御史和給事中，持掌「監察權」，他們是監督政府官員的主要勢力，而且明代監察機關的權力甚高〔註4〕。「梃擊」案發造成的聲浪，迫使神宗親自出面澄清，那麼，日後魏忠賢若想專權跋扈，首先就要面臨這個「監察」勢力的考驗。孟森《明代史》第八章第一節〈天啓初門戶之害〉云：

門户之禍，起自萬曆，人主心厭言官，一切不理，言官知識切政府，必不掇禍，而可聳外間之聽，以示威於政府，政府亦無制裁言官之術，則視其聲勢最盛者而依倚之，於是言官各立門户以相角，門户中取得勝勢，而政權即隨之，此朋黨所由熾也。〔註5〕

〔註4〕于登〈明代監察制度概述〉云：「御史爲天子左右耳目，與給事中奏得失是非於廷陛間，皆稱言官。」，頁219。「明代官制雖多沿漢唐舊規，但監察之權甚高。」「至於監察機關則爲御史及六科給事中，御史之職直隸於都察院，有都御史，副都御史，僉都御史，及十三道監察史之設置；六科給事中則獨立爲一曹。前者係監察內閣之機關，後者乃稽察六部之機關。」，頁 214。謝國禎《明清之際黨社運動考》，頁 3 同。

〔註5〕《明代史》，頁308。

「言官」內部的分派系，使得這個看似清廉的監察機構，變得錯綜複雜〔註6〕，魏忠賢就是利用言官所擁有的彈劾權力，開始向反對他的言官開刀。小說第三十一回刑科給事中傅魁參汪中言，又累及僉都御史左光斗、給事魏大中。傅魁與左、魏三人，皆是言官，言官之間的互相糾劾，正好給予魏忠賢可趁之機。（二十一回）

魏黨計劃利用這個機會，將反對者左、魏二人，一併羅織，此時楊漣卻呈上了劾魏忠賢二十四大罪的本。楊漣爲副都御史，又是顧命大臣，地位相當高，響應他的言官爲數不少，一時造成一股彈劾魏忠賢的強大力量。（三十一回）

> 忠賢道：『楊漣爲何參我？』呈秀道：『孩兒訪得外面的光景，不止楊漣一個，附會而起者甚多。』李永貞道：『總因爺拏了汪文言，裏頭牽連了眾人，那些人若不來害爺，爺就要害他的。這些人急了，故此結黨而起，這也是「騎虎之勢」……』

魏忠賢在內廷假傳聖旨，斥責楊漣及附應各官，並施廷杖杖死彈劾魏忠賢的萬爆，於是楊漣告籍回里，「忠賢更無顧忌，又把當日上本的各科道漸次逐回」。（三十一回）

鑑於言官勢力強大，魏黨就利用言官排除異己。將反對者劃歸「東林黨」，造成「東林黨」欲壟斷朝臣陞遷的假象，果然引起朝臣的圍攻。（三十二回）東林志士被彈劾去職，魏忠賢一黨還不放鬆的繼續加以迫害。從三十三至三十六回中，敘述忠臣志士的被害經過，一幕幕慘死獄中的血腥鏡頭，讓人不禁慨歎天理何在。

魏忠賢未被楊、左所代表的一群正直之士斥退，反而在這場政爭中佔了上風，三十三回，敘述他得勝後的得意狀，也可反映出官場鬥爭的複雜情形，云：

> 卻說錦衣官校拏了楊副憲（漣）、魏給諫（大中）等，魏忠賢的差人已先進來報信。忠賢聽了哈哈大笑道：『好笑這班黃臉酸子，一個個張牙舞爪的道「咱是顧命大老臣」「咱是臺省要職」，今日也算計老魏，明日也彈論老魏，把老魏當爲奇貨，要博陞轉，誰知今日也落在老魏手裏。』

官場結黨成派，陰謀爭鬥的情形，早已存在魏忠賢未入宮掌權以前。他與一黨奸人，利用萬曆以來言官們之間的利害衝突，排除異己。這股勢甚囂張，曾逼萬曆親自面諭群臣的監察勢力，不但沒有把魏忠賢逼下台，反而被他操縱著對付反對之人。

按照《明史》〈閹黨〉所列，魏忠賢同夥有內閣學士顧秉謙、魏廣微等人，及名列「逆案」當中許許多多朝臣，而且明末官場上的「黨爭」自萬曆至明亡，紛紛擾擾不已〔註7〕。《檮》書作者將迫害東林黨的策劃者，僅歸罪於魏忠賢、崔呈秀、李

〔註6〕註4「結論」云：「六科獨爲一曹，無所統屬，科道兩途，互相對峙，有時黨同伐異、互相攻擊。」頁229。

〔註7〕謝國禎《明清之際黨社運動考》「引論」云：「由上我們看來，在萬曆年間，東林和

永眞等少數人，淡化之意明顯。

二、君主荒怠

天啓朝魏忠賢專政，在上位的熹宗皇帝該負什麼樣的責任？這是將當時過失一律推在魏忠賢一黨的作品《皇明中興聖烈傳》，所未曾提及的。《檮》書則毫不顧忌的對於皇帝貪玩、易受蠱惑，及聽從客印月撥弄的種種幼稚行爲，加以批判。由此顯示，因爲君主怠惰，使得權柄下移，給予惡人操弄太阿之機。

首先敘述宮中最有勢力的太監王安，因爲屢次勸諫貪玩的熹宗，使得熹宗不悅。魏忠賢趁此機會排擠王安，（二十三回）：

（天啓）皇帝萬機之暇，不近妃嬪，專與眾小內侍頑耍，日幸數人，太監王安屢諫不聽，只得私禁諸人，不得日要恩寵，有傷聖體，且自恃老臣，知無不言，皇上亦漸有厭倦之意，魏進忠窺伺其旁，遂生覬覦之心。

王安去後，熹宗果然覺得輕鬆自在許多。又聽信客印月的簸弄，降旨禁止王安與人接觸（二十八回），云：

一日皇上同一般小內侍在宮中頑耍，忽然對客巴巴道：『如今沒有王安，朕也頑得爽快些。』印月乘機說道：『他雖去了，還在外面用錢買囑官兒，代他出氣，說他是三朝老臣，皇爺也動他不得。』皇上道：『他竟如此大膽，可惡之至！』即著傳諭到南海子去，道：守舖淨軍王安，不許交通內外人等，如有人等，仍敢違禁往來，即著鎖拿奏聞治罪。

魏忠賢趁機毒死王安，成爲宮中最有權力的太監。

熹宗這種「遠君子，近小人」的個性，使得魏、客二人深獲寵幸。二十九回「勸御駕龍池講武」敘述魏忠賢導引皇帝嬉遊。三十四回客氏「把家中教的一般女樂，帶進宮來演戲，皇上十分歡喜，賞賜甚重……」。在客、魏長期導以聲色之娛的情況下，熹宗終於一病不起（四十七回）：

不意聖躬欠安，客巴巴傳出信來，叫忠賢親往問安，見聖躬日漸清癯，只因他平日要蒙蔽聖聰，常引導以聲色之欲，使聖上不得躬親萬機，他得遂其熒惑之私，不料聖躬日加羸弱，心中也有些著忙……

三十回敘述客印月說謊，被中宮皇后逐出宮來，魏忠賢想報復皇后的父親，替客氏出氣，客氏云：「皇爺的耳根子又軟，豈不護他丈人……」。就是因爲熹宗「耳

三黨之間，他們所爭的有宗旨，有目標，到了魏閹專權以後，他們好像鬧家務，目標和宗旨都完全失去，因此我們可以斷定，萬曆間是東林與三黨相爭的時期，天啓間是魏黨專橫的時期，崇禎至永曆是兩黨相軋的時期，康熙初年是黨爭的末路。」頁 7。

朵軟」這個特性，魏忠賢想盡辦法又把客氏弄回熹宗身邊，替自己做內應，使他能毫無後顧之憂的繼續為惡。

四十三回「無端造隙驅皇戚」這回熹宗最寵愛的客印月、魏忠賢二人，將陰謀指向中宮皇后之父張國紀。云：

> 皇上是個**聖賢之君**，見是后父張皇親的名字，想道：若行了就要廢親，不行又廢法了。便叫過忠賢來道：『這事只處他幾個家人罷。』客氏在旁插口道：『聞得此都是張國紀指使，若不處他，恐別的皇親都要依起勢來，那時國法何在？』……又有順天府丞劉志選上本論張國紀，要皇上割恩正法，且微刺皇后。忠賢便把本票擬拏問，送到御前，皇上見了，意頗不然，客巴巴又從旁墊嘴，皇上道：『誰沒有個親戚？』客氏才不敢言。

在這件事的處理上，天啓算是有些主見，然而「聖賢之君」四字，實在是作者給予他的莫大諷刺。他擁有最大的權力，卻未能保忠臣之不死，百姓之免受壓迫。孟森《明代史》第八章〈天崇兩朝亂亡之炯鑒〉，開宗明義云：

> 熹宗，亡國之君也。〔註8〕

傅維鱗《明書》〈熹宗本紀〉論贊云：

> 委太阿於逆閹，受煬灶於淫姆：天下崩壞而不可收拾。使懷宗承之，懷宗之不幸，適逢其會矣，悲夫。〔註9〕

《明史》卷二十二〈熹宗本紀〉論贊云：

> 明自世宗而後，綱紀日以陵夷，神宗末年，廢壞極矣，雖有剛明英武之君，已難復振。而重以帝之庸儒，婦寺竊柄，濫賞淫刑，忠良慘禍，億兆離心，雖欲不亡，何可得哉！〔註10〕

在這場劫數之中，熹宗朱由校的無力與無能，真是讓讀者歎惋。四十七回「謀九錫妄圖居攝」表現在皇帝臨終前，「舉朝若狂，終日只為魏家忙亂，反把個皇上擱起不理」，可憐身為一國之君的天啓皇帝，始終如同傀儡一般。《皇明中興聖烈傳》只罵魏、客，不責熹宗，是避重就輕的寫法，他貪玩，耳朵軟，近小人、遠君子的個性，使得他必須為魏黨亂政，負重要的責任。

三、宦官干政

魏忠賢在天啓朝能為所欲為，除了來自君主信任之外，整個官僚體制，也使他

〔註 8〕孟森《明代史》，頁 308。
〔註 9〕傅維鱗《明書》，卷十八，頁 594。
〔註10〕《明史》卷二十二，頁 306～307。

有上下其手，從中舞弊的機會。《檮》書之中，他最拿手的一招是「假傳聖旨」，幾項重要事件，都是他假冒熹宗之名，所下的決定，其實熹宗毫不知情。從三十一回楊漣劾魏忠賢二十四大罪開始，他假冒聖意斥責楊漣，及繼之而起上奏本的其它言官；又傳旨杖死萬燝（三十一回）；斥東林諸賢回籍；逮汪文言下錦衣衛；捕楊漣、左光斗、魏大中、周朝瑞、顧大章入京下獄（三十二回）；捕周順昌、繆昌期、周宗建、高攀龍、李應昇、黃尊素入京下獄（三十五回）；示意內閣擬旨殺熊廷弼（三十六回）；捉拿劉鐸（三十七回）；興三殿（三十八回）；外轉游鳳翔（四十四回）；……派親信太監紀信守山海關（四十三回）；斥責霍維華（四十七回）等等，凡事關重大者，都用「假傳聖旨」，一手遮天的方式解決。

直接以「聖旨」下命令的方式，稱爲「中旨」，在明朝制度而言是不合法的，魏忠賢當權時，卻屢用不爽。溫功義《明末三案》云：

> 所謂中旨，便是略去票擬、批硃等類程序，直接以皇帝的名義頒發的旨意。按照明朝的規例，這種中旨是不合法的。閣臣有權加以阻駁，九卿也都可以拒不奉行。但在封建皇朝，所有的規例等等，在要它發揮作用時，那些規例就又成了具文。明代諸帝中沒有出過中旨要這、要那的，實在很少。天啓在這方面卻是最突出的一個，他在位的時間雖短，發出的中旨卻多。其實這些中旨都是魏忠賢打著他的旗號代發的，他自己常是什麼都不知道。〔註 11〕

魏忠賢能夠「假傳聖旨」的原因，在於他控制了「司禮監」。縱使他曾任最高職位是「司禮監秉筆太監兼掌東廠」，而非職位最高的司禮監「掌印太監」，但因他有客印月爲內應，是熹宗面前最受寵的宦官，司禮監掌印王體乾〔註 12〕靠他幫助才獲此職位，所以他除了控制捉人犯的東廠外，「司禮監」也在他的掌握之中。

「司禮監」有代替皇帝批公文的權利，公開參予明朝最高的決策機制。《明史》〈職官三〉敘述其執掌「內外章奏」「御前勘合」及「照閣票批硃」等等。〔註 13〕〈職官志〉序云：

> 然內閣之票擬，不得不決於內監之批紅，而相權轉歸之寺人。於是朝廷之紀綱，賢士大夫之進退，悉顛倒於其手。伴食者承意旨之不暇，間有

〔註 11〕《明末三案》，頁 148。

〔註 12〕《明史》卷三〇五〈宦官王體乾〉云：「（王體乾）熹宗初，爲尚膳太監，遷司禮秉筆。王安之辭司禮掌印也，體乾急謀於客、魏奪之，而置安於死。用是一意附忠賢，爲之盡力。故事，司禮掌印者位東廠上，體乾避忠賢，獨處其下，故忠賢一無所忌。」頁 7825。

〔註 13〕《明史》卷七十四，頁 1818～1819。

賢輔，卒蒿目而不能救。〔註14〕

黃宗羲《明夷待訪錄》〈置相〉鑑於「宰相」一直在洪武年即已廢止，內閣大學士又處處受限，乾脆以「宰相」稱司禮監宦官，云：

或謂後之入閣辦事，無宰相之名，有宰相之實也。曰：不然。入閣辦事者，職在批答，猶開府之書記也。其事既輕，而批答之意又必自內授之而後擬之。可謂有其實乎？吾以謂有宰相之實者，今之宮奴也。〔註15〕

因此可知，魏忠賢掌控批改公文之權，上蒙熹宗，下行獨斷，公文被他按下，（如三十一、二回楊漣等章奏）跟本到不了皇帝之手，他卻假冒皇帝旨意行事。官制如此，給他有掌權之機。

史書記載魏忠賢一黨干政的情形，和《檮杌閒評》所敘略有不同，小說顯然強調魏黨一手遮天的蠻橫態度，也減輕一些熹宗的責任。《酌中志》卷十三〈本章經手次第〉敘述其事曰：

每晨奏先帝覽文書時，逆賢（忠賢）、永貞、元雅、文輔先將應處點姓名，及應改票帖，俱托體乾口奏曰：『萬歲爺某係「門户」該處，某"票"某字當改』，或從臾先帝御筆親改。……而逆賢不識字，從來不批文書，不輪流該正，然頗有記性，只在御前贊揚附和，植黨徇私，或危言冷語，挑激聖怒。〔註16〕

《明史》〈魏忠賢〉則云：

帝性機巧，好親斧鋸髹漆之事，積歲不倦。每引繩削墨時，忠賢輩輒奏事，帝厭之，謬曰：「朕已悉矣，汝輩好爲之。」忠賢以是恣威福惟己意。〔註17〕

魏閹得以執掌大權，屠害蒼生的基本原因——也就是這篇小說的主題意識；外在而言，是「官場紛爭、君主荒怠及宦官干政」等因素，給他掌握大權的機會；內在而言，就是從墮落社會裏誕生的惡人，掌權之後，將整個時代弄得更爲黑暗。

《檮》書冷嘲熱諷，以墮落的社會和腐敗的官府共同分擔魏忠賢罪惡。謝國禎《明清之際黨社運動考》論到魏忠賢專政之前的官場情形，亦不得不慨嘆的說：

政治腐敗到如此，焉有不崩潰的道理，所以不久就有巨奸魏忠賢出來，大加掃除，這是應有的事實。魏忠賢的心術，固極可卑，但他用統制

〔註14〕《明史》卷七十二〈官職一〉頁1730。

〔註15〕黃宗羲《明夷待訪錄》，《明清史料彙編初集》第五冊，頁2586。

〔註16〕《明史》卷三〇五，頁7824。

〔註17〕《酌中志》卷十三，頁196～197。

力建設清一色的政府，是有相當理由的。〔註18〕

《明史》卷三百零五〈宦官魏忠賢〉云：

忠賢故騃無他長，其黨日夜教之，客氏爲內主，群凶煽虐，以是毒痡海內。〔註19〕

作者這樣的寫作態度，較前三部時事小說將罪魁禍首加諸魏忠賢身上的方式，顯得客觀許多，然而借著這部作品，使我們對事情眞象有較清楚認識的同時，卻不得不對晚明社會的腐敗，和官家內廷顢頇腐朽的情形，心生警惕。

〔註18〕《明清之際黨社運動考》，頁41。

〔註19〕《明史》卷三〇五，頁7824。

第五章　主要角色介紹

透過比較可以了解，這部小說並非只是史料的排比，而是經由「虛構」與「想像」的加工之後，完成的作品。書中人物如魏忠賢、客印月、崔呈秀、田爾耕……諸人，除了見於正史的惡蹟之外，私底下屬於「生活」的部份，已被作者付予新的生命，從創作的角度而言，這些作者特別用心刻劃安排的情節，也是最值得品味的篇章。再加上史書所無，純屬作者杜撰的人物，如魏雲卿、侯一娘、侯秋鴻、傅如玉等人的出現，使得《檮杌閒評》混入與「言情」「奇幻」故事合流的多采多姿境界之中。劉文忠將其列舉為「歷史混合言情」的作品〔註1〕，筆者則將它歸類為諷刺性的「惡人小說」（picaresgue novel），只是這類作品並未在中國傳統小說之中成為一股潮流。

從是書書名「檮杌」「閒評」可以了解，這是「閒評」惡人——檮杌的作品。實際而言，全書主要角色，除了道士、山僧和潛心修道的傅如玉、傅應星母子一類方外之人以外，無法找出一個自始至終的「好人」。從史書記載可知，魏忠賢亂政時的種種禍世敗行，「至今讀之，仍多駭目驚心，對生當其世，曾面對那些非常變異苦痛的人來說，當然的更是慘酷難忍。」〔註2〕是書作者不同於《皇明中興聖烈傳》那種條列罪狀，痛毀極詆的寫作方式，他不慍不火的緩緩「展現」（showing）情節，而惡人形貌已自然生成。胡師萬川云：

> 以現代人常用的西來術語來說，作者能寫活如此繁複的世情，主要的便是他的寫作方式大體上現了所謂「展現」（showing）的手法，而不像一般通俗小說的作者，常不時的從字裡行間出面「解說」（talling）其是幾個

〔註1〕「但它的言情成分，卻非一般歷史小說所能比擬。侯一娘與魏雲卿的關係，魏忠賢與客印月、侯秋鴻的關係，在書中占了十分引人注目的地位。《檮杌閒評》兼有『講史』與『言情』兩類小說的特點，體現了歷史小說與言情小說合流的傾向。」劉文忠〈檮杌閒評校點後記〉，頁571。

〔註2〕胡師萬川〈談檮杌閒評〉。

主角），是由他們的言語動作自然呈現出來的。〔註3〕

作者對於眾惡人的角色安排和描寫方式，是這部諷刺時代墮落、官場腐敗作品的精華之處，透過人物的行爲表現將整個故事舖展開來。以下即分析是書主要角色的塑造問題。

第一節　魏忠賢

《檮杌閒評》的第一主角。《小說小話》云：

《檮杌閒評》魏忠賢之外史也。亦有奇偉可喜處。〔註4〕

《檮》書與史籍和前兩部時事小說——《魏忠賢小說斥奸書》《皇明中興聖烈傳》最大不同處，在於諸書皆以魏忠賢亂政時的惡蹟爲主題，敘述他如何夥同一黨奸人，做出許許多多罄竹難書的惡事。《檮》書卻虛構了前者忽略的魏忠賢「出身」「經歷」「性情」等，寫作方法符合佛斯特《小說面面觀》所謂的圓型（round）人物方式，〔註5〕因此顯得特別曲折離奇。

一、出　身

《檮》書虛構魏忠賢爲跑江湖的藝人之子，家無恆產而且居無定所和「惡人小說」的流浪漢主角一樣，小說透過對於他的刻畫，諷刺晚明社會、政治的污穢墮落。他是雜耍藝人侯一娘和戲班唱小旦的蘇州人魏子虛（字雲卿）偷情所生。一娘本夫名魏醜驢，肅寧人氏，夫妻倆攜子孝兒跑江湖賣藝營生。侯一娘與魏雲卿於迎春慶典同台演出而邂逅，互生愛慕之情，經由王尚書公子的媒介，兩人結合共處，生下魏忠賢。

作者對於魏忠賢幼年事蹟著墨甚少，而以他的母親侯一娘爲主角。一娘周旋於魏雲卿與本夫魏醜驢之間，往返於氣派的偷情場所——王尚書府和簡陋的寄居之處——客棧兩地。以後和雲卿分手，分走兩途。一娘一家於行程中遭遇強盜，魏醜驢被殺，孝兒逃逸，一娘與幼子忠賢被俘。轉眼十年過去，一娘攜忠賢逃離賊窟，歷經苦難，尋訪魏雲卿。侯一娘命運相當坎坷，是一名流浪女，作者也透過這位波西米亞角色的性格，來諷刺人性的弱點。

首先，侯一娘在迎春慶典表演特技。輪到後出場唱旦角的戲子魏雲卿上台時，

〔註3〕同前註。
〔註4〕《中國小說史料》，頁197。
〔註5〕佛斯特《小說面面觀》，頁59～68。

她見了如中邪一般，舉止失態，充份流露情感的不羈。（第二回）

那侯一娘見了這小官，神魂都飛去了，不覺骨軟筋酥，若站立不住，眼不轉珠的看……那唱旦的小官，正立在桌子邊，侯一娘看見，欲要去調，又因人多礙眼，恐人看見不像樣。正在難忍之際，卻好那邊的人將燭花一彈，正落在那小官手上，那小官慌得往後一退，正退到侯一娘身邊，一娘就趁勢把他身上一捻，那小官回過臉來，向他一笑，一娘也將笑臉相迎，那小官挨在身邊，兩個你挨我擦，直做至深夜，戲才完。

分手之後的幾幕，小說刻畫侯一娘內心的春情盪漾。例如：（第二回）

再說侯一娘在廟中見那小官（雲卿）去了，心中怏怏……思想那人，情兒、意兒、身段兒，無一件不妙，若得與他做一處，就死也甘心。心中越想，欲火愈甚，一刻難挨，打熬不過，未免來尋醜驢殺火……

沒多久，情慾難熬的侯一娘，就和店主人兒子勾搭上了。

然而侯一娘畢竟是重感情的女子，和魏雲卿結好之後，就鍾情於雲卿一人。兩人不得已終於要分開時，她含悲的道出：「若得此生重會，死也甘心。」（第五回）不料在和丈夫東往泰安州的路上，遇到強盜，她委屈自己，保護和魏雲卿的愛情結晶——魏忠賢。（第五回）後來她逃離賊窩，寄居石林莊客宅，有一幕追悼死去的丈夫魏醜驢，又懷念情人魏雲卿，顯示這名女子的不忘舊情。（第七回）

過了清明，一娘也思及醜驢死得可憐，無人燒化紙錢，浪蕩游魂，不知飄泊何所？也備了些羹飯，喚著辰生（忠賢乳名，下同）就在溪邊樹下擺設了，望空遙祭，一娘哭成一場………回來見這春光明媚，觸景生情，想起雲卿臨別之言，餘情不斷，又要入京去尋，喚辰生來與他說知。

像侯一娘這樣的女人，眞可算是感情熱烈的典型。她的任性不羈，對魏雲卿卻又一片癡情，同時又有懷念先夫，保育幼子，屬於母性的一面。她最大的過失是和魏雲卿通姦，造成家庭不睦（第五回），然而在那個社會底下，遊走藝人對命運的無法控制，權貴之家才完全掌握住她的幸福來源——王尚書府是她和愛人雲卿結合的地方（第三回），也是她最後的歸倚之所（第七回「王夫人念故週貧」）。在無拘無束的賣藝生涯中，侯一娘流浪者鮮明而強烈的個性，促使她追求一時的滿足，不計後果的紅杏出牆。她也是機伶的博得王府上下好感。（第二回）

一娘進簾子來叩頭，王奶奶見他人品生得好，嘴又甜，太太長，奶奶短，管家婆他稱爲大娘，丫頭們總喚姑娘，賺得上上下下沒一個不歡喜。

一娘的性情，日後在魏忠賢身上出現，她在海海人生漂泊的情況，也是魏忠賢在社會上浪跡的前奏。然而當劇情演進到第七回，一娘抱著提琴賣唱，尋訪雲卿的下落和養活調皮忤逆的魏忠賢時，確實表現了這名女子堅毅的個性和對感情的執著，以及來自下層社會強韌的生命力。

魏忠賢生父魏雲卿，是位唱旦角的戲子，他從未負擔養育忠賢成人的責任，因此書中對他描述不多，如「自矜色藝，不肯輕與人相處。」（第二回），又如「那小旦扮雲英，飄飄豐致，眞有『神遊八極』之態，竟是仙女天姬，無復有人間氣味。」（第三回），王公子夫人的稱他：「魏雲卿到也像個女兒！」（第三回），這麼樣的一位人物，和魏忠賢日後變成「中性」的太監，卻也有微妙關聯。

侯一娘的丈夫魏醜驢，在書中是個沒有地位的小角色，老婆在外面招蜂引蝶，他卻毫無制止的辦法，雖然曾發怒和王府差人爭執，被揍一頓以後，也沒軋了（第三回）。一娘屢次稱他做「厭物」，又因貪賭引起強盜覬覦（第五回），招來殺身之禍，是個愚蠢而可憫的小人物。

和侯一娘有肉體關係的還有那倆名搶匪。他們殺死醜驢，俘虜一娘和忠賢，一娘母子和他們生活十年，是書輕描淡寫帶過，當一娘逃離他們時，卻透露忠賢是他們養大的這個事實。「一娘見兩人沈睡未醒，心裏恨他，取過壁上掛的刀要來殺他們，卻又手軟了，想道：罷！我雖受他們污辱，這孩子卻也虧他們撫養。」（第五回）強盜如何教養這個孩子，是書隻字未提，不過從日後魏忠賢刁鑽的行爲處事態度，可以看得出，多少受了搶匪的影響，而他好賭的個性承自醜驢，慾望強烈又浮蕩沒有定性的情況與乃母類似，便佞陰柔的另一方面，應從他的父親魏雲卿而來。

史書中僅略言魏忠賢的父母姓氏，對於出身如何？皆未述及。《酌中志》卷十四〈客魏始末紀略〉云：

> 魏忠賢原名李進忠，直隸肅寧縣亡賴子也。父魏志敏，母劉氏。〔註6〕

《明季北略》卷二〈魏忠賢濁亂朝政〉則稱：

> 忠賢，北直河間府肅寧縣人，原名李進忠，本姓魏，繼父姓李，得寵後，因避移宮事，改賜名忠賢。〔註7〕

《檮》書對於魏忠賢出身加油添醋的描寫，與《皇明中興聖烈傳》類似。《聖烈傳》書首稱魏父爲搶匪，母刁氏爲雜耍藝人。刁氏夜宿路旁爲狐狸所淫，懷孕生忠賢。全部敘述僅二百八十三字，云：

> 巨奸魏忠賢，河澗府肅寧縣北平村人也。父諱名大嘴，性嗜黑夜要路，截擄行商過客財貨。母刁氏，少而豐美，闊好淫慾，慣舞翠盤、扒

〔註6〕《酌中志》，頁201。

〔註7〕《明季北略》，頁30。

高竿，又善跑馬走索、弄猴搬戲，擅戲術，專走川廣間，市錢養家，一日行至一曠野去處，無村落旅店……半睡朦朧恍忽間，見少年似家中田九一般，儘與綢繆，五更方去，刁氏醒來，又聞得一陣騷氣，方知是狐狸來淫他。自後刁氏漸漸大肚，產下一子到生得嘴臉敘厚，腰背豐隆，乳名叫做川鬼子，後更名進忠，大嘴久慣打劫，家計日日充足，進忠年三十而父母雙亡矣。

二、經　歷

小說描述的魏忠賢和一般人一樣，也有青澀叛逆的少年期及婚後生活穩定、職業正當等種種經歷，使讀者閱覽此書時，頗能接受這樣市井小人物的塑造。不過他的際遇更多、更複雜，特別是當太監之前遭遇的連串打擊，使得向來逢凶化吉的他，終於無法浪跡江湖而遁入宮庭內院。受到晚明黑暗社會的感染，魏忠賢偏激的性格逐漸形成，入宮之後成為毒害蒼生的大奸宦。

頑童：

魏忠賢剛出場，就是一附頑童姿態。他爬到廟裏菩薩頭上捉麻雀（第五回）；和結拜李永貞、劉瑀等每天灌醉教書先生，跑到戶外閒游放蕩（第六回）。

浮浪子：

忠賢跟著一娘入京訪魏雲卿，趁此機會搭上客店裏一夥人，鬥紙牌、擲色子，整夜不歸，頂撞母親。有一次向母親要錢不成，還拿走她的新裙子。和一娘有舊交的王老爺稱他「眼生得凶暴，不是個安靜的」（第七回）。

程中書長隨：

王老爺介紹他當了程中書長隨。因其靈巧便佞，深獲寵倖。他使用計謀，幫程中書弄得清查湖廣鑛稅之差，鄉宦黃同知被抄家，也是他代表出面索賄不得，而下的報復手段（第八回）。

官宦子弟：

魏忠賢被憤怒的群眾推落長江，漂抵沙市，巧遇在當地為官的生父魏雲卿，彼此憑一娘留予忠賢的金牌相認，卻誤為叔侄關係。忠賢被打發到揚州雲卿投資的緞舖生活「今日張家請，明日李家邀，戲子姊妹總是上等的。」（第九回）

魯太監下屬：

在揚州受到結拜劉瑀的推薦，忠賢進入魯太監府。「各緞店更加奉承……終日大酒大食，包姊妹，占私窩，橫行無忌。」（第九回）又助倪文煥拜魯太監為座師，求得功名（第九回），助陳少愚找門路鑽營，免押解緞疋到戶部的公差（第十回）。

救美英雄：

忠賢奉公務外出，途中仗義救出被賊人強擄的女子傅如玉，並護送其返家（第十回）。

贅婿：

受到傅母及田爾耕的遊說，忠賢於旅途入贅嶧山村傅家。云：「進忠低頭不語，想起初救他時，原是一團義烈之氣，全無半點邪心，及見他生得端莊，又聽得爾耕說他家有許多田產，終是小人心腸被他感動了。……」（第十一回）

賭徒：

魏忠賢賭博之事屢見不鮮，是回卻因受田爾耕之誘，挪用公家的銀子當賭資，誤了正事。（第十一回）

千里尋母：

識大體的妻子傅如玉，對他嚴加管束，夫婦倆過了一段安樂日子。如玉又鼓勵他迎回住在臨清王尚書家的母親。於是他借著販售麥子之便，尋訪母親。

布商：

一娘前已被雲卿接去薊州，忠賢將售麥之資轉購布匹，復往北上。不料彼等先回南方，千里尋母屢次撲空，甚爲難過（第十二回）。

客印月情夫：

忠賢以小有資產的布商身份，借住侯家布莊，巧遇幼年玩伴客印月。客氏嫁做侯家媳婦，婚姻生活不美滿，値先生與公公皆去外地，二人發生姦情。

忠賢出手大方，辦事得宜，客氏公公臨行前，代他餞行，又周轉盤籌；客氏之夫返家後，出錢開家煙火舖，安排客氏夫婿前去經營；客氏小叔詐賭事發，忠賢出面擺平（第十四回），年關到了，靠忠賢打發債主。印月及丫環秋鴻、婆婆黃氏，更是屢獲贈禮，忠賢儼然成爲侯家主人。直到客氏公公返家，識破姦情，才狼狽而去（第十五回）。

嫖客：

忠賢與送行的侯七官、新交陳監生三人，同往京師妓院尋歡。遇到爭風吃醋的命案，他出面協調了事。之後索性住進妓院，等返家的侯七官稍來印月的消息，再做行動（第十六回）。在妓院中被一名遊方道士以煉丹爲名，騙去銀兩，還引起火警（第十六回）。倉皇逃出後，再返回取行李，發覺置於其間的銀子被娼家盜去（第十七回）。

乞丐：

兩次三番遇到騙子，忠賢窮困潦倒，訪石林莊客宅的路上遭扒手，回嶧山村途中復遇小偷，盤費喪盡，又生場大病，得了一身惡瘡，淪落到依靠乞食爲生，但屢被其它叫花子欺負。有道士陳玄朗待他甚好，因此身體日漸康健，終於忠賢當掉與客印月訂情之物——明珠一顆，以所得銀兩做為返嶧山村盤費。卻被眾乞丐謀財害命，將他灌醉丟入水中，沖上岸時，陽具被野狗咬去，險些遭生。復被水流沖至破廟前，幸遇一山僧周濟，始獲平安。（第十八回）

走方郎中：

忠賢從老僧處採得仙藥，體健勝前（第十八回）。下山後，憑著老僧給他的草藥和藥方，治好總兵公子和友人白太始等的疾病。太始為相士，預忠賢必將大貴，並介紹殷增光與其結識（第十九回）。殷某被捲入「妖書」案中，忠賢受波及入獄三月，出獄後遇相士張小山，也預言其日後有大富貴，並介紹他到內廷當太監（第二十回）。熹宗乳母客印月思念忠賢而得病，眾醫束手，也是借著忠賢替她醫病的機會，將轉眼十餘年不見的感情，重新點燃（第二十二回）。

內廷太監：

魏忠賢在很短時間內就執掌東廠和司禮監，成為最有權勢的大大監。起初他在東宮掌門，因「梃擊」案時護主有功，被陞為尚衣局管事（二十一、二回），又因會鬥鵪鶉以及客氏一旁嘬弄，熹宗不顧司禮監掌印王安的勸諫，竟派忠賢執掌東廠（第二十三回）云：「客巴巴（印月）在傍道：『這老漢子也多嘴，官是爺的，由得你，爺反做不得主麼？』皇上即著他到文書房領牌任事，遂不聽王安之言。」魏忠賢日後與客氏、李永貞聯手，殺死王安，得掌司禮監，成為最有權勢的內監（第二十八回）。此後他與尾附之人開始迫害異己，胡作非為。

有關魏忠賢在宮內陞遷之事，《檮》書準確性不高。因為，他早於萬曆十七年就已進宮，雖然比一般自幼入宮的太監有更多社會經驗，也不太可能如小說描述的那麼豐富。其自宮之事，與賭博有關，《明史》本傳云：「少無賴，與群惡少博不勝，為所苦，恚而自宮。」《明史記事本末》卷十一，《河間府新志》卷十七〈識餘〉，時事小說《魏忠賢小說斥奸書》第二回「因債逼含憤割勢」等等，皆同。筆記《玉鏡新譚》卷一〈原始〉及時事小說《皇明中興聖烈傳》第一卷第五則「魏進忠身發毒瘡」說他是嫖妓得病，生殖器爛去，已有侮辱之意，《檮》書所云被野狗咬去，更具戲劇效果，引人發噱。

忠賢落魄時，有相士寓言其日後將大貴，《玉鏡新譚》卷一〈原始〉，《斥奸書》第一回「指迷途瘤仙神相」《皇明中興聖烈傳》〔註8〕等，皆同。萬曆皇帝在位四十八年，換言之，眞正的魏閹在宮中蟄伏長達卅年，才有掌大權機會。史料記載他在

〔註 8〕《皇明中興聖烈傳》第一卷第五則「魏進忠身發毒瘡」，有相士寓言其日後將大富貴之說。

萬曆年間，宮中地位尚低下時，曾私往四川，吃盡苦頭，《酌中志》卷十四，敘述他未發跡以前的情況。云：

> 賢無子，家貧自宮，妻改適他方人不存。萬曆十七年選入。……逆賢日與應元（徐應元，與以下眾人皆爲宦官）趙進孝爲嫖友，呼盧飲博，罔論晝夜，逆賢因囊橐乏，遂遠赴四川，見乘雲（邱姓，四川稅監）爲抽豐計，徐貴備將忠賢亡賴狀，已申報房中先布之，賢不知也。及到，邱大怒訶罵，倒鎖賢空房中，絕飲食，欲斃之，時僧秋月遊蜀，偶見邱，是時賢不食已三日，僧力爲勸解，邱勉從之，僅給路費銀十兩，遣回。僧憐賢，仍爲致書馬謙，囑令厚遇之。……凡逆困乏，謙每資助之，徐貴又在京具揭先監（司禮監陳矩）處，以魏某私往四川云云，乞行重法，亦賴謙救止之，賢自此在甲字庫漸裕。〔註 9〕

三、性 格

從魏忠賢掌權以前複雜的經歷看來，作者塑造此人的性情也是多方面的。出身下層社會的他，承繼來自母親的旺盛生命力，他曾是忤逆的頑童、浪子，日後卻千里尋母，孝行感人；曾經英雄救美，亦曾勾引有夫之婦……小說對於忠賢掌權以後的敘述，偏向官場重要事件的介紹，對於他性情方面的描寫，已大爲減少。作者罕用「解說」（Telling）的方式敘述忠賢性情，而利用許許多多他的行爲表現，來「呈現」（showing）之。大致可歸納爲「不平衡的變態心理」「貪婪不足的本質」「善於周旋的能力」三項，分述如后：

（一）不平衡的變態心理

魏忠賢殺害忠良，破壞朝綱的原因，固然牽涉到與他同黨人的政治利益，及朝廷內部權利鬥爭等複雜因素。就他本人而言，心理狀態的不平衡，卻是一項很重要的主因。三十四回侯秋鴻和他鬥嘴時，正中下懷的諷刺他因爲當太監的生理缺陷，影響到心理也發生變態。云：

> 秋鴻道：「咳！你嚇我，你咬去我膫子，我也會去殺人。」

綜觀全書，可以看出，影響他心理變態的原因，除了生理上是閹人以外，還有其它許許多多的坎坷遭遇，也造成他心理上更加的不平衡。

首先，從幻年開始就缺乏親情。他是侯一娘與魏雲卿的私生子，沒有得到雲卿的父愛，一娘的丈夫魏醜驢，在他尚於襁褓之中，就被盜匪殺死，直到他與母親逃

〔註 9〕《酌中志》，頁 201～204。

離賊窟之前的童年時代，竟是兩名殺人強盜撫育他們母子，眞是認賊作父錯綜複雜（第五回）。後來跟隨一娘入京訪雲卿，一娘但稱雲卿是自己的「姨弟」，而未說明是他父親的實情（第七回），所以第九回「魏雲卿金牌認叔侄」雖然他巧遇雲卿，也只是被介紹到揚州過了幾天太平日子，彼此但稱「叔侄」而已。但最重要的是，隨著年月的增長，忠賢自幼年即失去的父愛，永遠也無法彌補了。

魏忠賢唯一的骨肉傅應星，是他離開嶧山村家園時，妻子傅如玉已懷胎數月所生的孩子（十二回、二十七回）。父子二人從未謀面，直到應星平白蓮教有功，入京封職，方才父子相見，不過應星早先得到母親的教訓，不要暴露自己身份，反而虛報如玉母子已死，自己是舅舅的兒子。結果應星在京，雖然備受忠賢的照顧，但忠賢永遠也不會曉得，他的元配仍在世上，兒子就在面前的這個事實（二十八回）。

> 魏監垂淚道:『這是咱不才，負他太甚，九泉之下，必恨我的……』……魏監道：『咱有事要進去，外面若有人問，親家就說是咱的外甥。』二人答應，別了出來，應星方知是忠賢之子，爲何母親叫不要認他？心中甚是不解……也是魏監虧心短行，以致父子相逢亦不相識，如此就絕了人倫了。

親情方面忠賢已無父無子，千里尋母也落空（十二回），婚姻和愛情方面也是絕對的不順利。首先他入贅傅家就是半推半就，無甚感情的結合。云：（十一回）

> 進忠道：『你老人家好沒道理，我好意救你女兒，你反來纏住我，這到是好意成惡意了。』婆子道：『女兒雖蒙拯救，只孤男寡女，同過一夜，怎分得清白？』進忠道：『我若有一點邪心，天誅地滅。』婆子道：『惟有你兩人心上明白，誰人肯信，你若不從，我娘兒兩個的性命，都在你是。』

後來經由田爾耕以傅家田產相誘，加上傅如玉生得端莊，於是就入贅傅家了。十一回回目云「魏進忠旅次成親」也顯示這個婚姻的草率與倉促。雖然如玉賢淑，但他終究是個贅婿的身份。當他在外淪落行乞時，想回家園，仍不免有些抱怨語氣（十八回）。

> 忽想道：我本錢費盡了，又染了一身瘡，與乞兒一般，縱走遍天涯，也無安身之處。不如還歸家去，雖就丈母妻子的氣，到底還有田產儘還可過活，只好忍些氣回去。

眞正讓忠賢朝思暮想，牽掛於心的是客印月。是客印月讓他流連於侯家不走（十三至十五回），也是爲了等客印月的訊息，長住妓院守候，結果先後被道士和老娼騙去銀兩，迨他逕訪石林莊客宅，又遭扒手，頹喪的抵達客家，方知印月曾空候他五個月，早已又走了（十七回）。忠賢窮困潦倒，直到進了內廷當太監，才與印月重逢（二十二回）。歷盡波折，忠賢已是淨身之人，縱然客氏屢次助他，二人總不能恢復往年的親密關係，客氏在外私養面首，對忠賢何嘗不是嚴重的打擊（三十回）。

> 忠賢笑著，把手拍拍那小郎道：『有了這樣個美人兒，還用別人做甚麼？』這一句話，把個印月說急了，紅著臉起身。忠賢也自覺言語太訕，便打個淡哈哈起身，走到房中向印月道：『咱權別了，再來看你。』印月也不理他。秋鴻送他出來，忠賢道：『我鬥他耍子，他就認起眞來了。』秋鴻道：『獃哥兒！我勸你這寡醋少吃吃罷！』忠賢相別上轎去了。秋鴻回到裏面，見印月手托著香腮，懨懨的悶坐，秋鴻便坐了勸道：『娘不要惱！』印月道：『都是你風張倒致的，惹的他嘴裏胡言亂語的。』

婚姻與愛情的不幸，又無法享受人倫的親情之樂，加上他是在社會上吃過大虧才進宮當太監，這些都促成了他那不平衡的變態心理。

（二）貪婪不足的本質

魏忠賢縱然有潑天富貴，但還是貪婪不得滿足，這是他過度自我膨脹，導致身敗名裂的最主要原因。四十六回「陳玄朗幻化點姦雄」敘述忠賢當乞丐時幫助他的道士陳玄朗，攜同曾救過他的山僧，在他生日時一起來訪。他倆用幻術將忠賢帶入一個優雅的庭院，忠賢卻對該處起了非份之想（四十六回）。

> 忠賢四望，欣羨不已，想道：我在京數十年，倒不知西山有這樣個好去處，到被這道士得了，我若要他的做別業，卻難啓齒，我莫若明日傳旨，只說皇上要做皇莊，他卻就難推托，也難怪我，那時再另建一所淨室與他，又可見我之情。

道士與和尚對他恩同再造，如今他已被封「上公」（四十三回）是一人之下萬人之上的高位，在靜僻無人之處，復起貪念，反映出他不能滿足的內在心理。

又如魏忠賢在嶧山村救傅如玉的一段經過，程序與《警世通言》卷廿一〈趙太祖千里送京娘〉的故事相似，二者皆是自方外之人手中救出女子，又秉持正義的送其人返家，無半點邪念。不過當女方家人強逼二人成親，以避嫌疑時，趙匡胤氣得打翻酒席，上馬而去，魏忠賢卻被如玉的儀表和家產感動，入贅傅家，當初救人的一團義烈之氣，已盡散去。英雄能貫徹意志，小人則被「貪」念蒙蔽，無怪婚後他原形畢露，十二回傅如玉氣的罵道：「你當初救我時，因見你還有些義氣，才嫁你的。原來你是個狼心狗肺之徒，也是我有眼無珠，失身匪人……」

當他逐盡東林人士，使得朝中已無反對勢力時，便要興大工，建三廠，因爲所需銀糧不足，於是廣肆搜刮，三十八回「魏忠賢開例玷儒紳」揭露他賣官籌款，三十九回「廣搜括揚民受毒」又是向揚州商人搜錢，逼得太過份，商人只好撇下房子，一走了之——「揚州城裏的人少了大半」；四十一回「梟奴賣主列冠裳，惡宦媚權毒桑梓」復利用徽州巨富吳養春家人吳天榮的訟狀，將養春一家抄個乾淨，又派惡宦許志吉代爲鷹爪，將徽州一帶弄得一塌糊塗，甚至激起民變。忠賢這樣的剝削民脂民膏，弄得民不潦生，以滿足自己欲興大工，修三殿的狂想。

他還將邊將戰功盡歸自己家人，使得禮部尚書李思誠（三十九回）兵部尚書霍維華（四十七回）皆因不滿忠賢這樣濫封近親，被迫先後去職。「一門之內兩公、一侯、一伯、錦衣三十餘人」，連「五歲的孩童從孫魏鵬翼加了少師，封爲安平伯。」「六歲從姪魏良棟封爲東安侯，加太子太保。」（四十七回）在天啓皇帝將亡之際「今日受封，明日受卷，今日賀封伯，明日賀封侯。舉朝若狂，終日只爲魏家忙亂，反把個皇上擱起不理。」（四十七回）

魏忠賢對於功名利祿的貪婪不滿足，甚至想謀封九錫，妄圖居攝政王，以便日後能逕行「篡位」之實。《檮》書作者冷靜批評他作法失當，如果不是「利令智昏，顛倒錯亂」也不會在皇帝將賓天之際，喪卻擁立新主，先博取其歡欣的好時機（四十七）。信王於八月即位，是爲崇禎，十二月魏忠賢就被賜死於貶謫鳳陽途中（四十八回）。

（三）善於周旋的能力

巨宦魏忠賢最擅長處理人際間的事務，從他早年在程中書當長隨時，即可看出。第八回他代程中書賄賂殷太監時，殷太監就誇獎他云：「好乖巧孩子，會說話，辦事也找絕。」

第九回他任職魯太監門下，助倪文煥以拜魯監爲座師方式，求得功名，第十回又居中策劃，免除陳少愚送緞匹入京的差事。又如十四回「魏進忠義釋摩天手」寫他出面協調賭債糾紛的隨機應變，云：

> 進忠道：『不必過慮！都在我。』向眾人道：『如今崔相公處已講定六十兩了。劉道士出三十兩，侯家出二十兩，你們也湊出十兩來，好了事。』眾人道：『蒙二位爺天恩，感激不盡。只是小的們一文也無。就拿骨頭去磨也磨不出個錢來。』……摩天手張三道：『有錢得生，無錢得死，人也只得一條命，拼了罷。』夾七帶八的話都聽不得。進忠見勢頭不好，只得又取出五兩銀子來道：『既是眾人沒得，小弟代他們完罷。這是五兩，明日再完五兩何如？』

當時忠賢住在侯家，年關近迫，債主上門，他以一半款項打發眾人（十五回）。又如周兵科之子摔死鴛鴦印一事，也是他與李永貞、劉翰林至周家協商，才化解這場官司。忠賢負責出面至妓院談判，劉翰林稱他是「爲人老練」「託他去談談，無不停妥的。」（十六回）。

作者刻畫魏忠賢有善於周旋的能力，在他所曾經歷各種不同場合之中，都能從容不迫的逢凶化吉，而顯得特別突出。從另一方面而言，作者塑造他成爲一個有仲裁、協調能力的「大璫」，而非一般狡猾多詐，善用計謀的小人。在他入宮之前的行爲表現如此，入宮以後，除了最初害死卜喜、王安以謀陞遷之外（二十八回），官場糾紛，激起他變態、易怒的心理，於是身邊群小李永貞、崔呈秀、田爾耕、倪文煥……諸人，成了他的謀士，陰險毒辣地出鬼主意害人。小說早在他入宮前的十一回，就利用田爾耕慫恿忠賢留下送汪中書的禮，出現一句由作者本人「解說」式的評語，云：

進忠原是個沒主意的人，被他幾句話點醒了……。

作者對於這個一代奸宦在辦事能力方面的一貫態度，那就是「長於周旋而短於謀略」。史書對魏忠賢性情的描述，有類似的情形。《明史》本傳云：

忠賢不知書，頗強記，猜忍陰毒好諛。忠賢故騃無他長，其黨日夜教之。

此外，遇事會向熹宗「哭訴」，見第三章第二節。《明史紀事本末》卷七十一〈魏忠賢亂政〉，對他的描述云：

少黠慧無籍，好酒善啗，善馳馬，能右手執弓，左手彀弦，射多奇中，目不識丁，然亦有膽力，能決斷，顧猜狠自用，喜事尚諛。

忠賢闇文義，乃取舊司禮監李永貞入備贊劃，李實、李明道、崔文昇各司監局……〔註10〕

《酌中志》卷十四〈客魏始末紀略〉同前。又云：

賢性狡猾，指稱辦膳爲名，於十庫諸內臣，如藥張等，皆騙其食料醯醬，或財物玩好，以至非時果品花卉之類，必營取之，而轉獻先帝，以固寵也。

賢之爲人也憨而壯。

逆賢早起漱口，自擊銀漱盂之聲，盡力大響，即宸居咫尺，了不畏也。

先是閣中曾擬奬敕，體裁臚列與曹操之九錫文相近，見者無不瞪目咋舌，無惑乎人疑其朵頤大物，然逆賢實無是心，實非其人也，彼但不學無術，甚於霍光。〔註11〕

《玉鏡新譚》〈原始〉云：

形質豐偉，言辭佞利，目不識丁，性多狡詐，然有膽氣，日務樗蒲爲計，家無擔石，而一擲百萬，若其歌曲、弦索、彈棊、蹴踘、事事勝人。

〔註10〕《明史紀事本末》，頁292～293。

〔註11〕《酌中志》卷十四，頁204～205、217、232，

邀人豪飲，達旦不休，以故囊無餘蓄，恬不掛意，唯聞其叫嘯狂躍之聲，罕見其悲愁戚鬱之態。

〈進用〉云：本大奸大惡之人，而先以小忠小廉事人，爲入門詭訣，人人咸得其歡心，亦咸爲之籠絡……每嗇於己而豐于人，毋論大小貴賤，虛衷結好，凡作一事，眾悉頌之，時光宗在儲位，聞之，命以隨侍熹宗，服勞善事，小心翼翼，於時熹宗沖幼，方當齠齔，週旋謹飭，喜逾諸常侍……

〈權任〉云：有大璫王安者，三朝老宦，忠賢見之，必撩衣叩頭，非呼不至，非問不答……及奉熹宗倉卒受命，擁衛防護，確有大功，而忠賢以私忿，矯旨掩殺安於南海子，身首異處，內餵狗彘。〔註 12〕

……凡此類者，將魏忠賢形容爲奸詐、邪惡、萬罪之源的野史筆記，皆與時事小說《皇明中興聖烈傳》類似，以第三人稱全知觀點的抨擊魏璫，沒有較深刻的情節描述。

《檮》書塑造的魏忠賢一生，雖有可堪同情之處，但是楊、左諸人的慘死，東廠錦衣衛四處拿人所造成的恐怖時期，至今讀起，仍使讀者心有餘悸。小說作者雖用前世治河恩怨，今世復仇的輪迴神話，企圖化解這段時期的悲慘史實，不過可以看得出來，作者用神話撫平創痛的背後，卻赤裸裸諷刺整個時代加諸於小老百姓的痛苦經歷。來自下層社會的魏忠賢，在不公平的社會裡遊走，加上報復心強，掌權後的種種行爲，雖遭千刀萬剮亦不可贖，但是造成他走上這步田地的貪婪晚明社會、腐敗官場，皆是小說描述的對象。

第二節　客印月、侯秋鴻、傅如玉

客印月是魏忠賢的情人，秋鴻是印月貼身丫環，傅如玉是忠賢元配，三個不同身份的女人，有三種不同的個性，因爲她們與魏忠賢有特殊親密的關係，所以作者對她們也有精心塑造之處。史書中僅有客印月一人，侯秋鴻、傅如玉都是作者虛構的人物。

一、客印月

《檮》書之中最具姿色的女子就是客印月，她也是一個情慾生活得不到滿足的怨婦。魏忠賢的出現，彌補她心靈的空虛與寂寞。對忠賢而言，客氏是可愛的、可慾的、順從伏貼的，他們兩個人的分合，是如同一般言情小說一樣的戲劇化，而且深刻動人。是書一名「明珠緣」，就是以他二人的感情信物「明珠」，當作題

〔註 12〕《玉鏡新譚》卷一〈原始〉〈進用〉〈權任〉，頁 38、39、44～45、47～48。

目。明珠的得到與失去，象徵兩人聚散離合，但兩顆心始終緊密相契，客印月在情感上對忠賢的順從是如此；實際的生活上，就是在宮廷之間，裏應外合，狼狽爲奸。

第六回侯一娘母子逃出賊窟，抵達石林庄，發現自賊窟攜出的明珠，竟是庄主孫女兒客印月遺失之物，於是僞稱自草叢中拾得，完璧歸還。此舉獲得客家深深感謝，熱情招待其母子。直到臨去之前，印月的母親還將她許配忠賢，這是明珠首度出現。

忠賢、印月再次相逢，是他以布商身份，寄居侯家，當時印月自己是侯家的長媳。只因丈夫愚蠢，閨房不合，忠賢的來訪，挑起她寂寞芳心。云：（十三回）

> 印月道：『他獨宿自然冷。』秋鴻道：『他說自己冷還罷了，又念著娘一個人受冷。』只這一句話，觸動了印月的心事，不覺兩淚交流，一聲長嘆。……印月道：『當初小時候頑耍果然相好……他去了十數年，音信不通，非是我負心。我也不知嫁了這個獃物，也是我前世的冤孽，但願早死，便是昇天……

魏忠賢於旅途之中的孤單與困乏，又遇到幼時玩伴，如今也是閨中怨婦的客印月，因緣機逢，又是兩情相悅，在求愛之際，印月將貼身明珠，送與忠賢做定情之物（十三回）。這是明珠的再度出現。云：

> 印月道：『我兩自小至親，情同骨肉，凡哥哥所欲，無不應命。』忠賢道：『別的猶可，只是客邸孤單，要求賢妹見憐！』印月低頭，含羞不語。進忠忙跪下哀求，印月道：『哥哥何出此言。』把手一拂，也是天緣湊巧，進忠剛扯著他手上珠子，把繩子扯斷了，吊下來。……印月道：『這珠子蒙姨娘拾得還我，哥哥若愛，就送與哥哥罷。』

魏、客二人姦情日後事發（十五回），忠賢狼狽而去。在他最潦倒的時刻，將定情之物「明珠」典當換取旅費（十八回）。

未料魏忠賢入宮當太監時，與客氏重逢。藉著客氏爲熹宗乳母之便，忠賢攀緣附會，得掌大權。對印月而言，忠賢的出現，卻掀起她平靜生活的絲絲漣漪（二十二回）云：

> （忠賢）見小爺（熹宗）坐在上面，旁邊四、五個小內侍，擁著弄花頑耍。左邊站著個保母，伸手來接花。進忠定睛一看，吃了一驚，四目相視，不敢言語。……（客氏）次日問小黃門卜喜兒道：『昨日那摘花的官兒姓什麼？叫甚名字？是那個衙門的？』……客巴巴（印月）熬煎了一夜，次早央卜喜兒去訪問他的名字，並鄉貫，去了半日，回話道：『聽不出他

> 名字鄉貫來。』客巴巴道：『你去叫他來！』卜喜道：『他同孫老爹往西山上墳去了。』客巴巴道：『幾時回來？』卜喜道：『早哩！』客巴巴恨不得一把抓到面前。今日也不見來，明日也不見到，心中鬱悶，釀成一病，……中宮傳旨，著太醫院官用心調治，都知是七情所感之症，無如百藥不效。太監見他病勢沈重，只得奏過皇上，著他回家調理，病癒再來。

幸好忠賢在山僧處，得到神藥之方，把個昏迷不醒的客印月救醒過來。兩人四目相對，印月不藥而癒。（二十三回）

客印月日常的行爲舉止，一點也不像她思念魏忠賢這麼樣的癡情動人，反而是言語犀利，又風情萬種。例如，魏忠賢在侯府初次見到客印月時的情景：（十二回）

> 那婦人生得風韻非常，想必是主人的家眷，竟直走上來。那婦人見有人來，影在丫頭背後，往下就走。進忠厚著臉皮迎上來，深深一揖。那婦人也斜著身子，還個萬福。進忠再抬頭細看，果然十分美麗。……那婦人還過禮，往下就走。進忠道：『請坐！』那婦人道：『驚動，不坐了。』走下梯時，回頭一笑而去。進忠越發魂飛魄散，坐在椅子上，就如癡了一般。

忠賢向印月小叔侯七官問起此人，才知道是幼時玩伴客印月，於是他託七官向印月打聲招呼。以下七官與印月的一場對話，眞眞的表現出客印月蠻橫的潑辣勁兒：（十二回）

> （七官）遂說道：『無事在家裏坐坐罷了，出去看甚麼花，撞見了外人。』印月道：『予你甚麼事？』七官道：『送他看了，還把人說！』印月道：『放狗屁！他看了我，叫他爛眼睛，他說我叫他爛舌根。』七官道：『你罵他，他還說出你二十四樣好話來哩。』……印月道：『我的（名），他怎麼知道的？定是你嚼舌根的。』遂一把揪住耳朵，把頭直按到地說道：『你快說，他說我甚麼二十四樣話，少一樣，打你十下。』……印月去了手他才說道：『他說你乳名叫做印月，自小同你在一處頑耍。』印月兜臉一掌道：『可是嚼舌根！他是那裏人，我就同他一處頑，好輕巧話兒！』七官道：『他說他是侯一娘之子，乳名辰生，你母親陳氏是他姨娘。』印月才知道，說道：『哦！原來是魏家哥哥，你爲何不早說，卻也討打！』……七官道：『報喜信的也該送謝禮。』印月道：『有辣麵三碗，你去對奶奶說聲，好請他來相會。』七官道：『打得我好！我代你說哩！』印月道：『你看！丟了拐杖，就受狗的氣，你不去，我自家去。』

秋鴻解釋客印月夫婦不合的原因是：（十三回）

娘太尖靈，爺太獃，兩口兒合不著。常時各自睡，不在一處。

客印月在宮廷當保姆時「因他做人乖巧奸猾，一宮大小，無一個不歡喜。」（二十二回）

對於這樣一位與魏忠賢裡應外合、狼狽爲奸的婦人，小說還將她描繪成巾幗女將。當魏忠賢找了一批人在禁中練武、耍花槍，客印月也軋上一角。（二十九回）

忽正南鼓角齊鳴，飛出一彪人馬來，……那枝人馬卻是一隊女兵，來到月台下扎住，門旗開處，有幾十對旗旛，簇擁著一員女官，……那女將直至御前下馬叫見畢，皇上看時，卻是客巴巴，粧扮得異常嬌艷，比平常時更覺風流，皇上大喜，親舉金杯，賜酒三爵。……

四十三回且云：

朝廷雖在忠賢之操縱，而忠賢又在客氏之掌握，客氏在皇上面前，頗說得話，隨你天大的事，只消他幾句冷言冷語，就可轉禍爲福，忠賢因此懼他。

又有幾幕表現熹宗對她的需要，如二十二回，客氏爲忠賢害相思病，「一發昏沈，不醒人事，小爺（熹宗幼年）又時刻要他。中宮傳旨，著太醫院官用心調治。」二十三回客氏仍在私宅養病，太監卜喜兒來向她抱怨道：「你病著咱們被小爺都毆殺了。終日怨猫嫌狗不是的，不是打就是罵，今日又蠻法要三尾玳瑁魚，各處都尋不出來，又要捱他打哩。」但是，客氏這裏就是準備有熹宗要的玳瑁魚，卜喜高興的帶回了。

《檮》書之中，印月共出宮兩次，第一次是爲忠賢害相思病，結果因爲「皇后不豫，小主無人看管，一日就有六、七次來召印月進宮，印月無奈，只得收拾進內。」（二十三回）第二次是她欺騙熹宗，說皇后有病，不讓熹宗與皇后接觸，引起皇后不滿，而被逐出宮的（三十回）。這一次卻是忠賢說好說歹，求她進宮，做內應，以便行事。畢竟印月愛的是忠賢，無論秋鴻在旁如何勸阻，她還是被愛情沖昏了頭，執迷不悟的進去。因爲客氏的情感寄託在忠賢身上，所以她和熹宗的褓育關係，比較而言，算是被淡釋的。

史書中客氏記載不多，「客、魏亂政」皆以忠賢爲主角，擇數項有關客氏的論述，臚列於后：

《明史》卷二百四十六〈侯震暘〉云：

（天啓初）保姆奉聖夫人客氏方擅寵，與魏忠賢及大學士沈㴶相表裏，勢燄張甚。既遣出宮，熹宗思念流涕，至日旰不御食，遂宣諭復入。

〔註13〕〈魏忠賢〉云：

忠賢不識字，例不當入司禮，以客氏故得之。

及帝大婚，御史畢佐周，劉蘭請遣客氏出外，大學士劉一燝亦言之，帝戀戀不忍舍，曰：皇后幼，賴媼保護，俟皇祖大葬議之。

客氏淫而狠。

既而客氏出，復召入。

客氏居宮中，脅持皇后，殘虐宮嬪，偶出歸私第，騶從赫奕照衢路。

客氏為內主，群凶煽虐，以是毒痛海內。

客氏之籍也，於其家得宮女八人，蓋將效呂不韋所為，人尤疾之。

《酌中志》卷十四〈客魏始末紀略〉同，又云：

逆媼客氏者，定興縣民侯二之妻，生一子曰國興，嫠不多年，泰昌元年冬，封奉聖夫人。

每日天將明，即至殿內，候先帝聖駕醒，始至御前，甲夜後回咸安宮。……凡逆賢往宮相見時，必將宮人屏開，語秘不得聞，其上危中宮皇后及裕妃娘等等，……其母老矣，彼時尚在，每以惜福、持滿戒勸，客氏不聽。

奏懇今上（按，崇禎即位）准歸私第，其夜五更，開宮門之後，客氏衰服赴仁智殿先帝梓宮前，出一小函，用黃色龍袱包裹，云是先帝胎髮瘡痂，及累年剃髮落齒，及翦下指甲，痛哭焚化而去。

客氏貴顯時，惟王體乾舊識、魏忠賢表裏……都不叩頭，自孫暹、王朝輔、劉應坤、李永貞……必叩首如子姪焉。夫以乳媼儼然住宮，自視為聖上八母之一，亦僭妄殊寵極矣。且倏出倏入，人多訝之，道路流傳，訛言不一，尚有非臣子之所忍言者，皆不足信也。〔註14〕

客氏原與太監魏朝結好，後薄朝轉親忠賢。《酌中志》卷十四又云：「客氏久厭國臣（王國臣，魏朝改名）猥薄，而樂逆賢憨猛好武，不識字之人樸實易制，遂心向逆賢。」「客氏私宅在正義街西，……而逆賢亦有一第，便在街南斜對門不遠。賢與客氏滿望後來得請林下，受享富貴，齊眉到老，不料俱不得。」《明史紀事本末》卷七一〈魏忠賢亂政〉同。

《明季北略》卷二〈魏忠賢濁亂朝政〉云：

〔註13〕《明史》卷二四六，頁6378。

〔註14〕《酌中志》卷十四，頁224～226。

熹宗立，年十六，未婚，乳母客氏，侯巴兒之妻，年三十，妖艷，熹宗惑之，封爲奉聖夫人，出入與俱。

忠賢謀結之，邀飲六十肴一席，費至五百金，遂表裏爲奸，陞降任意。〔註15〕

《明季北略》將客氏與熹宗的關係，描寫暧昧，對於魏、客之交往，則稱是忠賢以筵席買通。《皇明中興聖烈傳》則稱忠賢因賄賂客氏以求得晉身階〔註16〕，《樵史演義》第一回亦稱客氏在熹宗面前甚爲得寵之後，魏忠賢乃與二三心腹，盡力攀附而與其聯手〔註17〕。可見當時有關客、魏如何結交的方式，有《明史》記載以外的不同傳聞。《檮》書則同於正史所稱，刻畫二人「對食」的親密關係〔註18〕，加以擴展、舖敘成爲兩人青梅竹馬，巧遇紫禁城——「愛情」，使客氏甘心爲虎作倀。

二、侯秋鴻

靈巧、聰慧是這個善體人意的女僕，在是書中的形象，她曾經撮合主子客印月和異鄉客魏忠賢的戀情（十三回「侯秋鴻傳春竊玉」），在魏、客兩人之間，她扮演「紅娘」的角色，不過她爲婚姻不美滿的主人牽紅線，卻是違背禮法的行爲。

魏忠賢入宮，藉著客氏之助，擁攬大權，一次又一次枉陷正直，殘害忠良。秋鴻是批評魏忠賢最嚴厲的一位。她還勸阻客氏，不要再進宮和忠賢爲黨（三十回「侯秋鴻忠言勸主」）。印月不聽，於是秋鴻黯淡的返回鄉下故鄉。直到客氏被笞死之後，她再度出現替主人收屍（四十九回「舊婢仗義贖屍」）。她所表現的忠義行爲，確實值得稱道。

年幼替忠賢、印月牽線，固然屬無知不懂事，但隨著年紀的增長，她的言行舉止，日益成熟而且頗識大體，一些義正辭嚴，大義凜然的話語，甚至不像是出自侍妾之口，應該是作者藉著這位身份低微，卻頗具影響力的小人物，抒發一己不平之鳴，替這個混沌亂世，眾惡盈盈的時代，注入一股清流。例如，她藉著魏忠賢典當與客氏訂情之物「明珠」爲由，阻止客氏再入宮與忠賢聯手爲惡。云：（三十回）

秋鴻道：『……他如今這潑大的富貴，蓋世的威權，也總是娘帶牽他的。如今一切事都要娘在皇爺面前調停，娘的一顆珠子，他就不記得贖了……娘在宮裏起早睡晚，擔驚受怕的，他在外邊狐假虎威，漸漸的事做

〔註15〕《明季北略》卷二，頁30。

〔註16〕見《皇明中興聖烈傳》一卷第七則「進忠投求客氏引進」。

〔註17〕李德啓〈滿譯樵史演義解題〉。

〔註18〕《明史》〈魏忠賢〉云：「長孫乳媼曰客氏，素私侍（魏）朝，所謂『對食』者也。及忠賢入，又通焉。客氏遂薄朝而愛忠賢，兩人深相結。」頁7816。

得不好了，娘在內裏倚著皇爺的恩寵，如今皇爺比不得小時，離不得娘，他上有三宮六院，下有嬪妃彩女，上下有幾千人，眼睜睜的看著，不知怎麼妒忌娘哩？娘一個怎麼弄得過這些人？……。』

作者利用這名女子，替世人怒罵魏忠賢，句句刺骨，字字見血。（三十三回）

秋鴻在旁道：『像你終日裏只想害人，怪不得時刻操心，別人也像你，狗血把良心都護住了哩！』忠賢雖是個殺人不轉眼的魔君，被他幾句話說著他的眞病，登時間把臉漲紅了。……。

三十四回魏忠賢尋回典當的明珠，要求印月履行諾言——入宮，結果秋鴻一把搶下珠子，和他鬥嘴，連滿朝尾附忠賢的大臣，也一併罵出來。云：「忠賢急了，只得央他道：『好姐姐，好親娘，賞你兒子罷。』秋鴻道：『滿朝的都做你的兒子，如今又做我的兒子，你也是折了福，如今來一還一報的了。我養出這樣不學好的兒子，不孝順我老娘，本該不賞與你，且看我那些做官的孫子份上，賞與你罷。』」忠賢既已尋回明珠，印月自然惟他是從，秋鴻阻攔不得，只好自己回鄉退隱，離開這是非之地。（三十四回）

印月日後失勢，被笞死宮中，無人敢認，卻是秋鴻隱名埋姓的偷偷出面，替主人收屍打點，眞情動人。惡媪末日與忠婢義行，形成了強烈對比。云：（四十九回）

家人逃個罄淨，沒有人敢來收屍，過了四五日，才有婦人到監前問客氏的屍首。那獄官禁子要錢，俱回道：『發出去了。』那婦人跪下哀求道：『我連日訪得尚未發出去，如今他家已沒人，他兒子弟姪都在獄中，我是他老家人之妻，念舊主昔日恩義，代他收殮。』……眾人將屍推出，只見面目皮膚都已損壞，下半截只剩一團血肉淋漓，那婦見了，放聲大哭一場，買了幾疋綿布，將屍親手緊緊纏好，僱人背去了，你道此人是誰？乃是侯家秋鴻。

三、傅如玉

魏忠賢元配。忠賢在她待產前幾個月，以經商並尋母爲名，遠走他鄉，一去不返。如玉吃齋唸佛，撫養獨子傅應星成人，完全是禮教下的標準人物。尤有甚者，她在家鄉「守活寡」，修行練道，會卜掛、算命，還與異人「孟婆」交往（二十七回），書末又爲縊死的丈夫建道場，祈求消災解運，而有仙界碧霞元君現身說劫解沈冤（五十回）。凡此種種神異行爲，更表現出她超然於塵世之外的形象。

傅如玉、客印月、侯秋鴻三個女人比較起來，客氏表現的是「情慾」與「無知」；秋鴻經過懵懂少女時代以後，變成富有正義感的義婢；如玉初婚時已顯得「賢淑」

（十二、三回），除去神怪部份而言，終其一生她表現的是「貞」與「善」。

以她嚴守禮教約束，和這群狡猾多奸，「貪、瞋、癡」皆備的惡人相較，她的行爲是正常規律社會中，不可缺少的重要品性。作者安排大義凜然的秋鴻，給黑暗社會的主角魏忠賢「當頭棒喝」，傅如玉則是「以身作則」，像這樣的女子，無法引起丈夫魏忠賢流連。此外，作者在她身上還加入許多神怪之術，使得這個角色在塑造上，並不很親切，頗有傳教、說道的乏味之感，不如秋鴻來得生動逼真。但是這種完美如聖人般的角色，在亂世之中更能襯托出其它惡人的卑劣品格，自有存在的道理。

如玉出現於第十回「嶧山村射妖獲偶」，魏忠賢在惡人欲強暴她時，見義勇爲，並送她返家，結成這段姻緣。忠賢婚後，受到田爾耕唆使，欲將魯太監命派送汪中書的禮私自留下，被如玉斥責。（十一回）

> 如玉道：『不可！受人之託，必當終人之事，魯太監送這份厚禮，定是有事求他，你昧了他，豈不誤他大事。你平日在衙門裏，倚他的勢，撰他的錢，他今託你的事，也是諒你可託，才差你的……老田是個壞人，他慣幹截路短行之事，切不可信他，壞自己的事，快些收拾明日趕了去。』

隔日，忠賢又被田爾耕攔下，將禮金當作賭資。過些時候，如玉發現受了忠賢的欺騙，狠狠的責備他（十二回）「傅如玉義激勸夫」。嚴禁忠賢與無賴漢田爾耕交往，並且鼓勵忠賢將母親接來同住（十二回），都表現出能幹、識大體的品格。

二十七回敘述傅如玉與魏忠賢之子傅應星，受母親之教，求得「雲夢山水簾洞」異人孟婆之助，遣空空兒與應星平定白蓮教之亂。五十回如玉變家產，做一併佛道二家的大道場爲忠賢及死亡幽魂超渡，均屬於超自然界的靈界傳奇，顯示傅氏一心向仙界的誠意。

傅如玉爲作者虛構人物，史書記載傅應星爲忠賢親姊之子，品性亦未如小說所云之詳細。

第三節　魏忠賢一黨的其它惡人

《明史》〈閹黨〉之中，以魏忠賢一黨佔了絕大多數〔註 19〕。在他手下主要黨

〔註 19〕《明史》卷三〇六〈閹黨〉天啓朝附閹大臣即佔十分八九。序云：「明代閹宦之禍酷矣。然非諸黨人附麗之，羽翼之，張其勢而助之攻，虐燄不若是其烈也。中葉以前，士大夫知重名節，雖以王振、汪直之橫，黨與未盛。至劉瑾竊權，焦芳以閣臣首與之比，於是列卿爭先獻媚，而司禮之權居內閣之上。迨神宗末年，訛言朋興，群相

羽，當時有號稱「五虎」之文臣：崔呈秀、田吉、吳淳夫、李夔龍、倪文煥；號稱「五彪」之武臣：田爾耕、許顯純、孫雲鵬、楊寰、崔應元。《檮杌閒評》選擇其中的崔、田（爾耕）、倪、許及太監李永貞、劉若愚等人，做重點式的描寫。

一、崔呈秀

十四回首先出現的形象，是一位成績優秀，品行不端的秀才。是回中客氏小叔侯七官設賭詐騙崔呈秀養的小唱小沈，被崔某送官。忠賢等趕去與崔協調前，就傳出他是個「不好惹的主兒」「無風起浪的人」，見面時，作者稱他是「薊州城裏有名的秀才，當時考居優等，只是有些好行霸道，連知州都與他是連手。」崔呈秀果然獅子大開口，超出小沈被騙的款項甚多，幸虧找到崔某朋友孫秀才，將款項削減一半，眾人平擔了事。

三十回「崔呈秀避禍爲兒」敘述他在淮揚任上貪污被削職治罪，於是夜訪當時已有權勢的魏忠賢，拜爲義子以求息罪。三十一回在魏家的筵席上，又擺出一附諂媚的醜態，云：

> 忠賢道：『咱昨日想起來，當日在薊州時與二哥原是舊交，俺如今怎好占大，咱們還是弟兄稱呼罷。』呈秀離坐，打一躬道：『爹爹德高望重，今非昔比，如今便是君臣了。』忠賢哈哈大笑道：『好高比，二哥到說得臊脾，只恐咱沒福，全仗哥們扶持。』

之後在陷害東林人士的陰謀協商中，崔呈秀成爲關鍵人物。四十七回魏忠賢逐去兵部尚書霍維華，就陞崔某爲此職。熹宗駕崩時，忠賢第一個想要找的謀主也是他。崇禎即位之初，魏黨勢力尚存，他又惡形惡狀的於兵部任上招權納賄，將自己兄弟陞爲總兵，不成材的兒子也鄉試中舉，還公然懸價賣官位，愛妾之弟優人蕭惟中也陞了總兵，終於引起朝臣彈劾，成爲魏黨受攻擊的第一人，勢之所趨，這一群奸惡之徒，終於全數瓦解。

二、倪文煥

首先出現於第九回，是位科考不第的寒士，因爲丈人認識魯太監手下魏忠賢的關係，於是拜魯閹爲座師，竟然節節順利。

三十四回倪文煥已陞爲西城御史，因爲處罰鬧事的客氏家人，冒犯權貴，將要

敵讎，門户之爭固結而不可解，凶豎乘其沸潰，盜弄太阿，黠桀渠憸，竄身婦寺。淫行痛毒，快其『惡正醜直』之私。衣冠塡於狴犴，善類殞於刀鋸。迄乎惡貫滿盈，亟伸憲典，刑書所麗，迹穢簡編，而遺孽餘燼，終以覆國。莊烈帝之訂『逆案』也，以其事附大學士韓爌等，因慨然太息曰：『忠賢不過一人耳，外廷諸臣附之，遂至於此，其罪何可勝誅。』痛乎哉，患得患失之鄙夫，其流毒誠無所窮極也！」頁 7833。

遭到處治。多虧崔呈秀在忠賢面前講情，要他去向客氏陪禮。文煥自恃無罪，本想拼著辭官不做，以示正直，但是爲了貪戀辛苦得來的官位，竟然甘心向忠賢拜義子，刻意彈劾幾位忠賢不滿之官員下獄，從此爲魏黨爪牙。

三、田爾耕

十一回田爾耕以無賴漢的姿態出現，誘拐當時入贅傅家的魏忠賢賭博。又因詐賭送官受刑，出獄後找同謀劉家算帳，再被衙門打板子，斥回原籍。

二十四回因祖父之蔭，獲錦衣衛副千戶之職。有遼東奸細自哈達門入京後被逮，當日守門官正是田爾耕，於是爲求消災起見，備上厚禮，向忠賢拜義子，還厚顏不慚的向老婆說「笑罵由他笑罵，好官我自爲之。」同回之後，又要求侄兒田吉，對其轄區內的劉家報仇，終於激起白蓮教劉鴻儒之亂。

四、許顯純

此人與田爾耕是魏忠賢手下屠害忠良的主要劊子手，田爾耕掌錦衣衛司緝捕，他任北鎮撫司掌拷問，賢良志士都慘死在二人手中。

三十二回許顯純初接劉僑北鎮撫司之職，爲討魏忠賢歡心，於是嚴刑拷打汪文言，以期招出楊、左諸人，汪抵死不招，他只得請示忠賢，不料得到的回答竟是：「先擺佈死了他，不怕楊漣等不認，你若不肯依咱辦，咱自有人來問。」顯純爲了貪戀此職，果然照辦，僞造汪文言的口供，魏忠賢矯旨，田爾耕差派錦衣衛逮楊、左等人入京。

三十三回許顯純拷打楊、左諸賢時，見堂內擠滿人群，他下令驅散閒人，長班悄悄告訴他：「這都是魏爺差來的，拿不得。」他大吃一驚，欲鬆亦不能。就是在這樣的局勢下，許顯純一次又一次的依魏閹的命令處決反對者。

五、李永貞、劉若愚

前面四人作者都略花功夫塑造其形象，此二人則闕如。除了第六回敘述其人和忠賢爲幼年結拜之外，往後和忠賢見面，都是提供鬼點子的角色。劉若愚本名瑀，二十八回被忠賢找來宮裏幫忙辦事。云：

> 因出入不便，哄他吃醉了，也把他閹割了，留于手下辦事。

作者這樣草率的打發一個角色，可見其輕疏之處。而李永貞原有家室（十七回），在忠賢當權後，在他手下主文，屢屢提供意見，是否也有和劉若愚一樣的遭遇，就不得而知了。

考證史書，諸人與魏忠賢在其入宮之前的交往，蓋屬虛構。而崔呈秀初以貪污被劾，田爾耕掌錦衣衛鍛鍊嚴酷，許顯純僞造供辭，辦案時有忠賢耳目在坐，皆可見於《明史》卷三百零六〈閹黨〉。此外，小說描述呈秀乞爲養子，與日後諸多不法行爲，以及爾耕於〈閹黨〉中有「大孩兒」之稱，《檮》書皆符合正史。不過，倪文煥所撻之人爲皇城守卒而非客氏家人，則不合史傳，其餘彈劾正人去職之事，皆與史合〔註 20〕。劉瑀撰寫的筆記《酌中志》，提供許多外人不知的宮闈祕聞與太監生活。

〔註 20〕諸惡事蹟，詳見《明史》〈閹黨〉。

第六章　結　論

《檮杌閒評》仍有許多屬於晚明歷史人物評定的謎團，隱藏於作者精心構思的情節之後。本書以揣測作者寫作此書的動機，和此書與時事小說的關係，做爲結論。

一、作者的寫作動機

本文贊成繆荃孫提出，鄧之誠附議的「李清」，是此書最有可能的作者人選之一。不過，在未能深一步研究的情況下，對此仍持保留態度。李清家學淵源，有豐富的作品傳世，享壽亦高，有顧炎武、阮大鋮、錢謙益等明末清初文人的近似背景。此外筆者特別尋出的「李元鼎」，亦頗有符合作爲是書作者的條件，因此讓人難以爲作者問題遽下結論。

如果作者另有其人，他應該和李清有類似經驗。其中一項重點是，對於晚明「逆案」中人的評價，有和《明史》相異之處。本文反對繆氏主張「翻逆案」是作者「用心良苦」的唯一寫作動機。雖然，爭取「逆案」之翻，成爲明末政壇的一股暗流，《檮》書載有「逆案」少數人物如霍維華、王紹徽等人仗義執言的錚錚之語，這種情況至多可反映作者本人不完接受「逆案」名單，小說的絕大部份篇章，是控訴簡化後的「逆案」惡人。

我們可以看到，經過作者重新塑造後的「魏忠賢」，其人本質雖劣，但是大環境給他的教育更差。沒有包庇淫行的王尚書府，侯一娘也不會和魏雲卿通奸懷孕，生下忠賢。成長於賊窟，認賊作父的魏瑙，浸淫在充滿不公不法的社會之中，每每逢凶化吉的他，手段日益老練圓滑，然而，當週遭上的騙子、小偷、扒手、謀財害命的乞丐們，一步步將他逼上絕路，雖僥倖未死，卻已成閹人。依據史料推論，魏忠賢從入宮到大權獨攬，有長達卅年的蟄伏期，作者大篇幅虛構他的社會歷練，對於時代的控訴已如此明顯，實在不可拘泥於少數「逆案」中人的品評問題來看待全書，換言之，這不僅是一部「政治小說」更是一部嘲諷時代的「惡人小說」。

魏忠賢入宮以後，雖有客氏之助，若非熹宗昏庸和官僚制度的不健全，他也不能擅冒聖意、假傳聖旨的為所欲為。在楊、左諸賢慘死的背後，赤裸裸反映朝廷的無能，和眾惡尾附忠賢的醜陋嘴臉。風雨如晦，雞鳴不已，身處亂世的忠臣，至死不屈，值得表彰。作者塑造出侯秋鴻、傅如玉，雖屬女流，其凜然風節的舉止，益發顯得貪求官爵富貴的閹黨一行，卑鄙可憎。

二、時事小說與《檮杌閒評》的關係

興起於晚明的寫作「時事小說」風潮，除了《檮杌閒評》以外的其它作品，幾乎都受研究小說學者專家的惡劣批評，而研究歷史的學者，卻從其中發掘出有價值的史料。例如《樵史演義》《臺灣外記》二書，雖是小說研究者眼中的劣級作品，卻被史界稱道有加。時事小說照抄邸報、公文、奏議、書信的寫作方式，提供了當時讀者的「新聞」來源，和後代研究的「史料」價值。事過境遷，若想從一般時事小說之中，尋找優美的文字藝術，深切的人生哲理，無異緣木求魚，就算以體驗歷史教訓的精神，來閱讀這類作品，其碎裂的篇章，粗糙的結構，遠不及《三國演義》《隋史遺文》一類傳統歷史小說，所能帶給讀者涵意深遠的影響。

從另一個角度來看，時事小說的興起，卻可反映當時一些不容忽視的現象。首先，用白話章回小說體記載剛發生的重要大事，可見當時通俗小說普及的影響力。楊雲萍稱《臺灣外記》為：「有似稗史小說的敘述體載，可以避去考證文字的『無味乾燥』」。如《外記》此種淺近的敘述體裁，較傳統以文言文寫作史書的方式，更容易被一般讀者理解和吸收。

此外，「時事小說」的作者本人，在全書從撰寫到問世的過程中，有更重要的決定性。傳統歷史小說，承襲前人資料加以綜合融鑄，故事情節不論取自說書人虛構或史書，二者皆與古人脫離不了關係，而有長久的醞釀時期。「時事小說」卻是同代人寫同代事，無論搜集資料或虛構情節，都在作者手上一次完成。大多數作品固然因成書倉促，未能在小說藝術上成功，但考證詳實的《臺灣外記》卻已受史學家稱道，而在作者發揮創造力之下產生的《檮杌閒評》，更已流傳於世，進入一般上選通俗小說之林。《外記》作者因偏向史實考察，所以文采不彰，《閒評》作者為達到小說的完整性，雖虛構不少事件，然自魏忠賢掌權以後諸章節，則多符史實，其中替魏閹造生祠，及徽州吳養春一家被抄之事，則更符合《明實錄》所載，敘述較《明史》詳盡。《外記》、《閒評》二書，在事件結束後不算長的時間內，能夠有這樣的成果，值得佳許，而《閒評》作者本人的藝術成就，值得肯定。

最後提出一項值得討論的問題。鄭振鐸認爲明人喜以「實事」爲小說，上起自《英烈傳》，經過晚明清初，沿續至清末民初的《康梁演義》、《黃興演義》等等〔註1〕。如此看來「時事小說」似乎前有所承，而對後代有所影響。不過晚明興起的「時事小說」，特點在於成書時間短，由「同代人寫同代事」，這和拖延許久寫成，演述明初「實事」的小說《英烈傳》、《三寶太監下西洋》等，自有不同之處。而完成於清初乾隆初年的《儒林外史》，作者搜集當時與科考有關的耳聞眼見，撰寫成書，卻和「時事小說」有異曲同工之處，其結構鬆散，主幹不明顯的情況，也同於「時事小說」。雖然時事小說往往被列入「講史」類，但王無生已經將《檮杌閒評》與《儒林外史》並列。這種分類角度是從二書內容著眼，不過引起吳敬梓用許多小故事貫串方式成書的動機，也可能是自「時事小說」寫作方式得到的啓示。

〔註1〕見第一章註3。

引用書目

一、時事小說（按書名筆畫順序排列）

1. 《七峰遺編》，（清）七峰樵道人，《虞陽說苑》甲編（丁氏初園，民國 6 年），傅斯年圖書館藏善本。
2. 《于少保萃忠全傳》，（明）孫高亮，明萬曆間刊本，國家圖書館藏。
3. 《李闖小史》（又名：勦闖通俗小說、新編勦闖通俗小說、勦闖小史、馘闖小史、李闖王），（明）懶道人，《筆記小說大觀》第四十三編（台北：新興，民國 75 年 11 月）
4. 《李闖王》（勦闖通俗小說、新編勦闖通俗小說、勦闖小史、馘闖小史、李闖小史），排印山東圖書館藏清鈔本（重慶：說文社，民國 33 年）
5. 《明珠緣》（《檮杌閒評》通行本）
   ——— （台中：瑞成，民國 64 年）
   ——— （台北：廣文，民國 69 年）
   ——— （台中：文化，民國 71 年）
6. 《近報叢譚平虜傳》，影印明崇禎間刊本（台北：天一，民國 74 年 10 月）。
7. 《皇明中興聖烈傳》，影印明崇禎間刊本（台北：天一，民國 74 年 10 月）。
8. 《順治皇過江全傳》（又名：新世弘勳、定鼎奇聞、順治過江），清同治三年刊本，傅斯年圖書館藏。
9. 《順治過江》（又名：新世弘勳、定鼎奇聞、順治皇過江全傳）（台北：大中國，民國 42 年 10 月）
   ———（台北：廣文，民國 76 年）
10. 《勦闖通俗小說》（新編勦闖通俗小說、勦闖小史、馘闖小史、李闖小史、李闖王），明弘光元年寫刻本，國家圖書館藏。
11. 《新編勦闖通俗小說》（勦闖通俗小說、勦闖小史、馘闖小史、李闖小史、李闖王），影印明弘光元年興文館刊本（台北：天一，民國 74 年 10 月）。
12. 《臺灣外記》，（清）江日昇，清道光十三年求無不獲齋刊本，傅斯年圖書館藏。
    ————，（清）江日昇著、黃典權校（台南：台南文化，民國 45 年）

13. 《遼海丹忠錄》，（明）陸應暘，影印明重禎間翠娛閣刊本（台北：天一，民國74年10月）

14. 《馘闖小史》（勦闖通俗小說、新編勦闖通俗小說、勦闖小史、李闖小史、李闖王），影印清鈔本，《玄覽堂叢書》，東海大學古籍室藏（上海，民國30年6月）。

15. 《檮杌閒評》，影印清刊本（台北：天一，民國74年10月）

———，影印清刊本，《古本小說集成》（上海：上海古籍，1993）。

———，劉文忠校點，《中國小說史料叢書》（北京：人民文學，1993）。

二、**小說與書目資料**（民國以前按年代，以後按作者姓名筆畫排列）：

1. （明）施耐庵著、（清）金聖嘆評，《水滸傳》，《貫華堂第五才子書》《金聖嘆全集》一，（江蘇：江蘇古籍，1985年）。
2. （明）李贄，《焚書》（台北：河洛，民國63年5月）。
3. （明）馮夢龍編，《古今小說》，《中國學術類編》（台北：鼎文，民國65年12月）。
4. （清）曹雪芹、高鶚、程偉元，《紅樓夢》，清嘉慶二十五年（1820）刊巾箱本，國家圖書館藏。
5. （清）劉獻廷，《廣陽雜記》（台北：世界，民國51年）。
6. 大塚秀高，《中國通俗小說書目改訂稿》（東京：汲古書院，1984年8月）。
7. 王利器，《元明清三代禁毀小說戲曲史料》（台北：河洛，民國69年1月）。
8. 孔另境，《中國小說史料》（台北：臺灣中華，民國71年3月）。
9. 文鏡編輯部編，《歷代小說序跋選注》（台北：文鏡，民國73年6月）。
10. 北京圖書館編，《西諦書目》（北京：文物，1963年10月）。
11. 朱一玄、劉毓忱編，《水滸傳資料彙編》（天津：百花文藝，1981年）
12. 佛斯特著（Edward Morgan Forster）、李文彬譯，《小說面面觀》（台北：志文，民國67年10月）。
13. 周越然，《書書書》（香港：漢學圖書，1966）。
14. 孟瑤，《中國小說史》（台北：傳記文學，民國69年10月）。
15. 胡士瑩，《話本小說概論》（台北：丹青，民國72年5月）。
16. 阿英，《晚清文學叢鈔》，《小說戲曲研究卷》（上海：中華，1960年3月）。
17. 馬幼垣，《中國小說史集稿》（台北：時報，民國69年6月）。
18. 孫殿起，《販書偶記續編》（上海：上海古籍，1980年9月）。
19. 孫楷第，《中國通俗小說書目》（台北：木鐸，民國72年7月）。

    ———，《日本東京所見中國小說書目》（上海：上雜，1953年10月）。
20. 葉德鈞，《戲曲小說叢考》（北京：中華，1979年）。
21. 魯迅，《中國小說史略》（北京：人民文學，1973）。

22. 蔣瑞藻，《彙印小說考證》（台北：臺灣商務，民國64年3月）。
23. 鄭振鐸，《插圖本中國文學史》（北京：人民文學，1957年）。
———，《中國文學論集》（上海：開明，民國38年）。
———，《中國文學研究》（上海：上海書店，1990年）。
24. 鄭明娳，《西遊記探源》（台北：台師大博士論文，民國72年）。
25. 衛聚賢編，《小說考證集》（重慶：說文社，民國33年7月）。
26. 錢靜芳，《小說叢考》（台北：長安，民國68年10月）。
27. 戴不凡，《小說見聞錄》（台北：木鐸，民國72年7月）。
28. 譚正壁、譚尋，《古本稀見小說匯考》（浙江：浙江文藝，1984年11月）。

三、史料及其它（先依朝代、後依作者筆畫排列）：

1. （明）朱長祚，《玉鏡新譚》，影印明崇禎間刊本（台北：臺灣學生，民國75年）。
2. （明）夏允彝，《幸存錄》，《臺灣文獻叢刊》第二三五種（台北：臺灣銀行，民國56年）。
3. （明）劉若愚，《酌中志》，影印道光乙巳刊本（台北：偉文，民國65年9月）。
4. （清）文秉，《先撥志始》（台北：廣文，民國56年10月）。
5. （清）王錫元，《盱眙縣志稿》，影印光緒廿九年重校本（台北：成文，民國59年）。
6. （清）李清，《三垣筆記》，《明清史料彙編九集》92冊，影印民國二年刊本（台北：文海，民國73年）。
————，《三垣筆記》，影印民國十六年吳興嘉業堂刊本（台北：華文，民國58年）。
7. （清）李遜之，《三朝野記》（台北：廣文，民國70年8月）。
8. （清）杜甲等修、胡天游等纂，《河間府新志》，乾隆廿五年刊本，傅斯年圖書館藏。
9. （清）吳山嘉，《復社姓氏傳略》，《明清史料彙編八集》8冊（台北：文海，民國73年）。
10. （清）谷應泰，《明史記事本末》，《叢書集成三編》99冊（台北：新文豐，民國88年）。
11. （清）定祥等修、劉繹纂，《吉安府志》，影印清光緒間刊本（台北：成文，民64年）。
12. （清）計六奇，《明季北略》，《明清史料彙編四集》27-29冊（台北：文海，民國57年）。
13. （清）紀昀等纂，《欽定四庫全書總目提要》（台北：臺灣商務，民72年）。
14. （清）紀昀等纂，《合印四庫全書總目提要及四庫未收書目禁燬書目》（台北：臺灣商務，民60年）。

15. （清）姚覲光輯，《清代禁毀書目四種》（台北：臺灣商務，民國 57 年 3 月）。
16. （清）夏燮，《新校明通鑑》（台北：世界，民國 51 年 11 月）。
17. 《崇禎實錄》（作者不詳），《臺灣文獻叢刊》第二九四種（台北：臺灣銀行，民國 60 年）。
18. （清）陳貞慧，《過江七事》，《三朝野記》合集（台北：廣文，民國 70 年 8 月）。
19. （清）陳鼎，《東林列傳》（台北：新文豐，民國 64 年）。
20. （清）張岱，《石匱書後集》（台北：兩儀，民國 58 年 3 月）。
21. （清）梁園棣修、劉熙載等纂，《興化縣志》，影印清咸豐二年刊本（台北：成文，民國 59 年）。
22. （清）黃宗羲，《汰存錄》，《叢書集成新編》119 冊（台北：新文豐，民國 74 年）。
———，《南雷文定》（台北：世界，民國 53 年 2 月）。
———，《明夷待訪錄》，《明清史料彙編初集》5 冊（台北：文海，民國 56 年）。
23. （清）湯涓石，《古學彙刊》雜記類，傅斯年圖書館藏。
24. （清）傅維鱗，《明書》（上海：商務，民國 26 年 5 月）。
25. （清）張廷玉等撰，《明史》（附《明史例案》）（台北：鼎文，民國 69 年 1 月）。
26. （清）楊宜崙修、夏之蓉等纂，《高郵州志》，影印道光廿五年刊本（台北：成文，民國 59 年）。
27. （清）戴邦禎等修、馮煦等纂，《寶應縣志》，影印民國廿一年鉛印本（台北：成文，民國 59 年）。
28. 中央研究院歷史語言研究所編，《明實錄》（台北：中研院史語所，民國 54 年）。
29. 李葆恂，《舊學盦筆記》，《義州李氏叢刻》，傅斯年圖書館藏民國 7 年刊本。
30. 孟森，《明代史》（台北：國立編譯館，民國 68 年 12 月）。
——，《明清史論著集刊》（台北：世界，民國 50 年 9 月）。
31. 國史館清史稿校註編纂小組，《清史稿校註》（台北：國史館，民國 75 年）。
32. 曾虛白，《中國新聞史》（台北：政大新聞研究所，民國 55 年 4 月）。
33. 黃卓明，《中國古代報紙探源》（北京：人民日報，1983 年）。
34. 黃芝崗，《中國古代的水神》（香港：龍門，1968 年 2 月）。
35. 溫功義，《明末三案》（台北：谷風，民國 75 年 9 月）。
36. 臺灣中華書局大英百科全書中文版編譯，《簡明大英百科全書中文版》（台北：臺灣中華，民國 75 年）。
37. 鄧之誠，《骨董瑣記續記三記》（大立，民國 74 年）。
38. 繆荃孫，《藝風堂文集》，《近代中國史料叢編》95 輯（台北：文海，民國 62 年）。

39. 謝國禎，《明清筆記叢譚》（香港：華夏，1967年）
———，《明清之際黨社運動考》（台北：臺灣商務，民國56年1月）。
———，《晚明史籍考》（台北：藝文，民國75年4月）。

四、論文類（依作者姓氏筆畫排列）

1. 于登，〈明代監察制度概述〉，《金陵學報》第六卷第二期，民國36年11月。
2. 王無生，〈中國歷代小説史論〉，《晚清文學叢鈔·小説戲曲研究卷》（上海：中華，1960年3月）。
3. 王重民，〈李清著述考〉，《圖書館學季刊》第二卷第二期，民國18年7月。
4. 朱倓，〈東林點將錄考異〉，《中山大學文史學研究所月刊》，第二卷第一期，民國33年10月。
5. 汪琬，〈李清行狀〉，《堯峰文鈔》廿一卷，《足本汪堯峰文集》（上海：集成，1910年）
6. 李德啓，〈滿譯樵史演義解題〉，《北平圖書館刊》第七卷第二號，民國22年4月。
7. 周始，〈崇禎實錄序〉，《崇禎實錄》，《臺灣文獻叢刊》第二九四種（台北：臺灣銀行，民國60年）。
8. 柳存仁，〈論明清中國通俗小説之版本〉，《聯合書院學報》第二期，香港，民國52年6月。
9. 胡萬川，〈談檮杌閒評〉，《中央日報·文藝版》，民國73年5月10日。
———，〈新列國志序〉，（校訂本）《新列國志》（台北：聯經，民國70年）。
10. 郭沫若，〈李闖賊小史跋〉，《小説考證集》（重慶：説文社，民國33年7月）。
11. 黃典權，〈臺灣外記考辨〉，《台南文化》第五卷第二期，民國45年7月。
12. 傅惜華，〈樵史演義之發現〉，《逸經》第二十期，民國25年12月。
13. 楊雲萍，〈臺灣外記考〉，《臺灣文物》第五卷第一期，民國44年1月。
14. 鄭振鐸，〈中國小説提要〉，《中國文學論集》（上海：開明，民國38年）。
———，〈中國文學新資料的發現〉，《中國文學研究》（上海：上海書店，1990年）。
15. 劉文忠，〈檮杌閒評點校後記〉，（校訂本）《檮杌閒評》（北京：人民文學，1983年9月）。
16. 蔡元培，〈明清史料序〉，《蔡元培先生全集》（台北：臺灣商務，民國80年）。
17. 薛洪勣，〈檮杌閒評與唐人傳奇〉，《明清小説論叢》第一輯，（江蘇：春風文藝，1984年5月）。
18. 顧誠，〈李岩質疑〉，《歷史研究》，1978年5月。
19. 欒星，〈明清之際的三部講史小説〉，《明清小説論叢》第三輯，（江蘇：春風文藝，1985年6月）。